又吉栄喜小説コレクション 3

歌う人

コールサック社

又吉栄喜小説コレクション3

歌う人

目次

歌う人

1

老朽化した定期船の船室やデッキに観光客の姿はなかった。観光客は、珊瑚の森に熱帯魚が群れ集まり、干潮時に潮干狩りの場所に変わる豊かなイノー（礁池）や、密生したモンパノキの先に広がる白い砂浜を求め、浮盛島《うきもり》以外の離島に渡る。

「この人たち、みんな島民です。観光客は本当にたまにしか来ないけど、浮盛島の若い人たちは口々に観光促進を、観光促進をと言っているんですよ」

グレーのスリーシーズン用のコートを着た典子が、船室の窓際に座っている細面の六十九歳の幸太郎に言った。

三十代半ばの、独身の典子は目鼻立ちが整ったふくよかな顔をしている。フサフサのパーマ髪を頭のてっぺんに丸くまとめている。典子は浮盛島にある小湾《こわん》食堂にやってくる口の悪い老人たちに「肉が大好物だという体をしているな、見るからに」「摘み食いしているんだな、厨房で」とよく皮肉られる。このような時、典子は「おいしそうだからって、うちを食べちゃだめよ」と笑う。

定期船に乗り込んだ時から幸太郎は白木の箱を抱き、ずっと黙っている。幸太郎は典子の勧めを無視し、初七日もやらずに、すぐ浮盛島の墓に納骨するという。

焦茶色の丸首のセーターの上に濃い緑色のジャンパーを着た幸太郎は目に入るわけでもないが、白髪交りの短い直毛をかきあげた。目尻が下り、まぶたが垂れ、もともとは大きい目が細く見える。分厚い唇は妙に赤く、めったに口を開かないからなかなかわからないが上の前歯が一本欠けている。長身だが、ひどく痩せ、貧相に見えた。定期船は深い藍色の水を大きく裂き、上下左右に揺れながら進んだ。純白の波頭に驚いた飛び魚が海面すれすれを飛んだ。

正午前、定期船は曇り空の浮盛島に近づいた。三角形の岩山の形がしだいにくっきりしてきた。沖縄本島那覇市の西方およそ百キロに浮かぶ浮盛島は砂浜がなく、周囲は崖が切り立ち、岩礁が広がっている。

三十平方キロほどの島に色とりどりの渡り鳥が飛来し、長年堆積した糞は土の浅い畑の肥やしになっている。

環礁のない浮盛島の港は沖と同じように藍色の水がうねり、係留された船体のペンキが所々剝げ落ちた三隻の漁船や小型のフェリーが大きく揺れ動いている。

定期船は揺れながらようやく接岸し、典子と幸太郎は他の乗客に続き、足元に注意しながらタラップを降りた。

砂糖黍を満載したトラックが典子たちの前を横切り、四十キロ離れた製糖工場のある島に向かう小さいフェリーの乗降口に入っていった。

壁に「品行方正な浮盛島へようこそ。大歓迎します」と大書された、二階建の港湾ビルの前に痩せ気味の尚徳《ひさのり》が立っている。

海風に揺れる尚徳の髪は大きくウェーブし、幸太郎を見つめる潤んだような大きい瞳は黒く、キリッと結んだ唇は小さく整っている。色は浅黒いが、毛深くなく、どこか女のような顔をしている。

冷たい風が頬をさし、ブルッと大きく身震いした尚徳は黒い半コートの衿を立てた。

尚徳は二人に歩み寄った。

「幸太郎さんの遠縁にあたる尚徳です。俺は三十歳ですが、俺が生まれる二十数年も前に幸太郎さんは島を出ていったんですよね。初めまして」

リュックを背負い、白木の箱を抱えている幸太郎は尚徳を一瞥した。

「……あれから島には?」

幸太郎は答えなかった。

「五十三年ぶりらしいわ」と脇から典子が言った。

「相変わらず遠いでしょう? だが、立派な島ですよ」と尚徳は幸太郎に言った。「浮盛島方言には万葉集の東歌《あずま》の語法がにじんでいるんです。貴重です。もっとも今は観光協会が全島民に標準語を話すように指導していますが」

「観光客と島民が親密に話せるように意識しているみたいです。みんな標準語が上手ですよ。観光客はめったに来ないんですけど」と典子が言った。

「俺たち青年は観光客を誘致しようと必死です。……さて、食事にしませんか。昼食まだでしょう? 俺のおごりです」と尚徳が幸太郎に言った。

港湾ビル内のガラス張りのレストランのドアを開け、三人は古い木製のテーブル席に座り、ランチメニューの魚汁定食を注文した。

尚徳は半コートを脱ぎ、向かいに座っている幸太郎に「お母さん、ご愁傷さまです」と言った。

小さい食堂を営んでいた幸太郎の九十歳の母親は長年の腎臓病が悪化し、ただ一人の従業員の典子が今年の初め、本島の那覇市の総合病院に入院させたが、三日前に亡くなった。

典子は病院から尚徳に連絡を入れたが、低気圧が発生し、定期船が欠航したため、通夜には浮盛島の島民は誰も参列できなかった。

白木の箱を膝に抱いた幸太郎は何も言わず汚れたガラス窓の外を見ている。

「船はどうだった?」

尚徳は典子に聞いた。

「もうずいぶん古いわね。エンジンの振動が伝わって、体中ガクガクしたわ」

「一日も早く新造船が必要だな」

「本島と島の間に流れの速い水域があるでしょう？　ひどく揺れて、しぶきが海面から吹き上がって、窓にたたきつけるのよ」

「漁船が遭難する所だよ。二月は一番荒れるからな……酔った？」

「酔わないように揺れに身をまかせたけど、酔ったわ」

「酔いませんでしたか」と尚徳は幸太郎に聞いた。

「……幸太郎さん、まったく船酔いする気配がなくて、左右に大きく傾く水平線をじっと見ていたわ」

中学生のような体つきをした、エプロン姿の女性が魚汁定食を運んできた。幸太郎は白木の箱をテーブルに置いた。

「幸太郎さん、入院したそうですね。もういいんですか」と尚徳は箸を動かしながら聞いた。幸太郎は小さくうなずいた。

「あの時はとても驚いたわ」と典子が言った。

二月三日、那覇の火葬場の窯から出てきた幸太郎の母親の小さい骨と灰はまだ熱を含み、妙な熱気が典子の頬に伝わった。

幸太郎の目元は泣き腫らした跡もなく、落ち着き払っていた。

典子は「おばさん、やっと一人息子に会えましたね」と言いながら長い箸を伸ばし、足の骨をはさみ、幸太郎の箸に渡した。急に幸太郎の手が震え、箸の先の骨が陶器の壷の縁に当たり、カタカタ鳴った。

葬儀社の女性に「頭は最後に入れます。はい、お願いします」と促された幸太郎は箸を伸ばし、頭の骨をはさんだ。幸太郎の手の動きが止まった。典子は幸太郎の血の気のない顔を見つめた。幸太郎は崩れるように倒れ、典子は声にならない悲鳴を上げた。

その晩、火葬場に併設された葬儀場にようやく本島在住の十数人の浮盛島の人たちが焼香に訪れたが、那覇市の民間の病院に入院中の幸太郎には会わずに帰った。

魚汁定食を尚徳はきれいに平らげたが、船酔いが少し残っている典子は魚汁には箸をつけずご飯とたくあん漬けを食べた。幸太郎は半分ほど食べ、話しかけられるのを拒絶するかのように腕を組み、目を閉じた。

尚徳は、幸太郎は声が出ないのかと典子にゼスチャーをした。「もちろん話せるわ」と典子は尚徳に耳打ちした。

「母親が亡くなったショックが尾を引いているのよ」

「しかし、度が過ぎるよ」

尚徳は立ち上がり、「では、そろそろ出ましょう」と言った。

尚徳はレジスターの脇に立て掛けられたプレートを幸太郎に指し示した。「浮盛島観光を真心からサポートします。二階の観光協会に何なりとお申し付けください」と書かれている。尚徳は半コートに袖を通しながら「俺の職場ですよ」と幸太郎に言った。

「観光協会と言っても職員は尚徳さん一人なんですよ。あとは三人のボランティアが時々出てくるんです」と典子が言った。

三人は外に出た。

浮盛島の人口三百五十人の九割が港や学校、駐在所、役場、診療所のある東浜集落に、残り一割が西側の小湾集落に住んでいる。小湾集落には十軒ほどの民家の他、幸太郎の母親の、主に素潜り漁師相手の食堂がある。

尚徳は港湾ビルの脇に止めていた白い中古の軽自動車の助手席に幸太郎を乗せた。典子は「どっこいしょ」と後部座席に乗り込んだ。尚徳はエンジン音を響かせ、発進させた。

すぐにアスファルト道路は切れた。

軽自動車は道幅が狭く、ひび割れた、硬い土の一周道路を走った。

朽ち果てそうな何軒かの民家は古い漁網をかぶせ、台風や強い海風からトタンや赤瓦の屋根を守っている。

尚徳はアコウの根がくいこんだ古い石垣だけが残っている屋敷を指差し、「ハブの住みかになって、貴重な観光客を恐怖に陥れていますよ」と幸太郎に言った。

「村役場の予算がなくて駆除しないから年々増えるの。咬まれても村役場は責任をとらないのよ」と典子が後ろから言った。

「ハブの多い浮盛島という噂が広まったら一大事ですから観光協会は、ハブに咬まれても外部にはもらさないようにと住民に通達を出していますよ」

「尚徳さんは観光協会の会長だから……。防犯協会長も兼ねているんですよ」

「青少年育成会の会長もやっていますよ、幸太郎さん」

窓の外の砂糖黍畑はどこも、貴重な土が流れ出ないように低い石垣が積まれている。

刈り取られた砂糖黍畑のはるか向こうに、白い波の尾を引きずりながら遠ざかっていく砂糖黍を満載したフェリーが小さく見える。

コンクリート製の溜め池が現われた。川のない浮盛島には方々に大小の溜め池が造られている。溜め池は雨台風が来ると満杯になり、溢れだすと畑に甚大な被害を与える。しかし、溜め池が干上がるとたちまち農作物は全滅する。

軽自動車は標高百数十メートルの、島唯一の岩山に近づいた。

島のほぼ中央にあり、一周道路のどこからも見えるこの山は見る角度により、三角形や穏やかな帽子型や鋭角な絶壁になる。

頂は岩だが、中腹は段々畑になり、乾燥に強いさつま芋が植えられている。収穫する時はハブを追い払うために雑草や低い雑木に火を放つが、多くのハブは麓の砂糖黍畑や江州《えす》家の庭に逃げ込み、砂糖黍畑の主や江州家を訪れる人に恐怖を与えている。

尚徳は東浜集落と小湾集落のほぼ中間にある、十八世紀半ばに建てられた江州家の方向にハンドルを切り、「島は久方ぶりでしょうから、江州家を案内しますね。二十年前に村指定の重要建造物になりました。幸太郎さんは俺の遠縁ですが、俺は直系ですよ」と胸をはり、言った。

「両親が亡くなって、兄弟もなく、尚徳さんは一人ぼっちなんです」と幾分船酔いが残っている典子が唐突に言った。

尚徳は一周道路から江州家にのびる直線道路の両脇を交互に指差し、「昔は見事な長い松並木だったそうですよ。王府が俺の先祖の功績を認めて、本島から苗木を運ばせ、植えたそうです」と言った。

「幸太郎さんは中学生まで島にいたからご存じでしょうけど、昔、この島は流刑地だったんです。尚徳さんの先祖が治めていたそうです」と典子が言った。

「もともと先祖は首里の士族で地頭代などしていたそうですが、だいたい三百年前、王府から浮盛島の統治を任ぜられた後は代々浮盛島に住んでいるんですよ」と尚徳が言った。

「流罪人のほとんどは学者や思想家だったそうよ。王府に反逆したのね」

「密林を切り開くようなきつい作業ではなくて、農耕や比較的楽な石割りをさせたそうだが、よく病気になったようです」

「浮盛島に送られる前は肉体労働と縁のない人生を送っていたのね」と典子が言った。

「流罪人の性格はおとなしく、それに断崖は切り立っているし、海には鮫がいるから先祖はのんびりと釣りに明け暮れたようです」

まもなく尚徳は広い駐車場に軽自動車を止めた。

「江州家は幸太郎さんの誇りでもあるでしょうから、着いて早々何ですが、見てください。あ、お母さんは車にいてもらってください。落としたりしたら大変ですから」

白木の箱を抱え、降りかけた幸太郎に尚徳が言った。

流罪人が切り出した石灰岩の塀をめぐらせた屋敷にはフクギやイヌマキの老木が生え、濃緑の大きなソテツが群生している。

「これらの木も国王の命によって、本島からわざわざ運び込んだそうです」

石造りの門から奥に伸びた細長い石畳の上を三人は歩いた。

「真夏、この石は熱くなります。子供の頃、俺はよく蛙のようにとびはねましたよ。裸足が好きでしたからね」と尚徳は幸太郎に言った。

尚徳は半コートのポケットから鍵を取り出し、一番座の古い板戸を開けた。奥に床の間と神棚がある。

「幸太郎さんも盆や暮れに見たと思いますが、あれが国王から頂いた家宝の扁額です。本物はいつのまにか行方不明になって、残念ながら戦後、祖父が那覇の業者に作らせたものです」と尚徳は言ったが、典子の目には薄暗く、よく見えなかった。

尚徳は戸を閉め、鍵をかけ、先に歩いた。「重要建造物ですから特別に鍵をかける必要があるんです」と尚徳が幸太郎に言った。

直径一メートルほどの井戸を錆びた丸い金属の蓋がおおっている。

「危険防止のためです」と尚徳が蓋をたたいた。鈍い音がした。

「幸太郎さん、覚えていますか？　昔は島の人が産湯の水をもらいに来たそうです。俺は子供の頃、井戸端に座って、よく髪を洗いました」

洗い髪を女の子のように後に束ね、剣士をきどり、玩具の刀を振り回したという。

「あそこは神殿です」

尚徳は櫓のような木造茅ぶきの小屋を指差した。

「親に叱られると中に入って、何時間もじっとして親を驚かせましたよ。……今日はこれくらいにしましょうか。幸太郎さんとも縁のある家ですから、後日ゆっくり見てください」

「ここの見学は予約制なんです。観光協会に申し込んだら、尚徳さんが案内するんです」と典子が言った。

三人は軽自動車に乗り込み、江州家を後にした。

一周道路の海側に十数メートル四方の平たい穴があいている。

「地表の石灰岩を流罪人が数十センチのブロックに切り取った跡です」と尚徳が幸太郎に言った。

戦前は本島の県庁や、本土系の大型デパートの建築にも使用され、浮盛島の名を高めたが、戦後、コンクリートが普及し、急激に衰退したという。

「俺の祖母も真珠取りの祖父が南洋に出かけている間、ブロックになった石を運んでいたそうです」

と尚徳は言ったが、幸太郎はじっと車窓から外を見ている。

「幸太郎さん、いろいろ案内したんですから、何か一言くらい言ってくださいよ」

「わかった……」と幸太郎はポツリと言った。尚徳は次の言葉を待ったが、幸太郎は口を開かなかった。何がわかったのだろうと尚徳は考えながら運転した。

丈の高い雑草やススキの穂が小湾集落に迫り、海風に激しく揺れている。

西側はすぐ崖になり、ストンと深い海に落ち込んでいる。

小湾集落には年に十数人ほどの観光客が昔ながらの孤島の雰囲気を求め、或いは日常の疲れを癒しにやってくる。

このような人たちは小湾食堂に入り、幸太郎の母親や典子と世間話を交わした。

一度だけ典子は島外から来た若い男の自殺騒ぎに遭遇したが、世間話が功を奏したのか、元気を取り戻し、帰っていった。

小湾集落の小さい船着場は崖の間の曲がりくねったコンクリートの道を下った岩場にある。

軽自動車は止まった。

船着場入口の斜め向かいに赤瓦屋根の二階建の小湾食堂がある。尚徳が食堂の板壁を指差し、「俺が考えたんですよ」と幸太郎に言った。「人にやさしく、自分にきびしく、いつも明るく、健康家族の浮盛島の暮らし」と書かれた板が打ち付けられている。

典子が食堂の引戸を開けた。

木製のテーブルと、五人掛けのカウンターがある。三人はテーブル席の堅い木製の椅子に座った。

「しあさってが初七日だけど、初七日をやらないんだったら、納骨の準備をしてくださいね。幸太郎さんの家のことですけど、慣れるまでうちが手伝いますね」

典子が、膝に白木の箱を抱えた幸太郎に言った。

「うち、六年前、死に場所を求めて本島から来たんです。人と接点を持ちたくなかったけど、幸太郎さんのお母さんがしっかり手を引いてくれて、生き直す決心をしたんです」

「……」

「おばさんは亡くなったけど、食堂は続けましょうね。幸太郎が島に帰ってきたら一緒に頑張ってねと遺言されたんですよ。お母さんからかなりの額の貯金通帳を預かっています。食堂のために大事に使いましょうね」

幸太郎はうなずいた。

「通帳と印鑑、幸太郎さんに渡しますね」

「あんたが持っていて」

「……わかりました。二階を使ってくださいね。お母さんの部屋です。うちは近くの空き家を借りて、住んでいます。足りないものは何でも言ってくださいね。……尚徳さん、幸太郎さんは初七日はやらないんだって」

「……今日は疲れて声を出すのも辛そうだから、また来ますよ。ゆっくり休んでください」

尚徳は典子に目配せをし、立ち上がり、食堂を出ていった。

2

翌日の朝八時、寒風に頬を赤らめた典子は小湾食堂の引戸をあけ、分厚いタータンチェックの上着を脱ぎ、花柄のエプロンをかけ、カウンターに入った。

ミーバイ（はた）のソテーとレタスとマヨネーズをはさんだサンドイッチとコーヒーを作り、内階段の下から幸太郎を呼んだ。

まもなく、痩せた体にダブダブのＶネックのセーターを着た幸太郎が降りてきた。

幸太郎はカウンターに入り、冷蔵庫からミネラルウォーターのペットボトルを取り出し、ラッパ飲みした。

「おはよう。よく眠れた？　座って」と典子は言った。

典子はカウンターのスツールに座った幸太郎にサンドイッチとコーヒーをすすめた。

「七時頃うちの所に尚徳さんから電話があったの。昨日の夕方お墓の草を刈ってきたんだって。午後からお母さん納める？」

幸太郎は首を横に振った。

「じゃあ、初七日をする？」

幸太郎はまた首を振った。

「まだ亡くなった気がしないのね？　でも明日、納骨しましょうね、きっとよ」

幸太郎は急に敬語を使わなくなった典子を訝しげに見たが、サンドイッチを頬張った。

「あなたのお母さん、酢味噌で和えた、コリコリしてとてもおいしいミミガーも出したのよ。たまま島に来ていた本土の人、クラゲだと言ったら信用したの。豚の耳ですと明かしたら驚いていたわ」

サンドイッチを平らげた幸太郎はコーヒーには口をつけずに立ち上がった。

「幸太郎さんが手伝ってくれても、うちは料理は上手じゃないからメニューはカレーライスと味噌汁、刺身に限定しましょうね。……うちが料理下手というのは内緒よ」

典子は内階段を上がっていく幸太郎の背中に言った。

サンドイッチが美味しかったのか、まずかったのか一言くらい言っても罰はあたらないのにと思いながら典子はエプロンをはずし、上着を着け、食堂の戸に、本日十一時半から開店します。長い間ご迷惑をかけました、と貼り紙をした。初七日までは仕事を休むつもりでいたが、八重おばさんは病死とはいえ、天寿を全うしたし、また仕事を始めたら自分も幸太郎も気が紛れると思った。典子は食堂の脇に停めていた自転車にまたがり、食材を仕入れに東浜集落に向かった。

一時間ほど後、典子は買ってきた食材をカウンターの内側の冷蔵庫と厨房に入れ、葉野菜を洗った。

突然、奇妙な声がした。典子は厨房を出た。幸太郎が直立不動のまま木製のテーブルの上に置いた白木の箱を前に、何やら歌っている。典子は立ちつくした。

幸太郎はひどい音痴だった。典子は耳をそばだてた。ようやく浮盛島民謡の江州節だとわかった。江州家の栄華と航海の醍醐味を歌った江州節はどことなく哀愁を帯び、三線以外にギターでも演奏しやすく、本島にも知れ渡っている。

幸太郎は一番、二番に引き続き、三番を歌っている。

歌いおわり、幸太郎は大きく息を吸った。典子は幸太郎に近寄り、「お水、飲む?」と言った。幸太郎は首を横に振った。

「……今日、納骨するの?」

典子は鎮魂の歌かしらと思いながら聞いた。「行くなら外の貼り紙を剝ぐけど」

幸太郎は何も言わず、苦しいのか、胸をさすりながら白木の箱を抱え、二階に引き上げた。

十数分後、内階段を降りてきた幸太郎は料理の下拵えをしていた典子をカウンターに手招きし、一枚の古い絵葉書を見せ、スツールに座った。

「何?」

「母親」

幸太郎は妙にしんみりと言った。声は少し高音だが、しわがれている。

典子は息をのんだ。戦前発行された「沖縄美人」シリーズに、琉装をした幸太郎の母親が写っている。隅に本島一大きかった那覇市の写真館の名前が記されている。

「……綺麗。この世の人じゃないみたい……でも一緒に食堂をやっていた時はどこにもこんな面影はなかったわ。独身の頃の写真よね。結婚して顔が変わったのかしら……お父さんはどんな人だったの?」

「浮気者」

幸太郎はポツンと言った。

幸太郎の父親は若い頃、非常に働き者だったという。七日間ほとんど一睡もせず那覇市の港に接岸した船の荷役作業をした。八日目、頭がボーッとなり、はしけから海に転落した。すぐ救助されたが、七日間眠り続け、恋人だった幸太郎の母親の寝ずの看病が功を奏し、父親は回復し、二人は同棲を始めたが、ある日、母親が仕事に出ている間に女と消えた。

「お母さんのお腹にはあなたが宿っていたのよね。お母さん、ショックだったのね。それからずっと独身を通したんだから。前にお母さんから聞いたわ」

幸太郎は絵葉書に視線を落としている。

「男ってわからないわね。こんな綺麗な人を捨ててしまうなんて」

「何か言っていた?」と幸太郎が聞いた。

「ううん、あなたのお父さんのことは何も。幸太郎に嫁をさがしてやれなくてすまないってよく呟いていたわ。幸太郎が帰ってこないから、とても淋しいとも言っていたわね。……それで、納骨はいつするの？」

幸太郎は立ち上がり、絵葉書を取り、内階段を上がっていった。


一回きりの鎮魂の歌だと典子は思っていたが、幸太郎は翌日の十一時に今度はカウンターの上に置いた白木の箱に聞かせるように江州節を歌った。

白木の箱を二階の仏壇に安置し、歌った方が奇妙じゃないのにと典子は思ったが、幸太郎の真剣な表情を目にしたら、口に出せなかった。

午後三時すぎ、尚徳から食堂に電話がかかってきた。

「初七日はしないと島の人たちに報せたよ。納骨に参加するよ。日時は決まった？」

「まだよ」

「幸太郎さんは何を考えているんだ」

「お母さんと数十年ぶりに会ったから別れがたいのね」

「会ったといっても、亡くなってからだ。だが、よく幸太郎さんに連絡がついたな」

「おばさんが米寿の年に年賀状が来たのよ」

「幸太郎さんから？　新年おめでとう以外に何か書いてあった？　歳をとって故郷が恋しくなったとか」

「一言、自分は元気にしていますって……おばさん、うちに、仏壇の引き出しから取ってきた年賀状を見せて涙ぐんだわ。おばさんは何度も、一度帰っておいで、一度でいいから顔を見せて、と手紙を出したらしいけど……」

「何の返事もなかったんだな。とにかく俺から強く言おうか」

「少し待って。うちが説得するから」

典子は、納骨の日を早く決めるように幸太郎に強く言ったが、幸太郎は聞く耳をもたなかった。

初七日にあたる八日の十一時前、分厚い服に身を包んだ隣近所の五人の老女が手を合わせに小湾食堂にやって来た。初七日はしないと言ってもお年寄りはじっとしていられないんだわと思いながら典子が二階の小さい仏壇に案内したが、幸太郎はすぐ白木の箱を抱え、階段を下りた。典子と老女たちは顔を見合わせながら幸太郎の後を追った。

老女たちは列をつくり、カウンターの上の白木の箱にとまどいながら一人一人合掌した。

十一時きっかりに、幸太郎はカウンターの内側から白木の箱に語りかけるように江州節を歌いだした。

老女たちは奇異な表情を浮かべたり、音痴ぶりに一瞬口元をゆるめたが、子供の頃からなれ親しんだ江州節にしんみりと聞き入り、人情に篤かった幸太郎の母親を思い出したのか、全員涙を流し、顔を伏せた。

老女が「歌っておくれ、もう一回」「なんだったら一番だけでいいから」と言ったが、幸太郎は無視し、二階に上がっていった。

幸太郎の歌に共鳴したのか、白木の箱が引き寄せたのか、食堂にはしだいに女たちが毎日やってくるようになった。ほとんど小湾集落の老女だったが、東浜集落の女たちもやってきた。

典子は幸太郎の音程のはずれた歌に聞き惚れている女たちを見つめているうちに、白木の箱がいっそういとおしく思えてきた。自分の身内でもないし、納骨を急かさなくてもいいと思った。

客が増えたせいか、幸太郎は午後二時にも白木の箱を食堂のカウンターに据え、歌うようになった。

女たちは何も注文せず、一人残らずカウンターの上の、幸太郎の母親の遺骨の入った白木の箱に合掌した。

百年一日のごとく変化が起きない浮盛島では白木の箱と幸太郎の歌は人々のかっこうの話題になり、島中に広がった。

幸太郎があたかも持ち歌のように江州節を歌うようになってから十日目の午前十時半、食堂の前に軽自動車の止まる音がし、開いた引戸から冷たい海風が吹きこんだ。胸に赤紫の江州家の母屋の刺繍がほどこされた黒いジャンパーを着け、酒瓶を持った尚徳がスツールに座った。カウンターにいた典子は「ひさしぶりね。お食事?」と聞いた。

「食事なんかいい」

尚徳は乱れた前髪をかきあげた。

少し頭にきた典子は、「食堂に来て食事なんかいい、はないでしょう」と言った。

「村役場は幸太郎の問題に腰を上げない。机の番をしていても給料がもらえるシステムは考えもんだ。観光協会にはわずかの補助しかないのに」

「幸太郎の問題?」

「白木の箱と江州節だ」

典子はカセットコンロに網を乗せ、スルメイカを焼いた。すぐ香ばしい匂いがただよった。

「いる?」

「もうすぐ降りてくるわ」

典子は尚徳の前にスルメイカに芥子マヨネーズをそえた丸皿を置いた。

二人はスルメイカを嚙った。

「来たわ」

内階段をゆっくり降りてきた幸太郎はカウンターに入り、冷蔵庫を開け、ミネラルウォーターを飲んだ。

「幸太郎さんお元気そうですね。……浮盛島法では酒のプレゼントは禁止と定められているが、二升持ってきた。俺の気持ちだと思って内緒にしてください」

尚徳はカウンターの上の泡盛を幸太郎の前に置いたが、幸太郎は見向きもせず、今度はスポーツドリンクを飲みだした。

「よく飲むなあ」と尚徳は典子に言った。

「幸太郎さん、浮盛島法を知っていますかね。どうですか」

幸太郎はスポーツドリンクを飲み続けている。

「……ちゃんと目、覚めているのかな」と尚徳は典子に言った。

「性格よ」

典子は幸太郎にスルメイカを勧める。

「浮盛島法?」と幸太郎が思い出したように言った。

尚徳はしめたとばかりに大きく息を吸い込み、長々と、しかし要点をまとめ、スツールに座った幸太郎に浮盛島法制定の経緯や内容を話した。

二年前、二〇〇八年の夏、浮盛島永続のために島民の人格や人情を研かなければならないと主張する尚徳に観光協会ボランティアの三人の青年が賛同し、試行錯誤しながら一カ月ほどかけ、浮盛島法を作った。

第一条はありきたりだが「挨拶の徹底」、第二条に、漁師といえども、たまに来る貴重な観光客に不快感を与える汚れた服は着用しないという規定を設けた。

第三条に「禁酒」を盛り込もうとしたが、酒を欠かせない島民が多く、侃々諤々の末、酒好きの観光客も考慮し、「節酒」におちついた。

「酔っ払いのいない島」というスローガンを大々的に謳い、公民館の掲示板に次のような項目を大書した。一、昼間の飲酒を禁ず。二、酒の献呈の禁止。三、晩酌は男五合、女は二合以内。

尚徳が「第四条は親善精神の徹底です」とさかんにスルメイカをかじっている幸太郎に言った。

「観光客が気軽に島民とお茶を飲み、語り合えるように門にはご自由にお入りくださいという、観光協会が配布したプレートを掛けさせました」

第五条に、昔の流刑地のイメージを払拭するためにどの家も鍵をかけずに寝るようにと明記し、「泥棒のいない島」を二つ目のスローガンに掲げた。

「よく島民は浮盛島法に同意したわよね」

「……浮盛島法は度がすぎると抗議し俺たちの前で酒を飲んだ中学生を、港湾ビルの前の木に縛りつけましたよ」

尚徳が幸太郎に言った。

「浮盛島法を破る人もけっこう出たわ」と典子が尚徳が持ってきた泡盛を見ながら言った。

「ついこの間、だらしないステテコ姿で表を歩いていた老人をこっぴどく説教して、誓約書を書かせましたよ。また、酔って電柱に犬のように小便をかけた男を公民館の一室に閉じこめて、反省させました」

「規則実行の監督は尚徳さんよ。たいへんだけど」と典子が幸太郎に言った。

「村役場のインテリを気どった職員から、浮盛島法は憲法に違反する、オオゴトになるとクレームがついたが、二十歳以上の全島民の投票で決定したから誰も何も言えませんよ」と尚徳が言った。

「浮盛島法は法律というより努力目標よね」と典子が尚徳に言った。尚徳は典子を無視し、「幸太郎さんは頭は良くなかったが、おとなしくて、人のいうことをよく聞く、とてもいい子供だったとお年寄りたちが言っていましたよ。……ところで、水分の取りすぎでは？」と幸太郎に言った。

「歌う前に喉を潤しているのかしら」と典子がささやいた。

「幸太郎さん、意を決して二升持ってきました。浮盛島法違反です。しかし、発案者の親戚ですから」

「酒は飲まん」

スポーツドリンクを飲み干した幸太郎は立ち上がり、二階に上がった。

「酒は飲まん？　何を楽しみに生きてきたのかな？　いい仕事をした様子も、恋愛をした感じもないし」

「失礼よ、尚徳さん」

尚徳はスルメイカをかじりながら「前歯が一本ないが、差し歯にする気はないのかな。もうみかけはどうでもいいのかな」と言った。

典子はカウンターの丸皿やペットボトルを片付けた。

「どうして歌うんだ？　まともに会話もできない男が。幸太郎は鳥なのか」

「無口な人ほど歌は上手よ」

言った後、典子は口に手をあてた。

「上手？　音痴なのに。幸太郎の白木の箱と歌をどうにかしてくれと俺は島民に泣きつかれている」

「本当？　女の人たちは涙を流しながら聞いているわ」

二階から白木の箱を抱えた幸太郎が降りてきた。

カウンターの内側の丸い掛け時計が十一時を打った。

幸太郎はカウンターの上に白木の箱を静かに置き、心持ち頭を下げ、江州節を歌い始めた。尚徳は息をつめ、聞いた。

歌い終わった幸太郎は白木の箱を持ち、カウンターを出た。「幸太郎さん、どうしても歌いたいなら歌ってもいいですが……すぐ納骨しないんだったら二階の仏壇に安置したらどうですかね」と尚徳が言ったが、幸太郎は足をとめず二階に姿を消した。

「幸太郎は江州節が俺の家の栄光を歌った、浮盛島唯一のポピュラーな民謡だと知っているのかな？観光協会のイメージソングでもあるんだ。民謡は読経じゃないよ。白木の箱を前に歌わなくてもいいじゃないか。第一、ひどい音痴で、聞く者の心にも仏にも少しも響かないよ」

尚徳は意気込むように言った。

「おばあさんたちは聞いて泣いたわ」

「いいか、典子、ただでさえ観光客が月に一人二人しか来ない島なんだ。食堂をやって知っているだろう？　白木の箱と歌の噂が広がって、浮盛島は陰気な島、打ち拉《ひし》がれた島、不気味な島、死の島というイメージが定着したらどうするんだ」

「大げさよ。幸太郎さんは有名人じゃないし、何の影響力もないわ」

「ところが夜になると突然泣きだす年寄りが出てきたんだ。幸太郎の歌と白木の箱が、まもなく自分もあのような姿になるのかと思わせてしまったんだ。年寄りに恐い思いをさせて、と子や孫が怒っている」

「……」

「幸太郎は年寄りたちを安らかにあの世に送りたくないのか?」

「白木の箱を恐がっているの?」

「お骨は墓に納めなければならないはずだ。カウンターに置いて人目に晒すもんじゃない。息子のいない淋しさにずっと耐えていたんだ。母親が死んでから顔を見せるとは……永久に現われるべきじゃなかったんだよ」

「幸太郎さんは島に長くはいないような気がするの。納骨が済み、お母さんが天国に行く四十九日までよ。後少し待って。うちが説得するから」

「……約束だよ」

尚徳はスルメイカを口に放りこみ、立ち上がった。

3

二月下旬の十一時少し前、「松亀友の会」という老人会の八十代半ばの男たちがオーバーや丹前を着込み、小湾食堂にやって来た。

木製のテーブルにホットコーヒーとチーズ、サラミソーセージを置いた典子に赤ら顔の太った老人がカウンターの背後の棚に置かれた白木の箱を指差した。

「八重さんか?」

典子はうなずいた。

「なぜ、こんな所にまだいるんだ?」

「今さっき幸太郎さんが二階から連れてきたの。手を合わせますか?」

「手は仏壇で合わすものだ。おまえはわからんだろうが、八重さんはとても苦労したんだよ、若い頃」

父親のいない幸太郎を連れ、浮盛島に戻ってきた母親は、山や家々の垣根に生えた竹の子を採り、月夜に溜め池の水面に出てくる鰻を捕らえ、港にいる人に売り、幸太郎を育てたという。

「わしの漁の手伝いもしたよ」「わしの畑の小作もしたよ」と短い白髪の、目のギラギラした老人と、頭の禿げた角張った顔の老人が言った。

「いつのまにか竹も消えて、鰻もいなくなったな」と顔に皺が人一倍刻まれた小柄な老人が言った。

「竹も鰻もたくましく育つものだがな」と頭の禿げた老人が言った。

「わしらが生まれた大正の頃までは、島民は炭も焼いていたようだがな。山の木も消えたな」と太った老人が言った。「大昔、流罪人たちが植えた木だそうだ」と小柄な老人が言った。

「二十歳そこそこで幸太郎を産んだが、容姿は衰えなかったな」と小柄な老人が話題を変えた。

「女は子供を一人産むときれいになるもんだよ」と太った老人が言った。

トックリの灰色のセーターを着た幸太郎が出入口の脇のトイレから出てきた。

「幸太郎、丈は高くなったが、ひどく痩せたな。だが、偉いよ。人前に出られるようになったんだからな。子供の頃は人見知りが激しかったがな」と太った老人が幸太郎を呼び止め、言った。

子供の頃の幸太郎は冬も雨の日も大きな麦藁帽子をかぶり、十字路でも路地から大通りに出る時にも人や自転車を気にとめず、うつむいたままチョコチョコ歩きながら歌を口ずさんでいたという。

典子はカウンターに入った。

オーバーの下に抱きかかえてきた三線を手に、白髪頭と禿げ頭の二人の老人が幸太郎の後からカウンターに入り、幸太郎をはさむように立った。典子は端に寄った。

出入口の戸が開いた。寒風が吹き込んだ。黒い半コート姿の尚徳は大きくウェーブした髪をかきあげ、周りを見回しながらカウンターの隅のスツールに座った。

幸太郎は棚から白木の箱をカウンターの上に置き、江州節を歌いだした。すぐ両脇の老人が伴奏した。

太った老人が手拍子を打ち始めたが、幸太郎の音の外れた歌に調子が合わせにくいのか、ほどなくやめた。

小柄な老人が箱の中の幸太郎の母親を招くかのように、ゆっくりと拳を動かし、座ったまま踊った。

歌い終わった幸太郎はいつもはすぐ二階に上がっていくのだが、三線の伴奏にいささか興奮したのか、立ち尽くした。

伴奏した二人の老人はテーブル席に戻った。幸太郎は冷蔵庫からミネラルウォーターを取り出し、ゆっくりと飲んだ。

尚徳がスツールから立ち上がり、老人たちの前に立った。

「みなさんを見て、俺は開いた口がふさがらない」と尚徳は言った。「寒いのによく港で三線を弾いているが、いつもここに来るのかな?」

「初めてだよ」と小柄な老人が言った。「八重さんが元気な時はたまに来たな」と白髪頭の老人が言った。「こんなに揃ったのは初めてだな」と太った老人が言った。

「今日は寒いから家にこもっていると思っていましたよ。まさかこんな所に……三線なんか持ってくるとは」

尚徳は小さく舌打ちした。

「あなた、白木の箱を見てお年寄りは死を恐がっていると言っていたけど、違うみたいよ」と典子が尚徳に言った。

　幸太郎は白木の箱をカウンターの棚に置いた。

「幸太郎さん、浮盛島の将来は外からどれだけの客が来るかどうかにかかっているんですよ」

　尚徳は、客が増えたら国や県から交付金を受け、港を浚渫し、大型フェリーや高速船を就航させ、浮盛島運営のホテルを建てる。しかし、島内の自然は手付かずのままにすると息を切らしながら言った。

「四季折々の釣り大会も企画している。……外から客が来なくなると本島の家畜や犬猫の火葬場とか塵芥焼却場が造られ、……わずかな金は落ちるが……きらびやかな本島や他の島に劣等感を抱いて生きていかなければなりませんよ」

　幸太郎はそっぽを向いている。尚徳はひときわ甘いコーヒーを飲んでいる老人たちを振り返った。

「みなさんも塵芥焼却場より若者の鍛練の場にした方がいいと思いませんか？　どうですか？　本土の中学生や高校生に体験学習をさせる。朝八時半開始、午後五時に終了。黍を植え付けさせたり下葉を刈らせたり……。今頃なら千坪、二十五トンの黍を刈り取れます。またススキや雑草や食えない海藻から肥やしを作らせる。今、学校側と調整しています」

「火葬場とか焼却場は大袈裟だよ、尚徳」と太った老人が言った。

「いや、ありえます」

「そんなに働かせて、生徒がくるかな？」と小柄な老人が言った。

「自転車、釣り、ハブ捕りなど遊び時間も設けますよ」

「ハブ捕りも遊び？」と赤い花柄のエプロンのポケットに両手を突っ込んだ典子が尚徳を見た。

「罠を仕掛けに山に入るだけだ」

尚徳は典子からテーブル席に顔を向けた。

「体験学習や釣り大会以上に、俺は文化人や学者を江州家に呼んで、精神的に豊かな島だとわからせたいんだ」

尚徳は幸太郎を見た。

「幸太郎さん、聞いていますか？　白木の箱に歌うのはよしてください。お母さんがかわいそうだ」

典子が老人たちを指差し「みなさん、歌を聞いて、活気が出たわよ」と言った。

「歳をとると真剣に考えないんだ」

尚徳が典子に声をひそめ、言った。

「心に響いているんじゃないかしら」

尚徳は幸太郎を見た。

「幸太郎さんが成長した話を歌にしたら、お母さんも天国に行けますよ。幸太郎さんは一体全体、七十年近くどう生きてきたんですか？　納骨したら親孝行になりますよ。白木の箱に向って歌うのは、孝行をしなかったという幸太郎さんの懺悔だな。……失礼を顧みず島のために本音を言わせてもらいました」

「八重さんは見上げたもんだ。九十歳まで食堂をやっていた」と太った老人が言った。

幸太郎は典子が手渡したスポーツドリンクを飲み干し、カウンターを出た。尚徳はスツールから立ち上がった。

「幸太郎さん、人のために尽くしたら後向きの考えもきっと消えますよ。どうですか？　本島のリハビリ施設を回って、歌っては。典子と一緒に」

「うちも回るの？」と典子が言った。

幸太郎は振り向かずに内階段を上っていった。

「君も幸太郎に厳しくしろよ。あんまり肩をもつと愛人だと噂されるよ」

「うちは太っていても三十代半ばよ。まだまだ若いわよ。愛人なんておかしいわ」

尚徳は老人たちに向きなおった。

「これ以上は言いませんが、みなさんも子々孫々のために浮盛島を愛してください」

尚徳は老人たちの顔を見回しながら半コートの衿を立て、小湾食堂を出ていった。

4

朝の八時すぎ、東浜集落の港に着いた典子はハンドルの前とサドルの後ろに籠を取り付けた自転車を押し、漁協の一角にある魚売場に入った。

革ジャンを着け長靴をはいた小太りの漁協長は典子に気づき、コンクリートの柱に隠れた。

典子は壁に自転車を立て掛け、足早に歩み寄った。

「どうしたんですか?」

「何が?」

「うちの顔を見て、隠れて」

「……ほとぼりが冷めるまで、魚を買わないでくれないかな」

「えっ、魚を買わないでって?……何、ほとぼりって」

「幸太郎は浮盛島法に違反しているらしい」

「どこが違反しているのかしら?」

「とにかく観光協会から漁協に話があった」

「それで、うちに魚を売らないんですか。漁協長は子供の頃よく幸太郎さんと遊んだんでしょう？小湾食堂の応援をする気はないの？」

典子のふくよかな顔が赤らんでいる。

「何十年も顔を見ないと全く別人としか思えないな」

「だったら、食堂に幸太郎さんの歌を聞きにいらっしゃったら？」

漁協長は頭髪が薄くなった頭をさすりながら、「幸太郎は昔から変人だったよ、な」と近くにいる二人の初老の女に言った。

姉さんかぶりをし、長いゴム手袋をした女たちは小さい低い椅子に座り、包丁を手早く動かし、魚の鱗をはがしている。

幸太郎は子供の頃、成績が悪く、素裸につなぎの服を着け、人間を諭すように犬に話しかけていたという。

「うちも子供の頃、猫としょっちゅう話をしたわ。小湾集落の漁師は今でも魚に話しかけていますよ」と典子は言った。

「幸太郎はおとなしく、人見知りをしたが、からかわれると、すぐ大きい石を持ち上げて投げつけたんだ。わしらとは違っていた」と漁協長は言った。

「馬鹿にされたら誰だって何でもするわよ」

「八重さんが問題だったんだ。何も教えなかったんだ、な」

漁協長は初老の女たちに相槌を求めた。

女たちは魚をさばく手を休めず、「男親がいないから、八重さんは働くのに忙しくて幸太郎に何も教えなかったんだね」「幸太郎は中学もやっと卒業できたんだよ」と言った。

「五十年ぶりに帰ってきたのよ。懐かしくないのかしら。うちなら抱きついて泣くわ。じゃあ、聞きますが、みなさんは母親からどんな立派なことを教わったの？　それにみなさんも高校には行かなかったでしょう？」と典子は言った。

女たちは「納骨もまだしていないんだってね」「八重さんもおちつかないよ」と言いながらさばいた魚をプラスチックの青いバケツに入れ、水道の蛇口の方に持っていった。

典子は漁協長に向き直り「村八分にしたら憲法違反よ。何というのか……生存権の侵害よ」と言った。

「納骨をするまでは島のために小湾食堂には卸さないでくださいと言われたんだ」

「尚徳に？　尚徳は漁協長の何なの？　御主人様なの、社長なの？」

「尚徳は島の将来のためによくやっているよ。わしは期待している」

典子は「尚徳は尚徳、観光は観光、食堂は食堂よ。五十年も続いている店が潰れたら、漁協長、あなたの責任よ。幸太郎さんは干乾しになるのよ。浮盛島法のモットーはやさしさ、親切でしょう？　幸太郎さんにもやさしくして」と矢継ぎ早に言ったが、漁協長は頭をかきながら奥の事務所に消えた。

幸太郎は食堂の手伝いもせず、ただ歌っている……。急に典子は憤慨したが、幸太郎の母親の言葉を思い出し、食堂を続けようと自分に言い聞かせた。

今日はカレーライスと味噌汁しか出せないと思いながら小湾集落に戻った典子は、通りかかった若い漁師にかけ合った。いつも驚いたように目を見開いている色黒の漁師は漁協には絶対言わないようにと釘をさし、とりたての魚を毎日食堂に卸す約束をした。

午後二時前、江州家の刺繍のジャンパーを着た尚徳が小湾食堂に来た。典子はしらんふりをした。

「どうかな？　典子さん」

尚徳は持ってきた看板を見せた。縦七十センチ、横三十センチほどの板に二本の脚がついている。

「十八歳未満の入店は無条件でお断りします。小湾食堂。何？　これ」

「個人的に恨みはないが、島のために社会悪を撲滅する。後で入口に立ててくれ」

「立てたら海風で吹っ飛ぶわよ。あなた、完全に営業を妨害する気？」

「近々、本土から体験学習の高校生を呼ぶんだ」

尚徳は看板をテーブル席の椅子にもたせかけ、乱れた髪をかきあげながらカウンターのスツールに座った。

典子はカウンターの内側から尚徳に向き合った。

「あなた、漁協に圧力をかけたわね」

「浮盛島のために協力を依頼した」

「高校生にお酒を出すわけじゃないのよ。理由は何？」

「遺骨を前に歌う人間を不気味だと思わない高校生がいると思うか？」

「人それぞれよ。鎮魂の歌だと思う人もいるわ」

「鎮魂の歌？　江州家を讃えている歌が？」

「母親に聞かせているんだから、お墓に納めたらもう歌わなくなるわ」

「だからいつ墓に納めるんだ。島民たちは一刻も早く幸太郎を墓に連れて行き、母親の遺骨を納めさせろと言ってきかないんだ」

「やっと母親と対面したんだから別れがたいのよ」

「生きている母親と対面したのならまだしも、遺体と対面したんだ」

「それでも別れがたいのよ」

「墓に毎日歌いに通ってもいいはずだ。幸太郎は家にこもって、痩せて、青白くて、目はトロンとして、死神のようだと島民たちが言っている」

「島民たちが？　本当かしら」

「幸太郎は就職のために那覇市に渡り下宿したようだが、幸太郎の出身地を知ったとたん、顔色を変える人もいたそうだ」

「うちもおばさんから聞いたけど、ひどい話よね」

「浮盛島の人なら多少は似たような目にあったようだ。ボーッとしている幸太郎には、はるか昔浮盛島に流されたのは偉大な文化人、学者だ、世に言う犯罪人ではないんだ、とは言えなかったそうだ」

「もしうちが浮盛島の人でも、そんなこと、いちいち言わないわ」

「何カ月もたたないうちに東京に働きに行ったそうだ」

「おばさんから聞いたわ。一旗あげるまでは帰ってこないと強く言う幸太郎さんに、おばさん、とても驚いたそうよ。悩んだけど、世間に鍛えられてたくましい人間になりますように、と仏壇の先祖に念じて送り出したそうよ」

「一カ月もしないうちに島に帰ってくると誰もが思っていたそうだ。それがまさか数十年も東京暮しを続けたとはな」

「一旗あげるまで帰ってこないという気持ちは本当だったのね。苦労もしたでしょうけど、偉いわね。一人で五十年も。うちも三年ほど本土暮らしをしたから分かるけど」

「……知っているかどうか……幸太郎は本土で病院に入院していたそうだ」

「……初耳よ。本当かしら」

「君は何でも本当かしら、だな。中年の頃突然、電車の中で大声で歌って、駆け付けた鉄道警察隊に殴りかかったそうだ」

「誰から聞いたの？　その話」

「それは言えないな」

「……」

「東京の福祉事務所は幸太郎の身寄りを探したが、石川という名字がありふれているからか、探し出せなかったらしい。規則正しい入院生活を送ったせいか、大量の薬の副作用なのか、当時はふっくらと太ったようだ」

「ちゃんと治ったのよね」

「入退院を繰り返したが、数年前に退院してからは不況で、若くもなかったが、なんとか日雇いの仕事に就いたそうだ。それで生活保護は打ち切られ、また今のように痩せたようだ。話を戻すが、外から来る客は一人のやさしい人に接すると島全体がやさしいと思う。一人おかしい者がいると島全体がおかしい、と記憶に残る。今はとても微妙な時なんだ」

「幸太郎さんと関係なく、島に来る人は来るんじゃないかしらね」

「君は相変わらず他人事のようだな。まあ、島の人間じゃないからな……島が嫁不足なのは知っているだろう？　白木の箱のイメージが本島に広まったら、どこから嫁が来ると言うんだ？　今度の集団見合いの会場は浮盛島の予定なんだ」

「見合い？」

「本島の高校に進学して、就職して、結婚して戻ってこない女の家族に制裁金を科そうという案も出たが、まずは見合い大作戦の結果を見ようということになった」

「集団見合いって初めてでしょう?」

「独身男性の写真と履歴書を本島の結婚相談所に送ってある。経費は全額村役場が持ち、運営は観光協会がする」

「尚徳さんも、もちろん参加するんでしょう?」

「俺は、江州家の子孫を残さなければならないが、収入が少なくて、このままでは嫁ももらえないよ」

「……何か哀れね。本島か本土に行ったら?」

「江州家の直系だから一生島を離れられないよ」

立ち上がった尚徳に典子が「まもなく幸太郎さんの歌の時間よ。聞いていったら?」と言った。

「江州節は本来なら誇りだが、あのような歌い方には耐えられないよ」

尚徳は立ち上がった。

「看板を立てるとかえって異様に思われるわよ。方法はいくらでもあるわ」

尚徳は躊躇したが、看板を持ち、帰っていった。

5

幸太郎が歌う時間帯に小湾食堂には行かないようにする。歌いだしたらすぐ外に出る。歌い終わったら再入店してよい。席を立たずに江州節を聞いた者は観光協会のブラックリストに載せる。このような通達文を尚徳は浮盛島法を共に創案した三人の青年たちと手分けし、全所帯に配布した。

しかし、幸太郎は目の前の客が食堂を出ようが残ろうが意に介さず歌った。

夫や息子を漁に出した後、歌を聞くのを楽しみにしていた小湾集落の女たちは食堂に来なくなった。聞きにくる客は一人もいなくなったが、毎日定刻に幸太郎は白木の箱をカウンターの上に置き、歌い続けた。

尚徳は連日、食堂の典子に電話をかけ、どのような手段をとってでも即刻幸太郎を島から出すよう急き立てた。

「幸太郎さんは自分の店で歌っているんだから自由なはずでしょう。あなた、独裁者のように言わないで。うちが心を込めて説得するから」と典子は言った。

典子は幸太郎に「一日も早く納骨しましょう。お母さんは幸太郎さんの歌を十分聞いて満足していると思うから、ね」「お母さんは長い間顔を見せなかった親不孝をとっくに許しているわ」「お母さんにさよならしましょう。いつの日か天国で会うまで、ね」などと毎日のように言ったが、幸太郎はうんともすんともなく、すぐ二階に消えた。

幸太郎の母親に恩がなかったなら、こんな無口の上、無愛想な男からうちはとっくに離れていたのに……と典子はぼんやり思った。

客のいない食堂の天井に、高音が一瞬叫び声にも聞こえる幸太郎の歌が連日響いた。

三月中旬の朝八時、風呂敷に包んだ白木の箱を首から提げた長身の幸太郎が、小湾食堂の前にじっと立っていた。出勤してきた典子は内心驚いたが、「今日、お墓に行くの?」とやさしく聞いた。

きれいに髭を剃り、年代物の灰色の背広を着け、ネクタイを締めた幸太郎は充血した目を見開き、分厚い唇を動かし、江州節を歌い出した。

歌いおわったら墓に向うにちがいないと感じた典子は食堂に入り、慌ただしく墓前に供える黒砂糖や線香や酒を準備した。

外に出た典子と入れ代わるように幸太郎は中に入り、二階に消えた。

半時間ほど典子は待ったが、幸太郎は出てこなかった。

典子は階段の下から「幸太郎さん、お母さんの納骨に行きましょう。うちがありあわせのものを準備したから、ね」と呼びかけたが、返事はなかった。

典子は準備した品々を元の場所に置いた。

幸太郎は数日、首から白木の箱を下げ、食堂の前に立ち、一人ポツンと歌っていたが、ある日、典子の自転車の前籠に白木の箱を入れ、人通りの多い東浜集落に向った。

幸太郎は浮盛島一広い十字路に立ち、歌った。

この日以来、幸太郎は食堂の前や中では歌わず人を求め、東浜集落に出かけるようになった。

那覇市の葬儀場には十数人の島出身の人しか来なかった。納骨の前にお母さんを島中の人に会わせるつもりなんですか？　典子は幸太郎に聞いたが、答えは返ってこなかった。

幸太郎は小中学校の下校時に合わせ、校門に現われた、かと思うと港の出入港の時間にも姿を見せ、公民館の催しにも勝手に飛び入り参加した。

無口の上、無表情な幸太郎が大勢の人の前に立つとは……典子は信じがたかった。いつも幸太郎は白木の箱を首から胸に提げ、人々に向きなおり、以前より一段と赤っぽい唇を大きく開け、高々と江州節を歌った。

子供の誕生祝いや合格祝いにも白木の箱と共に家の中に上がり、断りもなく江州節を歌う幸太郎に家人は眉をひそめ、また気味悪がった。

島民から村役場、駐在、観光協会にクレームが持ち込まれた。幸太郎は病気だ、と診療所に訴える者もいた。

島民は尚徳に「何のために我々は節酒していると思うか?」「幸太郎は浮盛島法の精神を破る危険人物だ」と口々に文句を言った。

尚徳に会いに観光事務所に来た駐在や役場の幹部が、幸太郎の行状は法律に抵触するわけではないが、浮盛島の観光振興に支障をきたす。観光協会長でもあり浮盛島法を作った尚徳が手をうってくれと、げたをあずけた。

三月下旬の昼前、幸太郎は自転車にまたがり、東浜集落に向った。

港の上空は曇り、くすんだ紺色の海面に連日白い波頭がたっている。

大きく揺れる定期船のタラップから人々が大小の荷物を持ち、緊張しながら降りてきた。首から白木の箱を下げ、タラップの近くに立っている幸太郎が、あたかも合唱隊が歓迎の歌を歌うかのように大声を出した。海風が強く、江州節はほとんど人々の耳に届かなかったが、船酔いをしている人や疲れ切った人も幸太郎に視線を向けた。幸太郎を見つめていた肌が透けるように白い観光客の女性はしゃがみこみ、粘っこい液体を吐いた。

「三週間ぶりの観光客だ」と半ば叫びながら駆け寄ってきた尚徳が彼女を抱え起こし、背中をさすり、港湾ビルの待合所に連れていった。

尚徳は幸太郎に強く文句を言おうと外に出たが、歌いおわった幸太郎は自転車にまたがり、一周道路を小湾集落の方に去った。

曇り空にぼんやり浮いていた夕日が水平線に沈み、暮れかかった午後六時前、定期船は人を乗せ、荷物を詰め込んだ。

昼間来た観光客の色白の女性は気分が回復せず、どこも廻らないまま船室に横たわった。

まもなく定期船は那覇市に向け、出航し、見送りの人たちは散った。珍しく小湾集落から到着が遅れた幸太郎は桟橋の端に立ちつくし、定期船を見送った。

自転車の前照灯をつけ、一周道路を小湾食堂に帰っていく幸太郎の背中を見ていた人々は徐々に集まった。勤務後観光協会に居残っていた尚徳も出てきた。

「船が那覇港に着いたら、変人幸太郎の噂が広がるだろう。大変なことだ」と中年だが少し腰の曲がった男が尚徳に言った。「観光で島興しするというが、どうなるんだ」と不精髭をはやした若い男が言った。「女や子供は気味悪がって夜道を歩かなくなった」と太った女が言った。「尚徳がどうにかしてくれないと浮盛島は完全に寂れてしまうよ」と腰の曲がった男が言った。「小湾食堂は干上がっているはずだが、幸太郎はよく生活できるもんだ」と不精髭の若い男が言った。「母親がコツコツ金をためこんでいたんだろう」と腰の曲がった男が言った。

「みなさんも少しは幸太郎に直接言ってください。不気味だが恐い男ではありませんから」と尚徳は言った。

尚徳は人々の自分に対する要求の声を聞きながら観光協会の事務所に戻った。

翌日の夕方、いつもの格好をした幸太郎は門扉のない門から家族団欒の家に上がり込み、江州節を歌い出した。同じような事態が何日も続いた。住人は幸太郎を家から追い出したが、中には歌っている幸太郎を家に残し、外に逃げ出す人もいた。

駐在の若い警官が幸太郎に注意し、警告したが、幸太郎は反応しなかった。

幸太郎は頭がおかしくなったという噂が島中に広がり、人々は幸太郎が近づいてくると姿を隠し、また、あからさまに逃げ出すようになった。

立ち話をしている女たちに誰かが「井戸端会議か？　幸太郎が現われるよ」と言うと、女たちは本気とも冗談ともつかない表情になり、すぐ解散した。

尚徳は連日頭を抱え、幸太郎対策を思案したが、有効な手立ては見つからず、村役場の課長たちにいい知恵はないか、と電話をかけたが、誰も思い浮かばなかった。

6

数日後の正午、軽自動車の止まる音がし、黒い半コート姿の尚徳が小湾食堂に現われ、珍しくテーブル席にぼんやり座っている典子に「昼食時間なのに誰もいないな。……幸太郎は？」と言った。

「出かけたわ」

典子は立ち上がった。頭のてっぺんに丸く結った髪が少しほつれている。

「納骨だが……君が勝手にできないか？」

尚徳は典子を見つめた。大きい瞳が妙に輝いている。

「いくらなんでもだめよ。納骨は母子の最後の別れだから。うちは親戚でもないし」

「俺たちが盗んで納骨しても幸太郎は墓を暴くだろうな」

「変な考えはよして」

典子はカウンターに入った。

「何か食べる？　何度も温めなおしたカレーならあるけど」

「ノンアルコールビール」

尚徳はスツールに座った。

典子が注いだグラスの中身を尚徳は一気に飲み干した。

「お見合い作戦、順調？」

「あれも高校生の体験学習もつぶれた」

「……つぶれたの」

「俺は手付かずの自然を逆手にとって、浮盛島を全国に売り出してきた。……スローガン、覚えているか？」

「スローガン？」

どのスローガンかしらと思いながら典子は「島ひとつ、月ひとつの桃源郷・浮盛島、でしょう？」と言った。

「よく覚えていたな」

典子は尚徳のグラスにノンアルコールビールを注いだ。

「一カ月かけて生み出したんだ。……浮盛島に観光資源は何がある？」

「ないわね」

「ちゃんとある。都会人が失った篤い人情だ。この観光資源を俺は長い間、島民に知らしめてきた」

「でも幸太郎さんが来て以来、その島民の温かみが伝わってこないわ。篤い人情というなら、島民は温かく見守るべきじゃないかしら。幸太郎さん、病気かもしれないのに」

「銅像でピーアールできる。銅像をバックに観光客はたいてい写真を撮る」

尚徳は典子に答えず、話題を変えた。

「浮盛島には銅像も石像もないわね」

「俺は何年も前から浮盛島の偉人の銅像を造ろうと考えて、探しているが、偉人とは程遠い幸太郎が来てしまった」

「遠縁でしょう？　幸太郎さんも江州家の枝分かれでしょう？　海のような大きな気持ちで受けとめてあげて。偉人は焦らずにゆっくり探したら？」

「俺の先祖の肖像画でもあれば銅像が造れるのだが」

典子は冷蔵庫から缶コーヒーを取り出し、口にした。

「廃藩置県になって、まっさかさまに落ちてしまった。禄を食めなくて丸裸になった」

出世のために芸事を身につけていた本島の士族の多くは野に下り、民衆を前に楽器を演奏し、踊り、手を濡らさず生計を立てたが、釣りに明け暮れていた尚徳の先祖は馬車引きを始めたという。

「長年うっぷんをためていた島の流罪人たちに、哀れな廃藩の士族、笠に顔を隠し馬を引いていると囃し立てられたそうだ」

「人の世の常よね」

「父親は酔うと、まだ物心もつかない俺に、世が世ならわしは、尚徳、わしはなと口癖のように言っていたそうだ」

「何かわかるような気がするわ」

「俺は必ず身を立てる」

「……」

「学歴は不要だ。中卒の議員もいる」

「えっ、何？」

「東大の法学部を卒業して、政治家になって国を動かす方法だと何十年もかかる。手が届きかける頃には棺桶に片足を突っ込んでいる」

「……中卒が気になるの?」

「選挙が近づいたら俺の顔写真と家系図をポスターに載せて、どっと宣伝する」

「……高貴な家系の人は本島にもたくさんいるのに」

「本島の家系図は戦火を浴びて、ほとんど無くなっている」

尚徳は、士族という尊称を喧伝し、本島各地の士族の子孫と党をつくり、沖縄県議選に出るという。

「県議選に……あなた、確か江州家の末裔だから一生島を出られないと言っていたのに」

「最後の手段だ。だが、出っぱなしじゃない。当選したら島と本島を行き来する」

「なぜ突拍子もなく議員の話? 集団見合いや体験学習の誘致で何かあったの?」

幸太郎のせいだと思ったが、典子は聞いた。

「議員が手っ取りばやいんだ」

「地盤とか資金とか、たいへんじゃないの?」

「県議はほんの小手調べだ。俺の出世の手順を君に教えよう」

尚徳は、琉球処分の前後、本土に渡った財宝や伝統的な家々の家宝を取り戻す県民運動のリーダーになり、名をあげ、同情票を固め、何年か後、衆院選にうって出るという。

「宝を取り戻す運動? そんなの起きるかしら? 古い家系が選挙の力になるなんて……国王の子孫ならまだしも……世の中そんなに甘くないわ。地道に努力を重ねたら?」

「高貴な家系には民衆を引きつけてやまない高い精神性があるんだ」

「でもあなたより高貴な士族の子孫に、自分が出るから、支援してくれと言われたらどうするの?」

「それはありえない。発案者は俺だ」

「やっぱり現実離れしているわ」

「俺は演説の間のとりかたも密かに習得した。民衆は学歴より演説のしかたや表情、呪文のような繰り返しの言葉、大袈裟な身振り手振りに酔って、従うんだ」

「尚徳さん、マヤー（惑わ）されていない？」

「俺はこのような計画をずっと心に秘めていたんだ。このままだと幸太郎が島を決定的にダメにする。だから俺は立ち上がるんだ」

「立ち上がる？」

「その前に幸太郎とはっきり決着をつけなければならない」

尚徳は急に立ち上がり、小湾食堂を出ていった。


家に帰った尚徳は浮盛島法作成に参画した観光協会ボランティアの三人の青年に、夕食を済ませたら協会事務所に来るように電話をかけた。

観光協会の窓の外が暗くなり、港にポツポツと外灯がついた。階段の下から立ち上る騒がしい声がコンクリートの壁に反響した。

尚徳は蛍光灯のスイッチを入れた。顔が窓ガラスに浮かび上がった。唇を強く結んだ。

ドアが開いた。三人の青年が顔を赤らめ、少しふらつきながら入ってきた。

「もう飲んできたのか？　誰にも見られなかっただろうな」と尚徳は言った。

青年たちは黒い人工皮革のシートに座り、テーブルの上に散らかった浮盛島を紹介したパンフレットを片付けた。

尚徳と、漁師だが女のように華奢な体つきをした恵《めぐみ》が冷蔵庫から十数本の缶ビールを取り出し、抱えてきた。

集団見合い用に準備したビールが床に山積みになっている。

四人は缶ビールを開け、乾杯をし、一気に飲んだ。

「恵、誰か来たらまずいから、鍵をかけてくれ」と尚徳が言った。恵は立ち上がった。すぐ尚徳が口を開いた。

「胸の内を明かすが、次の県議選に出る。浮盛島法制定の時と同じく協力をよろしく頼む」

尚徳は数時間前、典子に話した内容を一言一句変えずに青年たちに告げた。

「尚徳が選挙に立つというのか」

髪がペタッと頭皮にくっついた、年中赤ら顔の役場職員、東石堀《ひがしいしぼり》がくわえていた煙草を取り、言った。

「県議になって浮盛島振興の法案を通したい。もう誰にも頭を下げたくないんだ」

「県議って、あの、県の議員?」と恵が言った。

東石堀が大きく煙草の煙を吐き出し、「村議選じゃないのか?」と言った。

「みんな選挙参謀になって知恵と力を貸してくれ」と尚徳が言った。

「三人とも参謀か?」と頬がこけ、目玉が落ち着かずに動く、長身の郵便局勤めの松池が言った。

「作戦参謀、陣頭指揮をとる参謀、交渉参謀だ」と尚徳は言った。

「浮盛島法を作った時から尚徳は何かしでかすと思っていたけど、でも、急に県議というのはとばし過ぎじゃないかな」と恵が言った。

「宝を取り戻す運動? 何なんだ?」「明治と言ったら百年も二百年も前なのに、ちゃんと取り戻せるのか?」「第一、尚徳の家に宝らしい宝はあったのか? どんな運動なのか想像もつかないよ」。三人は矢継ぎ早に言った。

東石堀が吸い終えた煙草を空いたビール缶につっこみ、言った。

「俺も江州家を観光の目玉にしたい。江州家は流罪人を監視した。先頭に立って海賊を討伐した。王府の船や貿易船に食料や水をやった。だが、尚徳は父親の悩みの種だった。尚徳は将来江州家を背負って立つ人間になる気配はみじんもなかったと、俺はおじいたちから聞いたが……」

「そうだよ、何でこんな話、絶対無理だよ。金がないとハナからだめだよ」と松池が言った。

「尚徳、今どきこんな変な思いつきをしたのかな？　幸太郎に刺激された？」と恵が言った。

「江州家を有名にしなければ、本島各地の高貴な家系の者を説得できないんじゃないのか」と東石堀が言った。

「まずは島外から江州家に多くの人を集めるべきだよ」と松池が言った。

「選挙や宝なんかより幸太郎の問題を解決するのが先だ」

東石堀は口にくわえた煙草に火をつけた。

「幸太郎の問題が解決できたら、尚徳は宝を取り戻す運動のリーダーになれると思うな、僕は」と恵が言いながら立ち上がり、冷蔵庫から数本の缶ビールを出してきた。

「自分は正直に言って、尚徳の力を疑っているよ。浮盛島法の時はうまくいったけどな」と松池が言った。

「幸太郎は尚徳の遠縁だから手加減しているんじゃないのか」と東石堀が言った。

「俺は浮盛島法の下……煙は人の顔を避けて吐き出せ。みんな平等に扱っている」と尚徳は咳き込みながら言った。

「浮盛島法と幸太郎は関係ないんだよ」と松池が言った。

「大いに関係ある。島民は浮盛島法に背中を向けだした。挨拶をしなくなった。門扉も閉じている。

幸太郎は自由奔放にいつでもどこでも歌っている。だが、浮盛島法はジワリジワリ首を絞めるだけで、制定から二年もたつのに何の明るい兆しもないじゃないかと、島の人は無言の抗議をしているんだ」と東石堀が息をつぎながら言った。

「僕は相手の顔を見るのが苦手だけど、すすんで声をかけて、挨拶をしたよ。気の荒い素潜り漁の男たちにも、年下にもちゃんと挨拶をしたよ。だけど、もう誰も挨拶しなくなった」と恵が言った。

青年たちはすっかり酔いが回り、舌はまだもつれていないが、ひどく顔を赤らめている。

尚徳は酔えず、顔色も変わらなかった。

「あの行動が問題だろう？　浮盛島法で禁止したらどうかな？　尚徳」と松池が言った。

「……無理だ。島中の人が白木の箱を抱いて歌って、仕事をしないなら話は別だが……」

松池が缶ビールを飲み干し、「自分たちももう島民に浮盛島法を守るようにとは言えなくなったよ」と言った。

「島民が浮盛島法を守れなくなったら島は今度こそおしまいだ」と東石堀が言った。

「浮盛島法を作る時は、僕たちは島中を歩き回って、一軒一軒訴えたよな」と恵が言った。

「役場の住民課長は浮盛島法に反対して、抗議文を作り同僚に血判を押させようとしたよな。結局、血判を押したのは本人だけだったが」と松池が言った。

「孤立した住民課長が、しぶしぶ浮盛島法に賛成した時は、僕は思わずバンザイをしたよ」と恵が言った。

「浮盛島法の時は島民を納得させたのに、どうして幸太郎一人もてあますんだ、尚徳」と東石堀が煙草の空き箱を握り潰しながら言った。

「納骨さえすれば、幸太郎もおとなしくなるって女たちが言っていたが、村長に強制的に墓に納めさせたらどうかな？　尚徳」と恵が言った。

「身元不明の遺骨ならともかく、いくら村長でもな」と松池が言った。

「火葬したら納骨と、昔から決まっているんだ。幸太郎は何を考えているんだ。墓を何だと思っているんだ。先祖が安らかに眠る永遠の家なんだ」と東石堀が言った。

「島民の多くは白木の箱が気味悪いんじゃなくて、あの世に行けなくて、この世を淋しく彷徨っている八重おばさんを不憫に思っているんだよ」と松池が言った。

「墓は亡くなった者にとって、揺りかごなのに、な、尚徳。幸太郎がいなければ、島民で丁寧に墓に納めたのにな」と恵が言った。

「幸太郎は来た時より何倍もひどくなっている。すぐ手を打たなければ江州家どころか浮盛島が滅びる」と東石堀が言った。

「時々飲まず食わずで島中を歩き回って、力を振り絞って、歌っているらしいよ、尚徳」と恵が言った。

　三人は頭に思い浮かぶとすぐ口角から泡を飛ばし、しゃべった。

「食堂の外に出さない方法はないか？　尚徳」と松池が言った。

「……」

「村長や駐在なら逮捕なり監禁なりできるんじゃないのか？　尚徳。人の家に上がり込むからな」と東石堀が言った。

「君も村役場の人間だからわかるだろう？　法的に難しい。それに浮盛島法で、門を開けて入ってくる人を歓迎しろと決めてあるし」

「尚徳、昨日の夜、三人で食堂に行って、幸太郎を脅したり、すかしたりしたよ。だが、聞いていた

「言うだけでは絶対だめだ。手を後ろにねじあげて、耳を引っ張るべきだった」と東石堀が言った。

「穴にでも落ちて、本島の病院に運ばれたらいいのにな」と松池が言った。

「山羊汁を食べさせたら？　血圧が上がって、入院するかもしれないよ」と恵が言った。

「山羊汁？　元気になるよ。隣のおじいは八十すぎだが、山羊汁を食べると必ずハッジョウするから女房が後ろからついてまわっているよ」と松池が言った。

「ハッジョウしたままうろつかれたら危ないな、尚徳」と恵が言った。

青年たちは大笑いしたが、尚徳は笑えなかった。

7

二日後の正午過ぎ、江州家の母屋の刺繍のあるジャンパーを着た尚徳が軽自動車から鍋を降ろし、小湾食堂に入った。

「何？」

カウンターの中にいる典子が聞いた。

尚徳は鍋をカウンターの上に置き、蓋をとった。湯気がかすかに立ち上り、山羊の独特な匂いがたちこめ、典子の鼻をついた。

「山羊、屠畜したの？」

「買ってきた」

尚徳はスツールに座った。

チラッと聞いた山羊汁の話が、まだ尚徳の頭にこびりついていた。

肉料理店は港湾ビルの近くにある。トタン葺きの、三、四人しか座れない小さな店だが、本島産の豚、牛、山羊の肉を扱っている。ほとんどの料理を何日も温めなおし、客に出している。

「幸太郎、いる?」と尚徳は聞いた。

「眠っているわ」

「起きたらやっぱり島中歌って回るのか?」

「午前中あっちこっちで歌ってきたみたい」

「納骨は?」

「いくら言っても聞かないのよ」

「……一緒に食べよう。幸太郎にも食べさせて、こりかたまった精神を解きほぐそう」

「浮盛島の人は山羊汁が大好きよね。以前、この食堂は本当に山羊汁がないのか、と信じられないという顔をした客がいたわ」

「俺は週に一回食べている」

「うちはめったに食べないわ」

「鍋をコンロにかけろよ。まもなく四月だが、今日は寒いから一段とおいしいよ。ろくに見ないで買ったが、ちゃんと赤身も入っているだろう」

典子は白いトックリのセーターの上に黄色い花柄模様のエプロンを着け、カウンターの上のカセットコンロに鍋を乗せた。

「幸太郎を起こしてきたら?」と尚徳が言った。典子は内階段の下から幸太郎を呼んだ。

ほどなくスポーツコートを着た幸太郎が降りてきた。出かけるつもりなのか、だいぶ伸びた白髪交りの直毛に櫛が入っている。

カウンターの隅のスツールに座った幸太郎に、尚徳が「山羊汁、食べますか？　嫌いなら浮盛島の人間じゃないですよ」と言った。

典子が厨房から大きいドンブリを盆に乗せてきた。

尚徳は典子がよそったドンブリの山羊汁を目の前にし、声を失った。たっぷりと浮いた白いような黄色いような脂の中から毒々しい赤黒い肉が顔を出している。いつもの山羊汁とは明らかに違うと思った。

「……昔、幸太郎さんの母親は病気がちだったが、山羊汁を食べて、食堂をやるまでになったそうだ」と尚徳は典子に言った。

「うち、初耳だけど、でも精がつくのよね」

「幸太郎さん、では食べましょう。最後の一滴まで飲み干して下さいよ。残していいのは骨だけだから」

尚徳は何気ないように言ったが、声が少しうわずった。

幸太郎はドンブリにおおいかぶさるように黙々と山羊汁を食べた。

肉を何切れか食べた典子が「水、飲む？」と尚徳と幸太郎に聞いた。尚徳はとっさに首を横に振ったが、幸太郎はうなずいた。典子は立ち上がり、ミネラルウォーターのペットボトルを冷蔵庫から取り出した。

だめだ。冷たい水は脂を固める。血管がつまってしまう。尚徳は内心叫んだ。絶対に飲むな。脳や心臓に血が流れなくなり、あの世行きだ。

典子はミネラルウォーターに口をつけた。典子は本島の人間だから冷たい水の恐ろしさを知らないのだろうかと尚徳は思った。

幸太郎はミネラルウォーターを一気に飲み干し、また食べ続けた。

島の人ならわかるはずだ。山羊汁を食べた人ならわかるはずだ。尚徳は呟いた。

「何?」と典子が尚徳を見た。

「……君はめったに山羊汁を食べないんだな」

「さっき言ったでしょう」

尚徳と典子は肉も汁もほとんど食べ残したが、幸太郎のドンブリには骨しかなかった。尚徳は胸の奥から不快感がこみあげ、少し吐き気をもよおした。

二人は何も言わずじっとしている。

なぜ山羊汁を幸太郎に食べさせたのか、なぜ冷たい水を飲むのを止めなかったのか、尚徳は悔やんだ。

幸太郎はふらふらと立ち上がり、尚徳を見つめた。尚徳は自分の目を疑った。幸太郎の顔は表情がなく仮面のようだった。

幸太郎は突っ立った姿勢のまま勢い良く倒れたが、尚徳の目には一コマ、一コマ、スローモーションのように映った。

尚徳は立ち上がった。だが、身動きできなかった。典子がカウンターを回り、幸太郎に駆け寄り、抱え起こした。「動かすな」と尚徳が怒鳴るように言った。「おい、しゃべれるか?」「心臓、動いているか?」「高血圧だったのか」。尚徳は続け様に言った。

ようやく尚徳は典子の代わりに幸太郎を抱きかかえた。典子がカウンターの隅の電話を取り、診療所に今すぐ医者をよこしてくれるように要請した。典子も気が動転し、「幸太郎は生きている? 死んでいる?」と大声を出した。「生きている」と尚徳も叫んだ。「山羊です。山羊です」と典子は電話口に繰り返し言った。

アブ殺人事件

1

一年前の夏、戦争は終わった。

陽迎島《ようげいじま》は部隊が駐屯していなかったからか敵の空襲も艦砲射撃も受けなかった。島長代理の興平が子供の頃から遊び場にしている、チカラ・ナーグスク（力・名城）の岩も古ぼけたまま平然と横たわっている。この、高さが十メートル、長さが三十メートルほどの岩には七十センチの裸足の足跡がある。五本の指もかかともくっきり残っている。島をおそった津波の際、住民を両手に乗せ、本島に渡す時に踏ん張ったナーグスクという巨人の足跡だと陽迎島の人たちは信じている。

すっかり潮が満ちた、うだるような真っ昼間の今、チカラ・ナーグスクの岩は砂浜から切り離され、ポツンと水に浮かんでいる。強い海風が海浜植物の枝葉をゆらしているが、音は珊瑚や砂に吸い込まれるのか、妙な静けさがただよっている。陽迎島には海難事故に遭った者が白昼、浜に現れるという言い伝えがある。興平は群れ騒ぐ銀色の小魚のようにギラギラ輝いている海面に目をこらした。

皮膚が白くなった興平の父親は伝染病に罹ったと思い悩み、「島民にうつしてはいけない。秘かに病気を治してくる。絶対公にはするな」と興平に言い残し、にわか造りの舟を買い取り、新月の夜中、同じ症状の妻を伴い、沖に漕ぎだした。

島長の失踪はまたたくまに島中に知れ渡った。一人残らず浜に繰り出し、岬を回り、水に潜り、何日も探したが、手がかりは見つからなかった。島長の父親に恩義を感じていた島民は「父親が元気に帰ってくるまでは、おまえに任せる」と興平に告げ、興平を島長代理にするようA軍に要請した。まもなく興平はA軍から「島長代理および陽迎島統治官」という大役を命じられた。興平には荷が重かったが、しだいになんとも言いようのない高揚感が生じた。

興平は今も一人早朝と夜中浜に下り、両親を探し回っている。最近は海中から出た岩や、海面にきらめく月明かりが両親に見え、思わず水に飛び込んだり、ぼんやりたたずんだりしている。島民たちは「神隠しにあった」「戦争直前に埋めた宝物を取りに行った」などとさまざまな噂を流している。興平は「病気を治しにではなく、死にに行った」という夜中どこからかふいに自分の頭に飛び込んできた観念に苦しめられている。

興平は生まれつき片足が十センチほど短く、しかも曲がっているが、チカラ・ナーグスクの岩の凹みから五メートル下の澄んだ水に飛び込んだ。いったん海面に顔を出し、大きく息を吸い込み、潜り、テーブル珊瑚や枝珊瑚の周りを泳ぐ熱帯魚と戯れた。

興平は時々、顎を上げ、平泳ぎをしながら、水が大嫌いな蔵太郎を見た。

なぜ水が大嫌いなのか、蔵太郎は一度だけ興平に話した。

戦争中、あまりにも暑く、寝つかれず、一人夜中、海に潜った時、得体の知れない何かに底に引きずりこまれ、鼻からも口からも水を飲み込み、もがき苦しんだからだという。

砂混りの土に生えたクワディーサーからクワディーサーに飛び移り、またたくまにてっぺんの枝に登り、両足をフラフラさせている蔵太郎は、島長代理と同い年の二十歳だが、身長が小学生ほどしかなく、島長代理と同じく徴兵検査に合格しなかった。

自分を見ている興平に気づいた蔵太郎はクワディーサーからすべり下り、子供の頭大の濃い黄色に熟んだアダンの実をもぎり、思い切り興平の方に投げた。いったん沈んだアダンの実は海面に浮き出た。

蔵太郎がさきほど投げたアダンの実が浮いている、と興平は一瞬錯覚した。色が白く、大きさは人の頭ほどある。興平は立ち泳ぎをしながら目をこすった。岸から三十メートルほど先に浮いているが、岸に近づく気配はなかった。人か人形だと思った。人形ならゴム製だろう。肌理が細かく、すらりとしている。

興平は蔵太郎を呼び、海面の浮遊物を指差し、手招きをした。蔵太郎は砂浜に走ってきた。「何か浮いている。ここにこい」と興平は強く言ったが、水を恐がる蔵太郎は首をふり、海面を見つめながら砂浜を右往左往した。

プカプカ浮いている物体の方に泳いだ興平は、水の底から現れた父親か母親の変わり果てた姿ではないだろうかとふと思い、息苦しくなった。

物体は何も着ていなかった。全身が蠟人形のようにスベスベし、水を弾いている。しかし、触れたら指がブスッと皮膚を破り、体の中に潜り込みそうな予感がする。目は見開いている。「男」にちがいないが、毛は腕にも胸にも頭にも顎にも一本もなかった。興平はマネキンだと考え、立ち泳ぎをしながらつついてみた。空気をたっぷり注入したチューブのように弾力がある。

簡単に破裂する感じはしないし、臭いもないから、興平は「男」の肩に手をおいた。いきなり「男」の体が引っ繰り返り、ツルツルする反面、妙に粘気のある顔が興平の頬にくっついた。すぐさま興平は「男」を押し退けた。「男」は一回転し、興平におおいかぶさった。沈み、鼻から海水を飲んだ興平は手足をバタつかせた。浮かび上がった興平は「男」の手首をつかみ、引っ張りながら、蔵太郎が手招きしている砂浜に向った。「男」は大きさに比べ、びっくりするほど軽かった。

水を恐がる蔵太郎だが、珍しく波打ち際に寄り、「人形か」と言い、覗き込んだ。「とにかく浜に上げよう」と興平は息を整えながら言った。「ズルッと皮が剝がれないか?」と蔵太郎は少し尻込みした。

興平と蔵太郎は「男」の腕を片方ずつつかみ、調子を合わせ、引っ張った。

興平は周りを見回した。砂浜にも海浜植物の木陰にも誰もいなかった。蔵太郎は「男」の傍らにしゃがんだ。「男」の身長は一七〇センチぐらいある。体重はもし生きていたなら七〇キロはあるだろう。身長も体重も自分や父親と同じぐらいだと興平は思う。しかし、こんなにツルツルになる間、水に漂っていたんだから魚に食い千切られていてもおかしくないのに、つつかれた痕さえないのはどうしたわけだろう。また、熱や光を浴びた皮膚にはひびや皺が入るはずだが、皮をはったように張りがあり、一つの染みもないのはなぜだろう。

「島長」

徴兵検査を不合格になった興平が出世したのを喜び、蔵太郎は常に島長代理の興平を島長と呼んでいる。

「島長のように毛がないね」

蔵太郎が「男」をじっくり眺めながら言った。興平は多くの島民のように毛深くはないが、ちゃんと生えている。

蔵太郎は「島長、人形だよ」と言いながら前にA軍兵士からもらったジャックナイフをカーキ色のズボンのポケットから取り出し、「男」の脇腹に突き刺した。硬めの皮膚が裂け、中からねっとりした液が出てきた。黒っぽいが、よく見ると赤い色をしている。蔵太郎は目を見開き、仰け反った。

「島長、たいへんだ。これは人間だよ」

興平は液を人差し指につけた。血液の混じった重油に似ていた。液はまもなく止まった。

「だけど、どこかおかしいな」

蔵太郎が立ち上がり、言った。「A軍にムラヤー（公民館）にある無線で連絡したらいいよ。やつらはいろんな機械を持っているから、人間か人形かすぐわかるよ。何かあったらA軍に知らさなければならないんだろう？　A軍はすぐくるよ。人形だったら、島の女たちをからかって遊んで帰るよ」

「子供たちがいたずらしないように、ちゃんと見ていろよ」

「僕も一緒に行くよ。じっと見たら気味悪いし……蟹がチョン切りに来ても困るから、あの穴に隠そう」

「男」の両手を興平が、両足を蔵太郎が持ち、モンパノキの茂みが入り口をふさいでいる、奥行十メートルほどの洞窟に運んだ。


二人はチカラ・ナーグスクの岩から東に一キロほど離れた、人口百人たらずの陽迎島唯一の集落に向かった。


集落の西側の小さい桟橋の前を通った。対岸の本島から仲買人が乗ってくる小舟も、A軍の水陸両用艇もなく、静まり返っている。

「女」が目当てのA軍の兵士は本島の町に繰り出すが、骨休みの兵士は水陸両用艇に乗り込み、奇跡的に戦災がなく、白い砂浜や、美しい珊瑚礁の海が昔のまま残っている陽迎島にやってきた。彼らはトランジスターラジオから流れるジャズに合わせ、体をゆすりながらビールやウィスキーを飲み、潜り、浜に寝そべり、陽に体を焼き、バーベキューをした。杭に有刺鉄線を巻き、兵士専用のビーチを造るという噂が島民の間に流れている。彼らは女を追いかけ回す気配はなかったが、島の女たちは老いも若きも浜には近づかず、家の中にじっと身をひそめた。


二人は気まずいぐらいに黙ったまま歩き続けた。

集落の外れの尋常高等小学校は戦争中に全焼した。敵襲ではなく、妄想にかられた島民の放火だった。延焼をまぬがれたコンクリート二階建ての職員室を終戦直後、A軍はムラヤーにするよう命じた。今、小中学校の仮設校舎は浜辺の近くに建てられている。

一階の板床に三人の老人が寝転がっている。興平と蔵太郎は外階段を上った。陽迎島がA軍と唯一連絡を取りあえる、興平しか使用を許されていない、A軍の軍隊用の五十立方センチほどの無線機の前に興平は座り、マイクに顔を近づけ、送信ボタンを押した。ムラヤーの屋根に取り付けられたステンレス製のアンテナの高さは十メートルもあるが、小さい雑音が常に混じるし、おまけに通訳の声はいつもおちつきがなく、上擦っている。どうも通訳は神経質な小柄な男のようだと興平は思っている。

通訳は興平の話をメモをとりながら聞いているようだったが、急に慌てだし、「そのまま待って。切らないで、待って」と言った。五、六分待たされた。

「いいですか、よく聞いてよ。一回しか言いませんから。いいですか、すぐ死体を焼いて。焼いてください。人目につかないようにです」

一回しか言わないと言いながら、通訳は二回繰り返した。

「死体？　あんなツルツルの真っ白な人間がいるはずはないよ。人形じゃないかな。どうぞ」

興平は言い、送信ボタンを離したが、通訳は何も答えず、質問をした。

「死体を見たのは島長代理ともう一人の男ですね」

興平はそうだと言った。通訳はやけに何度も念を押した後、「じゃあ、触れたのも二人だけですね」と聞いた。興平はそうだがと答えた。

「君と彼の前に、もしかすると島民が死体を見たり、触ったりしたかもしれないけど、もし、報告があったら必ず私に報せて。また死体を見た話は絶対誰にもしないようにして。いいですね。私は厳重に注意しましたよ」

わかったと興平は言ったが、通訳は続けた。

「すぐに焼いて。どうぞ」

「急に焼いてと言われても……どうぞ」

「民主主義のために命を捧げる誇り高いA国の兵士です。無残な姿を人目に晒すのは非常に酷です。どうぞ」

「兵士？　まさか。あんなにツルツルの皮膚の兵士なんて。……どうぞ」

「とにかく焼きなさい。いいですね。どうぞ」

「だが、たくさんの薪や重油がいる。どうぞ」

「死体は中が腐敗して、ガスになっているから、少しの薪で焼けます、完全に。どうぞ」

通訳の話は理屈にあわないような気がしたが、興平は何も言わなかった。

「いいですか、焼く時、誰にも見られないようにしなさい」

興平は承諾し、肩を左右にゆらしながら外階段を下り、ムラヤー前の井戸水を釣瓶から飲んでいた蔵太郎に通訳の命令を話した。「すらりとしていて、兵士という感じじゃなかったがな。……A軍兵士を人目に晒すのが嫌なら、すぐヘリで取りに来たらいいのに」と蔵太郎は言った。

ムラヤーの中の老人たちはまだ昼寝をしている。裏の倉庫に回った二人は引き戸を開け、薪や重油を持てるだけ持ち、砂浜に戻った。

二人はモンパノキをかきわけ、隆起石灰岩に開いた洞窟に入った。

「この顔はつるんとして、生きていた顔は想像できないな、クガニーサールー」

興平が言った。

興平は幼いころ蔵太郎をサールー（猿）と見下していたが、徴兵検査に不合格になってからは「クガニー（黄金色の）サールー」と呼び始めた。

二人は薪や重油を「男」の脇に下ろした。

「これはあれじゃないか」

蔵太郎が言った。「しょっちゅう酔っ払っていた大男のA軍兵士じゃないか」

集落によく赤ら顔に不精髭をはやした、ぶよぶよと太った休暇中のA軍兵士がやってきた。子供たちが石を投げたが、疲れきった、トロンとした青い目の大男は怒る気力さえなかった。

「あんなに太った兵士は海軍に配属されるよ」

蔵太郎は日頃から軍隊に興味を持っている。「陸軍は何時間も行軍しなければならないし、空軍のパイロットは軽い兵士がいいからね」

「クガニーサールー。この男は死んでもふくれていないよ。異常だよ」

「だけど、よく見ると顔は赤ん坊みたいに可愛いね」

蔵太郎が言った。「生きているA軍兵士は恐い醜い顔だからね。でも、気味悪いね」

仰向いている「男」は洞窟の外から差し込む一条の光に当たり、白いペンキを全身に塗ったようにテカテカ輝いている。

「こいつは髪も全身の毛もそって身綺麗にしているから覚悟の自殺だよ、島長」

蔵太郎が言った。

「戦争を生き延びたのに、自殺なんかしないだろう」

「戦争中、軍艦から海に飛び込んで自殺するA軍兵士もいたらしいよ、島長。これが人間だというのはやっぱり信じられないね。こんなに置いてあっても、蝿もブヨも蟻もついていないんだから。気味悪いから、早く火葬にしよう」

もし人ならどのように焼けばいいのか、迷ったあげく二人はありったけの薪を積み上げ、「男」を乗せ、重油をかけ、火を点けた。勢いよく燃え上がった火の熱と黒い煙に二人は追われ、入り口に走った。

煙が薄らいだ。火に近づいた二人は驚いた。「男」は影も形もなくなっている。興平は一瞬、「男」は火の熱さにびっくりし、洞窟の奥に逃げ込んだのではないだろうかと思い、暗がりに目をこらした。火は消えた。二人は燃え残った薪を脇によけた。「男」は空気が抜けた人形のようにすぼみ、骨も溶け、煤と灰になっていた。通訳の言うとおりA軍の兵士だったんだと興平は思った。

「人間がこんなに簡単に灰になった話をしても誰も信用しないよ、クガニーサールー」

興平は言った。

「信用しないね、島長」

「だから、誰にも何も言うなよ」

「当分は言わないよ。だけど、やっぱり人形だったんだよ。島長はA軍にかつがれたんだよ」

「通訳は変に慌てているみたいだったが……」

「A軍は役者が一枚上だよ。戦争に勝ったゆとりだね、島長」

二人は灰の傍らに腰を下ろした。

わずかな遺骨もないのは変な気持ちだとつぶやきながら興平は両肩をゆらし、オオハマボウに囲まれた一本道を歩いた。

2

ムラヤーの後ろの小高い丘に立ったアカギの枯れ木のてっぺんに鳥が運んだ種が根づき、小さい木が生えてくる。木の枝から飛び立った熊蟬が興平と蔵太郎の顔をかすめた。

二人はムラヤーのコンクリート製の外階段から中に入った。

一階は雨戸があるが、二階の事務室の窓は終戦直後の混乱時に島民が持ち去り、昼夜海からの風が吹き込んでいる。

興平は夜中、家の天井や板壁から両親の声が聞こえてくるような気がし、いたたまれず毎日この事務室に泊まり込んでいる。だが、クガニーサールーや島民には「いつ何時無線が入るかわからないから」と話していた。

壁の丸い大きな時計が午後四時を打った。A軍からムラヤーの開設祝いに贈られたこの時計は一度盗まれかけた。数週間前の夜中、二人の坊主頭の少年が二階の窓によじ登ってきたが、行方不明の父母を捜しに出かけた興平の代わりに泊まり込んでいた蔵太郎に捕まり、柱にくくりつけられた。早朝帰ってきた興平は、子供たちをA軍が決めた罰則も適用せずに解放した。

時計の傍に掲げられている、陽迎島の行政権のシンボルのメダルを見上げながら興平は無線機の前に座った。

A軍の占領は徹底し、ほとんど重要性のない陽迎島にも無線機を設置した。島民は無線機を自分たちの命を外部とつなぐ唯一の手段だと疑わず、盗み壊そうとする者は一人もいなかった。ムラヤーに侵入した少年たちも無線機には手を出さず、時計を狙った。

通訳はすぐ無線に出た。

「すみましたか」と通訳は言った。

「すんだ。どうぞ」

「焼きましたか。どうぞ」

興平はああと言った。

「はっきり返事をして。どうぞ」

通訳は語気を強めた。

「焼いた」

通訳は火葬の情況を根掘り葉掘り聞いた。特に「燃え残りはなかったですか」と念を押した。興平は「すっかり灰になった。そのままにしてきたが、ヤドカリやフナムシが這いずり回らないうちに取ってこようか」と言った。

「まちがいなく灰になったのならいいです。灰は風に飛ばされて、海に流されるでしょう。あなたとずっと一緒の男の名前は何と言いますか。どうぞ」

「クガニーサールーだ。どうぞ」

「本名は？　どうぞ」

「本名はない」

興平はいい加減に答えた。

「おかしな名前ですね。……死体はS上等兵だと判明しました。アブで島民の誰かに殺されました」

興平は頭が混乱した。

「アブ、知っていますでしょう？　S上等兵は地下水路を流れて、チカラ・ナーグスクの岩の辺りに浮きました」と通訳は言った。

アブという穴はチカラ・ナーグスクの岩から二キロほど離れた小山の脇にあり、周辺から湧き水や小川の水が流れこんでいる。深く暗い穴の中には聖なる大イモリが身を潜め、人が落ちてくるのを今か今かと待ちわびているという伝説があり、島民は戦争中でさえ誰も近づかなかった。

またアブは聖地だが、守り人の家系の女シャーマンがまだ疎開先から戻ってこないから島民の恐怖は倍増し、「女シャーマンは死んだかもしれない」「霊力のないシャーマンだったんだ。この島にとどまっていたら、死なずにすんだのに」などと噂をしあった。

アブの湧き水は非常に美味かった。戦前、興平たちは、どこの家の井戸水は美味しい、美味しくないと順位をつけ、遊びに出た時にはたとえ遠回りでも順位が上位の井戸に寄り道した。だが、一位の井戸でもどこか塩っぱく、アブの水には及ばなかった。

陽迎島の人は大昔から旱魃の時でもアブの湧き水を汲みに行かなかったが、終戦直後は井戸という井戸に何者かが毒物を投げ込んだという噂が広がり、A軍が井戸の使用を禁止したから否応なくアブの水に頼らざるをえなくなった。しかし、A軍が徹底的に井戸水を検査し、安全を確認した後は、島長だった興平の父親はアブへの出入りを一切禁じた。

今、権限が委ねられている興平も父親の方針を継承し、島民がアブに近づかないように注意している。特に好奇心の強い子供たちには用心し、一度、授業中の小中学校に出かけ、穴の中にいる大イモリが水の美味しさにつられてきた食いしん坊の子供を飲み込んだという話をし、脅した。

「S上等兵とやらはアブに何しに行ったんだ」

興平は通訳に聞いた。

「まだ詳細は把握してないけど、島民に誘われて行きました。どうぞ」

「島民？　島民がアブに行くはずはない。どこの誰だ。どうぞ」

「まだ、わかっていません」

アブに消えたS上等兵を同僚が目撃したと通訳は言い、S上等兵と一緒だった島民が犯人だと断定した。

はっきり言うわりには島民が男なのか女なのか、大人なのか子供なのかさえもわかっていないじゃないかと興平は思う。

「酔っ払って落ちたんじゃないのか。殺人というのは仰々しい」

興平は言った。通訳は少し声を荒げた。

「軍隊で徹底的に心身共に鍛えられた、酒も飲まない若者が足を滑らせるわけがありませんでしょう。一人の島民と一緒に山に入っていったのは紛れもない事実なんです。どうぞ」

「……刺されたのか。どうぞ」

「不意をつかれて、突き落とされました」

たしかに死体に刺傷の痕はなく、全身がマネキンのように綺麗だったが、A軍も遺体を検証したわけでもないのに、突き落とされたなどと決めつけるのはおかしいと興平は思った。

「自ら飛び込んだんじゃないのか」

通訳はふんと言った。

「兵士は徹底的に自殺を避ける訓練も受けています。どうぞ」

「突き落とされたのは、いつ？　どうぞ」

「八月五日だろうと考えています。二日前です」

地下水の流れの速さは知らないが、二キロもあるのに……こんなに早く死体は流れるのだろうか。第一、あんなに変貌するのだろうか。台風の後、チカラ・ナーグスクの岩の周りの海面には、アブの穴に落ちた蛇の死骸が浮くと青年たちが話していた。しかし、蛇ならいざしらず、台風や大雨の後でもないのに、あんな大人が……。もしかしたら戦死したA軍の兵士が一年かけ、腐敗もせずに暗い地下水路を流れてきたのではないだろうか。

「何を黙っているんですか」と通訳が言った。「島長代理、あなたは一身に特命を担っています。権力が強大な反面、責任や使命も重いのです。絶対に犯人を挙げて。犯人が挙がるまでは猫の子一匹陽迎島から出してはならないのです。これは厳命です」

特命を担っていると言いながら、厳命とはなんだと興平は舌打ちした。

第一、俺だけでは陽迎島の全部の沿岸に目が届くはずはないだろう。港から出航しなくても丸木さえあれば、どこの浜からでも潮にのり、本島に渡れるんだと興平は思う。

島から人が出るのを監視するのは不可能だと興平は通訳に言った。

「島民に相互監視させるんですよ。島から出ようとする者を捕まえた者には固形石鹼やコンビーフ缶詰を両手に持てないほどプレゼントするんです。捕まえた人は笑いが止まらないでしょう」

通訳のくせにどこか鼻持ちならないと思い、興平は話をずらした。

「S上等兵が殺されたと言っても、遺骨も何もないんだ。どう島民に説明すればいいんだ。どうぞ」

「島民が遺骨を見たいというのなら、A軍が持ち帰ったと言えばいいでしょう。とにかくあなたは友人のクガニーサールーと死体を見たでしょう？　殺されたという事実は動かしがたいのです」

何か相手の術中にはまっている気もするが、どう言い返したらいいのか、興平はわからなかった。

「食料は今までの五倍投下します」と通訳は言った。「ですから、島民を絶対陽迎島から出してはいけません」

陽迎島は戦争の被害はないが、被災地と同様に食料や日用品の配給を受けている。

「投下というとヘリから?」

興平は聞いた。「これまでは軍の船で運んできたのに。どうぞ」

「船に犯人の島民が潜り込まないとも限りません。今後は水陸両用艇も陽迎島には接岸しません。島から出ようとする人はA海軍が射殺します。わかりましたか」

興平は小さくわかったと言った。通訳は念を押し、無線を切った。


三週間前、陽迎島を視察に来たA軍の将校に興平は「アブに落ちた動物の死骸がチカラ・ナーグスクの岩の周りに浮かび上がる」という日頃不思議に思っている話を得意げにした。あの俺の話をA軍は信じたのだろうか。いや、A軍は総攻撃の前、本島や陽迎島の精密な航空写真を撮り、徹底的に上陸作戦を練った。終戦後はいつのまにかアブとチカラ・ナーグスクの岩周辺に続く地下水路も調べあげたのだろう。

「海に出る島民は射殺するというのは脅しだよ、島長」

蔵太郎が言った。「島民が犯人だとほんとうに思っているなら、すぐ兵士を何千人も上陸させて、捜し出して、射殺するよ」

犯人逮捕を俺に任せるというのはどうしたもんだろうと興平は思う。俺の力を評価しているのだろうか。しかし、俺はどのような実績をあげただろうか。

A軍が二十歳になったばかりの俺を陽迎島の島長代理に任命したのはもしかしたら父親の単なる代わりではなく、俺が島一番水泳が速いからではないだろうか。二十キロ先の本島との間の潮の流れは速く、今は定期船も就航せず、孤立している陽迎島には事件らしい事件はなかった。牛が他人の畑に入り、野菜を踏み潰した時の賠償の調停は俺の実績になるだろうか。A軍からできるだけ大量の物資を陽迎島にもたらすのが俺の仕事なのだろうか。

とにかく蔵太郎が言うようにA軍兵士が上陸したらまちがいなく犯人は射殺されるだろうと興平は思う。俺なら生きたまま逮捕できるだろう。逮捕後どうなるかは今は考えないようにしよう。

だが、どこか馬鹿らしく感じた興平は、気が削がれないように蔵太郎を助手に任命し、日銭代わりに三個缶詰を与える約束をした。「島民への支給物資が増えるというのなら、やるけど、しかし、すぐ飛びつくと、A軍は僕たちを甘くみて、物資をもってこなくなるよ」と蔵太郎は言った。「A軍なんか手玉にとる」と興平は言った。

父親のために蔵太郎は物資を欲しがっている。蔵太郎の父親は本島の谷間を逃げ回っていたが、終戦直前熱風が顔に当たり、今も苦しみに耐えている。蔵太郎の父親は缶詰がA国製だとわかると首を横にふり、唇を強く結ぶが、蔵太郎は缶詰の中身を野菜と煮込み、食べさせている。

早速、興平は蔵太郎に「捜査の協力願いのビラ」を作るように命じた。

「ビラ？　どんな？」

蔵太郎はとまどった。「ビラなんか作る前に長老や青年たちを集めて会議をしようよ」

「会議というのはいつももめる。会議にかけたらできるものもできなくなる。俺はおまえだけが頼りだ」

「どんな顔形をしているのか、どんな策略をもっているのか、全くわからん通訳の話をうのみにしてもいいのかな」

「うのみにしているわけじゃない。全権は俺にあるんだ。とりあえずビラを作って港と掲示板に貼ろう。スピーカーからも流そう」

「嘘と思わないかな、島民は」

「S上等兵の死体は通訳が言ったようにA軍が密かに運んでいったとみんなには言おう。俺たちが焼いて跡形もないと言ったら殺人まで嘘になってしまうからな」

「殺人が嘘になったら、犯人は捕まらないよね。だけど、島長、たかが一人の上等兵が殺されたからといって、海軍を動員するというのは大袈裟じゃないかな。とにかく小便してからね」

蔵太郎は力強い白い入道雲が迫っている窓から軒を伝い、赤く乾いた地面に飛び降りた。ふと興平は重松おじいをどう説得しようか考えた。重松おじいは完成まぢかの手作りの舟を感慨深げに撫で回し、戦前のように漁に出ようと張り切っている。

興平は外に出た。

丘の枯れた大木に登っている蔵太郎が大声を出した。

「島長、もう軍艦が浮いているよ。取り巻いているよ」

興平も丘に登った。艦船が見えた。陽に当たり、黒光りした数十の黒い砲身が陽迎島に向いている。

興平と蔵太郎はムラヤーの事務室に戻り、ビラに何をどう書こうかと思案しながら貴重な白紙を裁断した。

「クガニーサールー、そろそろ重松おじいは海に出たがっているんじゃないか。缶詰でもあげて、止めようか」

「もったいないよ、島長。重松おじいの舟はできあがるまでに、あと一カ月はかかるよ。ほっておいたらいいよ」

A軍のヘリコプターの飛行音が戸のない窓から飛び込んできた。立ち上がり、空を見た蔵太郎が

「金目のものだよ」と叫び、興平をしきりに手招いた。興平も窓から顔を突き出した。無数の紙が大きな白い蝶のように舞いながら降り注いでいる。

興平と蔵太郎は外階段を駆け下り、広場の埃っぽい赤い土をかすめながらフワフワ動いている紙を素早くつかんだ。

紙には「警告《けいこく》。二十一歳のA軍兵士S上等兵を殺害《さつがい》した犯人が陽迎島の中に潜《ひそ》んでいる。本日《ほんじつ》八月七日午後五時を限りに陽迎島を出る者は理由《りゆう》のいかんを問わず、軍艦《ぐんかん》から射殺《しゃさつ》する。A軍司令部長官G大佐」と印刷されている。

二人は上空を見上げた。濃緑色をした重厚なヘリコプターが旋回しながら横っ腹から紙片を吐き出している。吸い込まれそうな青空から落ちてくる紙は黄金色に輝き、興平は一瞬夢見心地になった。

蔵太郎は忙しく紙を拾っているが、ムラヤーの中にいる老人たちはまだ寝ている。

「軍艦はちゃんと浮いていたし、やつらだったらまちがいなくやるよ」

十数枚の紙を握りしめた蔵太郎が興平に言った。

「S上等兵は殺されたと信じるほかないな。嘘だったらこんなにはっきり書いたビラを撒くはずはないからな」

「だが、島長、A軍はあの死体がチカラ・ナーグスクの岩に流れ着くと何日も前から知っていたのかな。知っていたんだよ。こんなにたくさんのビラをいくらなんでも数時間で作れるはずはないからね」

「……」

「何日も前に作っておいたとしか考えられないよ」

「何日か前、アブで殺されたという事実を押さえていたんだろうな」と興平は言ったが、たしかにいつのまにこんなに大量のビラを作ったのか、わけがわからなかった。

肩を左右にゆらしながら外階段を駆け上がり、事務室に入った興平はすぐ通訳に無線を入れた。

「どうしてヘリからビラなんか撒いたんだ。これでは逃げられてしまう。どうぞ」

興平は激しく呼吸をしている。

「おちついて。陽迎島から外には絶対逃げられないのです。海上に出た者は犬でも人でも射殺しますから。どうぞ」

「……」

「字が読めない者もいるでしょうから、島長代理、マイクで放送もしてください。どうぞ」

「あんなに仮名をふったら誰でも読めるよ。どうぞ」

「ビラを拾わない者もいるはずだから、しっかり二、三回放送しなさい。また連絡します」

通訳は無線を切った。

陽迎島中にこんなにビラが撒かれたら犯人は自首するか、友人や親戚が説得しムラヤーに連れてくるだろうと興平は思った。獰猛なS上等兵に襲われ、もともと気性のおとなしい島民が身を守るためにやむなくアブの穴に突き落としてしまったんだと興平は自分に言い聞かせた。

「ビラなんかばら撒かないで、殺人だというならA軍の捜査官を上陸させて山狩りでもすればいいのにね、島長」

「おまえは何もわかっていないな、クガニーサールー。逃げているなら自分が犯人だと言っているようなもんじゃないか。島民の中に紛れ込んでいるからA軍も俺に捜査を依頼したんだ」

「だが、無線だけで？　たいへんな事件なのに」

「ものは考えようだ。ほとんどの島民がビラを見たはずだから、俺たちもいちいち説明する必要はなくなった。すぐ尋問できる」

「尋問するの」

「怪しいやつはな」

二人はまたムラヤーの後ろの丘に向った。丘の背後から入道雲が盛り上がっている。枯れ木のてっぺんに根づいた木の深緑の枝に白いビラが三枚引っかかっている。

3

ビラが投下されてから半時間ほど後、ムラヤーの一階に寝ていた長老の忠助と元島長の豊作が、髪がのびほうだいの二人の少年に支えられながら外階段を上ってきた。

忠助は腰が弱くなったのか、眠りたりないのか事務室に入ったとたん、興平の方によろめいた。とっさに興平は抱きかかえ、板床に座らせた。少年たちは持っていたアルミニウム製の薬缶を忠助の前に置き、豊作にビラを渡し、事務室を出ていった。

八十キロの豚を持ち上げた記録は今だに破られていないと事ある毎に自慢している太った忠助は目をこすっている。芭蕉布の着物の下から白いステテコが覗いている筋肉質の豊作は素潜り漁の名人だったという。

「長老たちに相談したと言えば島民も説得しやすくなるよ。ちょうどよかったよ、島長」

蔵太郎が興平に耳打ちした。

「興平、島民が漁に出られんというのは死活問題だ。A軍に取り下げさせてこい」

豊作が言った。

「海に出られない間はA軍が援助物資を増やすと言っているから、生活はむしろ楽になるよ、おじい」

蔵太郎が言った。

「どうせ海に出せる舟なんか一つもないんだ、おじい」

興平が言った。

「なに、海に出なくて何が島民だ。海あっての島民だ。舟はみんな懸命に造っている。まもなく出来上がるんだ。また、わしにおじいと言うな。元島長と言え」

豊作は怒鳴り、持ち手が蛇の頭の形をしたガジュマルの杖をのばし、興平の肩をこづいた。

「わしはおまえのおやじの前の島長だ」

不愉快になった興平は杖を払い除け、言った。

「たとえ舟ができ上がっても、殺人犯に奪われるのを警戒しているんだ、A軍は。下に降りて、昼寝をしていてくれ。俺が犯人を捕まえたら、A軍もすぐ禁止令を解くよ」

何か言おうと口をモグモグ動かした豊作をさえぎり、蔵太郎が言った。

「わずか何日かの辛抱だよ、おじい。漁なら浜でやったらいいよ」

「浜の漁なんか、漁とは言えん」

豊作が言った。「死体は誰も見ていないから浜に埋めたんじゃないか。浜に埋めたら問題だ。子供たちが貝を埋めているからな。おじいと言うなと言っただろう」

多くの子供たちは珊瑚礁の原から獲った大きなツノ貝やほら貝を砂に埋め、肉を腐らし、貝殻を磨き、陽迎島に現れるA軍兵士のチョコレートやチューインガムと大人のように駆け引きをしながら交換している。

「死体はA軍が運んでいったよ、本島のキャンプに。元島長」

蔵太郎が言った。

「どこで殺されたんだ」

大きなあくびをしてから太った忠助が興平に聞いた。

「死んだなら花ぐらい現場に供えるべきじゃないかね」

「まだA軍は明らかにしていない」

興平は嘘をついた。

「陽迎島として供養式はせんでもいいのかね」

「A軍は陽迎島の島民の中に犯人がいると考えているから、今、供養式をやっても喜ばない」

「殺されたのは島民の知らないS上等兵だから、やる必要はないよ、忠助おじい」

蔵太郎が言った。

「興平だけでも花を持って、本島のA軍キャンプに顔を出したらどうかね」

「犯人を挙げたほうがA軍は何百倍も喜ぶ」

興平は言った。

「おまえに全て任せるよ、興平」

忠助は薬缶の茶を飲んだ。

「一応、各家から香典は集めておけ。興平」

忠助が命令した。「これから蔵太郎が集めにいくからとスピーカーから流せ」

おまえに全て任せると言ったばかりなのにと興平は小さく舌打ちした。この二人は島長代理の俺をまだ認知していないのだろうか。

「香典といっても誰も金なんか持っていないよ。物々交換をしているんだから、忠助おじい」

蔵太郎が、二重顎の汗を拭っている忠助に言った。

「各家から缶詰一個ずつ出したらいい」

「缶詰なんかA軍は山ほどあるよ。自分たちがあげた缶詰をもらってもA軍は喜ばないよ、忠助おじい」

「興平、これはおまえが早く犯人を捕まえたほうがいいな」

豊作が言った。「だが、なぜA軍は島に上って、捜査せんのだ」

「A軍は陽迎島に自治権を与えて、島民の人権は侵さないと言っている」

「おまえは何を言っているんだ」

「わかりやすく言ったらですね、元島長」

蔵太郎が口をはさんだ。「A軍は、A国の立派な兵士が島民に殺されたとなると屈辱と憎悪で、他の兵士が島民に残虐行為を働くから、兵士には秘密にしてあると言うんですよ。だから今の島長代理を先頭に島民で犯人を逮捕しろというわけですよ」

「あんなに軍艦が島を取り囲んでいながら、兵士には秘密というのはふにおちん」

豊作は腕組みをし、首をかしげた。

戸のない窓からしきりに吹き込んでくる海風が忠助の眠気を誘っている。忠助はあぐらをかいたまま寝息をたてている。

「忠助おじいは寝ていますよ。一階のゴザに寝かせたらいいですよ、元島長」

蔵太郎が豊作に言った。しかし、豊作もうつらうつらしだした。

「本島の民警察にビラの件を報せたらいいんじゃないかね。実は僕が長老や元島長に二階に上がってくるように言っておいたんだ、島長」

「まあ、いい。無線はA軍だけしか通じないようになっているんだ。俺にまかせろ」

興平は蔵太郎の肩をたたいた。

風に乗ったざわめきに気づき、興平は窓の外を見た。ビーフ缶を手に十数人の島民が赤土の広場の隅のガジュマルの木陰に座り、何やらヒソヒソ話をしている。子供たちはムラヤーの軒の陰に一列に座り込んでいる。

興平と蔵太郎は忠助と豊作の腕を支えながら外階段を降りた。

ムラヤーの一階に入った忠助と豊作はすぐ深刻そうな表情をした老女たちに囲まれた。

A軍が仮設した電柱の陰に座った二匹の犬は長い赤い舌を出し、激しく息をしている。風が広場の土を舞い上げ、ガジュマルの枝葉をゆらしているが、いつもは騒ぎ回る子供がじっとしているせいか、妙な静けさがただよっている。

興平と蔵太郎は玄関に打ち付けられた「ムラヤー」と書かれた看板の前に立った。A軍配給の鉛筆を持った子供たちが立ち上がり、興平と蔵太郎にさきほど懸命に拾い集めたビラの裏に描いた文字や絵を見せた。

ねじり鉢巻きをした二人の青年や、タオルで頬かぶりした女や、兵隊帽やパナマ帽をかぶった中年の男が近づいてきた。

二人の青年が前に出た。恒吉は南洋の、秀秋は中国の戦線から三カ月ほど前に帰ってきた。

「このビラは何だ。S上等兵が殺されて、犯人が陽迎島にいるというのはほんとうか」

顎が張った、髭面の恒吉が毛深い腕を思いきりのばし、興平に詰め寄った。「ほんとうなら早く捕まえないと、島民は昼間から厳重に戸締まりして、閉じこもって何もしなくなるぞ」

「心配するな」

興平は集まった人たちにも聞こえるように大きな声を出した。「犯人はA軍兵士を恨んでいた者だ。島民には何もしない」

「いつ、どこで、S上等兵は殺されたんだ、興平」

小柄な、髪の毛が硬い秀秋が聞いた。

「今から調べる」

「どこまでわかっているんだ」

「S上等兵が島民に殺されたという事実だけだ」

「S上等兵というのはどんなやつだ。顔写真を見せろ」

「顔写真はない……」

A軍は兵士が殺されるのは不名誉だと考えている、と興平は思う。ふつうなら殺された兵士の情報を俺に与えるはずだが……。かくかくしかじかのS上等兵と一緒にいた島民を見かけた者は島長代理に告げよなどと通知を出しそうだが……。だが、変死体だったからS上等兵も顔写真を配られるのは嫌だろうなと興平は一人うなずいた。

「犯人を捕まえたら、興平は島民に内緒でA軍からたっぷりもらえるってほんとかね?」

黒いこうもり傘をさした、変に歯が白い中年女の久里子が言った。

「A軍から俺に入る物は全部島民に配分しているよ。A軍の通達はちゃんと守らないと危ない。陽迎島を出る舟は撃沈される。乗っている人間は女であれ子供であれ射殺される。A軍なら必ずやる」

男たちは突然唾を飛ばしながら「おまえは戦死者を一人でも見たか? 浜の蟹の死骸しか見ていないだろう」「命を落とす落とさないの経験はないだろう」「俺は命からがら復員してきた。戦場の残酷な話を聞かそうか」「A軍の手下になって、いい気になっているとただじゃすまさんぞ」「もっと島民の側に立て」などと口々に言った。興平は彼らに背中を向けた。

「A軍は犯人逮捕に協力した者には缶詰を三ケース与えると言っているよ」

蔵太郎は思わず、三ケースと断定した。「長老の忠助おじいたちとも対策を練ったから、みなさん、安心して家に帰っていいよ」

興平は子供たちの頭を乱暴に撫で回し、「回れ、右。前進」と号令をかけた。

子供たちはダラダラと歩きだした。大人たちもおとなしくなり、だだっ広い道の方々の脇道に散っていった。

4

梅檀の大木から蟬の鳴き声が聞こえる。事務室の窓からさしこむ白い朝日が長テーブルに落ちている。

板床に寝ていた興平は上半身を起こし、目をこすった。額に入った、戦前の歴代島長の写真が板壁に掲げられている。

興平は両親が行方不明になった後、急に後ろ盾のない不安が生じ、自分でもよくわからないまま島民たちの機嫌をうかがったり、肩肘を張ったりした。

島長代理に就任した興平はとまどいながらも任務を遂行した。蔵太郎は「立派な顔になったなあ」「人間を作るのはやっぱり仕事だ」などと持ち上げた。

島民は戦前のような野菜や魚の食事では物足りなくなり、興平に物資の横流しを求め、「興平なら何でもできる」「あんたがよしとしたものはすべて正しいよ」などとおべっかを使い始めた。「島長に言い寄る者はたくさんいるだろう? 注意しろよ」と蔵太郎はしきりに注意した。蔵太郎の助言に耳を傾けたわけでもないが、興平は物資の不公平な配給は一切しなかった。するとある島民は手の平を返し、「おまえの母親は見栄っぱりだったな」「おまえは父親ではなく、母親の血を引いたんだ」などと文句を言い始めた。

興平は戦争に行けなかった、一人の戦死者も見ていないという負い目があり、反発はしなかった。参戦したかったんだ。生まれつきの短い足がひっかかり、徴兵検査に合格できなかったんだと自分に言い聞かせた。だが、やはり戦地帰りの島民には対等に向き合えなかった。向き合えないからか、すべての人をかしずかせたいという衝動が生じた。島長代理の俺に、強大なA軍が全幅の信頼をおいていると興平は感じている。興平は時々何とも言えない感覚に興奮したりする。

死んだら自分の写真も新しく並ぶんだと思いながら興平は立ち上がった。

懸賞の缶詰三ケースは効果があるだろう。興平は前日からの茶を飲んだ。まもなく島民たちは「自分の妹や女房に声をかけたA軍の兵士を殺してやると誰々が言っていた」とか「A軍に戦争で家族を全部殺された誰々は仇をうってやると毎日鎌をみがいていた」などと俺に訴えに来るだろう。

前に助手に任命し、日に三個の缶詰を与えると口では言ったが、きちっとけじめをつけなければならないと考えていた興平は、膝を抱くように寝ている蔵太郎を起こした。

「クガニーサールー、君を特別捜査官助手に任命する」

興平は厳かに言い、以前A軍兵士からもらった長方形のメダルをうやうやしく渡した。蔵太郎は目をこすりながら気のない返事をし、メダルをズボンのポケットにしまった。

「僕が重要な情報を一つ持ってきたら、缶詰を一つ上乗せしてくれないかな、島長」

蔵太郎はA軍の配給品をムラヤーの倉庫に保管し、配給権を一手に握っている興平の目を見つめた。

「重要な情報ならな。まあ、情報とは関係なく、前に言った三個に毎日缶詰を二個追加するよ。A軍も犯人を逮捕したら配給を今の五倍にすると言っている」

戦場にならなかった陽迎島は他の島とは異なり、砂浜に大量の血の色もなく、珊瑚に挟まった頭蓋骨もなかった。しかし、百人たらずの島民たちは豊かな砂浜や、繁茂した珊瑚礁の貝や蛸や小魚では飽き足らず、A軍が配給する豆や牛肉や果物の缶詰が欠かせなくなっている。

二週間に一回A軍の輸送船が陽迎島の桟橋に接岸し、配給物資を下ろした。次は四日後、陸揚げの予定だったが、ヘリコプターから投下される。

「ほんとに五倍にすると言ったんだね」

蔵太郎が念を押した。興平はうろ覚えだったが「まちがいない」と言い、無線機の前に座った。

「クガニーサールーを助手に任命したとA軍に報せる」

「まだ七時だよ。寝ているよ、島長」

「A軍は二十四時間起きている」

眠たそうな声の通訳が出た。興平は蔵太郎を特別捜査官助手にしたいと言った。通訳は許可するが、やはりクガニーサールーというのは妙な名前ですなと言った。

「島長代理、あなたはこれまで行政権しか持っていなかったが、本日付けで警察権も与えます」

通訳は何気ないふうに言った。興平は胸が高鳴った。

「それならメダルをくれ。どうぞ」

「次の配給日にヘリから投下します。ですが、犯人を逮捕していなければ、配給日も約束できません。どうぞ」

「飢えてしまうよ、島長」

脇から蔵太郎が言った。

「メダルがないと、捜査がはかどらない」

興平は通訳に言った。

「今は絶対にだめです。どうぞ」

「島を取り囲んでいる軍艦の甲板から俺に警察権を与える旨、拡声器で流してもらえないか。どうぞ」

「じゃあ、長老でも青年会長でも無線に出して。私がはっきり告げます。犯人が挙がったら、あなたに陽迎島の裁判権も与えます。どうぞ」

「裁判権?……どうぞ」

「島長代理、特にあなたと助手は陽迎島を出てはいけません。あなたたち二人がいないと島民を押さえきれないです。なんという助手でした? 代わってみて」

蔵太郎は何を思ったのか、相手が話しかけないのに、すぐ言った。

「あれは人形だったんじゃないですかね。僕たちをかついでいるんじゃないですかね」

「クガニーサールー、どうぞと言って、送信ボタンを離せ」

興平が言った。蔵太郎は言われた通りにした。

「あなたは助手に任命されたんだから、目をきちんと見開いて。いいですか、陽迎島の中に犯人がいます。第一級殺人罪です。島長代理と代わって」

蔵太郎は立ち上がり、興平が座った。

「通信は欠かさないで。わかりましたね。早く捜査して」

通訳は荒々しく無線を切った。

「おまえは通訳を怒らせたようだな」

興平は蔵太郎に言った。

「怒ったのかな？　僕は島長に電力をもっと強くするようにA軍に要求して欲しかったんだけど。島が明るいと悪さはできないからね」

「まあ、とにかく無線は発電所の電気ではなくて、バッテリーだから、だいじょうぶだよ」

A軍がムラヤーの近くに造った小さい発電所の電力は弱く、陽迎島はよく停電する。

興平は、島中が騒いでいるから犯人は精神的に追い詰められ、自首してくると考えていた。

「クガニーサールー、島民がたくさん情報を持ってきたら二階だと上り下りがめんどうだから、一階に受付を作ろう。これを受付の机に貼っておけ」

興平は「A軍兵士殺しの犯人は誰だ？」と大書した紙を蔵太郎に手渡した。蔵太郎は怪訝そうな顔をしたが、おとなしく外階段から下りた。興平も続いた。

「たった缶詰三ケースのために島民が島民を密告するというのはあさましいな、クガニーサールー」

興平は雨戸の近くに置いた受付机に座っている蔵太郎に言った。

「僕には気持ちがわかる」

蔵太郎はしんみりと言った。「島中の病気や半身不随の親たちが息を吹き返すんだ、A軍の缶詰で」

蔵太郎は立ち上がり、簡易水道の水を縁の欠けた二個のコップに注いだ。

二時間過ぎた。さきほどから二匹の犬はうろついているが、島民は一人も受付に現れなかった。

興平は、俺が犯人を挙げられなかったら、いよいよA軍や本島の民警察は捜査官を陽迎島に上陸させるだろうと思った。

「クガニーサールー、酒を飲ませて、雑談しながら核心に迫っていくしかないな。作戦を練ろう」

二人は外階段から二階の事務室に上がった。興平はチョークを握り、壁にかけられた大きい黒板に日頃からどこか挙動がおかしい五人の名前を書いた。

「昼飯を食べたら、この五人の捜査に入ろう。今日からクガニーサールーも捜査権があるから、長老や元島長や島民の前でも堂々としろ」

「捜査はむつかしくなりそうだね、島長。妙な死体だったから」

「俺たちが焼いて、灰にしたとは絶対言うな。あんなに簡単に焼けたとわかると怪しまれるからな」

「真っ白い死体が浮いていたと言っても怪しむよね、島長」

「犯人を挙げるまでは秘密だ」

「そうだね」

蔵太郎は人差し指を左右に動かした。

配給のコンビーフとカンパンの昼食をすませ、二人はムラヤーの裏の丘に登った。緑がかった濃紺の海に数隻の軍艦が浮かんでいる。蔵太郎は葉が生い茂り陽の当たらないクワディーサーの枝に横になり、興平は木陰に寝そべった。

潮の香りを含んだ風に吹かれ、眠気が生じた興平の頭に海の情景が浮かんできた。

いかに高い崖の上から水に飛び込めるか、いかに長く潜っていられるか、いかに速く泳げるか、を興平たち青年はよく競った。興平は片足が短く、曲がっているが、このすべての競争に常に勝った。水を恐がる蔵太郎は興平を尊敬し、「興平は魚の生まれ変わりだ」と青年たちに吹聴した。

蔵太郎の目には魚のように見えたが、興平は一週間前に溺れかけた。のんびり泳いでいたら、ふいに襲ってきた大波に巻かれ、沖に引っ張られた。興平は珊瑚礁にたたきつけられたり、海水を飲み込まないようにすぐ潜った。様子を窺い、ゆっくり浮かび上がり、波を見ながら遠回りをし、岸に泳ぎ着いた。

興平は上半身を起こし、木の上の蔵太郎にS上等兵を憎んでいる島民は元より、A軍を憎んでいる島民は徹底的に調べろと言いかけた。しかし、自分もだいぶA軍兵士を苛めたり、悪戯をしたんだと思いなおし、また横になった。

島長代理に任命される二カ月ほど前、興平と蔵太郎は、女を知ったとうわついていた十五歳の安雄を誘い、浜に出かけた。茜色の夕日に照らされた小型の水陸両用艇のキャタピラーの陰に痩せたA軍兵士がたたずみ、煙草をふかしていた。一人前の大人を自覚した安雄と蔵太郎は「火をもらってくる」と煙草を口にくわえ、A軍兵士に近づいた。

二人は戻ってきたが、火は安雄の煙草にしかついていなかった。蔵太郎が「嫌な目つきをしていた」と言いながら後ろを振り返った。すると大きな石が飛んできた。興平たちは一目散に逃げた。四人の兵士が追いかけてきた。痩せた兵士の投げた棒が蔵太郎の肩に当たった。

ようやく三人は山羊小屋に潜り込み、追っ手をまいた。

「どうせ島の方言はわからないだろうと僕がイェー、トービーラー(おい、ごきぶり)、煙草の火を貸してくれ」と言ったのが、痩せたA軍兵士の癇に障ったようだと蔵太郎は言った。

「だから、おまえの煙草には火がついていないのか。俺がもらってきてやるよ」

興平は蔵太郎たちが止めるのをふりきり、山羊小屋を出た。

興平は水陸両用艇の方に戻り、さきほどの四人とは別の上半身裸の兵士たちに近づいた。A軍兵士というのは島民を手懐けようといつもはおとなしいのだが、この兵士たちもすぐ興平に飛びかかった。

興平は煙草を放り投げ、激しく肩を左右にふりながら逃げた。蔵太郎と安雄は早々と集落に消えたが、追いつかれそうになった興平は潮が巻いていたチカラ・ナーグスクの岩に泳ぎ渡り、じっと身を潜めた。

まもなく兵士たちは水陸両用艇に乗り込み、本島のキャンプに帰っていった。興平は岩をよじ登り、イシギク（モクビャッコウ）の脇に寝そべった。もしA軍兵士がここに渡ってきたのなら、俺は決闘していただろう。興平は月を見ながら思った。どちらかが海に突き落とされ、殺されていただろう。

俺に飛びかかってきた兵士は何カ月か前、俺がムラヤーに引っ張っていき、足に棒をはさみ、跪かせたトマト泥棒だった。あの時、島長だった興平の父親は「放せ」と言ったが、青年会長だった興平は「罰を与えないと、上陸するたびに野菜を盗むようになる。最初が肝心だ」と首を横にふった。

俺はすぐには思い出せなかったが、痛い思いをしたあの兵士はすぐ俺とわかり、報復したのだと興平は思った。

二人は丘を下り、蔵太郎は外階段から事務室に上がった。興平はムラヤーの南端の戸袋の脇に立っているポールの紐を引いた。A国国旗が引っかかりながら揚がり、はためいた。朝八時に掲げ、夕方五時に下ろすというA軍との約束だったが、いつのまにか面倒になり、ここ二週間ほど下ろしっぱなしになっていた。

旗を掲げた後、広場の脇のガジュマルの枝に釣り下げられたボンベの鐘を叩き鳴らすのも興平の仕事なのだが、やはり怠けている。

明日から蔵太郎にA国国旗を掲揚させ、「仕事始め」の鐘も叩かせようと思いながら興平はハンマーを握り、ガジュマルに近寄り、「人集め」の鐘を鳴らした。

鐘の音に驚き、ガジュマルから数匹の蟬が飛び立ち、逃げ回った。興平は方々からどっと島民が集まってくるような気がした。その中に捜査予定の五人がいたら、即刻取り調べをしようと思った。路地から出てきた痩せた茶色の犬が広場の地面に鼻を近づけながらうろつき始めたが、人は一人も現れなかった。

突然、立て続けに轟音がした。興平は驚き、周りを見回した。二階の事務室の窓から赤土に飛び降りた蔵太郎が「島長、海だ、海だ」と叫びながら丘に走り、あっというまに枯れた大木に登った。

「威嚇射撃だ。A軍のしわざだ」

蔵太郎は丘を登りかけた興平に言った。「島長、たいへんだ。仲買人の舟が本島に引き返していくよ。このままだと日用品や食料が不足するよ」

軍艦から遠ざかっていく一艘の小舟が見えた。

「米や野菜が品不足になるよ、島長。メリケン粉で作ったヒラヤーチー（クレープ）だけを毎日食べるはめになるよ」

蔵太郎は枯れ木から素早く降りた。

「仲買人たちは本島のR政府に、A軍に商売を邪魔されたと泣きつくだろう」

興平が言った。「本島に知れ渡ったらなんだから、早く犯人を挙げよう」

興平は飛行音をたてながら低空を旋回し始めたA軍のヘリコプターを指差した。

「犯人は、俺がヘリで本島のキャンプに護送するよ」

「通訳に無線を入れたらA軍の兵士が軍艦から上陸して、犯人を引き取っていくよ、島長」

蔵太郎は仲買人の舟を追い払うように遠ざかっていくヘリコプターをじっと見た。

「ヘリは護送用じゃないよ、監視用だよ、島長。昨日の夜、眠れなかったから星でもゆっくり見ようとこの枯れ木に登ったんだけど、ヘリから強いライトを浴びせられたよ。しょっちゅう海面も照らしていたよ」

「俺も見たよ」

「島長、犯人を挙げられなかったら、配給が……」

「すぐ挙げる」

興平は言い、丘を下りた。

5

島民からリヤカーおじいと呼ばれている六十代の男は生きがいのように女所帯の荷物などを乗せ、勢い良くリヤカーを引いていたが、三週間前から急に耄碌《もうろく》してしまった。最近は顔も薄汚れ、独り言をぶつぶつ言いながら、もっぱら蝿が飛び回り、蛆のわいた犬や家畜を積み、崖下の海に捨てたり、砂浜に埋めたりしている。

興平と蔵太郎はモンパノキの群生した海岸の近くにあるリヤカーおじいの家に向った。

「リヤカーおじいは死んだ家畜も口にするという話だ、島長」

蔵太郎が興平に言った。

「根も葉もない噂だ」

「食べた者は配給を半年とめられるからね」

戦前は犬や猫はともかく死んだ豚や山羊などは虫がわかないうちは食べていたが、終戦後伝染病を極度に恐れるA軍が禁止した。

リヤカーおじいの耄碌具合は日増しにひどくなっているが、力は相変わらず強く、坂も苦にせず、平然とリヤカーを引っぱっている。まともな精神状態の人間が人を殺すはずがないと興平は思う。耄碌している上、体ががっしりとし、体力のある者が犯人ではないだろうか。

錆びた青いトタン葺きの家の軒下からアダンの木に渡した紐に洗濯物を干している孫娘の絹子に蔵太郎が「リヤカーおじいは中か?」と聞いた。

「おじいは留守よ」

筋肉質の十八歳の絹子は顔にも力がある。

「おじいは最近、リヤカーに大きい荷物を載せていなかったか?」

興平が聞いた。

「乗せていた」

「何を?」

「亀よ」

リヤカーおじいはよく亀の死骸を拾ってきた。絹子が手を加え、剝製にした亀を仲買人の米や、A軍兵士がキャンプの倉庫や売店から盗んできたライターや腕時計と交換した。

もしかしたらS上等兵は物々交換の相手ともめ、殺されたのではないだろうかと興平は思った。殺した誰かにリヤカーおじいは死体の運搬を頼まれたのではないだろうか。

しかし、リヤカーに積んだ物はすぐ誰かに見られてしまう。いくらリヤカーおじいが耄碌していても犯人がS上等兵の処理を頼むはずはないだろう。

「また来る」と興平は言った。

興平は、海沿いの砂混じりの道を歩きながら「おじいは家にはほとんどいないな」と蔵太郎に言った。

「絹子が、外で遊んでおいでと言うんだよ、島長。しばらくして戻ってくると、もっと遊んできたらいいのにと追い払うんだ」

あの日も外に出されていたのだろうかと興平は思った。

いつだったか、夜明け前、興平がムラヤーの広場に下りた時、薄暗い路地の奥からリヤカーおじいが現れた。興平が声をかけたが、リヤカーおじいは黙ったまま空のリヤカーを引っ張り、広場を横切った。

「家にいたら、邪魔なのかな」

興平は蔵太郎の顔を見た。

「外に出すと耄碌が治ると絹子は信じているようだ」

リヤカーおじいは絹子に言われたとおり何でもする。興平ははっとした。陽迎島の誰かがS上等兵を殺すようにリヤカーおじいに命じたのではないだろうか。

自分を呼ぶ甲高い女の声に、興平は振り向いた。白い一本道をリヤカーを引いた老人と絹子が走ってくる。

二人は興平の前に立ち止まった。リヤカーおじいの息遣いはほとんど普段と変わらないが、絹子は激しく息をしている。

「おじいは何でもかんでも運ぶから、島長代理さんに捕まるわよ」

絹子が額の汗を拭きながらリヤカーおじいに言った。

「島長代理さんはA軍の死んだ兵隊をおじいが運んだと思い込んでいるのよ、きっと。昨日から島長代理さんはおかしくなったと島民は言っているから。リヤカーなんか引かないで、早く帰って、うちが作ったご飯を食べて」

「おじいは放浪癖があるな」

興平は目がトロンとしているリヤカーおじいに言った。

「外に出たら、首に白い斑点のある島長代理さんに捕まるよ、おじい。帰ろう」

絹子が言った。

「おじい、ここ一週間ほどの間に何か大きい物を運ばなかったかい」

興平が聞いた。

「ここ一週間、おじいは夏風邪をひいて、ずっと家の中よ。嘘だと思うなら、元島長の豊作さんに聞いてよ。毎日、見舞いに来ていたから」

絹子は祖父と一緒にリヤカーを引き、妙にあっさりと来た道を戻っていった。

「亀を乗せたというのはいつなんだろうな。まあ、次に調べよう。……俺が島民から恐がられるのもいいもんだ。なめられたら警察権も行使しづらいからな」

興平は蔵太郎に言った。


死体に傷が残らない毒草が一番怪しい、と興平はひらめいた。S上等兵の体には傷一つなかった。毎日学校をさぼりチカラ・ナーグスクの岩近くの広大な珊瑚礁の原に大小何十と開いたクムイ（礁池）に毒草を入れ、魚を捕っている、中学生の盛鉄が思い浮かんだ。

興平は蔵太郎の先にたち、珊瑚礁の原に向かった。しかしと興平は思う。毒草は野山に茂っているし、時々俺も、女や子供でさえ使っている。盛鉄に限定できるだろうか。

小さいクムイの縁に立った盛鉄が星形の葉が密生した数十センチの毒草をもみほぐし透き通った水

にゆすりながら突っ込んでいる。

興平は盛鉄に近づいていったが、蔵太郎はオオハマボウの木陰に残った。女のような細身の盛鉄は脇に立った興平を気にもとめず別の種類の毒草を水に浸し、強く振った。白い汁が散り、広がった。まもなく縦縞横縞の、色とりどりの熱帯魚や、海ウナギやタツノオトシゴなどが横向きや上向きになり浮かび上がってきた。盛鉄は懸命に掬い上げた。すると魚は目を覚まし、跳ね、盛鉄の手をすりぬけた。盛鉄は巧みに魚を掴み、腰のバンドにひっかけた網袋に入れた。

「家畜も殺せるよな」

興平が言った。

「魚を気絶させるのが精一杯だ」

盛鉄は腰の網袋を軽くたたいた。魚が動いた。

「クムイの水で薄められたからだろう？　濃い汁なら人間でも死んでしまう」

「……」

盛鉄は毒草を持ち、方々のクムイを覗きながら沖の方に歩いた。

砂浜に引き返しかけた興平の目にバールを珊瑚礁に突き刺している昌三が飛び込んだ。この男は興平の次の青年会長に推薦されたが、人の世話をするのはまっぴらだと断り続けている。他になりたがる青年も見当たらず、「青年会長」は有名無実になっている。

A軍配給の軍靴を履いている興平は棒珊瑚を踏み潰しながら昌三に近づいた。

「バールを持っているだけで捕まるのか」

シャコ貝を採っている昌三は唇の端を歪め、笑った。

「どうかな」

昌三の笑いが気にくわなかった興平は目をきつくした。

「バールで貝を採っている者が怪しいなら、鎌で草を刈っている者も、鉈で木を切っている者もみんな調べなければならんよ」

「おまえは以前、晃と一緒に牛でA軍のジープを押して、海に落としたじゃないか」

「おまえもA軍兵士の足に棒を挟んで跪かせただろう」

「俺が島長代理になる前の話だ。今度の事件とは結びつかないよ」

「ジープを海に落としたのは、もっと前だ。もしA軍に密告するなら、ジープの話も棒の話もちゃんとしろよ。無線はおまえしか話せないからな」

「俺は誰の指示も受けないよ」

興平は歩きかけた。昌三が呼び止めた。

「朝、松次おじいが不発弾を使って漁をしていたが……まっさきに調べたほうがいいんじゃないか」

「火薬は使うな。軍艦が黙っていないからな。松次おじいにも言っておけよ」

殺人の凶器は不発弾ではないと興平は歩きながら思った。本島の丘や洞窟が木っ端微塵になったのを今でも忘れられないという、少し頭のおかしい松次老人は漁より、立ち上がる水しぶきや爆発音に熱中している。水面に浮かんだ魚は拾い集めた子供たちに全部与えている。

蔵太郎がオオハマボウの木陰から出てきた。

「暑いから、捜査は夜一気にやろう」

興平は言った。「青年たちは運動場に集まるんだろう?」

「毎晩酒盛りしているよ、島長」

二人はアコウの影に沿いながらムラヤーに向った。遠くの潮の音がかすかに聞こえる以外は静寂がただよい、うだる暑さの中、白い一本道の前にも後ろにもうろつく犬や、飛ぶ鳥はいなかった。

夜八時に興平と蔵太郎はムラヤーの倉庫から取り出した三本のウィスキーを持ち、浜の近くの小中学校の運動場に出かけた。

月明かりの下、仄かに白い一本道を歩きながら興平は、グデングデンに酔わせたら、自分がやったと吹聴する者が必ず出てくると考えた。

小高い丘の雑木の間からのびたアダンが人の頭のような黒い実をぶら下げている。灰色の巨大な入道雲の形もわかった。

戦地帰りの青年たちはよく漁りに使う、火を点けた脂の滴る松の枝を、今はこの運動場の砂場に立ててある。青年たちの顔が赤いのは火影のせいか、仲買人から手に入れた酒を飲んでいるせいか、よくわからなかった。昼間、毒草やバールを持っていた盛鉄や昌三はいなかった。

青年たちは軍用機の燃料タンクを改造した二人乗りの舟の近くに座っている。青年たちが修理をするために中学生たちに浜から運動場の砂場の脇に何日も前に運ばせたのだが、今だに底や側面に穴が開いている。

興平を見たとたん変に怯え出した小柄な頬のこけた晃をはさみ、興平と蔵太郎は座った。

「何だ？　晃」

興平は自分より二歳年上の、終戦まぎわに神経をやられた晃の顔を覗き込んだ。

「もう正直に白状するよ、興平。自分は昌三に脅されて、A軍のジープを押して、砂に車輪を潜り込ませたんだ。A軍に知れたら、本島のキャンプに連れていかれるというのは本当か、興平」

戦前の学生帽をかぶった晃の目は見開き、声は震えている。

「牛で海に落としたんじゃなかったのか？　まあ、おまえを脅した昌三が問題だ。あいつはジープの件がＡ軍に知れたら、きっとおまえだけの責任にするよ。あいつが八月五日何をしていたか知らないか？」

「八月五日……」

晃は頭をかかえ、小さくうなった。

「よく思い出してみろ」

興平は晃の肩に手をおいた。

「そうだ」

晃は顔を上げた。

「こいつは酔うと何にでも怯える癖があるんだ」

顔も腕も足も毛深い、何箇所も穴のあいたズボンをはいた恒吉が怒鳴った。

「これ、飲んで」と蔵太郎が恒吉に一本のウィスキーを手渡し、おとなしくさせた。

「何を思い出したんだ」

興平は晃に聞いた。

「恒吉が空手でＡ軍兵士を気絶させたんだ」

「詳しく話せ」

興平は身を乗り出した。

兵士は自分より体の大きい恒吉が気にくわず、腕相撲をしようと挑んできたが、砂浜には腕を置く適当な物が見当たらず、ボクシングと空手の闘いになったという。恒吉はすぐ兵士の長い足をしたたかに蹴り上げ、みぞおちに「突き」を入れたという。

「まちがいなく八月五日だな」

興平は念を押した。晃は恒吉をチラチラ見ながらうなずいた。

興平と蔵太郎は立ち上がり、恒吉の横に座り、言った。

「おまえはA軍兵士に突きを入れたそうだな」

蔵太郎が恒吉の茶碗にウィスキーを注いだ。

「体を曲げて、うんうんうなっていた」

恒吉はウィスキーを飲んだ。

「八月五日だよな、たしか」

興平は恒吉の茶碗にウィスキーを注ぎたした。

「忘れたよ」

「数日前の話だ。よく思い出せ」

「思い出せないな」

目玉がひどく大きい、痩せた義雄が興平と蔵太郎の間に割り込み、二人の茶碗に酒を注いだ。義雄は年は四十近いが、独身のせいかずっと青年たちと行動を共にしている。

「おい、興平、俺たちとつきあわんと、手がかりがつかめないぞ。おまえは島長代理になってから夜、あまり出てこないからな」

「俺はけっこう忙しいんだ」

いつまでも馬鹿の一つ覚えのように毎晩酒盛りなんかできるもんか。おまえたちとは違うんだと興平は内心言った。

「死んだのは、どんな兵士だ?」

義雄が言った。「顔見知りか？　俺も知っている男か？」

「……自分は見たよ」

晃が目を見開いた。「いつもポケットウィスキーを飲みながら浜辺を歩いていた男だよ。物思いにふけっていた」

「見たのか」

興平は晃に体を向けた。

「神経質そうな男だ。島の子供のように色が黒い。物思いにふけっているA軍兵士は珍しいよ。自殺したんだ」

晃は一気に言った。

興平はため息をつき、月が雲に隠れた空を見上げた。

「ほんとか？　興平、その男か？」

義雄が聞いた。「ちがうだろう？　いったいどんな兵士が死んだんだ」

色の真っ白い兵士だと興平は言いかけたが、あの色は人間の皮膚とは信じがたいほど異常だ、誤った情報が広まったら、捜査が混乱すると思いなおし、「A軍兵士というだけしかわからない」と言った。

大男の恒吉が足をふらつかせながら運動場を歩いている。

「砂浜に行ったら、軍艦から射ち殺されるよ」

晃が声をかけた。

「軍艦に向かって小便するだけだ」

恒吉は体と似合わない金切り声を出した。

「俺たちは騒いでもいけないのか。ただひとつの楽しみもやめなければならないのか、興平」

隣に座っている、褌姿の義雄が興平の膝を叩いた。

「騒ぐ分にはいいよ。だけど、絶対沖に泳いだらいけないよ、な、島長」

蔵太郎が言った。

「島長？　島長代理だろう。何を言っているんだ。泳げない者が何を言うか」

義雄は蔵太郎を睨んだ。「こいつがなぜ水を恐がるか、知っているか、興平。サールー（猿）だからじゃないぞ」

小学生の時、数メートル下のボラに石を投げつけていたが、石が手から離れず、落下し、気絶したからだと義雄は言う。得体の知れないものに足を引っ張られたからだと興平は思ったが、何も言わなかった。

「興平、なぜA軍は島を囲むだけで、島に上がらないんだ」

小便から戻ってきた恒吉が興平の前に仁王立ちになり、言った。

「わからんのか、恒吉」

義雄が目玉をさらに大きくし、恒吉を見上げた。「A軍は誰一人逃がさんように島を取り囲んで、ある日、何千人もの兵士を上陸させて、一挙に捕まえるんだ、犯人を。戦争の時にとった作戦とまったく同じだ」

「何を考えているか、わからんな」

恒吉は大きくため息をつき、ペタッと砂場に座り込んだ。

舟にもたれ、黙ったままウィスキーを飲んでいた二人の女が壜を持ち、興平に近づいてきた。

「早く犯人を挙げてよ」

ねじり鉢巻きをした、腹の出た勇子が興平の正面に座り、言った。「うちらをいつまでかきまわすつもりなんだね」

「A軍から島長代理に通達がきたのは、つい昨日の話だよ」

蔵太郎が言った。

「何が昨日よ。興平、うちらは漁に出ないと生きてはいけないんだよ。舟は戦争で軍隊にとられたり、燃やされたりして、全部なくなってしまったのに、また、こんなかね。早く犯人を捕まえて、軍艦を追い払ってよ」

良子が言った。

この良子は敗走中、味方の軍人に毒の入った缶詰を食べさせられ、九死に一生を得たという。今も缶詰は毒だと信じ、体力が落ちた時や病気の時にも海の物を食べ、体力を回復させている。

「A軍はヘリからも軍艦からもサーチライトを照らすんだ。夕涼みもできんよ」

晃が言った。

「何もしなければ、ヘリもすぐどこかに行く」

興平は晃に言った。

「何もしなければって、何もしていないよ」

「みんな、静かにしろ」

興平が怒鳴った。「いいか、よく聞いてくれよ。おまえたちは一度や二度A軍兵士を殺したいという衝動は起きなかったか。俺は起きた。みんなも起きただろう？　時々まだ戦争が続いているような気がするんだ」

「……だが、衝動はあっても、実際には何もしないよ」

晃が言った。

「自分で自分がわからなくなる時がある。俺だけじゃない。みんな同じだ」

興平は青年たちを見回し、言った。「戦争で若者は殺された。A軍兵士を憎むのは自然の感情だ」

青年たちはうつむいたり、宙を見つめたり、茶碗に口をつけたりしている。興平はおもむろに言った。

「だが、今度の事件は別だ。人を殺した者は裁きを受けなければならないんだ」

興平は一人一人の顔を見回した。「みんながA軍を嫌うのはあたりまえだ。俺も嫌っている。だが、最近特にA軍に頭にきた者を知らないか」

「俺は今、頭にきた」

晃が急に立ち上がった。「興平、おまえは戦争でA軍に何をされた？ 片腕でも失ったか？ なぜ、おまえが憎むんだ」

「君はA軍の配給の時にはまっさきにムラヤーに取りに来るじゃないか」

蔵太郎も立ち上がり、話題を変えた。

「悪いか？」

晃は蔵太郎にくってかかった。「何が悪いんだ。言ってみろ」

興平も立ち上がり、晃に言った。

「おまえの話をA軍が聞いていないから、おまえは缶詰もちゃんともらえるんだ」

「興平、おまえは戦争に行かなかったから、メダルとか権力などと言っているんだ。戦争から帰ってきた者には絶対言えないよ」

晃が言った。

「俺がいないと島民は困ってしまう。いいのか？……犯人に結びつく情報をもってきたら、缶詰を、何ダースだったかな、クガニーサールー」

「三ケース」

「晃、三ケースあげるよ。帰ろうか、クガニーサールー」

興平と蔵太郎は月明かりの落ちた運動場を歩きだした。

「興平、黙っていようと思ったが、言うよ。興平はどこか違っているよ。本物の興平じゃないみたいだ」

興平の後ろ姿に晃が声をかけた。「顔も白くなって」

興平は振り向かなかった。

「海に浮いていたA軍兵士をあいつらは何とも思っていないようだな」

興平は語気を強め、蔵太郎に言った。

「実際、僕たちの他は誰も死体を見たわけじゃないからね」

「クガニーサールー、明日の朝、島民を一人残らずムラヤーに呼び出そう。S上等兵が殺された八月五日どこにいたか、一人ずつ尋問しよう。おまえ、これからひとっぱしり、全所帯に通達してこい」

「スピーカーもあるのに、今から回らすのか」

「いいから、行ってこい」

「孤児たちにもかい、島長」

「人を殺した者は子供だろうが、牛だろうが、罰せられなければならないよ」

蔵太郎は薄暗い一本道を集落の方に走り去った。

死体を見ていないせいか、島民は殺人事件を全く他人事のように受けとめていると興平は思った。

いや、もしかするとわざと他人事のようにふるまっているのではないだろうか。島民はどこの誰かと血がつながっている犯人を戦前から警察に密告してこなかった。島民のこの暗黙の了解は興平もクガニーサールーも知っている。

すると、突拍子もない想像が興平の頭に突きささった。島民が犯人逮捕を軽んじているのは、S上等兵を殺害した犯人が伝染病の俺の両親も殺害したからではないだろうか。

黒々とした海浜植物の間を抜け、石ころ道に出た興平はあの怯えていた晃の言葉が気になり、月明かりに腕をかざした。

6

蔵太郎は興平が住み込んでいるムラヤーの事務室に泊まった。死体を焼いたために発電用の重油が残り少なくなり、ランプを点した。

二人は朝七時すぎに目覚めた。興平は二階の窓から顔を出した。光が強く目を細めた。ガジュマルや梅檀にとまった油蟬や熊蟬が鳴きだしたが、広場には誰もいなかった。

興平は振り返り、水を飲んでいる蔵太郎に言った。

「ちゃんと集まるように、昨日の夜言ったか」

「一軒一軒回ったよ」

「じゃあ、なぜ猫一匹いないんだ」

「まだ時間が早いんだよ、島長」

蔵太郎は大きい目をこすりながら窓の外を見た。

「島民は関心はあるよ、島長。殺されたA軍兵士の噂をいろいろしているから」

「どんな噂だ」

蔵太郎は島民の噂話をした。

あるA軍兵士は戦時中に右足に潜り込んだ弾が終戦後動き出し、神経を傷つけられ、本島の軍病院に入院したという。一カ月ほど前に退院し、陽迎島に一回だけ来た、豚のように太り、片足が短くなったために赤ん坊のように歩くあの兵士が被害者だと大方が睨んでいるという。

自分の歩き方をからかわれているような気がした興平は「水死体は両足とも同じ長さだったじゃないか」とぶっきらぼうに言った。

「噂だよ。ほんとうだったら、僕たちの目にも入ったはずだからね。他にも噂はあるんだ」

蔵太郎はまた話した。

殺されたA軍兵士はギザギザの岩から海鳥にポーク缶詰を与えていたという。軍隊用の双眼鏡をしょっちゅう覗いている老女が見つけたという。

「馬鹿らしいな」

興平は舌打ちした。

「どんな兵士だったか、島民に聞かれても、僕たちがはっきり答えられないから、いろいろな噂が出るんだよ。まったく生きていた時の特徴がつかめない死体だったからね。僕と島長がまちがいなく死体を見たとは強く言っておいたけどね」

蔵太郎は大瓶から水を汲み、うがいを始めた。

一時間すぎたが、ムラヤーにも広場にも誰一人こなかった。

「配給を減らそう、クガニーサールー。すぐみんなに告げてこい」

「もう少し様子をみようよ。うまく島民と駆け引きをしないと、犯人は挙がらないよ」

「ちくしょう。俺を甘くみているな。すぐ集まれとスピーカーから流してみろ」

「まずは鐘を鳴らしてくるよ」

蔵太郎は椅子から立ち上がった。

蔵太郎はA国国旗をポールに掲げ、ガジュマルの枝にぶら下げてあるボンベを打ち鳴らした。

興平は黒板に怪しい者を新たに列挙しようと立ち上がった。しばらく思案した。島民全員が頭に浮かんだ。

外階段を下り、広場に出た。

「クガニーサールー、A軍の缶詰を毒だと信じている良子はどうなんだ？　A軍を憎々しく思っている証拠じゃないか」

「口にあわないだけだよ。むしろ、良子はA軍を好いている」

「俺は怪しいと睨んでいる」

興平は首をひねった。一瞬体がふわっと宙に浮いた気がした。

「A軍のヘリがあんなにたくさんビラを落としたのに、島民の動きはないのか。平仮名も読めないのかな。クガニーサールー」

「拾った直後は動きがあったのに。逆に家に閉じこもってしまったようだね」

「警察権を示すメダルがないから、俺の足は地に着いていないよ、クガニーサールー」

三日後に次の配給物資がA軍ヘリコプターから投下される時、俺のメダルも届くのだが、と興平は思う。

「まったくつかみどころがないね。手がかりを持ってきた者には缶詰をさらに二ケース追加しようか」

「どうも缶詰の効果はなさそうだ。罰がいいんだ」

「罰を与えるならやはりメダルがなければだめだよ」

「……俺たちでは犯人を逮捕できそうにもないな」

「弱音を吐くなよ、島長。まだ始まったばかりだ」

ムラヤーの上空の入道雲の中にA軍の濃緑のヘリコプターが音を響かせながら消えていった。

ムラヤーの裏の丘に登った二人は、沖の軍艦から桟橋に目を移した。水面に突き出た岩の間からR政府の旗が掲げられた船が陽迎島に近づいてきた。

「仲買人たちがR政府に泣きついたんだ」と言いながら蔵太郎は素早く枯れた大木に登った。

「変だな、島長、R政府の船は戻っていくよ。軍艦に追い払われたようだ」

「ここからも見える」と興平は言った。

まもなく蔵太郎は枯れた大木から下りてきた。

「R政府の船は岬に消えたよ、島長」

二人は枯れた大木の近くにあるクワディーサーの幹に背をもたせ、座った。

「……犯人は誰かの舟が出来上がるのをじっと待っているんじゃないかな、クガニーサールー」

「どうかな」

蔵太郎は気のない返事をした。

「今、舟を造っているのは誰だ」

「漁師なら誰でも舟を造るよ」

「クガニーサールー、舟が出来上がりそうな島民に、俺が許可しないうちは漁には絶対出るなと念を押してこい」

蔵太郎は珍しく聞く耳をもたず、尻のゴミをはたき落とし、枯れた大木に登った。

興平はギラギラ輝いている濃青の海面を見つめた。一瞬体が浮かび上がった感覚が生じた。にわか造りの舟は危ないよと興平は独り言を言った。興平は目をこすった。手の甲や腕がやけに白くなっている。

アブとチカラ・ナーグスクの岩周辺の地下がつながっているというのは噂にすぎないと興平は思う。台風の後にアブにいる蛇がチカラ・ナーグスクの岩の周りの海面に浮くというのは大人たちの作り話だろう。

興平は蔵太郎を手招いた。蔵太郎は枯れた大木からゆっくり下りてきた。

「A軍は何か僕たちをひどく恐がっているみたいだ。以前は島の子供たちを肩車したり、お菓子をくれたりしていたのに」

蔵太郎が言った。

二人は黙ったまま丘を下りた。


蔵太郎が叩いた鐘の効果があったのか、学校の休み時間に十人ほどの子供たちが馬小屋を改造した茅葺きの仮設校舎から路地をぬけ、ムラヤー前の広場に出てきた。子供なら正直にしゃべるだろうと考えた興平は大きな号令をかけ、学年のちがう子供たちを横一列に並ばせた。

「授業中に海で犬かきをした者はいないか」

興平は鐘叩き用のハンマーを持ったまま、一人一人の顔を見回した。「いない」と子供たちは一斉に答えた。

「何か悪さをしなかったか」

興平は前にムラヤーの時計を盗みにきた二人の少年に聞いた。

痩せた色黒の秀政は首を横にふったが、固太りの武司は腕を組み、首をかしげた。

「したのか？」

興平は武司に寄った。

「僕じゃないけど……」

武司は口を濁した。

「わかっている。誰だ？　何をした？」

興平は武司に顔を近づけ、促した。

「同級生の市郎が授業をさぼって、海に行った」

市郎が前に埋めた貝を掘り出しに今、砂浜にいるという。

「市郎は泳ぎの上手い島長をとても尊敬しているよ」

蔵太郎が脇から言った。「だけど、貝をいくら磨いても誰と交換するんだ。A軍兵士も仲買人もこないのに」

拍子抜けした興平は「アブに行った人」と大声を出した。子供たちはたじろいだ。

「正直に答えたら、袋いっぱいお菓子をやるぞ」

蔵太郎が両手を頭上に上げ、輪を描いた。

「缶詰がもらえるという話は子供たちの間には広がっていないんだね、島長」

「アブに行った人、ハイ」

興平は右手を高く上げた。つられるように光浩が手を上げた。

「いつ、行った?」

光浩は、以前リヤカーおじいが砂浜に埋めた犬の骨を掘り出し、A軍のジープの運転席に置いた「前科」がある。興平の目が異様に輝いた。

「いつだ?」

興平は問い詰めた。光浩は照れ笑いをしたり、頭をかいたりした。

「光浩はただつられて手を上げただけだよ、島長。子供たちは海にしか行かないよ」

蔵太郎が言った。「うまい獲物はアブにはないし、水はちゃんと井戸にあるから」

興平は子供たちを一列縦隊にし、自分の後ろから行進させ、広場を横切り、ムラヤーの軒下に座らせた。蔵太郎が事務室からドロップの缶を持ってきた。興平は色とりどりのドロップを二個ずつ子供たちに配った。

「四日前、A軍兵士と歩いていた島民は誰だ」

興平は聞いたが、子供たちは懸命にドロップを味わっている。

「教えたら、もっとあげるよ」

蔵太郎は缶から一個取り出し、自分の口に入れた。しかし、子供たちは黙っている。

「ドロップをやるより、脅したほうが効果があるかな、クガニーサールー」

興平は汚れた顔から目だけギョロギョロさせている稔を立たせ、一歩前に出した。稔は喧嘩の時、必ずA軍用の布かばんに丸い石を入れ、振り回し、威嚇する。

「おまえは石をブンブン回すのを誰から習った?」

興平は稔の肩をたたいた。着古した上着から白っぽい埃がたつった。顔を背けた興平を上目遣いに見ながら、稔はドロップをなめている。

「最近、石を振り回していた大人を知らんか？」

「僕が考えたんだ。喧嘩は大人にも負けん」

稔は胸をはった。

白髪を後ろに結った小柄なツルがこうもり傘を杖代わりにしながら近づいてきた。

「子供たちまで疑っているのかね。おまえは」

ツルは興平の腕をつかみ、ゆすった。

「おばあ、人を殺した者は子供でも女でも年寄りでも俺は捕まえるよ」

興平は腕をゆすられたまま言った。

「暑いのにこんなに小さいのを太陽の下に立たして、あんたはもう」

軒下に座った子供たちも一人残らず顔を赤らめ、汗をかいている。

興平は蔵太郎を手招きしながらツルから離れた。

「毒草でなら子供でもできる」

興平はこころもち声を潜め、蔵太郎に言った。「A軍兵士を憎んでいる子供はいないか」

「いないよ、島長、子供たちはみんなA軍兵士が島に来るのを首を長くして待っているんだ」

黒髪の女教師の貴与美が蔦におおわれた石垣の間から足早に出てきた。手にはこの間のA軍が撒いたビラを綴った帳面を持っている。

興平の前に立ちはだかった貴与美は声を荒げた。

「何やっているの？　あなたは校長なの。何の権限があるの。生徒をかってに並ばせて」

貴与美は色が白く、きりっとした目をし、顎もすっきりしている。知的な雰囲気を漂わせた貴与美とは日頃からやりにくいと思っている興平は「今日は終わり。解散」と手をたたき、子供たちを追い散らした。

貴与美は子供たちを一列に並ばせ、先頭になり、帰っていった。

興平は貴与美の後ろ姿を見つめた。色が黒く、肌も荒れた陽迎島の女たちには見向きもしないが、本島から来た貴与美を狙うA軍兵士は少なくないと青年たちが噂をしていた。もしかするとS上等兵は教養もあり、身綺麗な貴与美を追いかけたために、恋敵の島民に殺されたのではないだろうか。

貴与美と子供たちは路地に消えた。

興平は「犯人は恋敵」云々の話を蔵太郎にしたが、蔵太郎は、「おもしろい思いつきだが、女に命をかける男は島には一人もいない」と問題にしなかった。

老人たちが広場の木陰に集まっていた。蔵太郎は一人一人に馬鹿丁寧に挨拶をし、わりと巧みに誘導尋問したが、老人たちは口を開かなかった。戻ってきた蔵太郎は興平に首をふった。

「今から酒を飲ませて、しゃべらそう」

興平は言った。

「お年寄りは戦争の時の栄養失調で肝臓をやられているから、飲まないよ」

蔵太郎はまた首をふった。

興平は老人たちに近づいた。蔵太郎が言った。

「島から脱出しようとする者を捕まえたら、たくさんの物資を差しあげますよ」

蔵太郎は耳の遠い老人にも聞こえるように大声を出したが、誰も身動きせず、表情も乏しかった。

「A軍兵士がもし殺されたなら、R政府の役人もA軍の兵士も必ず来るはずだ。だが、一人でも来たか？　みんな、騙されるな」

浜の漁に行く途中の、籠を背負った重松おじいが老人たちに言い、興平に向いた。「でたらめだろう？　興平」

「じゃあ、A軍がまいたビラは何かな」

興平は言った。「A軍がこんなに真剣になるのは初めてじゃないか」

興平は銛打ちが上手い、この重松おじいを怪しんだ。狙った魚の目の辺りをあっという間に突ける重松おじいなら、人の心臓もはずさずに刺せるだろう。

興平は重松おじいのいかつい髭面や鋭い銛をじっくり見た。

「クガニーサールー、S上等兵の死体にはほんとうに傷痕はなかったか」

興平は蔵太郎に振り向いた。蔵太郎は一緒に見たじゃないかと不可解な目をしたが、首を縦にふった。

「舟を造って、沖に出したら島も潤うのに、なんで軍艦に囲まれなければならんのだ」

重松おじいの親戚の玉男が言った。この墨烏賊の墨のように色の黒い老人はビラが投下された直後から注意深くなり、火薬漁をやめ、磯釣りをしている。

「捜査を興平に任すぐらいだから、死んだ兵士は小者だよ。どうでもいいような兵士だよ、な」

親戚付き合いの悪い重松おじいは玉男にではなく、隣に立っている、ひどく腰の曲がった幹男老人に相づちを求めた。「将校クラスだったらA軍は血眼になる」

「軍艦が取り囲んでいるじゃないか」

興平が言った。「A軍は真剣だよ」

「おまえはまだ二十歳にならないだろう？　なったか？　こころもとないが」

重松おじいが言った。

「わしらがA軍に薦めたんだ。島長代理になれたのはわしらのおかげだ。おまえはうまれつき片足が短いのに、子供の頃から陸軍大将になるんだとしょっちゅう言っていたからな。忙しいわしはこれだけ言いにきたんだ」

重松おじいは興平と蔵太郎を押し退け、密生したフクギの陰に消えた。

「興平、おまえはこんなに色が白くなって。恥ずかしくないのか」

一カ月ほど前、ヨバイをしようと忍び込んだ家の女たちに捕まり、鶏小屋に一晩中閉じこめられた、通称畜生老人が言った。

興平は自分の腕をさすった。元々毛は薄いが、薄毛もなくなり、女の肌より艶やかになっている。

「おじいは夜出歩くから、出会った人を覚えているだろう?」

興平は一人暮らしの畜生老人に聞いた。

「リヤカーおじいはいつも歩いているよ」

「夜?　大きな物を乗せていなかった?　ここ最近」

「乗せていた」

「何を?」

「死んだ豚だ」

「人じゃなかったんだね」

「豚と人を間違える馬鹿がいるか」

「おじいはヨバイで娘と八十のおばあを間違えたというじゃないか」

興平は蔵太郎に振り向いた。「やはりリヤカーおじいを徹底的に調べる必要があるな」

「島長、あの絹子はスピーカーみたいによくしゃべる。島長の悪口を言い触らすよ。リヤカーおじいは犯人じゃないよ。たしかに夏風邪をひいていた」

興平は唐突に言った。

「クガニーサールー、君の親父だが……A国製の缶詰は食べないというのは何だ。熱風で顔をやられた恨みはまだ消えていないのか」

興平は最近何か思うと、すぐ口から出てしまう。

「戦傷者の父までも疑うのか？　島長」

蔵太郎は珍しく憤慨した。

「怪しい場合は、俺は自分自身も疑うよ」

軍刀を持った小柄な老人の鎌吉が止めようとする妻のヨシの手を振り払いながら興平に近づいてきた。

「興平、ムラヤーに寄付する。難癖つけられたらかなわんからな」

鎌吉は激しく息をつぎながら言い、興平に鞘から抜いた軍刀を突き出した。

軍刀や銃をA軍は占領後まもなく接収したし、島民はA軍に協力的だという証に我先に提出したのに、なぜ鎌吉は軍刀など持っているのだろうと興平は思った。

「疑われないよって、うちが何度言っても聞かないよ、この人は。島長代理さん」

骨っぽいヨシが言った。「馬鹿らしいよ、ね」

「……おじい、家に持ち帰っていいよ」

興平は突きつけられた軍刀を払った。

「受け取れ、興平」

「家に飾っておいたらいいよ。おじいがどういう人間か目を見たらわかる」

「おまえの目はギラギラ光っているから、何を考えているかわからん」

鎌吉はヨシになだめられながらおとなしく来た道を帰っていった。

鎌吉とのやりとりを見ていた、背の高い、病気がちの一平太老人がよろめきながら興平の前に進み出た。

「興平、おまえはA軍の味方をするのか。これが見えないか」

一平太は芭蕉布の着物の懐から十センチほどの弾を取り出し、興平に差し出した。この、一人息子の頭を直撃した弾はずっと仏壇に飾ってあるという。

「島長はA軍の味方じゃないよ。おじい」

蔵太郎が弾を手の平に取り、転がしながら言った。「島民を助けるためだよ。配給が止められたらどうするんだよ」

「おじい、弾は持ち歩いたり、飾ったりするもんじゃないよ」

病気がちの老人がアブに行けるはずはないと考えた興平は一平太の肩を軽くたたいた。

一平太は蔵太郎から弾を受け取り、「A軍兵士に……A軍兵士に……」とつぶやきながら一本道を去っていった。

7

父親とあたふたと昼食をすませた蔵太郎はムラヤーの事務室に入ってきた。

「明日の夕方までに、犯人を逮捕したかどうか通訳に無線を入れなければならないだろう」と蔵太郎はしきりに興平に言う。「三日後の、配給がされるか、されないかは島長の肩にかかっている」

蔵太郎はいつものカーキ色のズボンに青いポロシャツの裾をつっこんでいる。

「ちゃんと通訳が約束したんだろう？　メダルがあろうがなかろうが権限を行使してもかまわないよ、島長」

二人は外階段を下りた。

A軍の缶詰は毒だと信じているはずの良子がムラヤー前のガジュマルの幹にもたれかかり、配給の缶詰を食べている。

「おまえはA軍の缶詰を食べられなかったんじゃないのか」

興平が言った。

「食べてみたら、食べられるよ」

良子は平然と言い、食べ続けた。

「この人はもう三個目よ。うちはまだ一個目だけど」

男物のパナマ帽を深くかぶった勇子が言った。

「毒は入っていないか」

興平は良子に聞いた。

「こんなにおいしいなら、毒が入っていてもいいよ」

良子は話すのも惜しいというふうにさかんに箸を動かしている。

「戦争に負けたのに、島民が豊かに生きていけるのは俺のおかげだよ」

興平は女たちを見回した。「A軍に人権を保障させている」

「あんた、おかしくなったんじゃないの」

勇子が興平を睨み、言った。

「犯人を知っているなら、すぐに言え。俺は警察権をA軍から与えられている。メダルは三日後に届く」

「あまりメダル、メダルと言わなくていいよ。こいつらには押して押して、押しまくったらいいよ」

と蔵太郎が興平に耳打ちした。

「メダルなんかより早く発電所をどうにかして、電灯を点けてよ」

勇子が言った。「おかしくなるから病気にかかるのよ」

「興平、顔が白くなっているのは、やはり病気ね?」

良子が言った。

興平と蔵太郎は広場を突っ切り、白い一本道に出た。向こうから女を知ったと自慢していた安雄がうきうきしながら歩いてくる。十歳年上の色の黒い固太りのカメ子と腕を組んでいる。

「いい思いしているな、安雄」

興平がすれ違いざま安雄に言った。

安雄は興平を呼び止め、鎌吉おじいの家には鉄砲も進軍ラッパもあると告げ、手をふり、立ち去った。

歩き出した興平に蔵太郎が言った。

「あの鉄砲は土に埋まっていたものだ。完全に錆びているよ。僕が昨日、ちゃんと調べた」

「進軍ラッパもあるそうだな」

「あったよ」

「戦闘的だな。家宅捜索する必要があるな」

「吹いても鳴らないラッパだ。単なる飾りだよ。捜索なんか必要ないよ」

蔵太郎は言い、来た道を振りかえった。

「島長、さっきのカメ子な、年下殺しだよ。何人もの童貞を奪っているよ」

「あまり魅力なさそうな女だがな」

「赤ちゃん山」が見えた。この大きな丘は戦前、軍部が陣地壕や橋を造るために木を全部切り出し、禿げ山になっていたが、今は赤い土に小さい松や雑木がピョコピョコと生えている。

「島長の首、白くなっているよ」

蔵太郎が言った。

「こすってみろ」

興平は立ち止まった。蔵太郎が強くこすった。

「おちないよ。弾力はあるけど」

「色は白くなったほうが女にもてるから、いいよ」

二人は路地に入った。赤っぽい地面に石垣の黒い影が落ちている。ゴロ石を積み上げた石垣の上に蟹を獲る金網が干されている。

どの家の庭にも花木はほとんどなく、葉野菜や薩摩芋が植えられている。

いつもはトタン葺きの小屋の中にいるつがいの山羊が、食べられてしまったのか、見当たらなかった。

二人は赤茶けたトタン屋根にワイヤーをかけ、石の置かれた平屋の前に立ち止まった。雨戸は開けっぱなしだが、人の気配はなかった。二人は裏に回った。やはり誰もいなかった。

「隣近所も徹底的に調べろ、クガニーサールー」

興平は胡瓜の花が満開の庭を横切り、屋根に赤瓦を葺いた隣の家を覗いた。軒下に物干し竿がかかっているが、洗濯物は干されていなかった。

「家の中に証拠品はないよ、島長。早く他を探そう。……凶器は一体何なんだ。何を探すんだよ」

蔵太郎の顔は泣きだしそうに歪んだ。

「警察権があるから、誰にも文句を言わせない」

すぐ口から出たが、興平自身も何を言っているのか、わからなかった。

興平は足早に歩き回り、本島から運んできた一メートルほどの薬莢の筒を何十本もぐるりと回し、敷地を囲っている家々を覗き込んだ。人も犬も猫も見当たらなかった。

「昨日はみんないたんだけど……」

蔵太郎は頭をかかえた。

興平は「集合、集合」と大声を出した。「ドロップがあるぞ」と蔵太郎も珍しく声を荒げた。

「いったい、どこに行ったんだ。配給の時は時間前から一家そろって、ムラヤーに集まるくせに」

蔵太郎が周りを見回しながら言った。

ここに来る途中の畑にも人影はなかったと興平は思う。

リヤカーおじいの家に自然に足が向いた興平の脳裏に突飛な想像が浮かんだ。

絹子はよく「外で遊んできて」とおじいを家から追い出し、一人家にいる。S上等兵は筋肉質の絹子ともめ、殺されたのではないだろうか。

興平はイヌマキの垣根から首を出し、リヤカーおじいの青いトタン葺きの家を覗いた。誰もいなかった。

「リヤカーおじいはどこに行ったんだ」

興平は独り言のように言い、A軍が撒いたビラの裏に「八月十日朝八時ムラヤーに出頭せよ。島長代理」と書き、クガニーサールーに手渡した。

「リヤカーおじいは字は読めないよ。島長」

「絹子は読めるだろう。戸袋に挟んでおけ」

蔵太郎は戸袋にビラを差し込んだ。

「また夜、出なおそう、島長」

遠くからヘリコプターの飛行音が聞こえてきた。

蔵太郎はポケットからA軍が撒いたビラを取り出した。

「どうもこのビラはあやふやだよ。S上等兵が陽迎島で殺されたとは一行も書いていないし」

集落の上の真っ青の空に濃い緑のヘリコプターが現れた。轟音が「早くしろ、早くしろ」と興平の耳には聞こえた。「わかったから、向こうに行け」と興平は怒鳴った。驚いた蔵太郎が興平の白い顔を見た。ヘリコプターは二、三回旋回した後、軍艦が浮かんでいる海の方に飛んでいった。


二人は埃っぽい一本道を歩いた。首筋の汗をぬぐいながら蔵太郎が言った。

「アブに何か手がかりがあるんじゃないかな、島長、行ってみようか」

「……アブは聖なる泉だ」

「アブの近くにはたくさんの蚊がいるしね」

「蚊は関係ない」

「なぜA軍はアブにこだわるのかな」

「S上等兵がアブに行った証拠を握っているからだ」

「地下を流れてきたなら、岩壁にぶつかって、死体は傷ついているはずだ。だけど、小さい傷ひとつなかったんだよ。……他からチカラ・ナーグスクの岩に流されてきたんじゃないかな」

「アブだ」

興平はクワズイモが密生した近道を通り、チカラ・ナーグスクの岩に向った。


潮は大きく引いている。チカラ・ナーグスクの岩は砂地とくっついている。興平と蔵太郎はアダンの木陰の平たい石に座った。

よく誰かが砂に埋めたものを勝手に掘出す光浩も、砂に貝を埋める市郎も、クムイに毒草を投げ込み、魚をプカプカ浮かす女のような細身の盛鉄も、バールを持ったシャコ貝獲りの昌三も、夕食の海藻を採る老人たちも一人もいなかった。

「軍艦に向って小便をした恒吉もよく調べないといけないな、クガニーサールー」

興平は濃青の海上の軍艦をぼんやり見ながら言った。

「小便ぐらい僕だってやっているよ」

「俺はあいつの金切り声が気にいらない。運動場の燃料タンクを改造した舟はどうなっている?」

「まだ底に三十センチの穴が開いたままだから、使えないよ」

「あそこにもあるな」

興平は立ち上がり十数メートル先の入江にある木造の舟の方に歩いた。蔵太郎もついてきた。

「半分もできていないな、島長。出来上がるまでにあと一カ月はかかるよ」

背後から蔵太郎が言った。「島長が禁止したからのらりくらりしているんだ」

「犯人は出来上がるのを今か今かと首を長くして待っている」

興平は砂を握った。

砂浜にはいろいろなものが埋まっていると興平は思う。リヤカーおじいは何を埋めたんだろうか。知らないふりをしているが、たぶん絹子が手伝ったんだろう。女のくせにあんなに腕の筋肉が発達しているんだから。

興平は足元の真っ白い砂を掘った。出てきた小さい蟹が水際に逃げた。

「クガニーサールー、俺たちはＳ上等兵を埋めたんだろう?」

「何言っているんだ。ちゃんと焼いたじゃないか」

蔵太郎は興平の顔を見つめた。海面を見つめている興平の白い顔は傍目にもわからないし、興平自身も感覚はないが、パンパンに張っている。

青い海面は無数の細かいガラスが突き刺さったように眩しくきらめいているが、興平は目を見開いている。

興平が静かに言った。

「やはり俺の父親だよ」

「馬鹿言うな。島長の父親はどこかに生きているよ。戦争でも死ななかったんだから、運は強い。Ｓ上等兵だよ、Ａ軍がはっきり言っていただろう」

蔵太郎が強く言った。

興平は顔を上げた。まったく動かない黒い軍艦の周りの空気がゆらゆらと立ち上っている。

「少し寝たら?　顔が真っ白だ。手も」

蔵太郎が言った。

興平は手を陽にかざした。

「これは病気だよ。本島の病院に行こうよ、一緒に」

蔵太郎は興平の目を覗き込んだ。

「島民には出るなと言っておきながら、言った俺が出るというのは筋が通らん。……クガニーサールー、おまえの父親は調べなくていいよ」

「……なぜ?」

「おまえだけがほんとうの俺の味方だとわかったんだ。おまえは俺が人の三倍も物資をもらっているから俺についてきているんじゃないよな」

「何言っているんだ、島長。幼なじみだからだよ」

興平は自分の体が宙に浮いている感じがするが、反面すごくだるかった。

「おまえを次の島長にする」

話すのもおっくうになってきたが、興平は蔵太郎に言った。

「……島長というのはA軍が命じるものだろう?」

「俺の推薦があれば問題ない。ムラヤーに戻ったら無線の使い方を教える。だが、機密事項だから、覚悟が必要だ」

一時間習ったら誰でもすぐできる簡単な操作だが、興平は重々しく言った。

8

畑も路地もムラヤー前の広場も静まり返っている。

弱い昼下がりの風は戸のない窓からもほとんど吹き込まず、事務室の椅子に腰掛けた興平と蔵太郎の背中は汗がにじんでいる。

「一人もムラヤーに昼寝にこないのはおかしいよ」

蔵太郎が興平に顔を向けた。「おかしいよ、島長。一階にいつものおじいたちの姿がないんだ」

興平は目を閉じている。

「島長」と蔵太郎は声をかけた。興平は目を開けた。蔵太郎は壁の歴代島長の写真を指差した。

「みんな色黒で、どこか品がないね。飾られたら島長が一番高貴だよ」

興平の死期が迫っていると蔵太郎は感じた。

「A国国旗は掲げたか」

興平が聞いた。

「掲げた」

蔵太郎は言ったが、昨日から下ろすのを忘れている。蔵太郎は立ち上がり、石油コンロに薬缶をかけた。

あの時簡単に焼かずに死体を詳しく調べていたら手がかりが得られたのに………。島民を疑わなくてもすんだんだ。

興平は深い溜息をついた。

「本島に出た島の人間も調べろ」

興平は蔵太郎に言った。

「何考えているんだ。A軍は犯人は島の中にいるとはっきり言っているだろう。第一時間がないよ」

「A軍は信用できない」

「今は休んだほうがいいよ。とても疲れているみたいだから」

興平は首筋を拭いたタオルをツルツルになった腕にかけた。するりと滑り落ちた。

「こんなに白くなったら、女教師の貴与美にも好かれるよ」

蔵太郎は無理に笑った。蔵太郎の笑い顔を見た興平は、蔵太郎が怪しいと思い、弱々しく一つ首を横に振った直後、意識が薄れ、何もわからなくなった。

蔵太郎はカーキ色のズボンのポケットから熟んだグアバを一個取り出し、意識を取り戻した興平の鼻先につけた。興平の手は動かなくなっている。

「僕たち、子供の頃よく取りに行ったね」

蔵太郎が言った。「A軍の缶詰だけでは飽きるだろう。今日の朝早く、山から取ってきたんだ。食べろよ」

「全部軍部に伐採されたと思っていたが、まだ山にはあるんだな」

「食べろよ」

「おまえ、食べろ。……いつかまた一緒に取りに行こうな」

興平は昨日はキャラメル一個しか喉を通らなかった。

「また魚を獲ってくれよ。一緒に浜で焼いて食べよう。A軍の缶詰なんかよりずっと美味しいよ」

蔵太郎がうつろな興平の目を覗き込んだ。

「薩摩芋をいっぱい食べような。包囲が解かれて、仲買人の舟が入ってきたら、倉庫中の缶詰を全部薩摩芋と交換しような」

「僕が今、集落から薩摩芋を探してこようか」

「いや、今はいい」

興平は目を閉じた。

数分後、興平は目を開け、言った。

「一体誰が犯人なんだ。クガニーサールー」

興平は上半身を起こし、事務室の中を見回した。蔵太郎はいなかった。

興平は立ち上がったが、よろめき、板床に尻餅をついた。

ムラヤー周辺を一回りし、事務室に戻ってきた蔵太郎が興平の体を支え、長椅子に座らせた。

「どこか痛くはない？　苦しくない？」

蔵太郎は興平の腕や腹を触った。水の入ったゴム袋のように指が減り込み、蔵太郎は思わず顔を上げた。興平の目には白い靄がかかっている。

「髪が垂れて、頭が重い。タオルか何かないか、クガニーサールー」

蔵太郎は誰かが忘れていった赤い櫛を小さい棚から取り、興平の髪を梳き、さした。

無線が入ってきた。興平は手足を動かすのさえ億劫だが、マイクに口を近づけた。すぐ通訳が犯人逮捕の報告を求めた。興平は口ごもった。唇は寒くもないのにふるえている。蔵太郎が代わり、通訳に言った。

「島長代理は病気に罹ってしまいました。体の色や艶が普通ではありません。舟を造り上げて、A軍の病院に連れていきますよ。このままだと死んでしまう。どうぞ」

「絶対許可しません」

通訳はひどく驚いているが、きっぱりと言った。「舟を出したら、すぐ撃沈します」

「犯人なんか陽迎島にはいませんよ。君たちのまちがいです。どうぞ」

「島から一歩も出ないで。どんな理由でも。いいですな。どうぞ」

「ムラヤーには薬はありません。舟がだめならヘリで軍病院に運んでくださいよ。どうぞ」

「薬はパラシュートで投下しますから、注射を射って。処方箋も入れますから、君でもすぐわかります。もし、注射をしてもよくならなければ連絡して」

通訳は慌ただしく無線を切った。「島長が病気なのに……本島までたった二十キロなのに、海を渡れないって悔しいよ」と蔵太郎は死んだように寝入っている興平に言った。

興平が祭りに供える白豚を殺そうと包丁を刺したのだが、いつのまにか首から血を吹き出したS上等兵がもがき苦しんでいた。血みどろのS上等兵の首に蔵太郎が猿のようにガブリと咬みついた。

興平は悲鳴を上げ、飛び起きた。蔵太郎は昼寝をしている。

恐ろしい夢を見たのだが、冷や汗もかかず、呼吸も荒くない興平の頭脳は冴え渡っていた。今し方見た光景は夢ではなく、すでに実行に移されたものではないだろうか。クガニーサールーと俺が犯人だったんだ。興平は気を失った。目を覚ました興平は首をのばし、板壁の時計を見た。十二時半だった。通訳は昼食に出たかもしれないと思ったが、無線を入れた。目覚めた蔵太郎が立ち上がってきた。

「犯人は俺が捕まえて、焼いた……どうぞ」

興平はうわごとのように通訳に言った。

「何言っているんですか、あなたは。クガニーサールーと代わって」

「犯人はわかった。クガニーサールーと俺だ」

興平のすぐ脇にいた蔵太郎が無線に出た。

「あなたの体の調子はどうですかね？　どうぞ」

「僕は悪くないです。どうぞ」

「犯人は？　どうぞ」

「島長代理と二人で懸命に捜査しています。今ふと思い浮かんだんですが、陽迎島以外の民間人がS

上等兵を殺して、すぐ島の外に逃げたとは考えられませんか。どうぞ」

「全くありえないですな。何もない陽迎島にはA軍兵士と仲買人以外は誰も行きませんよ。どうぞ」

「死体も骨も認識票もないから、島民が僕たちに協力しないのです。どうぞ」

「あなた、泣き言は言わないで」

通訳は強い口調とは裏腹に妙に平然としている。「明日の午前中までに逮捕できれば、配給は明後日です。明後日の午前中までにできなければ、さらに翌日です。どうぞ」

もともとおちつきのない、上擦った通訳の声が今は不思議なくらいおちついている。

「君はすぐ配給、配給ですね。A軍はほんとうは犯人逮捕に関心がないのではないですか。どうぞ」

「犯人を逃がさないように軍艦は島を囲っていますでしょう？　あなたがたが逮捕できない時には、数百人の軍隊が上陸します。もちろん犯人を匿った者も検挙します」

目を閉じていた興平は一つ大きく溜息をついた後、目をカッと開けたまま、固まった。駆け寄った蔵太郎は興平の胸に耳をくっつけた。

蔵太郎は興平から習ったばかりの無線を通訳に入れ、島長代理は死んだと告げた。

「焼いて、誰にも知られないように、騒がれないように。どうぞ」

通訳は動揺しなかった。

「焼く？……どうぞ」

「焼いて、骨を拾って、納骨するのがあなたたち陽迎島の人の風習でしょう？　私も知っています。でも焼いたら島長代理は骨もなくなります。納骨は不可能です。もし焼かないと醜く崩れて、二目と見られない姿になりますよ」

通訳は必ず焼いてと念を押し、無線を切った。

蔵太郎は興平をおぶおうとしたが、ツルリとすべった。興平の両脇をかかえたまま少しずつ歩き、外階段に出た蔵太郎は太陽に目がくらみ、興平を離した。興平は階段を少し跳ねながら落ちていった。蔵太郎は駆け下り、赤土の上を転がっていく興平の手をつかまえた。

蔵太郎は興平をガジュマルの木陰に寝かせ、たくさんの食物を与えたら牛でも馬でも何でも運ぶというリヤカーおじいの家に走った。

白い一本道の先から強い海風が吹いてくる。体がひどく軽くなったような気がし、なかなか前に進まなかった。蔵太郎は両腕を突き出した。細い腕が真っ白になっている。ムラヤーに戻り、スピーカーから興平の訃報を流そうと振り向いたとたん、気が遠退いた。

まもなく気を取り戻した蔵太郎はようやくムラヤー前の広場に着いた。

全身に出てきた白い斑点が何百倍何千倍にも増えていた。腕の毛は無くなり、セルロイドのようになっている。一本残らず抜け落ちた眉には蔵太郎自身気づかなかった。

蔵太郎はガジュマルの枝にぶら下っているボンベの鐘をたたいた。強い日差しの中、音は路地の隅々をくぐり抜け、海上の軍艦にも響いた。

凧の御言

1

数カ月前に戦争は終わり、正月前になっているはずですが、正確な日にちはわかりません。私と、大きな竹籠を背負った義弟は竹集落から五里ほど離れた道を歩いています。

遠くに白く見えるのは、断崖が崩れ落ちた岩肌でしょうか。背中がぞくぞくするような寒風が吹いていますが、木という木が消え、葉のこすれあう音もなく、恐ろしいほどに静まりかえっています。戦時中の煙が立ち上っているかのように太陽はぼんやりしています。

割れた崖の岩肌から水が流れ出ていました。私と義弟はたっぷりと飲み、手拭いをしめらせ、顔を拭きました。

短い草以外は生えていないせいか、剝き出しの赤茶けた土は生まれたばかりのように見えました。

地中深く眠っていた、熱を含んだ泥が地表に出てきたようでした。

道に散乱した無数の小石を踏みながら歩き続けました。戦前の馬車道は曲がりくねっていましたが、藪が燃え、丘が砕かれたせいか、どこまでも見渡せます。

空がすごく高く感じられました。海も見えず、道が無限に続く、怖いくらいだだっ広い風景です。

私と義弟が無言のせいか、どこかから死者が声を発しているようです。

不思議な感覚に陥りました。私は歩いているだけ……死者は横たわっているだけ……同じ風景の中にただある……。

私の命がすーっと土の中に染み入りそうなのは、生者も死者も一緒くたになっているからでしょうか……。

死者は動けませんが、私は歩けます。足に感謝しなければ……。手も大きく振り、何でも見える目も大事にしましょう。

特別に何かがあったのでしょうか、骨にならず木乃伊のような死体が目に飛び込んできました。面識があるならちゃんと識別できるはずです。

骨に皮がくっついた、目玉のくぼんだ姿を人目に晒すのは死者への冒瀆です。しかも私のような若い女なのです。

私と義弟は黙ったまま木乃伊を道端の土に丁寧に埋め、目印に尖った石を置きました。

義弟が私に何も話しかけないのは、亡くなった夫に気を遣っているからかしら、と私はふと思いました。

骨を拾う時は不発弾や地雷、防護線に絶えず注意するように、と出発前義弟に言われました。

もし私と義弟の仲を許さないのなら、あなたの遺骨の近くに埋まっている地雷を私に踏ませてください。私は天を仰ぎました。あの世に引っ張ってください。

数年前、凪の神に運命を託したように、今は夫にこれからの人生を決めてもらおうとしているようです。

何時間か前に義弟と一緒になろうと決心したはずなのに、まだ揺らぐのです。

あなた、死んでも無念に思ってはなりません。次郎、生きていても罪悪感を抱いてはいけません。死者も生者も胸を張るべきです。

私は夫と義弟に声を出さずに言いました。自分が何を言っているのか、よくわかりませんでした。

私は深呼吸をし、顔を上げ、荒廃した大地を一歩一歩踏みしめました。

転がっている頭蓋骨が私を見ています。笑いながら私に何かを話しかけているようです。素通りしましたが、心の中にまた夫に対するとがの思いがふくれあがりました。

白くもやっている空を見上げました。一瞬夫の爪が見えました。冷気が満ち、小刻みに動く道端の草が寒々としています。風にのり、音が聞こえてきました。姿は見えませんが鳥の声でしょうか。おとなしく、感情を表に出さなかった夫が泣いているようにも聞こえ、かわいそうになり、耳をふさぎました。

夫を仮埋葬したという南部の村にようやく着きました。昼すぎに竹集落の隣町のバラック小屋を出てから数時間たっていました。

辺りは一面高熱に焼かれていました。

義弟がやっと口を開きました。一家全滅した家も少なくないと言いながら黒くなった石垣に手を置きました。石垣はすぐ砕け落ちました。

村の広場に散在するバラック小屋の陰から人々の声が聞こえます。「元気だったか。生きていたか」「生きていたんだな。無事だったんだな」。今頃、ようやく出身地の村に帰ってくる人も少なくないのです。

仮埋葬した場所は村はずれだと義弟は言います。

私たちは歩き続けました。「無事だったか」「生きていたか」。このような声は私には死者を穢しているように聞こえました。死者も死にたくなかったはずです。

私たちのように余所から遺骨収集に来た人たちが、ほとんど草の生えていない原っぱに茫然と立ち尽くしています。どうしたのでしょうか。私たちは近づきました。あまりにも人骨が散乱し、どれが自分の身内なのかわからないのです。

母親は足にしがみついた、三歳くらいの女の子をどういうつもりか「豚や牛の骨なのよ。心配ないよ」と宥め賺《すか》しました。

道中何度も遭遇したはずですが、女の子はまだ骨に怯えているようです。

「人だと正直に教えて」と私は母親に詰め寄りました。

生きのびた者に豚だとか牛だとか言われたら死んだ人は浮かばれません。

義弟が私の肩を軽くたたきました。私は唇を嚙み締め、母親を睨みながら義弟の後を追いました。

2

地中から新たに伸びてきた路傍の草に、ふと愛着が湧きました。

竹集落の竹を思い出し、たまらなくなりました。

目にはまだ全滅した竹集落の風景が焼きついています。

しかし、私たちが町のバラック小屋に住み着いた頃には、竹集落の竹は焼け跡から槍のように突き出たはずです。今頃は成木になり、一面に茂っているでしょう。

目に染み入る新緑、何とも言えないなめらかな肌触り、風にサラサラとそよぐ音……。早く見たい、触れたい、聞きたい……。

小高い丘にも家々の周りや道の両脇にも竹が繁茂し、広大な竹林もあり、昔から竹集落と呼ばれていました。

五十戸ほどのどの家も屋根や壁の大部分に竹を使用し、竹を敷き並べた床は床下からの風通しがよく、一年のほとんどを快適に過ごせました。

いくら切っても後から後から出てくる竹の子。降り注ぐ陽にキラキラ輝く竹の葉。私の目を釘づけにし、溜め息をつかせました。

夜、風に騒ぐ竹の心地よい音は家の中に入り、安眠を誘いました。

畑作、薬草採りの収入はわずかしかなく、人々は明治の頃から竹細工を生業にしてきました。

人々は毎日のように木陰に集まり、竹細工に精を出しましたが、竹を割る音や笹の葉音しか聞こえませんでした。

昔から黙々と竹を切り、竹細工をしてきたのが、習い性になったのか、人々は寡黙でした。

製品の出来栄えは見事でした。運搬や調理、保管に用いる籠類、傘や笠の骨、すだれ、玩具、鶏を飼う大きな籠や魚を捕るしかけなどを作りました。

この品々を女たちが狭い山道を二時間もかけ、隣町に売りにいきました。

私の母はこの行商以外に、目の粗いザルや籠を編み、仲間たちより安く売り、なんとか生計を立てていました。

母は持病を抱えていました。私は一日も早く一人前になり、母の役にたたなければなりませんでした。しかし、一生懸命竹細工に取り組んだのですが、不器用な母の血を引いたのでしょうか、上手になりませんでした。

竹集落では女だからと大目に見てもらうわけにもいかず、私は常に引け目と不安を感じていました。

竹に命を吹き込むような竹細工の上手な人に、私は畏怖さえ感じました。

人にとやかく言われたり、軽蔑されたりしたわけではないのですが、私と母は肩身の狭い思いをしていました。

義弟も不安を覚えていたでしょうか。夫の一郎はすごく器用でしたが、一歳違いの次郎は実の弟とは思えないほど不器用でした。

私は結局、自分の能力に見切りをつけましたが、次郎は必死に努力を続けました。ところが、いつまでも目の揃わない粗雑な物しか作れず、父親によく叱られていました。

私が十歳の夏の日、二歳年上の次郎は、集落に一本ある栴檀の大木の陰に座り、何かを作っていました。幹の後ろから覗き込んでいた私に振り向き、「やる」と言いました。

三十センチほどの竹の節をただくりぬいただけの火吹きでした。

欲しくはなかったのですが、次郎の目に漂う妙な恥じらいに私ははっとし、受け取ってしまいました。

家に持ち帰り、試してみると使い勝手がよく、私は竈《かまど》の薪にたやすく火がつけられるようになりました。

母はよく不完全燃焼させ、煙を吸い、咳き込み、涙を流しましたが、私は巧みに薪を組み、隙間に竹や松の落葉を突っ込み、火吹きから息を吹きかけ、すぐ焚きつけました。

おもしろくなり、火つけ役をかってでました。母も喜び、次郎を称賛しました。

七歳の時でしたか、次郎から貰った餡餅も鮮烈に覚えています。

一郎と次郎の父親は片足が不自由でしたが、竹細工の名人でした。目のつまった籠を手早く仕上げ、量産しました。集落一大きい畑も所有し、お金の貯えもありました。

兄弟の母親はよく私の母に食物を持ってきたり、お金を融通したりしました。

子供心にお金の大切さをしみじみ感じていたのでしょうか、お年玉の貰える正月が待ち遠しく、指折り数えました。しかし、人見知りの激しい私は、父方の遠縁とはいえ、訪ねて行くのには勇気がいりました。

一郎と次郎の家は私の家から十数軒ほどしか離れていませんでした。日頃から訪ねていけばよかったと悔やみました。正月の時だけお年玉を目当てに訪ねるのは、何かしら後ろめたかったのです。

母は「お年玉を貰う時は、背筋を伸ばしなさい。卑屈になってはいけませんよ。子供はみんな貰います。あなたが大人になったら、子供たちにあげたらいいのよ」と言いました。

托鉢を行なうお坊さんのようにいただきなさいと言うのです。喩がよくわかりませんでしたが、私はささやかな正月料理も食べずに、二人の家に出かけました。

母は年始回りはしませんでした。お年賀を買うお金がなかったのです。

歩きながらお年玉、お年玉とつぶやきました。新年の光が心の中に輝き、足取りも軽くなるのでした。

ふっくらした女の子が描かれた古ぼけた羽子板をふり、羽根つきをしている、晴れ着姿の少女たちを尻目に私は先を急ぎました。

私も晴れ着を着ていました。隣町の見ず知らずの、病死した少女の着物を母が手に入れたのです。安値でした。家族は着物を見ると元気だった頃の少女を思い出し、とても辛かったそうです。おせっかいの竹集落の女の口からこの話が私の耳に入りましたが、少しも気味悪くありませんでした。母の気持ちが何倍も温かかったのです。

二人の家に限らず、どこの家も、格子状に編まれた竹の塀に囲まれていました。

門を入った私は手を差し出さず、門の飾り付けを直していた二人の母親の前に堂々と立ちました。

新年の挨拶をしようとしたとたん、鬼の形相になった二人の母親に怒鳴られ、追い出されました。

泣きながら逃げ帰りました。道すがら、何がどうなっているのか、知りたくなり、門の見える路地に立ち尽くしました。

まもなく、一郎と次郎がどこかから帰ってきました。門から出てきた母親は丸い顔に満面の笑みを浮かべ、なんとも言えないやさしい眼差しをなげかけ、二人に懐から取り出したお年玉をあげました。

次郎が視線を感じたのか、私に振り向きました。

三人は家に入りました。

私の母は父の死後独り身を通していますが、気品を失いませんでした。持病もちでしたが、近寄ってくる男は少なくなかったようです。しかし再婚話にはなぜか応じなかったそうです。

じっと見ていると溜め息をつきたくなるくらい上品な母が工面し買ってきた晴れ着をまとい、何も食べずに行ったのに、あんなしうちを……。

ふと母に何と言えばいいのか、心配になりました。しかし、今後は絶対この家を避けようと思いました。

ところが、門から出てきた、二人の母親の手招きにふらふらと応じてしまいました。柔和な顔になった二人の母親は「正月の朝一番に女の子が門をくぐると、一年間の福が逃げてしまうのよ」と言うのでした。

一郎と次郎に真っ先にお年玉をあげるつもりだったが、二人は夜明け前に初日を拝みにいったというのです。

「男の子はお国のために立派な兵隊になるからね」と二人の母親は私にお年玉を手渡しながら言いました。

路地を曲がった時、次郎に呼び止められました。駆けてきた次郎に餡餅を手渡された私は思わず涙ぐみました。

3

竹集落に若い男は何人もいましたが、一郎と次郎しか目に入りませんでした。

十六の頃からでしょうか、栴檀の木陰に座り、竹細工に取り組んでいる二人の姿に見入るようになりました。次郎も不器用ながら一心不乱に仕事をしていました。

わずかに黒光りする、筋肉が少し浮き出た二人の腕を見続けていると胸が息苦しくなるのでした。竹藪の脇にたたずんでいる私の髪を涼しい風がゆらし、目をおおいました。はっと我にかえり、顔が火照りました。

二人は定期的に竹林に竹を切りに行きました。私はふらふらと後を追いました。なめらかな光沢を放つ竹をゆり動かす二人の姿は英雄のように力強く、一瞬夢のように感じました。

夕暮れ時、二人の家の方向を長い時間見つめるのが日課になりました。

私はすでに一人前の女だと自覚していましたが、十人並みの顔が私を奥手にしているようでした。十人並みだから堂々としてもよかったのですが、私の性格は傷つきやすく、二人に邪険にされたら立ち直れないような予感がしたのです。

子供の頃からずっと綺麗に三つ編みをしていますが、色は浅黒く、唇が厚めなのです。鏡を見るたびに嫌になりました。しかし、目は大きく、澄んでいます。母はよく、「男の人を見通せそうな瞳ね。男を見る目があるから心配ないわね」と私に自信を植えつけるように頰を撫でるのでした。

ある日、変に胸騒ぎがし、突然気づきました。一郎と次郎の私を見る目が以前と違っているのです。二人は私と目が合うと、私より一瞬早く目を逸らすのです。

私に気づかれないように私を見つめる二人の目は、恥じらいを含み、光り輝いていました。

二人は申し合わせたように話し方も変化していました。元々無口ですが、何というのでしょう……丁寧な言葉を使おうとしているような……言葉を選んでいるような……。どぎまぎし、吃ったりもしました。

竹集落には若い女が少ないから二人は私に好意を抱くようになったのだろうと私は思いましたが、すぐ「ちがう、ちがう」と声に出し、かぶりをふりました。

きっと母の上品な気質が私の表情や立ち居振る舞いに遺伝しているはずです。他の女とは違うはずです。

強く自分に言い聞かせました。

私と二人が好きになりあうのは、たとえ竹集落に何百人若い男女がいても変わらない運命に違いないのです。

私は竹林の中を駆け回り、一人歌い、踊りました。艶のある竹をつかみ、撫でまわし、葉をちぎりました。懐かしい香りが漂いました。

しかし、恋心を二人に気づかれないように無造作にふるまいました。すると二人の目にはよそよそしく映ったのではないか、とても心配になりました。

ある日、家に二人が現れ、四苦八苦しながら母の竹細工を手伝っていた私を外に呼び出しました。顔を赤らめた一郎がひどく恥じらいながら、しかし真剣に、結婚してくれるように頼み込みました。次郎が間髪を入れずに、同じ言葉を繰り返すように言いました。二人とも裏返ったような声でした。

私は激しく動悸がし、顔が青ざめたり紅潮したりするのがわかりました。

返事はいつかします、とようやく声に出し、家に駆け込みました。

いつか、ではなく、後で、と言えばよかったと悔やみました。

兄弟のどちらが好きなのか、よくわかりませんでした。

同い年の女の子はみんな、誰が好きとちゃんと言えます。私は欲深いのでしょうか。性格が相手任せなのでしょうか。

再婚を断念した母に幼少の頃から結婚するように言われ続けたから好き嫌いがはっきりしなくなったのでしょうか。

次郎の方が好きなような気がしました。しかし、竹細工の上手下手が結婚に関係するかしら、一郎を好きになるべきかしらと考えたりしました。

竹細工は竹集落の人々を救ってくれます。私も母も竹細工の腕がよくないから毎日不安に襲われているのです。

私が赤ん坊の時、父が亡くなり、母は心労から病気がちになりました。母の苦労は並大抵ではありませんでした。

母の時代は食いつなぐために女の人は結婚に走りました。私の時代も変わらないようです。男の人に頼らなければならないのです。

では兄弟のどちらがより強く私を好きなのか、考えてみました。やはり、わかりませんでした。

私と二人の仲をほどなく察した母は、「遠い親戚だけど、ちゃんと結婚できるからね」と微笑みながら言うのでした。

母は口には出しませんが、明らかに一郎の方に軍配を上げているようでした。

息苦しい日々が続き、ふっと怖くなったりしました。

ふと、高く揚がる凧の作者は竹細工も一流だと気づきました。

竹集落の男たちは昔から、大量の墨を流したような黒い筋のある崖に登り、凧を揚げました。私は少女の頃から何度も男たちの凧揚げを見ました。

澄んだ広大な空に高く揚がった凧は動かずにじっとします。竹や岩や空と同じように遠い昔からずっとある、と錯覚します。

私は息をつめ、少し向きを変えるたびにキラキラ輝く凧を見つめ、崇高な気分に包まれました。

崖の上は祈りの場です。願いを叶えてもらったり、心の支えを得たりします。

崖から降りてくる女たちは一人残らず穏やかな表情に変わっていました。いつも難儀そうに歩くお婆さんも、見違えるように足取りが軽くなっていました。

竹集落に凧揚げの祭祀があるわけではありませんが、高く揚がった凧を通し、天の声が人に届くと信じられていました。

右か左か、白か黒か、決定できない問題は凧の神に解決を任せました。

しだいに凧の神に将来を委ねたらどうかしらと考えるようになりました。

凧に結婚相手を決めさせるなんて、あなたは凧と結婚するつもり？　気はたしか？　私は自分を叱りました。

かぶりを振りました。考えてはいけません。考えたら、迷いの闇に塗れてしまうのです。

4

とっくに月のものも始まり、子供が産める女になっていた私はふいに空恐ろしく、ブルッと身震いしたりしました。しかし、兄弟のどちらかの胸に、目を閉じ飛び込んだら大きな喜びに変わる予感がします。

妙な胸騒ぎが何日も寝つきを悪くしました。息苦しいような、胸が躍るような気持ちは夜が明けるといくぶん平静になりました。

男たちが小さい広場の木陰に座り、竹細工をしていますが、誰も口をききません。しかし、気まずい雰囲気ではありません。

一郎と次郎は違います。真剣勝負をしているかのように唇を噛み締めています。私が声をかけると二人の間にビビッとひびが入りそうな気がします。

夕立の後、私は崖を見上げました。雲間から出た太陽が頂を明るく照らしていました。頂から揚がった凧は、天に一番近いのです。

凧の神は人の運命を見抜くはずです。

翌朝、凧の神の御言を聞きましょう、凧をより崖の上空の神に近づけた人の嫁さんになります、と二人に宣言しました。

二人は目を見開き、じっとしました。

まもなく一郎が首を縦に振りました。次郎は口を開き、何か言おうとしましたが、決心したように強く唇を結び、うなずきました。

次郎は一郎を見ました。兄の能力に強くおそれひるんでいるような目の色でした。

凧の神の審判を仰ぐのは元旦に、と私たちは決めました。

私は足早に家に帰りました。

母に打ち明けました。母は私を抱きしめ、「あなたが後悔しないように凧の神のお告げを聞きなさい」と言いました。

配偶者の選択を凧に委ねた人は他にもいたと、つけたしました。

一郎が絶対勝つと母は信じているようでした。

夕食を運びながら母が「あなたは子供の時から、よく食い入るように凧揚げを見ていたわね」と言いました。

毎年十二月、竹集落の少年という少年が崖から自作の凧をいっせいに揚げ、高みからの声を聞きました。

あたかも広い空全体を、また眼下の地上を征服するかのように高く揚がる凧を作れる少年に、私たち少女はうっとりしました。

大人たちは我が子の凧が誰よりも高く揚がるように日々手ほどきしていました。

凧を墜落させる少年は正月が迎えられない、正月料理を食べる権利もないという雰囲気が集落中に漂っていました。

少年の頃から竹細工が上手だった一郎の作る横笛は軽やかな音が出るし、鳥籠には頻繁に小鳥がかかり、なにより凧が空高く揚がりました。

夜中、凧の神になぜ委ねたのかしら、間違った手段ではないかしらと戦きました。

竹細工の不得手な次郎と一緒になると苦難の人生を歩まざるをえません。一郎と結婚するために……次郎に私を諦めてもらうように……凧の神を引っ張り出したのではないでしょうか。いっそ次郎と駆け落ちを……残された病弱な母はどうなるのでしょう……。

凧作りをする二人の姿には鬼気迫るものがありました。私を自分のモノにしたい一心からでしょうが、血眼になっている形相に私は怯えました。

次郎は一郎の何倍も凧作りに精を出しました。骨組みの竹は軽めに作るのがコツですが、削りすぎると強い風に折られてしまいます。いかに細くするか、尻尾と凧本体の均衡をどうとるか、次郎は連日試行錯誤していました。

次郎は一郎に凧作りの秘訣を聞きたかったようですが、二人の間にはピリピリした空気が満ち、どうしても聞けないようでした。

元日、鶏も鳴かない夜明け前の四時に家を出ました。

冷たい風が流れる真っ暗な路地に人が立っていますが、顔は判別できません。私は名前を呼ばれました。一郎と次郎でした。

二人は果たし合いをする武士のように凧を抱えていました。

押し黙ったまま私たちは歩きました。闇夜から誰が私を光のある場所に導くのでしょうか。激しく動悸がします。

徐々に人の影が増えました。ついてきた犬たちもなぜか吠えませんでした。

二人は竹細工に熱中している、背中を丸めた日頃の姿とは打って変わり、胸を張り、堂々と崖に続く急な道を登っています。

ふと闇の中から吹く寒風に髪をゆらしながら頂をめざす自分を妙にいとおしく思いました。

二人の口はかすかに動いています。「俺が勝つ」「俺の嫁にする」と自分に言い聞かせているのでしょうか。天に勝利を祈っているのでしょうか。

闇におおわれた崖の上は、まったく雰囲気が違っていました。

昼間私が背をもたせた、下界を見下ろす太い柱のような岩も、恐ろしい形相をした鬼に似ていました。

しだいに遠くの、地と空の境の色が変わってきました。闇の色と光の色がせめぎあっているのでしょうか、紫や薄い橙やくすんだ灰色が現れたり消えたりしました。

何色もの明るい色が空や地表を染め、神々しい初日が顔を出しました。崖の上に人々の歓声や大息やざわめきが充満しました。誰からともなく目を閉じ、手を合わせ、こうべをたれました。声や物音が消えました。私はすぐ目を開けました。人生の門出を決定する、この光景を見ないわけにはいかなかったのです。

大きい岩さえわからなかったのに、足元の小石も一つ一つくっきりと見えるようになりました。次郎は一郎と同じく小柄ですが、足の速さは竹集落一でした。一郎は体育の時間でも運動会でも走り競争はいつも最下位でした。

しかし、次郎が全力を注いだ凧はお世辞にも見事とは言えませんでした。凧に乗りそうにも見えませんでした。

遠くの稜線から初日は完全に上がり、宙に浮いた凧の形や色がはっきり現れました。暗いうちに凧を揚げた少年たちがいたのです。

まもなく、どの凧も黄金色に輝きだしました。

初日の魔法を浴び、日頃みすぼらしい少年少女や青年が変身していました。

真新しい空気が辺りに満ち、冷たい風が心地よく私の頬を撫でました。

しかし、他の凧や他の人など私にはどうでもよかったのです。私は一郎と次郎の凧に注目しなければならないのです。

一郎は足が遅く、糸を持ちながら走る姿は滑稽でしたが、数秒後、立派な作りの凧はすーっと揚がり、寒風をものともせず、むしろ歓迎するかのように高く浮き、糸が切れそうなくらい、力強く空を泳ぎました。

糸を何本もつなぎあわせたら、見えなくなるほどかなたに揚がっていくと思われました。私は深い溜め息をつきました。

次郎は凧を抱えたまま茫然と立ち尽くしていましたが、徐々に気持ちが高ぶったのか、糸を固く握り、助走をつけました。しかし、凧は無残にも地面を転がりました。

すぐ自分を叱咤し、再び走りました。崖の上は岩が剥き出しになり、小石や雑草もあります。次郎はつまずき、転び、私は悲鳴を上げました。

次郎は、高く揚がった一郎の凧に私が歓声を発したと勘違いしたのか、唇を噛み締めました。

私は次郎に走り寄りました。次郎は手の平をすりむいていましたが、立ち上がり、凧を背負うように走りました。

落ちた次郎の凧が私の足元にころがってきました。糸をたどってきた次郎の顔にはひどく惨めな表情が浮かんでいました。

次郎は諦めず、自分を奮い立たせ、また懸命に走りました。しかし、凧はくるくる回り、虚しく落ちました。揚がって、と私は強く願いました。

凧は少し浮きましたが、ぐらっと傾いたかと思うと、急に回転をはじめ、地面にぶつかりました。

次郎はさらに試みましたが、どうしても揚がらず、とうとう座り込んでしまいました。

一郎は次郎を尻目に一メートルでも高く凧を揚げようとなおも必死になっています。

次郎は私の前を横切りながら、「崖っ縁を走ってみる。変わった風があるから」と言いました。私は後を追いました。

次郎の足元は絶壁になり、崖下には岩が突き出し、蔓状の草が生えています。

制止しようと私が手を伸ばしかけた時、凧が揚がりかけました。次郎はあと少しだといわんばかりに崖っ縁を走り続けました。

片足が宙に浮き、姿が見えなくなりました。私は駆け寄り、下を覗きました。次郎は岩壁に斜めに生えた雑木をつかんでいます。

雑木は弱々しく、今にも岩面から剝れそうです。二十数メートル下には尖った岩がいくつもあります。

私の声に気づいた一郎が、男たちを呼びました。方々から駆けてきた男たちが次郎を引き上げました。

一郎は次郎の無事を確かめた後、また凧揚げに没頭しました。

一郎の凧は小刻みに尻尾をふるわせながら天の真ん中に泰然としているのですが、なおもぐんぐん揚がっていくように私には見えました。

糸には静かな力が漲り、ちょうど凧の神が一郎を上に上に引っ張り揚げようとしているかのようです。

一郎が偉大な存在に思え、束の間忘我状態になり、ふらふらと近づきました。

突然、一郎は糸を私に持たせようとしました。私は躊躇しましたが、一郎は強引に握らせました。すごい力が手に加わりました。

凧はほとんど動きませんが、糸が鋭く手から逃れようとしました。

凧は、糸を切り、尻尾をちぎり、骨組みの細い竹を折り、薄い紙に穴を開けようとする凧の神の試練にうちかちました。

手の痛みも感じなくなりました。凧の神と一郎はきっと私を空高く運んでくれると思いました。

凧が大きくゆれました。手から糸が離れかけ、悲鳴を上げました。一郎が私の背後から手をのばし、右手は糸を、左手は私の乳房をつかみました。

一郎はすぐ巧みに凧をたてなおしましたが、セーターの下の乳房には一郎の手の感触が残っていました。頭がボーッとしたり、変に冴えたりしました。

美しい初日の光は次郎の顔も照らしていました。

5

晩春の吉日、一郎の父親が盛大に結婚式を挙げてくれました。集まった竹集落の面々が、お国のために良き妻になり、子供を産み、立派に育てるよう異口同音に挨拶を述べ、万歳を三唱しました。十六歳の私と十九歳の夫は祝福の酒を義弟からもふるまわれました。私からずっと顔をそむけていた義弟と目が合いました。異様な光をためていました。

私は目を逸らさず、そんな目で見ないでと唇を動かしました。声は出ませんでしたが、意味を解したのか、義弟は酒に口をつけず、立ち上がりました。

義弟は町の工場に勤めるために、ほどなく竹集落を出ていきました。

戦況が悪化し、結婚二カ月もたたないうちに夫と義弟は防衛隊に徴用されました。

絶対戦死しない、と夫は私に笑いかけましたが、目には悲痛な色がにじんでいました。私は何も言えず、ただうなずきました。

竹集落にも戦火が迫り、私と母は住民と共に避難しました。片足が不自由な義父と義母は近くの山の防空壕に入らざるを得ませんでした。

途中、あちらこちらから轟音が起こり、火柱が立ち、土砂や煙が高く舞い上がり、陽ざしさえさえぎりました。焼けただれた砲弾の破片が上から横から飛んできました。一緒に逃げていた多くの人が死にました。

昼間は鍾乳洞や墓の中に身を潜め、夜、山道を逃げ続けました。

病弱な母は逃げている間に健康を取り戻したかのように見えました。

ようやく、北部の山中の避難小屋に辿り着きました。竹集落出身者は母と私だけになっていました。

心はおちつきましたが、食物は何もありませんでした。山の麓の畑から薩摩芋や野菜を母がなりふりかまわず、盗ってきました。心が痛みましたが、責める気は毛頭起きませんでした。

畑にも爆弾が投下されるようになり、私と母は蘇鉄、蕗、木の実などを探し、川の蛙や蟹を捕まえ、飢えをしのぎました。ついにこのような食物もなくなりました。

腹部だけが変にふくらんでいました。子を宿したのかと思いましたが、「栄養失調よ、かわいそうに」と母が涙ぐみながら言いました。

誰が死に、誰が生き残るのか、私は突拍子もなく母に尋ねました。

私たちは一緒に父の所に行くのかしらと思いましたが、母は私の髪を撫でながら「私たちは生き残るわ」と言いました。

六月も半ばを過ぎていたでしょうか、谷に降り、水をお腹いっぱい飲みました。水に顔を浸したまま餓死してしまう予感がしました。決意を固め、一面に咲き始めた月桃《げっとう》の花を束にし、川べりに置きました。

天国にいる私に夫は毎日手を合わせてくれるでしょうか、と思いました。雨が続いたせいか川の流れは速く、ところどころに深みもありました。夫は私の遺骨を見つけてくれるでしょうか。気がかりは募る一方でした。

凪の神の御心のとおり私は夫を選び、夫は私を愛してくれました。私は夫にもっと愛情をそそぐべきでした。

義弟もかわいそうです。凧揚げに負けた義弟を内心なじったのかもしれません。言葉ではなく態度や表情に出してしまったのかもしれないのです。

私は首を横に振りました。

私が首を振ったせいか、死を覚悟していた母の気持ちが変わりました。私たちは立ち上がり、谷から一番近い集落に向かいました。

6

昔から何重にも竹に囲まれていた静かな竹集落も一瞬のうちに消えてしまったのでしょうか。

竹林も家々も焼け、所々にわずかな石造りの井戸や竈が残っているだけでした。

凧を揚げ、凧の神の審判を仰いだ崖も木っ端微塵に崩れ、岩の固まりになり、散らばっていました。

竹槍を大量に作ったから山の中にある竹集落もアメリカ軍は全滅させたのでしょうか。

「危ないから山に逃げていろ」と触れ歩いた日本兵を発見し、陣地があると勘違いしたのでしょうか。

竹を生業にしていた集落の人たちは誰も戻ってきませんでした。

戦前竹製品を納めていた町に私と母はおちつきました。

義弟が自分のバラック小屋の隣に私たちのバラック小屋も建ててくれたのです。

劣等感の象徴だった竹を全て焼き払ったアメリカ軍を義弟は憎んでいないのでは？　私は脈絡もなく思いました。首を横に振りました。生まれ育った集落を根絶やしにした敵を憎まないはずはありません。

つくづく義弟に感謝しました。

しかし、夫が戦死したという義弟の言葉は私を打ちのめしました。

四方八方からアメリカ軍の攻撃を受け、ほとんどの隊がちりぢりになったそうです。夫と義弟は別々の隊に所属していたのですが、南部に退却の最中に出会ったようです。

夫が心臓を撃ち抜かれた時、義弟は夫のほぼ十メートル前を歩いていたそうです。

銃弾や砲弾の破片が無数に飛ぶ中、義弟が助かったというのは奇跡です。

義弟は隙を見計らい、夫を埋め、墓標の代わりに石をのせ、逃げたといいます。

終戦から半年ほどたちましたが、私たちに限らず誰もがなんとか一日一日を生きのびているのです。

私はまだ十七歳ですが、何歳もふけてしまったような気がします。顔や髪のはりも艶も失い、目もくぼんでいます。若い身空をみすみす枯らしこのまま老女になってしまうのでしょうか。

夫が生きて帰ったら、私は若返るでしょうか。やはり夫が好きだったのです。

目におちつきのない神経質な夫の顔が所構わず思い浮かび、決まったように泣きだす私を義弟は言葉少なに、しかし心から慰めてくれました。

義弟はどこからか手に入れた食物を私と母によく運んできました。

しかし、量は少なく、私も母も義弟も常にお腹をすかせていました。

初冬の寒さにやられたのでしょうか、持病がぶり返したのでしょうか、突然母の体力が落ちました。まだ四十代半ばでしたが、老衰のように静かに息を引き取りました。

あのような戦争を生き延びてきたのに……何者かがからかっているのでしょうか。

義弟は、すがりついている私から母を引き離し、近くの丸坊主になった丘に丁寧に埋葬してくれました。

隣に義理の両親の墓標が立っていました。二人は防空壕から食料を取りに竹集落に戻った時、飛んできた爆弾に家もろとも吹き飛ばされたようです。

7

毎朝、丘に登り、母と義理の両親に手を合わせました。たいてい義弟も一緒に詣でました。何日目だったでしょうか、義弟は墓標の前から立ち上がりざま「一緒に住まないか」と言いました。

驚いた私は目を伏せました。義弟には否定の態度に見えたのかもしれません。私はもう夫から心変わりしたのでしょうか。

私たちは無言になりました。

自分の両親や私の母にも聞かせたかったのでしょうか。背中合わせのバラック小屋に住んでいるのですから、いつでも言えたはずです。

私はどうにか口を開き、考えさせてと言いました。

男が戦死し、女が二倍も三倍も多くいるような時代に、兄嫁だった私に……。

義弟は運よく戦災をまぬがれ、細々と再開した町の工場に勤めていますが、私には何もなく、あるのは貞節な女だという気位だけです。……気位もよく揺らぎますが……。

飢えないために夫を裏切り、再婚する……さもしくはないでしょうか……。夫は死んでいてもやはり裏切りになるのでしょうか。

義弟も私と同じように独りぼっちなのです。かわいそうな身の上です。

義弟は平静を装い、言葉少なに私を慰めもするのですが、ふとかいま見せる悲しげな目は私を息がつまる思いにさせるのです。

義弟の家は戦前広い土地もお金もあり、今は工場勤めもしていますが、まことの前途はないのではないでしょうか。私との再婚が唯一の救い、光明ではないでしょうか。

義弟は口を開きませんでした。私は、同居させて、と叫びそうになりましたが、堪えました。心残りが振り払えないのです。

戦時体制の中、夫と引き裂かれてしまう予感はありましたから夫に尽くすべきでした。

しかし、私はどう結婚生活を送ったらいいのか、わからなかったのです。むしろ夫が専制君主のようにふるまってくれたら良かったのですが……。

遺骨を探し、夫に一言でも言わなければ、一歩も踏み出せません。

翌朝、私は義弟のバラック小屋の前に立ち、一つ深呼吸をし、声をかけました。戸を開け、出てきた義弟に、夫の収骨をしたら結婚しますと言いました。

「一緒に住まないか」と聞かれたのですから「一緒に住みます」とか「同居します」と答えるべきでしたが、「結婚します」と言ってしまいました。

8

痩せた色黒の農夫が土に鍬を打ち込んでいました。作物は見えません。何を掘っているの？　と聞きました。農夫は、堅い丘だったが、爆撃され、平らになったから畑にすると言うのです。逞しい人だと思いました。

農夫から十数メートル離れた所に不自然な形の小さい隆起物があります。私は近づきました。

遺骨が積まれ、上に頭蓋骨が置かれています。私の夫？　と唐突に義弟に聞きました。はっとしました。埋めた後、目印に石を置いたと義弟は言っていました。夫は積まれているわけがありません。しかし、義弟は「違う」と言わずに、なぜか黙っています。

わずか二カ月の結婚生活でした。夫の歯並びもほとんど覚えていませんが、なぜか、歯形を見ようと腰を曲げました。口元が吹き飛ばされていました。目をおおいました。ようやく、違うと義弟が言いました。

私は目眩がし、よろめき、尻餅をつきました。割れる音がしました。お尻を上げました。頭蓋骨でした。

私と義弟は合掌し、丁寧に詫びてから、歩き出しました。

薩摩芋畑の所々に葉が繁茂しています。下に埋まった死体と抱き合うように芋が大きく育っているのです。さきほどの農夫はきっと大きな収穫物を喜ぶでしょう。私は悪い方に考える癖がついたようです。恐ろしい人間になってしまいました。

小さい土手に腰をおろしました。私は疲れがどっと出ましたが、義弟はすぐ立ち上がり、座っているようにと声をかけました。

まもなく義弟は南瓜くらいの大きさになった薩摩芋を抱えてきました。

「遺体は掘り起こさなかったの？」

「埋まっていなかった」

義弟は薩摩芋を何度も石にたたきつけ、十数個に分け、枯れ草や枯れ木を拾い集め、火をつけ、焼きました。

差し出された薩摩芋を食べていいのか、迷いましたが、遺体はなかったという義弟の言葉を信じよ

う と思いました。

薩摩芋を食べながら土手の周りを見ました。軍靴や飯盒も散乱しています。飯盒など金目の物もまだ残っているようです。

夫の身元がわかる所持品も義弟はちゃんと埋めたかしら、とふと思いましたが、ほどなくはっきりしますから黙っていました。

食べ終え、数百メートル歩きました。義弟が立ち止まり、この辺りだと野原を指差しました。

義弟は捜し始めました。

私は雑草の生えた地面に目を落とし、埋めた痕跡を見つけようと歩き回りました。

夫の遺骨はほんとうに見つかるのでしょうか。所々に大小の穴が開いています。埋められていた夫は何度も砲弾に吹き飛ばされたとも考えられます。

あった、という義弟の声がしました。顔を上げた私に棒切れを振りました。私は駆け出しました。

道から二十数メートル入った場所に人の頭大の石が置かれています。義弟は石をどかし、草をむしり、堅い土に棒切れを突き刺し、少しずつ掘りました。

ようやく繊維が見えてきました。朽ちかけた軍服に包まれた骨は一片残らず揃っているようです。

認識票も何もありませんが、骨格が夫とよく似ていました。

二つの眼窩は天空の何かを見ています。私はつられるように顔を上げました。少し茜色に染まった空の高みに凧が揚がっている、と錯覚しました。夫は元旦の凧を誇らしげに見ています。夫の骨だと信じました。

義弟は火をつけた煙草を手向けました。私は雑草を輪にし、花束の代わりに、遺骨を取り出した穴の中に置きました。私たちは目を閉じ、手を合わせました。

やっと三人の決着がついたのです。私と義弟との結婚は決定しましたが、私の胸は躍っているのか騒いでいるのか、よくわかりませんでした。

目を開けました。腰の力が抜けました。男の口から、一緒になろうと二度は言えないというふうに義弟は黙っています。

義弟は煙草を吸い始めました。私たちは座り込んだまま身動きできませんでした。

どのくらいたったでしょうか。行こうか、と義弟は言いました。私はうなずきました。

私たちは歩き出しました。

夫は義弟が背負った竹籠の中にいます。目の細かい作りですから外からは見えませんが、しきりに夫は生きているかのように動き、妙な音をたてます。

ほんとうに夫かしらとふと私は思いました。なぜか胸が痛まないのです。目印の石は他にも幾つもあったのではないでしょうか。身内や友人や仲間を埋めた人は義弟だけではなかったはずです。

このように疑うのは荒れた原野や畑跡に累々と横たわり、埋まっている遺骨が多すぎるからでしょうか。

夫の体つきは……頭や肩の骨格も何も知りません。歯の形も……笑わない人でしたが……。遺骨と言葉が交わせたら……。

地面の冷たさが足の裏からしみこんできました。

義弟は、私が何も聞かないのに、兄は顔が綺麗にちゃんと残ったまま息絶えたと言いました。

私が小さくうなずくと「綺麗な死に顔だった」と繰り返し言いました。もう未練を残さずに君はこの世を美しく生きろ、俺と結婚しろと言いたいのでしょうか。

未練があるのかどうかもよくわかりませんが、私は未練があるとすればどう断ち切れるのかしらと考えました。

するとどうしたわけか、義弟の不可解な所作が思い浮かびました。

義弟は夫の遺体を埋めたのに、まっすぐ目的地に行けなかったのです。

義弟は戦前から正直者でしたが……今は何か企んでいるのでしょうか。

恐ろしい疑惑が頭をもたげました。夫を殺したのはアメリカ兵ではなく、義弟では……私を夫から奪い取るために……。自分自身をかいかぶっています。戦時中義弟が薄情な私を愛していたはずはないのです。

頭がどうにかなっているから何も考えないようにしようと思いました。

赤らんでいた空の色はだいぶ消えています。すでに夕方の六時はすぎたでしょうか。

南部の中心の漁村から中部地区に向かうアメリカ軍のトラックが頻繁に出ているようです。運転手はたいてい地元の人だそうです。

しかし、どんなに急いでも間に合いません。今夜はどこかの小屋に泊めてもらおうと思いました。誰もが肉親や友人や恋人を亡くしているはずです。遺骨を抱えていたらすぐ泊めてくれるでしょう。

9

竹馬に乗った地元の人だと思ったのですが、背丈の高いアメリカ兵でした。聞こえるのは軍靴の音だとわかりました。

辺りにアメリカ軍の建造物はもちろん野営テントもありません。アメリカ兵はどこから現れたのでしょうか。

一瞬でしたが、地から湧き出てきたような……この世の者ではないような不思議な気がしました。なぜここにいるのか、どうしても信じられないのです。

トラックかジープから一人降りたのでしょうか。車の音は記憶にないのですが……。アメリカ兵は私たちに向かってきます。義弟は心持ち私をかばうように用心深く歩き続けました。義弟はアメリカ兵に戦時中と同じ感情を抱いているのでしょうか。私は義弟の横顔を見ました。立ち止まるなと義弟はささやき、アメリカ兵を威嚇するつもりなのか、上着の前をはだけました。冷たい風が石ころの間の雑草を揺らしています。派手な円錐の帽子がすっぽりとアメリカ兵の頭をおおっています。正月を祝ってきたかのようです。

ネクタイは弛んでいません。カーキ色の軍服の両ポケットは女の乳房のように膨らんでいます。夕日のかすかな残光を浴びていますが、アメリカ兵の表情はわかりません。

竹籠の遺骨がゴツゴツ音をたてました。

アメリカ兵は夫が埋められていた場所に行くのではないかしら、とだしぬけに思いました。数カ月前、自分が殺した人間を義弟が埋める様子を一部始終見ていたとしたら……。

かぶりをふりました。よくも異常な考えが浮かぶものです。

私たちとアメリカ兵の距離は数メートルに縮まりました。

アメリカ兵は首や手足は長いのですが、肩幅は広くありません。頬骨がとがり、眼孔は深いのですが、大きい目は突き出ています。

目は酔いのせいかトロンとしているようでも、輝いているようでもあります。

私はアメリカ兵の突き出た目を見続けました。頭蓋骨の目玉のない眼窩を見てきたせいでしょうか。やはり、夫を殺したかもしれない男の目だからでしょうか。

なぜあなたはここにいるの？　どこに行くの？　何が目的なの？　と聞きたいのですが、アメリカ語はわかりません。

アメリカ兵はふいに歌を口ずさみました。母国の歌でしょうか。元気いっぱい歌っていますが、なぜか哀愁が感じられました。かすれた、細い声なのです。

右手にはアメリカ文字の貼られた酒、左手には大きな網袋を持っています。網袋には小さい林檎、胡桃、棒状の色鮮やかな飴、箱入りの菓子、玩具などが詰まっています。

網袋の中の品はお年玉の代わり？　誰にあげるの？

私は声に出さずに聞きました。

二十代に見えます。貰ってきたのではありません。子供か女の人への贈り物でしょう。

義弟はアメリカ兵に殴りかかろうとしています。兄を殺したアメリカ兵が目の前にいるとどうしようもなく自分を抑えきれないのです。

これは私の願望です。義弟はただ通り過ぎようとしているにすぎないのです。

夫は弟ではなく妻の私に敵討してくれるよう望んでいるのでしょうか。

夫を殺したアメリカ兵は誰なのか、もちろんわかりませんが、アメリカ兵はアメリカ兵に違いないのです。

やはり私より義弟が殺すのが自然です。兄の敵討、私への愛情の証になります。義弟も喉に引っかかった、戦前からの刺のようなモノがとれるはずです。

義弟は小柄です。背丈は私より少ししか高くはありません。しかし、私が助太刀します。二人がかりなら、この酔ったアメリカ兵を殺せます。

私は立ち止まり、周りを見回しました。誰もいません。

二人が取っ組み合い転げ回っている隙に私がアメリカ兵の後ろに回り、石を持ち上げ、後頭部に思い切り振り下ろせば、いかにアメリカ兵でも絶命してしまうでしょう。

アメリカ兵を殺すように目配せをしましたが、義弟は私の意図を見抜けませんでした。或いは見抜けないふりをしたのでしょうか。

「殺して」

私はほとんど唇を動かさずに声に出しました。義弟は立ち止まり、私を見つめました。

歩きかけた私たちの前にアメリカ兵が立ちはだかりました。「だいじょうぶだ」と義弟がささやきました。おちついた、あたたかい声でしたが、「攻撃しないの?」と私は言いました。

「なぜ顔を背けているの」「兄さんを殺した相手が憎くないの」「自分が大事なの」。私は矢継ぎ早に言いました。

義弟は屈辱や恐怖や怒りが入り交じった光をたたえた目を見開いていますが、体は硬直しています。やはり、何とかやり過ごそうとしているのです。

「負け犬になってはいけないわ」と私は言いました。

義弟は足元を見回しました。武器を探している、と私は胸が高鳴りましたが、逃げ出す間合いをはかっているようにも見えます。

アメリカ兵は胸ポケットから蜜柑に似た果物を一個取り出し、私に差し出しました。艶やかな暗色の固まりが薄い闇をはねかえしていました。

私は息をつめました。アメリカ兵は何度も顎をしゃくり、義弟が背負っている竹籠を示しました。密に編まれた竹籠の中味が遺骨だと気づいたのは、ゴツゴツという音を聞いたからでしょうか。遺骨に果物をお供えする風習がアメリカにもあるのでしょうか。

私はようやくぎこちなく手をのばし、果物を受け取りました。

アメリカ兵は歌を歌いながら歩きだしましたが、まもなく歌うのをやめ、痩せた背中を曲げ、こころもちよろけながら遠ざかっていきました。金色と赤色が交互に螺旋状に描かれた円錐形の帽子の残像が私の目から消えませんでした。

アメリカ兵に殺気はなかったと今、気づきました。のどかな単純そうなアメリカ兵を間近に見ると、ほんとうに戦争は終わったんだと実感できました。

寒さがしみ、私は上着の衿をたてましたが、義弟は上着の胸元をはだけたままです。

義弟が黙っているのは怯えているからではありません。もともと寡黙なのです。

義弟はアメリカ兵と戦い、言い知れぬ恐怖を味わったのです。なぜ私はなじったのでしょうか。

義弟が夫の遺骨にまっすぐに行けなかったのは、地形がガラリと変わっていたからです。とんでもない疑惑を抱いてしまいました。

夫は私を許したはずですから私も自分を許し、夫の遺骨を納骨したら義弟と一緒になりましょう。

「アメリカ兵を攻撃しないでよかったね」

私は義弟に笑いかけました。

「兄を殺したから果物を供養したんだ」

義弟が何を言っているのか、私はわかりませんでした。

肩から夫の遺骨をおろした義弟は拳大の石を拾い上げ、アメリカ兵を追いかけました。

一段と暗くなり、二人の姿はぼんやりとしか見えません。

私は小走りに義弟の後を追いました。

気合いのような悲鳴のような声が聞こえます。

義弟の大声を初めて聞きました。意味は聞き取れません。耳をつんざくような轟音がし、急に静まり返りました。

私は立ちすくみました。

アメリカ兵の胸ポケットに目がとまったのですが、たしかズボンのポケットもふくらんでいました。ピストルが入っていたのでしょうか。

遠ざかっていくアメリカ兵の軍靴の音が夢のように聞こえてきました。

冥婚

1

いつの昔かよくわからないが、台風や地震が二百メートル級の山を崩し、土砂が広大なマングローブの群生林を埋め、この幸地《こうち》集落が生まれたと伝えられている。

三方の山には亜熱帯の樹木が生い茂り、唯一開けた山裾には生き延びたマングローブに両側を挟まれた数本の川が伸びている。

茅ぶきの家々の周辺や庭にはおやつに食する実芭蕉や芭蕉布にする糸芭蕉が生え、路地の赤土には落葉もゴミもなく、ほうきの掃き跡がわかる。

米や野菜を鼠や蝸牛から守るために集落の人たちは出会うたびに「畔道をきれいに掃除している？」「見つけたらすぐ駆除しよう」と声をかけあう。

狭い道路だが、砕いた隆起石灰岩が敷き詰められている。この道路は一里先の隣町から曲がりくねりながら幸地集落の一カ所しかない出入り口に続いている。

昭和二十二年のこの春は連日、数十メートル先もよく見えないくらい一面に靄が立ち籠めた。

整髪料とバリカンを隣町の闇市から購入してきたまさみは目を凝らしながら歩いた。

靄の中に白い花がぼんやり見える。鶴が首を伸ばすようにテッポウユリが道の脇に群れ咲いている。

テッポウユリは集落の家々の庭にも咲いている。

理髪店の周りに漂っているテッポウユリの甘い香りをまさみは大きく吸い込んだ。

人口三百人足らずの集落にはとても珍しく、戦前から赤瓦木造の二階建ての理髪店がある。

まさみは板の外階段を上った二階に住んでいる。

理髪店の立て付けの悪いガラス戸を開け、中に入ったまさみは急須の冷えたお茶を一杯飲み、黒く硬い革の散髪台に座り、正面の大鏡に映った二重瞼がくっきりした、目の大きい、痩せ気味の白い顔を見つめた。二十歳になったばかりなのに生気がないのは、口紅を塗らないせいかしらと思った。肩にとどくくらいの艶のない髪を無造作に後ろに束ねているからかしら。

久しぶりに遠くに出かけたせいか、しだいに頭がぼんやりし、大鏡の中の顔がぼやけだし、目を閉じた。

まもなく頭に夢幻が生じた。白い仕事着を着た両親が大鏡に映っている。

長年ひどい高血圧を抱えていた父親は、まさみが十六歳の時、客の顎髭を剃っている最中、足から崩れるように倒れ、隣町の病院に運ばれた。医者が手をつくし、母親やまさみも懸命に看病したが、五日後に亡くなった。夫の四十九日を終えた翌日、母親は「お母さんの髪は長くて、洗うのがたいへんだから、おかっぱ風にしてちょうだい、子供の頃から散髪の仕方を教えているから、そろそろ独り立ちできるでしょう?」と、助言を与えたり、誉めたりしながらまさみに切らせた。月や星の明かりのない闇夜、まさみと遅い夕食を摂っていた母親は突然胸をかきむしり、顔を歪めた。四日後、病室の母親はまさみの手を握りしめ、「お父さんはうちを呼ぶ時、何十年もオイだったけど、この間、初めて名前を呼んだのよ。まさみ、いい人を見つけて、幸せになってね。財産も残すからね」と言った直後、一つ大きな痙攣を起こし、事切れた。

まさみは大鏡の中の両親に「お父さん、お母さん、帰ってきたの?」「ひもじいの? すぐご飯つくるからね」と言いながら散髪台から立ち上がったつもりだが、声も出ず、体も動かなかった。両親は何も言わず、まさみに背を向けたまま動かなかったが、まさみは「いい人、見つかった? 由浩さんはどう?」という母親の声を聞いた。

目を開けた時には両親の姿はなく、まさみは全身がぐったりしたが、由浩との鮮やかな思い出が立ち現われた。

昭和十九年の真夏の昼下がりはひどく蒸し暑く、じっとしているのにまさみの首筋は汗ばんだ。理髪店の前の道を通る荷馬車のゴロゴロという車輪の音がまさみの耳には雷鳴のように聞こえた。黒々とした雷雲が幾重にも盛り上がっていた。

「川に鮒捕りにいかない？」と由浩が理髪店に誘いにきた。何かが起きる予感に小さく震えた。雷雨にずぶぬれになっている自分と由浩の姿が思い浮かんだ。

由浩は鮒を手摑みにするつもりなのか、大きなブリキ製のバケツしか持っていなかった。

満得川に向かう途中、由浩はほとんど話しかけず、頑なに前を向いたまま歩いた。

田圃には行かないのかしらとまさみは思った。二カ月前の梅雨の頃、何かの用事があったのか、散歩でもしていたのか、思い出せないが、田圃の鮒を見た。雨粒を餌と勘違いしているのか、大小の鮒が口をパクパクと開けていた。

由浩は「川に」と言ったが、前に由浩から聞いた暗い洞窟に導かれているようにまさみは思った。洞窟の中なら二人きりになれる。おしゃべりしたり、寝そべったり……。

濃い灰色の盛り上がった雲の間から太陽が覗いた。まぶしく、一瞬めまいがした。

川岸にある丸い穴の前に立ち止まった由浩は小さい悲鳴にも似た声を出した。直径一メートル、深さ三十センチほどの穴に五匹の鮒がいた。底が濡れているが、蒸発したのか、地にしみ込んだのか、水はなかった。

まさみは十数センチの一番大きな鮒の白っぽい腹に触った。鮒は思い出したように体をピクッと動かしたが、すぐ石のように固まった。

由浩は「水がなくなるとは……」と言いながら近くに生えているクワズイモの葉を取り、鮒を一尾ずつ丁寧に包み、バケツに入れた。

死んだ鮒が由浩を不安に陥れたのか、突然、手を伸ばし、まさみの手を握った。まさみは動悸がし、しだいに手の平が汗ばんだ。

一本松には誰もいなかった。由浩は一本松から十メートルほど離れたところの雑草をむしり取り、土を掘り、鮒を埋め、お碗を伏せたような盛り土を作った。

まさみは手を合わせようと盛り土の前に座った。由浩は丸っこい大人の両こぶし大の石に尖った小石を強く擦りつけ「由浩」「まさみ」と刻んだ。

由浩はこの石を盛り土の上に置いた。

石は埋葬した魚の墓標のようにも、まさみと由浩の墓標のようにも思えたが、まさみは妙に胸が弾んだ。

由浩はまさみに寄り添うように座り、合掌した。まさみは鮒の成仏ではなく、「由浩さんと結婚できますように」と祈った。

この年の晩秋に由浩は出征した。

まさみが朝早く掃いた理髪店の店先には芭蕉の大きな葉影が落ちている。靄が薄くなり、灰色の雲間から青空が見える。

ガタガタさせながら理髪店のガラス戸を開けた真智子はしばらく、手に長い剃刀を持ったマスク姿のまさみを見ていたが、散髪台に近づき、毛深い顔に石鹸の泡を塗られた小柄な三郎じいさんの肩を、何度もたたいた。

「髭は家で剃ったらどうかね。うちはまさみさんに大事な話があるから」

「あ、あ、危ないな。鼻切られたらどうするんだ。まさみはまだまだ免許取り立ての新米だ。髭を剃らすのはヒヤヒヤなのに」

「あんたは鯉のぼり、準備した？　うちも来年にはきっと孫が生まれるよ。一緒に鯉のぼりを揚げるよ」

「孫？　一人っ子の由浩は戦死したのに？」

「後少しだから、座って待っててね、真智子さん」とまさみが言った。

「待てないよ」

真智子は三郎じいさんの頭を揺すった。

「剃り残しを剃りますから、後で来てくださいね。お代はその時でいいですから」

まさみは熱めのタオルを三郎じいさんの顔にかぶせ、石鹸を拭き取った。

三郎じいさんは「じゃあ、真智子もいよいよおばあさんだな」と半分皮肉り、半分気の毒そうに言いながら散髪台を降り、理髪店を出ていった。

真智子は散髪台に座り、「由浩がぼやぼやしている間に、どこかの男がまさみさんをおめでたさせないか、うちは気になるのよ」と言った。

まさみはマスクをはずした。

「ごめんね。おめでたさせるなんて、あからさまに言って。まさみさんは余所の男といろいろできるような尻軽女ではないよね」

「……」

「亡くなったあんたのお父さんに由浩は、髪型、普通にする？　モボにする？　とよく聞かれたんだって。由浩はよく言っていたよ。ここの黄色と緑のタイル張りの床が特に好きだって」

由浩が出征してから二年二カ月後の今年、昭和二十二年の一月、戦死通知が真智子に届いた。

「あんたのお父さんの頃はちゃんとここに来れたのに、あんたの代になってから来られないのよ。由浩は気が弱いから」

父に散髪をさせている、由浩少年の二重瞼の澄んだ大きい目と、柔和な顔をまさみはくっきりと思い出した。まさみが散髪台の脇に立っていたからか、由浩は妙にかしこまっていた。

「まさみさんの好きなように切っていいから」

真智子はおかっぱを長く伸ばしたような髪を撫で付けた。

「じゃあ、毛先だけ少し切りましょうね」

まさみの理髪店は女性の髪も切っている。

まさみは真智子の首に白いカバーをかけ、鋏と櫛を取り、巧みに指を動かし、切り始めた。

真智子は大鏡の脇に貼られた、髪型のモデル男性の色褪せた写真をじっと見つめ、「……あの写真、破って。うちの由浩の写真を貼って。家から持ってくるから」と言った。

「あ、動かないで。これはただのモデルよ。人形と同じよ」

「……てっきり、あんたの好きな男の写真だと思ったよ」

真智子はばつが悪そうに笑った。

「うちは今日、どうかしているね。まさみさん、女は口紅を少し塗るだけで、気分が晴れやかになるよ、ね、家に帰ったらすぐ塗るよ」

真智子は大鏡に身を乗り出し、骨に皮がくっついたように痩せた顔や体をしみじみと見た。

「うちの女盛りは過ぎたようだね。これからは由浩とあんたの時代よ、まさみさん」

今年の冬に風邪でもこじらせたら、もう真智子は新しい年を迎えられないに違いないとまさみは真智子の髪を梳きながら思った。真智子は以前は普通の体型だったが、由浩の戦死通知が届いた日を境に、みるみる痩せた。

由浩の死をしっかり受け入れたら、元の体に戻るにちがいないとまさみは思いながら、「由浩さんの心配はもうしないで、しっかり食べないといけないよ、真智子さん」と言った。

「由浩のささやくような声を聞いたでしょう？　あんたもうっとりしたでしょう？　小鳥のさえずりに似て、作ろうとしても作れるものではないのよ」

今だに真智子は集落中を歩き回り、吹聴している。「由浩は子供の頃、隣町の喫茶店のラジオから流れる歌を一回聞いたら、すぐに覚えて口ずさんだのよ、天才よ、由浩が声楽家になれるようにうちは毎日祈っているよ」と。

「あのような天才が、理髪店のあんたになぜこんなにも惚れたのか、うちはいくら考えてもわからないよ」

「恋とか愛はたぶん、天才とは関係ないのよ、真智子さん」

「あんたと由浩はよく子供の頃、遊んだよね。とてもほほえましかったよ。お嫁さんごっこもしていたね」

「ままごとの時、私、由浩さんに何だったかしら、作ってあげたわ」

「恋心、感じた？」

「子供だったから、感じたのか、感じなかったのか、よくわからないわ。でも由浩さんの戦死通知を真智子さんと一緒に見た時から、由浩さんの生前のあの言葉や目の輝きは何か意味があったように思えたりするの」

「……生前？　何言っているの？……由浩は、あんたとよく目が合うって、しょっちゅう言っているよ」

　戦前、まさみは由浩とよく視線が合った。まさみに背後から見つめられた由浩は気配を感じ、振り向いた。見つめ合ったが、すぐまさみも由浩も顔を赤らめ、視線を逸らせた。

「由浩はうちに聞くのよ。まさみとよく目が合うけど、どうしてかな？　って。どうしてなの、まさみさん」

「……」

「由浩を好きだからよって、うちは答えたけど、まちがっているかね？　まさみさん」

「由浩さんは私の視線を感じても舌打ちしたり、顔を背けたりはしなかったわ」

　まさみは少し話をそらした。

「由浩は本当に奥手なのよ。まさみは僕に気があるようにも思えるが、女心はわからないから僕の勘違いだったらたいへんだ、なんてうちに言うのよ」

「……」

「どうせなら由浩が出征する前にまさみさん、結婚してくれたらよかったのに。そしたら、今頃由浩は悩まなくても良かったのよ。気が小さいから自分からは求婚もできないのよ」

　まさみはブラシをとり、真智子の髪の毛を払った。

「終わりよ、真智子さん」

　まさみは真智子の首から白いカバーを外した。しかし、真智子は散髪台から降りようとしなかった。

「あんたが一言言わなかったばかりに由浩は独り身のまま戦地に赴いたのよ。他の男はみんな出征前に結婚したのに」

「私、由浩さんが出征した頃は顔を合わせるのさえ恥ずかしかったの。今は恥ずかしくないというわけではないけど……男の人がどんなものか、どんなにされたら子供が生まれるのか、恐れていたのね。恋しても遠くから憧れるだけだった」

「昭和十九年十一月の出征だから、あんた十七くらいでしょう？　立派な大人よ。女としては遅いくらいよ」

「私は結婚が恐かったけど、でも、好きな人と結婚したら、その喜びの方がずっと勝ったかもしれないね、真智子さん」

「結婚を上回る喜びはどこにもないよ、まさみさん。だけど、由浩は女心のわからない男よ。まさみさんが気持ちを言わなければ、いつまでもわからないのよ」

まさみはふと隣町の役場勤めの女性の話を思い出した。この女性は、意中の人が何も言ってくれないから別の男といやいやながら見合い結婚をした。数カ月後、意中の人が、僕も君が好きだった、君が一言言ってくれたなら、と愛を告白したが、もはや二人に為す術はなかった。

「だけど、私、思うんだけど、気持ちを言うのは男の人の方が先ではないかしら？　真智子さん」

「男が先、女が先って誰が決めたの。由浩は恋文を一生懸命書き上げても投函ができないような男なのよ」

真智子は恋文だという茶封筒と白い便箋を水玉模様のワンピースの大きなポケットから取り出したが、自分の胸に押しつけ、まさみに渡そうとはしなかった。

まさみは手紙の内容を知っている。数日前、真智子は「由浩が会いたがっているから来てちょうだい」と強引にまさみの手を引っ張り、家に連れていった。真智子が台所に立った時、まさみは卓袱台の足元に、今真智子が胸に抱いている茶色の封筒と白い便箋を見つけ、悪いと思ったが、手に取り、盗み見た。

まさみへの恋文ではなく、由浩が戦地から母親の真智子に宛てた、兵士の誰もが書くような救国、報恩、決死などの内容の手紙だった。

「いいんだね、まさみはおまえが好きだって、由浩に言っても」

「……」

「うちはこんなに痩せて、いつ死ぬかわからないでしょう？　目が黒いうちに由浩とあんたの花婿、花嫁姿を見たいのよ」

「真智子さん、由浩さんはもう……」

「家に帰って、由浩に伝えてくるよ」

真智子は散髪台を降り、料金も払わずに慌ただしく理髪店を出ていった。

2

火が燃え盛るような異様な夕焼けを目撃し、雷鳴のような爆撃機の音を聞いたという人が何人もいたが、このやまあいの集落にも、大きな商店街のある隣町にも一個の爆弾も落ちず、何十年前と変わらない風景が温存された。

昭和二十年の夏、終戦になり、満州、台湾、南洋諸島からの引き揚げ者や復員兵が次々と戻り、幸地集落や隣町は歓喜にわきたったが、由浩は帰ってこなかった。

昭和二十二年の年明けの清らかな余韻が残る、ある日、戦死通知を隣町の役場の職員が真智子に届けた。由浩は享年二十歳。フィリピンが最期の地と記されていた。

真智子は「白木の箱もないの」「遺骨もないの。爪や髪もないの」「赤紙で引っ張られて、今度はこんな紙一枚なの」と泣き叫びながら集落中を駆け回った。翌日から真智子は外出をせず、食事も摂らず、仏壇の前に座ったまま一睡もしなくなった。

数日後、まさみは幸地集落の三人の女と共に真智子の家を訪ねた。

いつも一緒に行動する、一人の初老と二人の中年の女を幸地集落の人は「女三羽ガラス」と呼んでいる。

女たちは雨戸を開け、中に入り、薄暗い仏間に背中を丸めて座り込んでいる真智子を囲み、座った。

「ああ、この形相は……ほとんど飲まず食わずで……」と黒縁眼鏡越しに大きい目を見開いた、中年の亀子が言った。

もうひとりの中年の小太りの優子がパーマをかけた髪をかきあげながら「これでは体がもたないよ」と言った。

「辛いだろうけど、食べたら生きる力が湧くよ」と髪を饅頭のように頭頂部に結い、顎が角張った初老の淑恵が言った。

女三羽ガラスは真智子の目を執拗に覗き込み、背中や手をさすり、口々に叱咤激励したが、真智子は木像のように動かなかった。

亀子が「由浩は必ず生きて帰ってくると真智子さんに信じさせたあげく、戦後一年半もたって紙切れ一枚で地獄の底に突き落とすなんて、一体誰のしわざなんだか」と言った。

「そうよ。どうせ戦死しているのなら終戦直後に報らされるべきだったのよ。そしたら真智子さんも立ち直れたはずよ」と優子が同調した。

亀子が「でもね、戦争だからしかたがないのよ」と言った。

「そうだよね、戦争では人間が人間ではなくなるからね。戦争中はよくわからなかったけど」と優子が言った。

突然、真智子は立ち上がり、座っている女たちを見おろした。

「あんたたちはうちの由浩を見捨てて、よくもこんなにガミガミ騒いで生きていけるもんだね」

女たちは一瞬黙ったが、淑恵が真智子を見上げ、「座りなさいよ、真智子。由浩は立派に戦って、死んだんだから安んじないといけないよ。本当に堪え難いだろうけど、堪えないでどうするんだね」と叱るように言った。

「幸地集落は戦災がなくて、誰一人死んでいないのに、うちの由浩だけが死ぬなんてあるわけがない」

真智子はしばらく淑恵を睨みつけていたが、隅のまさみの正面に座った。

「……秀満と言ったかね、あの青年は背が高いのに、なぜ戦争に行かなかったのか、まさみさんは知っているかね？」

幸地集落の外れに住んでいる由浩と同年齢の秀満は野良仕事の時、故意に右手の指を三本切り、徴兵逃れをしたという噂が未だに流れている。

「まさみさん、秀満は元々天涯孤独でしょう？　天涯孤独なのに戦争が恐かったのかね」

「戦争に限らず、看取る者が少ない人ほど、生にしがみつくものだよ」と淑恵が言った。

「うちはあんたに聞いているんじゃないよ。どうかね？　まさみさん」

「秀満さんは左利きだというし、左利きの人が右の指を切っても徴兵されたはずだから、徴兵逃れをしたんじゃないと思うけど……秀満さんはきっと一生肩身の狭い思いをするわ」

亀子がまさみに「秀満は戦争の話は誰にも絶対しないけど、真智子さんが、あんた、なぜ戦争に行かなかったの？　と会うたびに問いつめるのよ」と言った。

「立派な体格をした秀満は戦争が始まるまではちゃんと指があったのに。うちが由浩の指を切っておけば今頃は……もうとりかえしがつかないよ」と真智子がまさみに言った。

「まさみさん、うちは由浩が寝ている時に右手の人差し指を何度も切ろうとしたのよ。知ってか知らずか由浩が手を強く握るもんだから、できなかったけど」

淑恵が「徴兵に不合格になった集落や隣町の男を羨ましがってはいけないよ、真智子。むしろ、うちは立派に息子を育てた、うちの大きな誇りだと触れ歩くべきなんだよ」と言った。「由浩は体が健康だから徴兵されたのよ。あんた、笑顔で、胸をはりなさい」

「息子の名誉の戦死をしっかり受け入れなければいけないよ、真智子さん」と亀子が言った。「でも集落でただ一人、由浩だけが戦死したから、真智子さんも信じられないんだね」

「そうよね、これからの長い人生、慰めあう家族がいないというのは辛いよね」と優子が言った。

「一人息子を失うなんてね」と亀子が優子に言った。「親より先に子供が亡くなるって、堪え難いよね」

「わかるよ、その気持ち。由浩を幸せにしないと絶対真智子さんは安眠できないよ」

「幸せにしないとって、由浩はもう亡くなっているのに……でも、集落から出征した男たちは一人残らず、怪我らしい怪我もしないで帰ってきたのに本当に由浩だけが死んでしまったんだね」と亀子が言った。

「あんたたち、真智子の気持ちを暗くさせるつもり？　勇気を挫くの？　前を向いて生きていこうとする気持ちにさせるべきじゃないのかね？」と淑恵が言った。「とにかく人の宿命というのはこの世にちゃんとあるよ」

女たちの早口が、おかまいなしに重なりあう。うつむきかげんのまさみはどれが誰の台詞なのか、わからなくなった。

真智子が「まさみさん、なぜ由浩は結婚しようとしなかったのかね」と言った。

出征前に幸地集落や隣町の青年たちは生きた証を残すために結婚した、生還する希望を得るために結婚したとまさみはおぼろげながらわかっている。

「心に秘めた好きな人がいたのよ。……まさみさんはやはり気づいていたんだね。出征の前の日、うちは由浩に一緒になりたい人はいないの？　と聞いたのよ」と真智子は言った。

「……一緒になりたい人？」

「まさみって、虫が鳴くような声で言ったのよ」

「あんたは由浩を立派に育てたんだから、もう未練がましいこと言ったらだめよ」と淑恵が言った。

まさみは真智子の背中を撫でた。

「由浩はうちを驚かすようにひょいと帰ってくるよ。戦死通知は絶対何かのまちがいよ、まさみさん」と真智子が言った。

「いつまでも認めないで、どうするんだね。あんた、早く受け入れて、安んじないといけないよ」と淑恵が言った。

「受け入れて、楽になって、真智子さん」と亀子が言った。

「そうよ、集落中の人が力になるから、ね」と優子が言った。

「集落主催の由浩の慰霊祭をしようね、真智子」と淑恵が言った。

「あんたたちは生きて帰ってくる由浩を生き仏にするつもり？」

真智子は女三羽ガラスを外に追い出し、まさみを引き止めたが、まさみは「また来るから」と軽く手を振った。

3

戦死通知が届いてから三カ月が過ぎた。清々しい春風が集落中の若葉を揺らしているある日、真智子は集落一大きい通りの真ん中に座り込み、激しく泣いた。駆けつけてきた十人あまりの女たちがいくら慰めても叱っても泣き止まず、このままでは頭がおかしくなってしまうと怯えた女たちは、近くを通りかかった野良仕事帰りの三郎じいさんの馬車に真智子を乗せ、女三羽ガラスも乗り込み、隣町の診療所に向かった。

馬車が百メートルも進まないうちに突然真智子は泣きやみ、あたかも深い眠りから目を覚ましたかのように辺りをキョロキョロと見回していたが、「家に帰る」とポツンと言った。女三羽ガラスは顔を見合わせ、逡巡したが、真智子の背中をさすり髪を撫でながら家に送り届けた。

女三羽ガラスは真智子を卓袱台の前に座らせ、勝手に湯を沸かし、お茶を飲ませようとしたが、真智子は歯を食いしばり、口を開けなかった。

淑恵が真智子の心の落ち着きを取り戻すために由浩の法事の話をもちだした。真智子は目をカッと見開き、「縁起でもない話をしないで。誰が死んだと言うのよ」と怒鳴り、荒々しく女三羽ガラスを外に押し出し、雨戸を閉めた。

数日後、理髪店に現われた目のクリクリした五、六歳の少女がまさみに、真智子おばさんの家に来るように、と伝言した。

まさみは夕方、らっきょうの甘酢漬けと黒砂糖を持ち、真智子の家を訪ねた。

卓袱台の前にきちんと座っている真智子がまさみを手招きした。

卓袱台には二人分の食事が置かれている。真智子は笑みを浮かべ、「たくさん食べてね。おいしいよ」と言った。まさみは自分に勧めていると一瞬思った。真智子の視線は目の前の卓袱台の少し上を注視し、かすかに微笑み、「お代わりもあるからね」とやさしく語りかけた。

まさみは息苦しくなった。明らかに真智子は由浩と一緒に夕食を食べている。

真智子は幸せそうにゆっくり箸を動かした。

「由浩は子供の頃から薩摩芋の葉っぱの雑炊が好きよね」と真智子は正面を向いたまま言った。「由浩にろくに何も食べさせられなかったけど、こんなに立派に育って……」

まさみの幻覚なのか、一瞬、真智子の目線の先にぼんやりとした白い影が見えた。

隣の部屋には二人分の枕と布団がきれいに並べられている。

目の前から由浩が消えたのか、真智子は「よく来たね、まさみさん」と一言言ったが、すぐ立ち上がり「あいにく、由浩は外出しているよ。でもすぐ戻ってくるからね……ちょっと見てくるね」と言いながら外に出ていった。まさみは思わず「私も行く」と言った。

真智子は何も言わずに左の道の先、右の道の先を交互に見た。暮れかかっているが、遠くの芭蕉の大きな葉の形もまだわかる。

まさみは何か言わなければいけないと思ったが、何も思い浮かばなかった。

二人は黙ったまま石垣から覗いた芭蕉の葉陰に立ち尽くした。

ふと目に入った、道の向こうの一本の琉球松がまさみの胸を締め付けた。

十歳の頃、二歳年上の美少年の由浩と、よく背丈を測った。琉球松の幹に交互に背中をくっつけ、尖った小石を拾い上げ、背丈を刻んだ。まさみの方が数センチ高かったが、十四、五歳になり、何年かぶりに計ったら、由浩の方が十数センチも高くなっていた。

真智子の横顔は頬がくぼみ、生気のない目が宙を彷徨いだした。

実際は二、三分だが、まさみには十分にも二十分にも思えた。

「遅いね。中でもう少し待ってね、まさみさん。帰らないでね」

真智子はまさみの目を見つめ、哀願した。

二人は部屋に戻り、卓袱台の前に座った。食べかけの雑炊と全く手をつけていない雑炊が卓袱台の上にポツンとある。

「まさみさん、あんた、知っている？」

「何？　真智子さん」

「日記よ、由浩の」

まさみに深く心を奪われながら何一つ口に出せない煩悶を由浩は毎日長文の日記に記しているという。

「由浩は一日中部屋にこもって、まさみさんの写真を穴が空くほどながめているのよ」

日記から写真に話が飛んだ。

「私、写真をあげた覚えも、由浩さんに写された覚えもないけど……」

「まさみさん宛ての手紙の下書きも日記に書いてあるのよ」

「手紙も？」

「何通も書いたけど、送る勇気がないそうよ」

まさみはどう言っていいのかわからず、「真智子さん、たとえ息子のでも日記帳を見るなんてだめよ」と言った。

「由浩の苦しい気持ちを知りたかったのよ。……口で言えないのなら、日記帳をまさみさんに見せなさいとうちは何度も由浩に言っているのよ」

「……」

「日暮れになったのに、なかなか帰ってこないね。芋畑に行ったのかね。あと少し待ってね。まさみさんがらっきょうと黒砂糖を持ってきたと言ったら、とても喜ぶよ」

まさみは後どのくらい待ったらいいのかしらと妙に他人事のように思ったが、小さくうなずいた。

真智子は急に押し黙った。まさみの姿も眼中にないかのように身動きせず、うつむいている。

まさみは沈黙に堪えられず大きくため息をつき、立ち上がった。

「また、来るね。真智子さん」

真智子は目が覚めたように顔を上げ、「たぶん隣町に行ったんだね。用事があるらしかったから」と言った。

「じゃあ、今度ね」

「ごめんなさいね。ほんとに遅いね。まさみさんがせっかく来たのにね。また、いらっしゃいね。きっとよ」

真智子はまさみと一緒に石門を出た。

まさみは琉球松の木に目をやり、由浩の面影をしのびながら石垣に挟まれた夕暮れの道を歩いていた。

路地の角にさしかかる際にまさみは振り返った。

まさみを見送っているのか、由浩を待っているのか、真智子はじっと黒っぽい芭蕉の葉の下に立っている。

日々、淑恵たち女三羽ガラスが真智子の家を訪問し、「由浩は戦死したのよ。安んじなさい。あんたが長生きして供養しなければ由浩は浮かばれないよ」などと言ったが、真智子はまったく聞く耳をもたなかった。

真智子は「由浩が朝出ていったまま、まだ帰らない。見かけなかった?」と夜、集落中の家を訪ね歩いたり、昼夜となくまさみに「由浩と結婚してちょうだい」と迫るようになり、集落中を混乱に陥れた。

4

第二次世界大戦後初の冥婚の話題が集落中に満ち、子供も大人も老人も男も女も変に興奮し、興奮が伝染したのか犬や家畜もおちつかず、ざわめき出した。

戦死した男と生きている女が結ばれる冥婚は、あの世に旅立った者には成仏を、この世に残された者には平安をもたらすと幸地集落の人々は昔から信じている。

五月半ばの日曜日の昼間、理髪店にやってきた女三羽ガラスがまさみに冥婚を勧めた。

「真智子さんの願いを叶えてあげたら、まさみさん」と亀子が言った。

「冥婚よ、冥婚よ」と優子が言った。

「冥婚に死霊を巻き込んで、かなたの冥途に送り出すんだよ」と淑恵が言った。

「死霊……由浩さんは死霊なの?」

まさみはつぶやいた。死霊という言葉が忌まわしく思えた。

淑恵は今日は饅頭のような髪に鼈甲の大きな簪を挿している。

亀子が黒縁眼鏡の奥の大きい目を見開き、言った。

「冥途は七日七晩七山七坂を経なければ行けないのよ」

優子が「そうよ、あの世は遠いよ」と言った。

「違う、あの川だよ。満得川のどこかがこの世からあの世に繋がっているんだよ」と淑恵が言った。

「人は死んで四十九日したら仏になるけど、未婚のまま戦死した者は冥婚をしないと仏になれないのよ」

優子が「まさみさん、由浩を仏にしようよ」と言った。

まさみはゆっくりと大きく首を横に振った。

「戦死した人はこの世に未練があるから、そう簡単に仏にはなれないと思うわ」

「まさみさん、仏にならなければ、あまりにも可哀相でしょう。戦死した死霊のままでは可哀相でしょう」と亀子が言った。「可哀相よ、可哀相よ」と優子が言った。

淑恵が「まさみ、何も全人類を救う仏じゃないんだよ。幸地集落の人を救う仏だよ」と言った。

「非業の死を遂げた者の霊がとりつかないように防除儀礼をしなければならないのよ」と亀子が言った。

「そうよ、成仏させなければ集落の人にとりつくよ。冥婚しか道は残されていないのよ」と優子が言った。

「由浩さんは非業の死を遂げたの？　人にとりつくの？」

まさみは亀子を見つめた。

「あんたたち、何言っているの。とりつくなんて。戦死した人を冒瀆するつもりなのかね。心の中でお詫びしなさい」と淑恵が亀子と優子をにらんだ。「成仏させてあげるのよ、まさみ。忌み嫌うもんじゃないのよ。陽気な冥婚よ。おめでたい式だよ」

「戦死した未婚の男だけが冥婚で救われるなんておかしいわ。冥婚で成仏できるなら赤ん坊の時に亡くなった人も、独身で天寿を全うした男もみんなこの世の女と冥婚すべきよ。大方の男がこの世に未練を持つはずだから……なぜ病気や事故で亡くなった独身の男と冥婚しないの？　なぜ戦死した男だけ成仏させるの」

まさみは興奮し、一気に言った。

「そういえばそうね。兵士として戦場で散った男だけ冥婚するというのもおかしいよね」と亀子が言った。

「ほんとね、なにか変ね。いつかは冥婚の風習もなくなるかもしれないね」と優子が言った。

淑恵が「あんたたち、冥婚を貶《けな》すの？　罰当たり女。すぐ心の中でお詫びしなさい」と言った。

「戦争がなくなったら冥婚もなくなると私は思うわ」とまさみが言った。

「まさみ、あんたがこんなに理屈っぽいとはしらなかったよ」と淑恵が言った。「うちも戦争は嫌だよ。終わったから言えるんだけど、大嫌いだったよ。でも実際に戦死した人は冥婚でしか救えないんだよ。仏になれないんだよ。理屈じゃないんだからね」

「戦死した兵士しか仏にはなれないの？」

「冥婚したら仏になるよ」

「戦死以外に亡くなった人は仏になれないの？」

「まさみ、あんた、しつこく仏、仏と言うけど、今は由浩の話をしているのよ」と亀子が眼鏡のずれを直しながら言った。

「由浩を成仏させる話をしているのよ」と優子が言った。

淑恵が「まさみ、人の死や生は理屈じゃないんだよ」と言った。

「戦死した人は誰でもこの世に未練を残すわ、きっと。仏になれないわ」

「あんた、そのように決めつけていいの？　戦死した人に対して冒瀆とは思わないのかね」と淑恵が言った。

「こんなこと言われたら由浩も絶対浮かばれないよ」と亀子が言った。

「地上を彷徨うよ」と優子が言った。まさみは言い返す。

「人は戦死より病死するのが自然よ。私の両親のように。病死も天寿を全うしたとは言えないかもしれないけど、戦死よりは……誰かが病死したら集落の人はみんな悲しむのに、なぜ由浩さんが戦死してもみんな冷静なの？」

まさみは女三羽ガラスの一人一人の顔を見回した。

「幸地集落の人はみんな冥婚があるから安心しきって、若い男たちを戦場に送り出したの？」

「だったら聞くけど、まさみは戦死した由浩が哀れではないんだね。由浩は病死ではなく戦死したからほったらかしていいと言うんだね」と淑恵が言った。

「戦死した人と残された家族を救う方法は冥婚しかないのよ」と亀子が言った。

「方法はたった一つ冥婚だけよ」と優子が言った。

「残された真智子は正気に戻るよ。冥婚は生者と死者の魂を浄化する尊い儀式なんだからね」と淑恵が言った。

「冥婚したからといって、あんたは姑の真智子さんと同居して、真智子さんに縛られるわけじゃないよ」と亀子が言った。

「そうよ、一日だけの単なる儀式よ」と優子が言った。

淑恵が優子を睨み、「単なる儀式じゃないよ。偉大な儀式だよ」と言った。

「あんなにみんな万歳をして、由浩さんを戦場に送り出したのに……今頃、私と……影も形もない由浩さんを結婚させるなんて。……私は生きている由浩さんと結婚したかったのよ」

「こう考えたらどうかね、まさみさん。由浩はもう仏になっているのよ。まさみは仏と結婚するのよ、どう?」と亀子が言った。

「仏になっているなら、仏にするための冥婚は必要ないわ」

亀子が唇の端を曲げ、「なんなら、うちが冥婚してもいいよ」と言った。

「あんたは黙っていて。冥婚といえども、恋人でもなかった人と結ばれていいはずはないんだから」と淑恵が言った。

「私、思うんだけど、戦死した人はこの世に未練を残しているとみんな昔からわかっているのよ。わかっているから、生きている人はいつまでも心がかきむしられるのよ」とまさみは言った。

「何を言うんだね、冥婚で成仏した人や救われた遺族は昔から数えきれないほどいるんだよ」と淑恵が言った。「ぐずぐずぐどぐど言わないで、すぐあんたと由浩が冥婚しないと真智子は完全におかしくなってしまうよ」

「それでもいいのかね? よくないよね。とにかく、まさみさん、冥婚の心の準備をしておいてよ」と亀子が言った。

「そうよ、まさみさん、由浩の側についてあげて」と優子が言った。

「まさみ、由浩の魂は体を離れて、宙を彷徨っているんだよ。冥婚の時、まさみの隣に降りてきて、やっと落ち着くんだよ」と淑恵が言った。

まさみは大きく溜め息をついた。

「まさみはあの世の人たちに語りかける歌、知っているかね? ラララ、ラララララ」と淑恵が言った。

「知っている」と亀子と優子が同時に言った。二人は淑恵の妙な節回しの歌声に合わせ、歌いだした。「いらっしゃい、いらっしゃい、生まれ集落へ。語りなさい、語りなさい、この世の何もかも。お帰りください、お帰りください、黄泉の国へ。忘れなさい、忘れなさい、この世の何もかも」

まさみは知らない歌だが、妙に聞き入った。

女三羽ガラスは三度繰り返し、歌った。

「昔、まさみさんのお母さんと真智子さんは仲良しだったでしょう？　あんたのお母さんもあの世で願っているはずよ。まさみ、冥婚してあげてって」と亀子が言った。

「まさみさんと由浩を結婚させたがっていたんじゃないの？　だけど、病気で願いが断たれたのよね。由浩の母親とあなたの母親の夢が重なるのよ」と優子が言った。

「うちが真智子さんに、由浩の相手、うちの二十五歳の娘でもいいかね、うちの娘は乗り気よと言ったけどね、まさみだけよ由浩が愛したのはと、完全に拒否されたよ。まさみさん、この世の人が戦死したあの世の人に何ができるというの？　冥婚だけしかできないんだよ」と亀子が言った。

「戦前まさみと由浩は相思相愛だったのよ。うちが断言するよ」と淑恵が言った。

「冥婚だけよ。一刻の猶予もできないよ」と優子が言った。

女三羽ガラスは「こんなに話したんだから、きっとまさみさんもわかってくれるはずよ」「それにしても話し疲れたね」「成一郎の家に行ってくるよ。あそこが代々冥婚を取り仕切っているから」などと言いながら理髪店を出ていった。

靄が空を薄黄色に染めているが、晩春の日差しはやわらかく、風もある。まさみの黒髪がそよぎ、白い顔をさする。

5

広場は集落の真ん中辺りにある。広場の端に生えた一本松の大木は数本の太い枝が横に伸びている。成一郎は使い走りの少女を通じて「昼食後、一本松の下で待っている」と言ったが、まだ来ていなかった。まさみは一本松の木陰に置かれた木製の長椅子に座った。

ほどなく、まさみは立ち上がり、十七歳の時、鮒を埋めた一本松から十メートルほど先の草地に進んだ。

崩れた盛り土も丸っこい大人の両こぶし大の石も白いテッポウユリが覆い隠している。まさみはしゃがみ、石を手に取った。石に刻んだまさみと由浩の名前は不鮮明になっている。

まさみは丁寧に石を元の場所に置き、長椅子に戻った。

小さな丘の上にも斜面にも白いテッポウユリが咲き乱れている。

テッポウユリの白さが目にしみ、懐かしい甘い匂いが風に乗り、漂ってくる。

小鳥のさえずりがまさみの耳に入り、僕の歌う声は小鳥のさえずりに似ていると言ったときの由浩のはにかんだ笑顔がふと脳裏に浮かんだ。

まさみは目を閉じ、四年前を思い浮かべた。

両親が亡くなった年の初秋のある日、十六歳のまさみと由浩はこの長椅子に座り、夕涼みをした。

二人は黙ったまま青みがかった空の丸い月を見ていた。まさみの肩にまわした由浩の手は微かに震えていた。月の光を浴びた由浩の横顔は石の彫刻のように神々しく、まさみは月に誘惑されているような不思議な感覚に陥った。ようやく、由浩が口を開いたが、昆虫をどうした、山がどうのなど、まさみにはどうでもいい話だった。まさみの内心を察したのか由浩ははっとし、話題を変えた。しかし、神隠しにあった絶世の美女が洞窟に住んでいたとか、美女を守るために頭が三つもある巨大なハブがいたという幸地集落の伝説の話にもまさみは興味がなかった。まさみは将来の夢を語り合いたかった。十六歳と十八歳なら結婚し、子供がいてもおかしくないはずとまさみは思ったが、やはり結婚は恐かった。何も言い出せなかった。夕食をすませた女三羽ガラスがおしゃべりをしながら近づいてきた。まさみたちは女三羽ガラスにひやかされながら家路についた。

成一郎が褐色の小さい馬に乗り、やってきた。

馬から降りた成一郎は手綱を一本松の幹にゆわえ、まさみの隣に座った。

中年の成一郎の真ん丸い赤ら顔は精力がありそうだが、眠そうに目尻がたれている。

開口一番、成一郎は「冥婚はずっと昔から俺の家が代々執り行ってきた」と言った。

「……成一郎さん、真智子さんの家に行った？」

「毎日のように行っているよ、女たちが急かすからな」

「どんなの？　真智子さん」

「あの家はまるで人が住んでいないようだ。何もかも整理整頓されて、物音ひとつしない」

真智子は常に身綺麗にし、毎日料理もちゃんと作り、掃除を欠かさないという。

前に卓袱台の前の真智子の不思議なしぐさを見たまさみは「由浩さんに食べさせているのよね」と言った。

「由浩の位牌は後ろ向きに安置してある。もちろん手を合わさない。由浩が戦死する前は信心深くて、先祖の位牌にしょっちゅう声をかけていたが」

「由浩さんの健康や出世を先祖にお願いしていたにちがいないわ。真智子さんは本当に由浩さんが生きているって信じているの？」

「それはちょっとわからないな。いつだったか、夜、家の前に立って、一人満月を見て、泣いていたよ。声もかけられなくて、気づかれないように帰ったが」

「真智子さんは急に痩せたでしょう？　由浩さんが死んだと認識したとたん、死んでしまうんじゃないかしらね。死んだと認めなければ冥婚はできないんでしょう？」

「冥婚をしたら真智子は死ぬ、と言っているのか？　逆だよ。救われるんだ。幸地集落には昔から困った人を助ける気風がある。冥婚は最たるものだ。今こそまさみは真智子を救うべきだよ」

「私、真智子さんのように由浩さんが目の前にいるとは言わないけど、でも死んでいるようにも思えないの。遺骨も遺品も何も戻ってこなかったんでしょう？」

「立派に戦死したよ。国を信じろ。冥婚しよう、まさみ」

「……」

「由浩の魂が永久に浮かばれなくてもいいのか」

「集落中の人が万歳して、戦争に送り出して、死んだら浮かばれないなんて、道理に合わないわ。淑恵さんたちにもちゃんと言ったけど」

「亡くなった者を亡くなったと認めないのはおかしいんじゃないか。それこそ道理に合わないよ」

「成一郎さん、手を尽くして由浩さんを探してちょうだい。真智子さんの代わりに役場なりに乗り込んで」

「本当に死んでいるよ。遺骨は拾えなかったが……遺骨が拾えない戦死者は大勢いるよ。由浩の場合は戦友の証言がある」

「戦友はどこにいるの？　私、会ってくる」

「本土だ。詳しい住所は俺も知らないが。真智子は指をなくした秀満のことを淑恵たちになんやかんや言ったそうだな。おまえも、肩身が狭かろうとか言ったそうだな」

「……」

「戦争に行けなかった男たちを侮辱してはいけないよ。彼らも体が悪くなければ、男らしく雄々しく戦ったんだ」

「私、由浩さんが出征する前は言い出す勇気がなかったけど、戦争から帰ってきたら、結婚するつもりだったのよ」

まさみは戦争が終わるまで曖昧だった気持ちをふっきるように断言した。

「由浩はまさみの近くに帰ってきているよ。まさみと冥婚式を挙げたがっている。明明白白だ。信じろ。念願の恋の成就だ」

「私は普通の結婚式を夢みていたのよ」

馬が二人の前をゆっくり過《よぎ》った。

成一郎は立ち上がり、外れた馬の手綱を一本松の幹にゆわえなおした。

あの時のように由浩が長椅子に座っている気配がした。

「私、やっぱり由浩さんは死んだような気がする……集落には八十歳、九十歳の人が何人もいるのに、わずか二十歳で……」

まさみは長椅子に腰をおろした成一郎に言った。

「だから冥婚だ。成仏させるのだ」

「由浩さんが生きている間に私は心を打ち明けるべきだったのかしらね、成一郎さん」

「そんなものも冥婚で全部解決だ」

「なぜ由浩さんは結婚しようと一言言ってくれなかったのかしらね？　いくら内気でも」

「まさみ、冥婚のための冥婚じゃないよ。まさみと由浩と真智子の魂を救うためだ」

「本当に生きている人も亡くなった人も魂が救われるの？」

「俺が思うにまさみと由浩はまちがいなく恋仲だったんだ。出征前の恋人は許婚《いいなずけ》も同然だ。結婚したも同然だ。冥婚したら、まさみは解き放たれるよ。たった半日嫁になりさえすれば全てが万々歳だ」

「……」

「まさみには偉大な力があるんだ。仏のように由浩の魂を導いて、天国に安住させうるんだ」

「……なぜ独身のまま病死した人や事故死した人は冥婚できないの？　なぜ戦死した人だけなの？」

「まだ屁理屈を言うのか。一体誰に吹き込まれたんだ。戦死した者には冥婚が唯一の救いだ。冥婚でしか成仏できないんだ。大昔から決められている。真実なんだ。人知では推し量れないんだ」

「死んだら冥婚させてやるから何の心配もするなと、成一郎さんたちが出征前の由浩さんに言ったの？」

「言わなくても、幸地集落の男なら誰でも知っている」

「冥婚できるから、若い男たちは恋人に未練を残さないで戦死するの？」

「冥婚はああだからこう、こうだからああと割り切れるもんじゃないよ。とにかく冥婚は戦死した者を必ず救う。何度でも言うが、人知では推し量れないんだ」

「戦死する恐怖や、遺族の悲しみを覆い隠そうとしているんだわ、冥婚って」

「まさみ、おまえはさっきから何を言っているんだ。おまえは血迷っている。おまえの魂は今迷いに迷っている」

「……」

「過去に何人も冥婚して、魂が救われたんだ。生きている人、死んだ人を根本的に救うという、この世でできる至上のモノだ。これまで冥婚した何人もの男が、俺の歴代の先祖の枕元に立って、もうこの世に何の未練もなくなった。ありがとうと言ったそうだ。そのことを話したら男の家族も女の家族もなんとも言えない幸福感に包まれたそうだ。まさみが冥婚を否定したら、この人たちの子孫にどう申し開きするんだ？」

「……子孫はまだ健在なの？」

成一郎はうなずいたが、「冥婚は幸地集落の永い伝統だ。たとえ継承者の俺でも拒絶できないよ」と言った。

「これまで何度か戦争があったでしょう？　戦争のたびに冥婚したの？」

「今回先祖の記録を調べてわかった。日清、日露、第一次大戦でもこの集落から宿命のように戦死者が一人ずつ出ている。いずれも冥婚をした。第一次大戦の時に冥婚した典子はまだ生きているよ」

「典子さん？」

「知らなかったか？」

まさみはうなずいた。

「まさみ、冥婚は昼から夕方までだ。午後に式を挙げて、夕方一緒に舟に乗って、あの世と通じる川をさかのぼるだけだ」

「……」

「川の途中で由浩は一人で、しかし、まさみに見送られて天国に昇っていく」

成一郎はまさみの顔を覗き込み、声を落とし、言った。

「冥婚は現実の結婚より何十倍も簡単だ。だが、何十倍も功徳がある。十日後の日曜日に冥婚をしよう。一日でも早いほうがいいが、集落の人が総出で祝うから、それなりの準備もある」

成一郎はまさみの目をじっと見つめていたが、立ち上がり、一本松の幹から馬の手綱を外した。

6

夜中、妙な夢を見た。まさみは真智子の家に大量の塩を撒いた。芭蕉の葉陰にしゃがみこんでいた成一郎が急に猿のように踊りだし、真智子が死んだと叫んだ。女三羽ガラスは石門の前や玄関や庭の塩を掃き集め、袋に入れ、成一郎の馬車の荷台に載せた。まさみは荷台に立ち、馬車を追いかけてくる由浩に鷲摑みにした塩を投げつけた。僕は穢れているのか、穢れているから塩を撒くのかと由浩は悲痛な声を出した。目覚めたまさみはびっしょりと脂汗をかいていた。

由浩を背中にしょっているような感覚が生じ、冥婚してもしなくても由浩と共に一生を送るような不思議な気がしてきた。

まさみは、第一次大戦の戦死者と冥婚した典子は今どのような境涯なのか、知りたくなり、昼食後に訪ねた。こんもりとした竹藪の丘にさしかかった時、まさみの脳裏に由浩が浮かび出た。

手先が器用な由浩はこの丘の竹を切り、めじろを捕獲する竹の籠を作った。由浩とまさみは木の陰に隠れ、見張った。まさみと由浩の腕が触れていた。まさみは激しく動悸がした。二十分もたたないうちに木の実の餌におびき寄せられためじろは籠に閉じこめられた。由浩は籠ごとめじろをまさみに手渡し、何とも言えない笑みを浮かべた。まさみは由浩を理髪店の前に待たせ、めじろのお礼に慌ただしく梅干しのおにぎりを作った。由浩は少しはにかみながら食べた。まさみは竹の籠を理髪店の軒先に吊し、餌も水も欠かさずにやり、毎日眺めたが、ある朝目覚めたら、めじろは身を縮めるように死んでいた。まさみは由浩に申し訳なく、何日も胸が締めつけられたが、めじろの死を由浩に告げなかった。

典子の茅葺きの家は石作りの門もあり、広い庭に草花も生えているが、家の中はどこかガランとし、寒々としている。

まさみは縁側に座った。

「久しぶりですね。典子さんがかつて冥婚なさったって成一郎さんから聞いたもんですから」

「まさみが訪ねてくるはずだって、うちにも成一郎さんから話があったよ」

大正六年、十九歳の時冥婚したという五十歳前後の典子はまさみにお茶を出した。三人のおかっぱ頭の女の子が騒がしく典子の膝にのったり、背中にしがみついたりしている。

典子はまださほどの年でもないが、化粧気がなく、淑恵と同じように髪を饅頭のように丸く結い、芭蕉布の、裾の短い着物を着ている。

「お孫さんがたくさんいるんですね。典子さんの恋人が戦争に行く前にお子さんができたんですね。子孫が繁栄しているんですね」

「みんな妹の孫たちよ。うちの恋人は戦死したの。結婚はしなかったけど、出征前に何度か彼を受け入れたの。だけど、子供はできなかったの」

「妹さんの旦那さんも戦争で亡くなったんですか？」

まさみは少し唐突に聞いた。

「事故よ。大正末期に」

茅ぶきの屋根をふきかえていた時、典子の妹の夫の足に古い茅が突き刺さった。茅には破傷風菌がついていた。立派な体格の男だったが、何日もしないうちに亡くなったという。

「その後、妹も亡くなって、妹の子供も孫もうちが育てたのよ」

「典子さんはずっと独身を通しているんですか？」

典子はうなずいた。

「戦死した恋人が典子さんの冥婚の相手ですよね」

「冥婚の後何度か結婚話があったけど、あの人を上回る人はいなかったよ。本当の結婚をしたら不幸になるような気がしてね」

「冥婚の男性と相思相愛だったんですね」

典子はお茶を飲み、まさみに黒砂糖を勧めた。

「そんなに愛していたのなら冥婚が終ってからも食事や就寝の時、その人が隣にいる気配がしませんでしたか？」

「気配？　気配はあったりなかったりよ。成仏はちゃんとしたようだけど」

「相手がいないけど、いるような生活を毎日続けていかなければならないんですか？　冥婚って、ずっとその男の人を引きずったりしませんか」

「まさみさんは由浩に一生取り憑かれると信じて、冥婚を勧められてもなかなか首を縦に振らないんだね。うちはずっと引きずっているわけではないけど、どういうわけか、あの人以上の人がうちの前には、現われなかったのよ。さっきも言ったけど」

「本物の愛なんですね」

「由浩と冥婚するんでしょう？」

「まだ決めたわけでは……私、典子さんが恋人を愛したように由浩さんを愛していたかどうか、自信がないの。典子さん、本当に後悔していないんですね」

ふわっと生じる何とも言えない気持ちのせいかまさみの言葉の端々には刺がある。

「後悔どころか誇りに思っているよ。何か一生の心のつながりができたみたいで。何というかね、いつも心穏やかに日々が送れるのよ。年とっても恐くないのよ。この絆はあの世まで続いている気がするからね」

「……」

「うちには俗界を離れて幸地集落の人たちを寿《ことほ》ぎ、豊穣を告げる役目もあったのよ。あの人が冥土からうちの子孫と彼の子孫を大勢引き連れて、うちの周りに座ったのよ。うちの目には見えたり見えなかったりしたけどね。踊りを舞って、うちを祝ってくれたのよ」

典子が急に神がかった、とまさみは感じ、息をつめた。

まさみはよく意味がわからなかったが、「冥婚して典子さんたちに子供が生まれたということですか?」と聞いた。

「そのような……何というの? 体感? 体感があるのよ」

「……」

「まさみさん、花嫁道具が必要よ。化粧箱、行李、何だったか、いろいろ入れる箱とか。でも全部公民館に保管されているから心配ないよ。当日か前の日に青年会や婦人会の人たちが準備するから。家々にはフィリピン帰りの人が持ち帰ったパームヤシの油の缶が何缶もあるし、闇市で手に入れたメリケン粉もあるから、婦人会の人たちが芋や川魚やタンポポの天麩羅をたくさん揚げるよ」

まさみは大きく息をついた。

「冥婚式では具体的に何を……」

「歌遊びをするのよ。由浩と来客が交互に歌をかけあうのよ。でも、歌がかけあえる昔の人はもうみんな亡くなったから、歌遊びは今回はたぶんないと思うよ。うちの時は後から後から歌が出てくる、久米というおばあさんもいたけどね。最後に見事な別れの歌や慰み歌も手踊りをしながら歌っていたよ。ああいう人がいると、あの世の人もたいへん喜ぶけどね」

「……」

「でもお祝いだから、病人を看病する歌とか、亡くなった人をあの世に送る歌は禁物よ」

「……」

「葬式じゃないから、妊娠中の人も出席していいのよ。夫婦固めの儀式は必要ないのよ」

まさみは思わず「初夜とかは」と聞いたが、なぜ聞いたのか自分でもよく訳がわからなかった。

「初夜が心配なのね。まさみさんはまだ男を知らないようだから、おぼろげにしか男女のいとなみを想像できないんだろうけど……初夜の床とかはないのよ。赤ん坊を産むわけでも、戸籍が汚れるわけでもないのよ。式の後、冥途への舟に乗るだけよ」

「……」

「あの頃はうちも若かったから、いろいろ不安があったよ。まさみさんも面食らったでしょう？　自分の人生でまさかこのような出来事が起きるなんて……妹夫婦は死んでしまったけど……でも、霊を成仏させる手助けをしたから、うちは今の安らかな生活があるのよ」

まさみは急に気持ちのゆらぎがなくなり、肝が据わった。胸が熱くなった。

まさみは理髪店に戻った。

成一郎が真ん丸い赤ら顔を大鏡に映し、散髪台に座っていた。

「待っていたよ、まさみ。典子はどうだった？」

「……」

「まさみが典子の家に入るのを女三羽ガラスが見たそうだ」

「……私、思い切って、由浩さんと冥婚するわ」

成一郎は散髪台からバネ仕掛けのように立ち上がり、まさみの手を強く握った。

「いよいよ俺の出番だ。みんなから、早くまさみと由浩を冥婚させて、真智子と由浩を救済してくれと言われ続けてきた。まさみも真智子に迫られてたいへんだっただろうが、もう大丈夫だ。冥婚費用は全額集落の助け合い基金から出すから」

冥婚式の準備一切は青年会と婦人会が取り仕切り、公民館から花嫁道具の搬出、舟の手配、冥婚式場作り、供物、料理、真智子の家の墓の掃除、また霊がつまずかずに通れるように真智子の家の周辺の溝の詰まりの除去、台所の器物を縛っている縄を解く作業もするという。「一緒に真智子に報せに行こう。俺はいったん家に帰ってから、またすぐ来る」

成一郎は勢いよく理髪店を出ていった。

7

由浩さんと冥婚したら、私は典子さんのように一生独身を通すのかしら。新しい男性が目の前に現われたら好きになるのかしら、などとまさみがぼんやり思っている時、成一郎が迎えにきた。

理髪店を出た二人は白い幌がかけられた馬車に乗り込み、三郎じいさんが毛深い腕に力を込め、馬を御し、真智子の家に向かった。

真智子の家の石門の内側には茅ぶき屋根より高い、硬いクロキの大木が生えている。

一カ月前、三線の竿に最適のクロキを隣町の業者が買いに来たが、真智子は、息子の由浩と交渉しなさい、由浩が家にいる時にまた来なさいと言ったという噂をまさみはふと思い出した。

まさみと成一郎は馬車を降り、真智子の名を呼びながら玄関の引き戸を開けたが、返事はなかった。

二人は数本の芭蕉の植わった庭に回った。

真智子は庭に面した四畳半の部屋に仰向けに寝ていた。ひどく痩せ、ほとんどふくらみのない胸だが、呼吸の動きがよくわからず、死んでいるのでは、とまさみは一瞬思った。しかし、小さいいびきが聞こえた。

真智子を起こそうとする成一郎をまさみが止め、二人は縁側に音をたてずに腰を下ろした。

まさみは縁側から静かに身を乗り出し、奥にある由浩の部屋を見た。

由浩が机の上に便箋を広げ、懸命に自分宛ての恋文を書いている姿が脳裏に浮かんだ。「由浩の分厚い日記帳を見せてあげる。まさみへの思いがびっしり書いてあるから」という真智子の声が耳の奥から聞こえた。

まさみはかぶりを振った。

「どうした?」と成一郎が言った。

真智子が目覚め、上半身を起こし、二人を見た。成一郎が立ち上がり、由浩とまさみの結婚式の話を切り出した。冥婚と言わなくてもいいのかしらとまさみは思った。真智子は狂喜し、激しく泣きだし、まさみの手を握りしめた。まもなく泣き止み、おえつをこらえながら何度も礼を言った。

真智子は「由浩は生まれて本当に良かったよ。生まれるべくして生まれた子なんだね。仏様に見いだされた子なんだね」と言った。

真智子は自分の言葉に感極まったようにまた泣きだし、なかなか泣き止まなかった。まさみと成一郎はなすすべがなく、じっと見守った。真智子はようやく泣き止んだが、時々しゃくりあげた。

成一郎が「みんなが全部やるからな。真智子は何もしなくていいよ。女三羽ガラスをよこすから、何でも聞いて、何でも言いつけなさい」と言った。

真智子は成一郎にではなく、まさみに深く頭を下げた。

成一郎とまさみは庭を横切り、石門から表通りに出た。

「冥婚とはっきり言わなくてもいいの?」

「真智子は冥婚だと知っているよ。由浩は亡くなったとちゃんとわかっているよ」

「……わかっていたのね。もう真智子さんもしっかり生きていけるよね」

「冥婚式が終わったら真智子は毎朝、仏壇を掃除して、お茶をお供えして、由浩に手を合わせるようになるよ」

二人は石垣の脇に座り込み、煙草をふかしていた三郎じいさんの馬車に乗り込んだ。

冥婚決定の話はこの日すぐ集落中の人々の耳に入り、「あなた、冥婚式に行く?」が皆の挨拶になった。

8

冥婚式の朝が来た。朝靄が立ち籠め、家並みも芭蕉もぼんやりと霞んでいる。遠くの木々は宙に浮いているように見える。

第一次世界大戦直後の冥婚を成一郎の父親と一緒に執り行った神女はすでに亡くなり、神女職は空席のままになっていたが、あの当時、神女の手足になった淑恵を今回成一郎が神女役に任じた。

黒装束、黒足袋姿の神女役の淑恵。布袋《ほてい》の仮面をかぶり、白衣裳の腰に黄金色の帯をしめ、儀式用の白い杖をついた成一郎。二人が真智子の家を訪れた。

この世とあの世の橋渡しを担う二人は真智子と共に台所の火の神に冥婚を報告し、真智子から泡盛の献杯を受けた。二人は厳かに真智子に祝福を述べてから、昨夜青年たちが川岸にこしらえた小さい祭場に向かった。

まさみはいつもより念入りに庭や理髪店の前の道を掃き清め、打ち水をした。

三人の屈強な中年の男が、冥婚式の見物に余所から人々が押し寄せるのを防ぐため、集落の一ヵ所しかない出入り口の分厚い門扉を力いっぱい押した。門扉は高さが数メートルもあり、きしみ、不気味な音は出たが、思うように動かなかった。三人は四苦八苦しながら、ようやく閉めた。

昼食後、青年たちは法螺貝を吹き鳴らし、銅鑼や小太鼓を叩き、「五穀豊穣」「子孫繁栄」の旗や「弥勒世果報」ののぼりを振りながら集落内を練り歩いた。

世話係を成一郎に命じられた亀子と優子がまさみの着付けを手伝った。まさみはくすんだ松竹梅の模様の紅型《びんがた》の打掛けに腰紐を回し、短く裾を上げた。結い上げた髪には、成一郎の家に代々伝わる古風な大きい銀色の簪を挿した。

午後四時前、まさみの理髪店の前に白い幌の付いた馬車が止まり、成一郎が手に布袋の仮面と白い杖を握り締め、降り立った。御者の小柄な三郎じいさんは手品師が着るようなダブダブの燕尾服を着け、大きな赤い蝶ネクタイをしている。

まさみと成一郎が乗り込み、馬車は出発した。亀子と優子が「うちらも後から行きます」と声をかけ、神妙に深く頭を下げ、見送った。

二、三時間前のひどく賑やかな青年たちの行進の反動なのか、靄が空も地表もおおっているせいか、今は集落中が一段と静まり返っている。

「由浩さんは今日は生きているのよね」

まさみは自分に言い聞かせるように言った。

「数珠、線香、喪服を厳禁にした。真智子にお悔やみを言ったら罰金だと釘をさした。おしゃべりな女が多いからな」

「……」

「花嫁、花婿の服装を際立たせるために、全員普段着を着てくるように、命じたよ。昔からのしきたりだが、みんなとっくに忘れているだろうからな」

まもなく真智子の家に着いた。まさみと成一郎は馬車から降りた。

ヤシや芭蕉の幹に紅白の布が巻かれている。石門には小さい横断幕がかかり、白地に由浩君、まさみ嬢、ご冥婚おめでとう、の朱文字が浮かび出ている。

石門の周りや赤土の道にたむろしている人たちは成一郎の命令を守り、正装ではなく、日常着る清潔な着物や洋服を着ている。

目も足も悪く、耳も遠いが、明治新政府軍と旧幕府軍の戦い、日清、日露の戦争、第一次、第二次世界大戦を生きぬいてきた九十五歳の集落一高齢の盛隆長老が山羊のような白い顎鬚をさすりながら数人の男と一緒に庭に敷かれた茣蓙に座り、泡盛を飲んでいる。

芭蕉の薄い影が落ちた縁側の隅には、人々が持ってきた野菜、果物、魚の干物、隣町の闇市から入手した缶詰や石鹼など、冥婚祝いの品々が積まれている。

せわしなく配膳をしている婦人会の人たちの間を通り、まさみと成一郎は奥の仏間に向かった。

女たちが成一郎の命令を無視し、「あの世では何よりのご馳走」といわれる線香を焚いている、とまさみは一瞬思ったが、六畳の仏間から漂っているのは、テッポウユリの強い匂いだった。

仏壇の両脇の大きな陶器の花瓶に活けられたテッポウユリがギューギューと身を寄せ合っている。

真智子の家の庭先の芭蕉から女三羽ガラスがもいだ青いバナナが、旧盆のように仏壇に供えられている。

よく見ないと誰だかわからないくらい厚化粧をし、髪を綺麗に整えた真智子が先祖の位牌にじっと手を合わせている。

真智子はゆっくりとまさみと成一郎に向き直った。

集落一裕福な女から借りた黒い留め袖の衣裳は痩せ細った真智子には大きすぎ、不恰好だが、顔の表情は引き締まり、目は潤み、妙に輝いている。

口と目の部分が開いている布袋の仮面をかぶった成一郎が「まさみ、由浩の母上に挨拶をしなさい」と言った。

まさみは着物の裾を軽く合わせ、「末永くよろしくお願いします」と頭を下げた。

「ありがとう、まさみさん」と真智子は静かに言った。

三人は仏壇に向き、真智子の先祖に冥婚の成功を祈願し、八畳間に移った。

十数人が窮屈そうにコの字型に座っている。コの字の開いた上座に三人は進んだ。

由浩の分の白い座布団をはさんでまさみと真智子が、まさみの隣に成一郎が座った。

由浩の前にも他のみんなと同じように漆塗りの四角い脚の付いたお膳が置かれ、蒲鉾や餅などが盛られている。

神女役の淑恵が手渡した古い巻紙を成一郎は広げ、冥婚式の始まりを告げる口上を述べた。

今日の佳き日に、今日の勝る日に、火の神に鎮座し、川の神に臨み、数多くの神女たちが神々を案内し、人々に引き合わせ、幸地集落の外れを通って、幸地集落の真ん中を通って、川に浮かんで、川に上って、出立の時が来た、乗り出す時が来た、いざ、立ち別れよう、いざ、立ち戻ろう、わが由浩のため、わがまさみのため、見守ってください、養ってください、永遠に。

布袋の仮面の開いた口から成一郎の声がはっきり聞こえた。

成一郎が「俺の言葉を二人で繰り返しなさい」と言った。

「私たち二人は永遠の愛を胸に抱いて、本日今、夫婦になります。はい」

成一郎に促され、まさみは一言一句違えずに声に出した。

成一郎は由浩の台詞を聞くように少し間をあけた。

「死が二人を分かつその日まで、仲睦まじく、この世の人生を全うします。はい」

まさみはこの宣誓を、真智子が真剣に見守る中、ぎこちなく復唱した。

人々は少しとまどいながらも意を決したように一人一人まさみたちの前に進み、お祝いの言葉を述べた。

まさみたちの近くに座っている盛隆長老が白い顎鬚をさすりながら、ゆっくりと立ち上がり、濁声を出した。

「佳き日を迎えられた。成一郎の尽力の賜《たまもの》だ。さすがに祖父や父の血を引いている。成一郎の祖父や父は我々を大いに笑わせ、生きている苦しさを忘れさせてくれた。今日は佳き日だ。祝おう。踊ろう」

盛隆長老が座り、成一郎が立ち上がった。

「みなさん、では俺の後からご唱和下さい。……まさみさん、由浩さん、ご冥婚おめでとうございます」

「まさみさん、由浩さん、ご冥婚おめでとうございます」

人々は一斉に声を出した。

「末永く円満な家庭を築かれるようご祈念申し上げます」

人々はまた唱和し、杯を掲げ、盛んに拍手をした。

成一郎は布袋の仮面の顔を上げ、「由浩を喜ばそう。幸地集落の子孫たちよ、舞え、歌え」と大声を出した。人々は顔を見合わせたが、躊躇し、立ち上がろうとしなかった。

「今日は由浩を喜ばしてやりなさい。歌いなさい。舞いなさい。大いに笑いなさい」とまた成一郎が言った。

いつもより硬めに饅頭のように髪を結った淑恵が立ち、「この世で祝わないと、由浩があの世の祝いに連れていくよ」と言いながら背中を少し屈め、手をこねまわし、踊りだした。

三線が弾かれ、小太鼓が叩かれた。

淑恵が踊りおわり、席に座ると成一郎がまた「東の空に沸き立つ雲は世果報を誇り、冥婚に臨むまさみは若さを誇っている」と口上を述べた。

誰からともなく「めでたい、めでたい、かほう（果報）、かほう、イヤサカサッサイ、ヒヤ、サッサイ、めでたい、めでたい、遊べ、遊べ」という歌とも囃子ともつかない妙な節にのった声が飛び出し、次々と女たちが歌い、すぐ大合唱になった。まさみの耳には呪文のようにも聞こえた。

まさみの前に進み出た人々が、代わる代わる頭を下げ、「由浩さん、まさみさん、おめでとうございます」と祝いの言葉を述べ、肩をぶつけながら元の場所に戻った。

まさみの右手側の列の方から、食べながら喋っている老若の女たちの声が妙にはっきりとまさみの耳に入った。

「真智子の旦那は来ないんだね」「真智子と由浩を捨てた者が来るはずはないよ」「由浩が死んだって、知っているかね?」「もうこの世の人でなかったら知っているよ。二人はあの世で会っているから」

真智子の夫は由浩が十五歳の年のある夜突然、行方がわからなくなった。当時から隣町の若い女と駆け落ちしたという噂が流れていた。

まさみの左手側の列の方からも、右側の女たちの話を引き継ぐかのように女たちの声が聞こえてきた。

「由浩があんなに気弱になったのは、父親が捨てたからよ」「でも父親に捨てられた子供はどこにでもいるでしょう?」「性格というのは生まれつきなのかね?」「真智子は夫なんか少しも頭にないよ。由浩だけよ、あるのは」「念願が叶って、真智子さんはもうこの世に未練はないでしょうね」

まさみは軽い目眩がし、どの台詞を誰が言っているのか、わからなくなった。

今度はまさみの右手側の列の女たちが声を響かせた。「ようやく真智子さんもおとなしくなったね」「集落も以前のように静かになるんだね」「でも一番肩の荷が下りたのはまさみじゃないかね」「うちもそう思うよ」「まさみは亡くなった両親に花嫁姿を見せたかったと、昔何かの時にうちに言っていたから」「由浩があの世でまさみの両親に冥婚の報告をするよ」

おめでとうおめでとうと言う女たちの声が耳の奥から響くように聞こえた。

なぜかまさみの体は硬直したかのように動きにくく、顎が小さく震えている。

やがて、発作的にまさみは立ち上がった。

「由浩さんは戦死しなければ、私と冥婚なんかしなくてもすんだのよ」

人々は水を打ったように静まり返った。

「戦死さえしなければ本当の結婚ができたのよ」

まさみは今更、と一瞬思ったが、声を張り上げ、人々の耳に突きさすように言った。

驚いた成一郎は布袋の仮面をはずし、少しどもりながら言った。

「もう二度と戦争はないよ、まさみ。幸地集落の冥婚もまさみと由浩で終わりだ。俺が保証するよ」

近づいてきた神女役の淑恵がまさみの肩を揺すり、言った。

「由浩は現世の人じゃないよ、まさみ。霊界にいるんだよ。今となって本当の結婚とか言うのは酷じゃないかね」

人々は食事やおしゃべりを完全に止め、まさみと成一郎と淑恵を注視した。

淑恵はまさみの肩をさらに揺すり、「まさみ、由浩をおまえが導くべきだよ。悪から善へ、罪から救済へ」と言った。

「由浩さんは悪ではないわ、罪も犯していないわ。なのに戦死したのよ」

成一郎は仮面をかぶりながらまさみと真智子の間の白い座布団の正面に座り、深く合掌した後、叱るように、また諭すように「生前は苦しんだだろうし、恨み言もあっただろうが、すべては過去の出来事だ。忘れ去って成仏しなさい」と言った。

人々は成一郎を注視したり、互いに顔を見合わせたりした。

成一郎は突然、声色を変え、自問自答した。「由浩、おまえ今、幸せか?」「極楽、極楽」「おまえ、由浩、本当に戦死したのか?」「後ろから敵に撃たれてしまった。無念で死んでも死にきれなかったが、今は極楽だ」

まさみは我に返った。

成一郎が、じっと座っている真智子の手を握り、「真智子、冥婚式だよ、この世の結婚式ではないよ。わかっていたかね」と言った。

真智子が静かに口を開いた。

「まさみの母親は、将来まさみは由浩と結婚するかもしれないとうちに言っていたよ……まさみさんと冥婚したら由浩があの世で生きていると、うちには信じられるのよ。まさみさん、うちは死ぬのが少しも恐くないのよ。寿命が尽きたら、あの世でずっと生きている由浩と会えるんだからね」

成一郎が「ワッハッハッハ、ハイハイハイ、ユイユイユイ、チンタラチンタラ、幸地集落の星よ、幸地集落の花よ。チンタラチンタラ、ユイユイユイ、ハイハイハイ、ワッハッハッ」と妙な節をつけ、囃し立てた。

婦人会の八人が、燕尾服と赤い蝶ネクタイ姿の三郎じいさんの弾く三線に合わせ、盆踊りをおもしろおかしく変形した踊りを舞った。

婦人会の踊りに入れ代わり立ち代わり仲間入りした女たちが目には見えない由浩に、一緒に踊ろうというふうに手招きをした。

真智子は目に涙をため、座ったまま手をこねまわし、踊った。

老女たちも我先にと踊りに加わった。杖をつき、腰を曲げ、片手だけの妙な踊りを続ける老女もいたが、一人の痩せた老女はよろめき、尻餅をついた。

ほとんどの老女は「若い遊女が惚れた男を人目をしのび見送る」様子をしぐさや表情に込め、踊った。踊りながら、老い先短い我が身を嘆き悲しむかのように泣きだす老女もいたが、亀子や優子たち婦人会の女は「今日は佳き日だ」「花が一斉に咲いた」「若夏の鶯が囀っている」と声を発しながら踊り続けた。

まさみは目を閉じ、少女の頃由浩とテッポウユリの咲き乱れた野原を駆け回っている情景を生々しく想像したせいか、目を開けた瞬間、由浩の首から上が見えた。すぐ由浩の顔は消えたが、今度は薄い銀色に縁取られた由浩の体の輪郭が一瞬現われた。

由浩の席の正面に置かれた豪華な陶器の茶碗の中の酒が少し減っている、祝宴用の象牙の箸がいささか動いているように見えた。まさみは強くかぶりを振った。

成一郎が立ち上がった。

「お開きの時間となりました。花嫁、花婿になり代わりまして、一言お礼を申し上げます。みなさん、本日はまさみさんと由浩君を心から祝福していただき、誠にありがとうございます。若い二人を末永く見守ってくださいますように。なお、二人はすぐ冥婚旅行に参ります。お時間のある方はお見送りをお願いいします」

人々はまさみたちの前に歩み寄り、一人一人丁寧にお祝いの言葉を述べ、合掌し、部屋から出ていった。

少女たちははしゃぎながら野の白い花を一本ずつまさみに手渡した。

まもなく部屋の中は静寂に包まれた。いつのまにか成一郎も消えている。

「……由浩もやっと一人前になったんだね」

真智子はかすかに笑みを浮かべ、ぽつりと言った。結った髪が少しほつれている。

真智子はまさみの目を見つめた。

「今日の日の恩はずっと胸に抱いて、冥途から恩返しするからね」

「……恩返しはいいのよ、真智子さん。私たちが冥婚旅行に出た後、由浩さんの日記帳や書いたけど出さなかった恋文は全部焼いてね。私たちにはもう必要ないから」

真智子は大きくうなずいた。

成一郎がまさみと真智子を迎えに来た。

真智子の家から三百メートルほど先には、マングローブの密生した川岸がある。

9

青年たちがヤシや芭蕉の幹に巻かれた紅白の布や、石門に渡された横断幕を取り外している。大小の冥婚祝いの品を抱え持った数人の若い女にまさみは「私はいらないから、真智子さんの家に戻してきて」と言った。女たちは足早に真智子の家に引き返した。

靄は冥婚式の前より濃くなり、パパイヤの実やバナナの房が霞んでいる。

人々は、青年たちが掲げる「五穀豊穣」「子孫繁栄」の旗、「弥勒世果報」ののぼりや、中年の女が持つ松明を先頭にほぼ一列になり、集落一大きく水量が豊かな満得川に向かった。まさみのすぐ前を歩く神女役の淑恵は婚礼用の直径四十センチほどの大きな提灯を持っている。

さほど暗くはないが、亀子と優子が小さい提灯をともし、他の女たちは音もたてずに手踊りをしながらまさみの後をついてくる。

柑橘類の匂いがするゲッキツや芭蕉や千年木の生垣に囲まれた家々の前を小さい川が流れている。山が迫った集落には幾つもの川が流れ、畑や田を潤している。

三人の中年女は真智子の家を出発した時から作り笑いをしていたが、感極まったように一人また一人と泣きだした。

「誰だ、泣いている者は。なぜ泣くんだ」と成一郎が振り返り、声を張り上げた。

一行は米や田芋が植えられた畦道を通り抜け、川岸を歩いた。タニシ、イモリ、小蟹が水の中にいる。

真智子が「足元、気をつけてね」とまさみに言った。まさみは深くうなずいた。

深緑に芽吹いたリュウキュウヤツデやシマグワ（島桑）の群生が迫り、歩きづらくなったが、まもなく両岸にマングローブ林が広がっている満得川に着いた。

一行はマングローブの茂みが十メートルほど途切れた岸にしばらく立ち尽くした。

立ち籠めた靄の中にマングローブのタコの足のような根が水の中から顔を出し、別の根と絡み合っている。この川を下ると海に出るが、流れがよどみ、どちらが下流なのか、まさみはわからなかった。

青年たちが隣町の漁師から借りてきた手漕ぎの小舟が小さな桟橋に係留されている。船尾には少女たちが作った紙鎖や紙の花が飾り付けられ、舳先には灯をともした提灯が置かれている。

布袋の仮面姿の成一郎が小舟に乗るようにまさみを促した。まさみはつい由浩の手をとるかのように右手を軽く横に伸ばしたまま小舟に乗り込んだ。

少女が差し出した二束のテッポウユリの花束をまさみは受け取り、胸に抱いた。

成一郎が小舟に乗り込み、まさみと向き合った。

若い男が小舟のともづなを外し、小舟に投げ入れた。

成一郎は薄緑色の水に二本の櫂を差し込み、上半身を大きく仰け反らし、力強く漕いだ。

川岸の子供たちは無邪気にはしゃぎまわっているが、大人たちは立ちすくみ、静かに手やハンカチを振ったり、神妙に合掌したりしている。

神女役の淑恵が、成一郎が禁止したはずの数珠をすりあわせながら、まさみたちを天国に送るかのように「ごくらくじょうど（極楽浄土）、たまふり（魂振り）、たまふり、ごくらくじょうど」と大きな声を出している。

人は百歳に近づくと時々あの世が見えたりするのではないかしらとまさみはふと思った。歩き疲れたのか、両腋を小さい提灯を片手に持った亀子と優子に支えられた、耳も足も悪い九十五歳の盛隆長老の目線の先にいるのは私や成一郎ではなく由浩のように思えた。

真智子は三、四歩水際に進んだが、立ち止まり、まさみに深々と頭を下げた。

小舟は少しずつ川岸から離れた。真智子の周りにいる人々は虚ろな表情になり、押し黙った。はしゃぎ回っていた子供たちもおとなしくなっている。

小舟はまもなくマングローブの陰に隠れ、まさみの視界から人々が消えた。

成一郎は漕ぐ手を止めた。

「俺は面をかぶっているから姿が消えていると考えろ。今ここにいるのは新婚の二人だけだ」

まさみは小さくうなずいた。

「俺もよくわからないが、川の上流のどこかからあの世になっているようだ。まもなく由浩はこの世と別れるよ。まさみが送り返すんだ、静かに、厳かに」

「……」

「ゆっくり漕ぐよ。由浩の姿を瞼に焼き付けろよ。今生の別れだからな」

川は蛇行を始めたが、両側にありふれたマングローブの密生が続いている。しかし、まさみには全く見慣れない風景に思えた。

ふと恐くなり、現実的な話をした。

「成一郎さんが言った通り、みんな普段着を着ていたけど、真智子さんは内心不満じゃなかったかしらね。冥婚といえども由浩さんの結婚式なんだから」

「真智子は誰の姿も目に入っていないよ、息子の由浩以外は」

「……」

「真智子は日頃俺がおどけた仕草を見せても、大の男が馬鹿な真似してと軽蔑したが、冥婚式の時はずっとうつすらと涙と笑みを浮かべていた。あの涙と笑みは本物だ」

「……」

「まさみと由浩が舟に乗った時、うちの一人っ子の由浩は川から天国に昇るんだね、と俺に言ったよ」

「……冥婚が必要だったのね」

「俺が思うに真智子は何日もたたないうちに由浩のいるあの世に行くよ」

「……」

「由浩を成仏させたらこの世に何の未練も残らないんだ」

冥婚はこの世に残された者には幸せな人生を与えるという話だったはずだが……とまさみは思ったが、黙っていた。真智子は由浩の所に行ったほうが幸せなのかもしれないとぼんやり思った。

病葉が浮いた水に蛙が飛び込む音や、魚や海老がはねる音がし、どこからか小鳥のさえずりが聞こえる。

小舟は目の前に大きくせりだしたマングローブの枝を掻き分けながら進んだ。まさみは身をかがめたが、枝葉が頭の大きな髻を掠めた。

成一郎は窮屈そうな布袋の仮面も苦にせず、力いっぱい漕ぎ続けているが、一瞬まさみは小舟に乗っているのは自分一人のように錯覚した。

時間はさほどたっていないが、マングローブの濃い木陰のせいか、靄のせいか、小舟の提灯の灯りがはっきりと浮かび出ている。

まさみは目を閉じた。規則正しくギーギーと鳴る櫂の音は残響のように聞こえ、どんなに漕いでも小舟はどこにも着かないように思えた。

由浩が小舟を漕いでいるような気配を感じ、目を開けた。

まさみは布袋の仮面の下に成一郎の顔がちゃんとあるか怪しくなり、「この小舟はどこに行くの?」と聞いた。

「ずっと上流に行く。だが、由浩が成仏したら引き返す」

上り始めた月はぼんやりと雲に隠れているが、奇妙な青っぽい光がかすかに水面に届いている。

小舟の舟底に石が当たっているのか、水の中から由浩が感謝の合図を送っているのか、コツコツという音がまさみの耳に入った。

小舟の縁から覗き込んだが、水中は暗く、水面は沼のように淀んでいる。

堤灯の光のぐあいなのか、なんとなくぼんやりと由浩が小舟の上に浮かんでいるような気がする。

まさみは「由浩さん、おひさしぶりね。また、お会いできましたね」と小声を出した。

まさみは合掌し、黙禱した。

成一郎は小舟を漕ぐ手を止め、じっとしたが、すぐ「由浩は成仏した。立派に成仏した」と言った。

まさみは「由浩さん、またお会いしましょうね。何十年後かもしれないけど、私が天寿を全うした時に」とはっきりと声に出し、言った。

先程からまさみが微かに感じていた由浩の気配は潮が引くように消えた。

水は先程とは打って変わり深く青く、不思議と澄み切っている。

成一郎が布袋の仮面を取り、「まさみ、仏壇の両親にはちゃんと姿形のある花婿との結婚を報告しろよ。若いうちに」と言った。

「冥婚の報告をするわ」

成一郎がふいに囃し立てた。

「ワッハッハッハ、ハイハイハイ、ユイユイユイ、チンタラチンタラ、幸地集落の星よ、幸地集落の花よ」

土地泥棒

1

村営のカーフェリーの開いた口からトラックやジープやトレーラーが出ていく。国の離島振興策に伴う護岸工事や浚渫《しゅんせつ》工事が行なわれていた。テトラポッドも増えていた。しかし、港の赤瓦屋根の売店は三、四十年前のままだった。店先の板箱の上にK島特産の塩漬けの海ぶどうや黒砂糖や貝細工などが置かれている。

一九八七年七月のある日、父・寛勇《かんゆう》名義の土地が道路拡張工事にかかるから現場説明会に臨むようにという通知書を受けた友蔵は六年ぶりに生まれたK島に着いた。

午後二時の現場説明会には、二時間も間があり、どのように時間をつぶそうかと友蔵は思った。喫茶店は島の青年たちが騒ぎながらビールを飲んでいるし、映画館やパチンコ店はなかった。木陰に寝転ぶにはまだ影が小さく、緊張しているせいか眠くもなかった。集落内を散歩すれば、挨拶をする村人たちにいちいち挨拶をかえさなければならないだろう。めんどうだし、暑いし、歩く気もしなかった。友蔵は釣りをしよう、釣りが一番だ、と思った。

友蔵は港の端にある小さい釣具屋に入った。耳の遠い老女が店番をしていた。友蔵はリールと一式になった竿と、針、錘、餌の赤えびを買った。クーラーボックスや氷は買わなかった。もし魚がかかったら、逃がすつもりだった。

友蔵は車を港の駐車場に停め、小さい鞄を肩にかけ、パンをかじり、コーラを飲みながら岩場に向かった。すぐティーシャツに汗がにじみでた。濃く短い影が友蔵の先を歩いた。

友蔵が少年の頃、よく行った岩場は港の西側にある。人一人がやっと通れる低い雑木林の間の道を歩いた。港から五百メートルほどしか離れていなかったが、昔から人通りの少ない道だった。

近道のアダン林の中をぬけると、鋸歯の岩が海岸線に沿い、のびていた。友蔵はアダンの木の陰が落ちている平たい岩に座り、しかけに餌をつけ、水に投げた。根がかりがひどく、針や錘を頻繁に失った。友蔵は五メートルほど下の小さい砂地に降りた。竿をふり、岩陰に座った。

海鳴りや、岩の上の海浜植物をゆらす風の騒ぎや、砂をはう波の音が聞こえた。澄んだ青い水には餌とりの上手い厄介者の熱帯魚しか見えなかった。ただ水底の所々に直径一メートルほどの穴が開いている。穴の壁には珊瑚が生えている。このような穴には黒っぽい体表に白い斑点のある大きなミーバイ（はた）がよく潜んでいる。保護色だから水面からは見えないが、穴の中から大きな目をギョロつかせ、餌が近づくと、鉄砲の弾のように飛び出してくる。友蔵はあの頃、この魚をいつもターゲットにした。しかし、この食いしん坊の根魚も釣れない日は、毎日大きな魚をとってくる漁師の父を誇らしく思った。父ならどんな情況でも手をかえ、品をかえ、必ず釣ってきた。

今頃、同僚はいつものように単調な市役所の仕事をしているのだろうか、と友蔵は思った。主管課長の顔が思い浮かんだ。定年まぎわの、太り、脂ぎった課長は「気」の道場に通っている。彼は職場では机に座ったまま動かず、苦虫をかみつぶしたような顔をしているが、退庁したとたん、体が軽やかになる。人気の少ない道を遠回りし、両手を大きく鳥の羽根のようにはばたかせ、屈んだり、背伸びをしながら帰る。偶然、このような姿を見てしまった友蔵に課長は鳥の「自由の気」を体得しているところだ、と言った。主管課長は偉いよ。友蔵は独り言を言った。朝八時半からほとんど岩のように自分の席に座っているのだから。つつかないかぎり砂にへばりつき、動こうとしないおこぜのようだ。鳥のまねでもしなければバランスがとれないのだろう。

友蔵は竿を岩にたてかけ、背中のほうにのばした両手を小刻みにゆらし、体をゆすった。「魚」になったかのように、くるくる回った。

鳴き声がした。友蔵は動きをやめ、まわりの砂浜や岩陰を見回したが、何もいなかった。岩の上を見た。つぶれた鼻を鳴らしている花の首飾りをした小さい猪の傍に、女が立っている。青いワンピースの裾が風にはためいている。長い黒髪も激しくゆれている。女はワンピースの裾を軽く押さえたまま、じっと友蔵を見下ろしている。亜也子だった。すっかり大人になっていると思った。俺はぶざまなかっこうを亜也子に見られてしまったのだろうか。

友蔵は「ひさしぶりだね」と言った。声は風に吹き飛ばされた。亜也子は猪を抱きかかえた。友蔵は声の出ない亜也子に何を話したらいいのだろうかと考えながら、竿を握り海面を見つめた。

海面には連鎖した光の輪が一面をおおい、ゆらめいていた。亜也子は最初に友蔵が座っていたアダンの影がさす岩の上に座っている。座ったままじっと友蔵を見つめている。

友蔵は小学五年生の時の事件を思い出した。内気のせいか友人がほとんどいなかった友蔵は遠縁の亜也子の家に遊びに行った。

餌をたらふく食べた猪は、昼寝をしていた。朝から、ずっと鳴き叫んでいた熊蟬も一匹残らず死に絶えたように静かになっていた。庭の隅に生えている松葉牡丹やガーベラは萎えていた。

最も気の荒い鶏といわれるチャボが目の前を横切った。友蔵は石垣をまわった。チャボは薄暗い猪小屋に入り、猪に短い羽根をバタバタさせながら喧嘩を売った。年老いた巨体の猪は魂を落としたように逃げ惑い始めた。猪がこのように無力だとは友蔵は知らなかった。チャボの目は陰険な光をためていた。

しばらく猪の尻をつついたりしていたチャボが友蔵を見つけ、白い大気の中に飛び出してきた。気のせいか、一段と大きくなっていた。友蔵は一瞬ひるんだ。チャボはまた猪小屋に飛びこんだ。このチャボは猪にうらみでもあるのだろうかと友蔵は思った。どこかから現われた亜也子が猪小屋にかけこんだ。

チャボは猪の背中にしがみつき、激しく、小刻みにくちばしを動かし、つついた。猪は狭い壁のまわりを走りまわった。チャボはふりおとされないように足の爪をたて、いっしょにまわっていた。亜也子の目は見開き、声は出ないが叫んでいた。手をふりまわし、チャボを追い払った。猪は走りまわり、亜也子も走った。チャボは亜也子を馬鹿にしているのか、飛びたつ気配はなかった。亜也子が寝床の藁にすべり、つんのめった。猪が亜也子の顔の前をよぎった。だが、亜也子はすぐに起きあがり、また猪を追った。黄色いワンピースの胸や裾が汚物にまみれていた。ようやく、猪と亜也子は出くわし、亜也子の手が猪の背中をはらった。チャボはふいをくらい、石壁にぶつかりそうになりながら外に逃げた。猪はまだ走りまわっていた。亜也子は必死に両手をひろげ、猪をおちつかせた。すると、またチャボが猪小屋に飛び込んできた。友蔵は軒下にあった天秤棒をつかみ、ふりまわしながら猪小屋の中に飛び込んだ。チャボは猪小屋を出た瞬間、友蔵を威嚇するかのように首を力強くあげた。友蔵は天秤棒をずっとふりまわした。ようやくチャボは逃げ去った。

猪の頭や背中を撫でまわしていた亜也子が突然、友蔵の首にしがみついた。友蔵は驚いた。自然にかるく波うっているやわらかい髪が友蔵の顔をおおった。

突然、あたりがきた。友蔵はすぐリールを巻いた。竿は大きくたわみ、前後左右に必死に逃げ惑っている魚の感触が手に伝わった。安物のせいか、きしみ、まもなく空回りした。友蔵は竿をほうり投げ、道糸をたぐり寄せた。ようやく魚影が現われた。十センチぐらいのミーバイが陽に鱗を光らせながら、宙に舞った。ミーバイは砂の上ではね、自分自身の体を傷つけた。鱗が砂にまぶされた。思わず友蔵は亜也子を見上げ、道糸を握り、大きく口を開いたミーバイを持ち上げ、「どうだい」というふうに見せた。亜也子は小さく笑った。

友蔵は竿をたたんだ。石ころが転がってきた。上から見下ろしている猪が友蔵をからかうように顔を見せたり引っ込めたりしている。

亜也子が猪の首からはずした、ユウナの黄色い花輪を友蔵に投げた。友蔵はあわてた。転びそうになったが、うまくすくった。友蔵は花輪を首にかけ、照れながら亜也子にVサインをした。花輪をしたまま、善助の家に行くととんまにみられてしまう。しかし、亜也子が作った、このかすかに匂う花輪を捨てるわけにはいかないだろうと思った。

亜也子と一緒に歩いたら、しめしがつかないように思う。俺は亜也子の親たちに文句を言いに来たんだ。俺は痩せてはいるが、身長は一八〇センチあるから、胸をはり、背伸びをしたら、幾分脅しもきくだろう。

「父は口には出さなかったけど、先祖代々の土地を自分の代で失うというのはきっと無念だったと思うよ」と友蔵は独り言のようにつぶやいた。「亜也子と親しげにするわけにはいかないよ」

小さい猪は亜也子のふくよかな足をさかんにかいだりする。どことなく好色そうな猪だと友蔵はふと思う。亜也子も俺と同じ十九になっているから、胸もだいぶふくらんでいるだろう。

友蔵は岩を回り、砂浜を歩いた。小潮の海はガラスの粉が一面に浮いているように輝いている。友蔵はミーバイを水に投げ、アダン林の入り口に出た。亜也子と猪は消えていた。

2

亜也子の父の善助が女子中学生を妊ませたという噂が島に流れた時から亜也子はしゃべれなくなった。

善助と道代は亜也子の他に長男、次男を欲しがり、老女の助言を受け、「種がつきやすい」という夜明け前に毎日のように頑張った。このような時に降って湧いたように妊娠騒動がおきた。

善助は腕のいい漁師だったが、隣の集落の十五歳の少女を妊ませたという噂がたったために彼の魚は誰も買わなくなった。中学校の授業を毎日のようにさぼり、遊びまわっていた少女が、まじめ一筋の善助を誘惑したという噂も生じたが、誰も善助の弁護はしなかった。時々、父の魚を見に漁協に行っていた友蔵は、物静かに誰も買ってくれない魚を見つめている善助が妙に気になった。

善助はサバニから降ろした魚を漁協に持って行き、魚の行商人《カミヤー》や仲買人や食堂の主などと直接値段の交渉をしていた。善助はたいてい相手のいいなりになった。だから、すぐに売れた。だがあの日以来、善助がひろげた魚のまわりには誰も近づかなくなった。日頃あたたかく声をかけてくれた顔見知りの人たちが、あのように無口になり、目もあわさないというのは友蔵には信じられなかった。善助は毎日自分を励ますように、魚をひろげたが、一匹も買い手はつかなかった。他の漁師の魚は売れるのだが、善助の魚は水浸しのコンクリートの上に横たわったままだった。売り手や買い手が荷をまとめ、帰っていった後も、赤や青の、数十センチの魚たちのまだ澄んでいる目は見開き、立ちつくしている善助を見あげていた。

ちょうど同じ頃、父・寛勇が気管支炎をこじらせ、寝込んだ。友蔵の母の加寿子は魚の行商をはじめたいと言い出した。かなり以前からスーパーマーケットが進出し、冷蔵庫も普及していたが、島にはまだ行商人から生魚《イマイユ》を買うという習慣が残っていた。

魚の行商の話を切り出した加寿子に「土いじりの経験もない、お嬢さん育ちのおまえにはできない」と寛勇は頑固に反対していたが、ある日、突然、加寿子の遠縁にあたる善助の魚を仕入れるようにと言い、「友蔵も連れていけ」とつけくわえた。

一回目の行商の日は暑かった。友蔵と加寿子の頭上に強い光が射し、クーラーボックスの重みがじわじわと肩にくわわった。汗がにじみ、顔が熱っぽくなった。だが、体のどこかはすごくひんやりとしていた。

電線がだらりとたれさがっていた。黒くおちている石垣の影に犬が寝転んでいた。犬は身動きせずに目をあけ、じろりと通りかかった友蔵と加寿子を見た。二人は路地に曲がった。狭い道の表面を浜から飛んできた砂が薄くおおっていた。真っ昼間は屋根も屋敷囲いの福木も石垣も寝ているように見えた。

汗が友蔵の額をつたい、目にしみた。魚は売れなかった。クーラーボックスには魚が入っているのに、みんな知らないのだろうか、と友蔵は思った。「イユー、コウミソーランガヤー(魚はいりませんか?)」と加寿子は本物のカミヤーのように路地の奥の方に甲高く響く声をはりあげた。友蔵は「魚はいりませんか」と言った。緊張し、声がかすれ、つぶやきにしかならなかった。何度かつぶやいているうちに、しだいに声になった。

友蔵は門から一軒の家の中を覗いた。台所から女が出てきたが、すぐ戸をしめた。道端に立っている女たちは友蔵と加寿子から顔を背けた。自分の背中をじっと見ている女たちの視線を友蔵は感じ、「魚……魚……」としか言えなくなった。

二人は数日後、二回目の行商に出た。島の集落はどこも小さいのだが、石垣に囲まれた路地が迷路のように続いていた。加寿子はイラブチャー（ぶだい）やタマン（はまふえふき）の入ったクーラーボックスを痩せた肩にかけていた。魔除けの石敢當の立っている角を曲がった時、友蔵のゴム草履の鼻緒が切れた。足首にひっかかっている草履を見た加寿子が「友蔵、草履はいいよ」と言った。友蔵はしばらく片方の草履をはいたまま歩いたが、脱ぎ捨てた。

三人の中年の女が石垣の影に身を寄せあい、高笑いをしながら話しこんでいた。だが、「村八分」の掟を破った友蔵と加寿子を見たとたんに黙りこんだ。一人の女は何気ないふうに門に逃げこみ、一人の女は目をそらせていたが、一人の女は友蔵と加寿子が通りすぎるのを睨むように見つめていた。

木に登っていた友蔵の隣のクラスの子供たちがしつこくついてきた。加寿子がふりむき、叱った。友蔵はびっくりした。大声を出す母は自分の母ではないような気がした。友蔵と加寿子は路地に入った。子供たちの何やら文句を言う声や足音がしだいに小さくなった。加寿子はただ、前方の細い道を見つめ、まっすぐ歩いた。

翌日、一時間目の授業が終わった時、一人の大人びた中学生が友蔵を体育館の裏に呼び出した。顔中にきびだらけの中学生は薄笑いをしながら「おまえの母親と善助はできているんだろう」と言った。

「できているって？」

「しらばっくれるな。男と女の仲になったと言っているんだよ。わかるだろう？　男と女の蜜のような仲だよ」

友蔵は意味は知っていたが、知らんぷりをし、首を何度もかしげながら、中学生から離れた。でっちあげに決まっていると思った。しかし、母の顔や体つきを見るのがなぜか嫌になった。

友蔵は終業後、まっすぐ家には帰らず、集落の中を歩き回った。母の耳にこのような噂が入っていたのかどうかは知らないが、自分の耳から消すには歩き回るのがいいと漠然と思った。歩きながら、ほんとに何でもすぐ噂になる島だと思った。

その夜、思い切るように友蔵は「もう、よそうよ。何か馬鹿にされているようだ」と加寿子に言った。「友蔵はもういいよ。よく頑張ったね」と加寿子は友蔵の肩を弱々しくゆすった。

結局、友蔵は二回しか行商をしなかったが、加寿子は魚の仕入れ代金など欠損したにもかかわらず、意地を張るように一人行商を続けた。まもなく体が回復した寛勇が漁に出るようになり、入れ替わるかのように、善助は漁をやめ、家に閉じこもった。

この年の暮れ、善助は女子中学生に一度だけ手は出したが、妊娠させたのは同級生の男子だったという噂が新しく流れはじめた。

3

友蔵が小学六年生になったばかりの四月のある日、朝っぱらから加寿子は近所の老女と茶請けにイカの塩辛を食べながら縁側に座っていたが、ふいに達磨のように前後左右に上半身をゆらし、縁側から転がり落ちた。診療所の車が着いた時には加寿子の息はなかった。脳溢血だった。

寛勇は毎晩酔おうとしたが、酒は体がうけつけなかった。無理に喉に流し込み、すぐ吐いた。しかし、顔を赤らめ、目を白黒させながら何度も流し込んだ。喉や胃が痛くなった。

寛勇は朝早くサバニに乗り、暗くなりかけた頃にしか帰ってこなくなった。友蔵のために夕食は作ったが、自分はほとんど食べず、飲めない酒を飲み、睡魔におそわれるのを待った。昼間は飲まなかったが、血液の中にはアルコールが残っていたのか、何回か海に落ちた。漁獲量は極端に減った。

友蔵の小学校六年の三学期が始まった頃、どこから何が三十五歳の寛勇の頭に飛び込んできたのか、ある日突然、友蔵に「N市の中学に転校しろ」と言い出した。ゆったりした砂浜が性にあっている、人見知りのする友蔵はN市の人込みは嫌だったが、まだ気分が落ちこんでいる父には逆らえないと考え、嫌々ながらうなずいた。寛勇は善助にも「N市で養鶏の事業を起こす」と話した。寛勇は女を見つけに行くつもりではないだろうかと善助は勘繰った。しかし、友蔵は父は養鶏をやると元気になると思った。父は昔から「男は事業をやらなければ一人前じゃない」とよく言っていた。

敷地は売れたが、老朽化していた家は売りようがなく、寛勇は善助や近所の男たちと一緒に壊した。使える材木は手伝った人たちにあげ、残ったものは燃やした。炎が高くあがり、激しくゆれた。

「いい家を造ろうな、友蔵」と炎を見ながら寛勇が言った。「コンクリートの三階建てを造ろうね」と友蔵も言った。友蔵が十二年間暮らした家がなくなり、クロトンや千年木などの庭木だけが残った。

サバニは最初は知人を何人か集め入札にしようかと寛勇は考えていたが、いつのまにか道代にうまいぐあいに言いふくめられた。道代は買う前にサバニに乗り、寛勇に操縦させ、海面を走らせた。友蔵も乗った。サバニは活きのいい魚のように馬力があり、エンジンの音も力強かった。友蔵は父を誇らしく思った。寛勇は背丈は高く、肩幅も広かった。贅肉はなく筋肉質だった。皮膚は長年、潮に焼け、黒光りしていた。

サバニは相場の半値にも満たなかったが、道代の提示した金額に寛勇は口をはさまなかった。養鶏で成功したら、老後は無線付きの船を買って、釣り三昧に暮らしたいと寛勇はうちあけるように友蔵に言い、二十年あまりも一緒に大海原に出たサバニに塩をまいた。

寛勇は家は壊したが、黒檀の床柱や、先祖代々戦前から伝えられてきた三個の、高さが一メートルもある大きな素焼の味噌瓶は持ち出してきた。今時使えるわけではないが、柱は住まいに、瓶は食物に困らないようにという縁起がこめられていると寛勇は友蔵に言った。

友蔵の小学校の卒業式を終えた翌日、友蔵と寛勇は島のカーフェリー乗り場に向った。ジャケットの下にアイロンのかかった真っ白いワイシャツを着ている父を友蔵は不思議そうに見た。ねじり鉢巻きをし、クバ笠をかぶりトレパンを着、サバニに乗っていた父とは別人のような気がした。髪にもヘアリキッドをつけ、櫛の目が入っていた。寛勇は善助だけに島を出る日時を言ったせいか、善助と妻の道代と、一人娘の亜也子以外は誰も見送りに来ていなかった。善助から友蔵は五千円の餞別をもらった。

栈橋には友蔵たちと同じようにN市へ渡る同僚たちを見送る作業服を着た工事人たちや、どこから手に入れたのか五色のテープを握っている子どもたちもいた。

カーフェリーが動きだした。亜也子が桟橋を走り、無心に手をふった。唇は動いているが、声は出なかった。カーフェリーは透明な青い海面の波をけたてるように進んだ。友蔵は遠ざかる島を見ていたが、加寿子の遺骨を抱いた寛勇はカーフェリーのデッキの先端に立ち、島に背を向け、数キロ先の本島を見つめていた。彼は一度もふりかえらなかった。加寿子の一周忌は一カ月後だった。

寛勇はまずN市の郊外に木造赤瓦屋根の小さい家を借りた。周辺にはほとんど家はなく、原野や低い雑木林が広がっていた。寛勇は一人で三棟の鶏舎を建てた。黒檀の床柱は鶏舎の柱にした。寛勇は畑仕事はできなかったが、三寸釘を口にくわえ、手早く、巧みに板を打ち付けた。

ある日、学校から帰ってきた友蔵は何気なく鶏舎の壁の補強をしている父の仕事を手伝った。ハンマーをふりあげた友蔵は釘のかわりに指をしたたかたたいてしまい、赤黒くはれあがった。鶏肉や卵をふんだんに使ったファーストフード店はちまたにあふれていたが、卵が今時商売になるとは友蔵には思えなかった。父のやる気を削いだらいけないと思い、ずっと黙っていたが、指の痛みが引かず頭にきたせいか、指をつぶした翌日、「卵はたくさんの人が作っているんじゃないの？　売れるの？」

と言った。

「六百羽飼う。毎日一羽が一個の卵を産むからだいじょうぶだ」

寛勇は言った。

味噌瓶の一個は玄関に置き、傘入れにしたが、残りは雑草の生えている庭に転がしておいた。ある日、庭の味噌瓶を友蔵は何気なくのぞいた。何かが動いた気がした。竹をつっこみ、こねまわした。感触が伝わった。まもなく、根負けしたように青だいしょうが首をだし草叢に消えた。友蔵はもう一つの味噌瓶を恐々のぞいた。何も入っていなかった。

青だいしょうがいるならハブもいる、と寛勇は思い、毎晩、懐中電灯と棒を持ち、草叢をかきわけたり、鶏舎の天井などを念入りに探した。一匹も見つからなかったが、友蔵は恐くなった。

友蔵は以前味噌瓶を買いたいと言ってきた骨董屋の老女に電話をかけ、二個売ってしまった。三千円だった。映画を見、ホットドッグを食べた。寛勇には数日後に話した。寛勇は黙ってうなずいた。売るべきではなかったのだろうか、と友蔵は感じた。味噌瓶は食物に困らないようにという縁起がこめられていたんだ、と友蔵は思いおこし、悔いた。どうか、何事もありませんようにと秘かに祈った。祈りながら、玄関に最後の一個はあるんだと自分に言い聞かせた。売った瓶はN市の大通りの大きな観光土産品店のショーウィンドーの中によく磨かれて飾られた。

友蔵が恐れていたとおり養鶏はいっこうに軌道にのらなかった。一度に二百羽のひよこを買った時には、ひよこの表情や動きがとてもかわいく、友蔵も寛勇も喜んだ。しかし、何日かたった夜、急にひどく冷え、豆電球のまわりに身を寄せあうように集まっていたひよこたちが翌朝、ほとんど死んでいた。寛勇は死んだひよこを両手にのせ、羽をさすり、生き返らせようとするかのようにあたためた。

友蔵は胸がしめつけられた。

ある日の夕方、鶏舎の前に一台の軽貨物車が止まった。五分刈り頭の小太りの男が車から降り、寛勇に「鶏糞をもらえないか」と聞いた。臭いが数百メートル周辺に漂い、人々に迷惑をかけていると日頃から気にしていた寛勇は快諾した。男は軽貨物車から麻袋とスコップを持ち出し、鶏糞を麻袋に詰めた。友蔵も寛勇も手伝った。寛勇は男に、黒砂糖を二袋手渡した。「定期的にとりにくる」という約束を寛勇と交わし、男は満足げに帰った。農業の経験のない寛勇は鶏糞が商売になるとは知らなかった。

飼料代が高騰し、しだいに支払いが滞り、寛勇の養鶏は先細りになってきた。彼は時々、なつかしむように島から持ってきた竹の釣り竿《チンブク》や、木製の水中眼鏡をさすったりした。

加寿子の四十九日が明けた翌日、寛勇は二カ月ぶりに荒磯に素潜り漁に出た。

ついていった友蔵は岩場に座り、父を見た。寛勇の潜るフォームは美しくはなかった。溺れていると一瞬友蔵は思い、動悸が激しくなった。何かもがきながら沈んでいくようだった。浮かび上がってくる時ももがいているように見えた。しかし、まちがいなく銛の先には何十センチもある伊勢海老や魚が突きささっていた。寛勇は獲物を銛からクーラーボックスの中に入れると、また、沈んでいった。

素潜りをした日は、寛勇はよく木製の水中眼鏡を削り直した。ある夜、「おまえのも作ってやろうか」と寛勇は言ったが、水中眼鏡ができあがると海に潜らなければいけないと思い、友蔵は断った。息をとめ、必死に魚を刺すより、影に座り、のんびり魚を釣るのが、性にあっていた。

母は生前まったく海に出なかったが、父は死んでしまった母のために水中眼鏡を自分のとツインに作った。

暑い中、カミヤーをした母はどういう気持ちだったんだろう。友蔵は鶏の鳴き声を聞きながらぼんやりと思った。あの時、俺のゴム草履の鼻緒が切れてしまったが……母はいつも俺のズックを干す前に歯磨き粉を表面に塗り、真っ白くしてくれた。母はころんと死んだから、友蔵はまだ母がどこからか今にも帰ってくるような予感がする。

友蔵は父のチンブクとサバニの模型を鶏小屋に父が入っている時に密かに磨いた。チンブクはいくら曲げても折れないと思えるほどしなやかだった。

ある日、寛勇の家から三百メートルほど離れた、同じ島出身の人がやっている肉屋から「卵はいらないが、鶏なら買う」という話が持ち込まれた。卵が売れずに悩み、廃業を覚悟していた寛勇は渡りに舟とばかりに喜んだ。友蔵と寛勇は必死に鳴きながら逃げまどう鶏の足を縛り、飼料袋に入れ、肩に担ぎ、肉屋を何往復もした。肉屋の主人は痩せた、三十代前半の女性だった。派手な洋服を着け、化粧もきれいにしていた。腕は細かったが、力があり、易々と鶏の首を切り落とした。首から血を噴き出しながら暴れ回る鶏を大鍋の熱湯につけ、すぐおとなしくさせた。騒ぐ鶏を次々とさばいた。島出身にこのような恐ろしい女がいるとは友蔵は思いもよらなかった。なにより化粧をした女が鶏をさばくというのは何かの儀式のようにも見えた。

4

島に三百坪前後の土地を七つ所有していた寛勇は島を出る決心をした時、すべての土地を換金しようか、どうしようか迷った。しかし、万が一、養鶏が失敗し、生活が立ちゆかなくなった時、「根」みたいなもの、戻る所がないというのは不安だった。気が進まなかったが、善助に借金の相談に行った。

善助は寛勇に泡盛をすすめながら言った。

「鰻の養殖とかがいいんじゃないかね。鶏なんか二本足だが、頭はからっぽだよ。しまつにおえないよ」

「鰻はいいが、設備が大変だからな。鶏でメドがついたら、考えてみるよ」

寛勇は泡盛を飲むまねをした。

「おまえも俺も水のある仕事が向いていると思うがな。金が必要なら道代に言えよ」

道代の祖母は「糸満売り《イチマンウイ》」をされた。戦前は「糸満売り」される貧しい家の子供がかなりいた。糸満の金持ちの網元の家に売られた女の子は女中がわりにされ、男の子は漁に出された。苛酷だという噂が広がり、子供たちは恐がった。「糸満売りするぞ」というのが親たちの脅し文句になった。「自分たちにはごちそうだったおからで、広い床を何度も研かされた」という話は道代は忘れられなかった。糸満売りされた祖母に幼い頃から、恐ろしさや恨み辛みを毎晩のように聞かされた道代は貧乏になったらたいへんだという恐怖心がうえつけられた。道代は金には人一倍執着した。何を食べようが世間にはわからないが、着るものは人の口にのぼるというのが信条だった道代は通信販売をさかんに利用し、大胆なデザインの高級服を買った。精肉店に買物に行く時も、隣近所にお茶を飲みに行く時もこのような服を着た。半面、昼食はトマト一個をかじり、夕食はお茶漬けをすすり、節約した。

このような道代には何か抵当を入れておかなければならないと寛勇は考え、七つの土地の権利証を納めたワイシャツの入っていた箱を小脇に抱え、善助の家へまた行った。権利証を見せながら借金の話を切り出した。酔っていた善助は「借金をしてまで、子供を本島のいい中学に入れたいんかね」と島にとどまるように言ったが、道代が「いいんじゃないね」と寛勇の肩をもった。友蔵より一カ月年下の亜也子も両親の後に正座していた。寛勇は善助から三百万円借り、代わりに土地の権利証を全部預けた。寛勇が「借用書書こうか」と言ったが、道代は「いいですよ。他人行儀だから」と言い、権利証を手文庫にしまった。

寛勇は島を出る前、島出身の男がやっている米兵相手のレストランに定期的に大量の卵を卸そうと考えていた。

レストランはO市の米軍基地のゲートの近くにあった。苛酷な訓練を受けている兵隊なら今人々が神経質になっているコレステロールとか中性脂肪などを気にせず日に何百個分も卵料理をたいらげるだろう、と寛勇は考えた。ある日、友蔵を学校に出した後、バスを乗り継ぎ、商談に出かけた。

ところがゲートから出てくる、腹をすかせた米兵を待ち構える地元の若い女性や観光客の若い女性が増えていた。彼女たちは好きなタイプの米兵を自分の車やレンタカーに乗せ、隣のC町に連れていった。C町の米軍の広大なヘリコプター基地は全面返還され、若者の遊びのスポットになっていた。このニュータウンにある高級レストランの豪華な料理をおごられる米兵たちは、島出身の男がやっているゲート前のレストランを見向かなくなっていた。空腹をこらえながら、自分に声をかける若い女性が来るのを待つようになっていた。島出身の男は時々店から顔を出し、手招きしたが、一人残らず、ノーと首を横にふった。

このような実情を聞かされた寛勇は肩の力がぬけた。

寛勇はのり気ではなかったし、友蔵も気恥ずかしかったが下校後に卵の入った籠を持ち、家から一キロほど離れた商店街にある二、三の小さい雑貨店に出かけた。しばらく置いてもらったが、このような雑貨店も、進出してきた大型スーパーにつぶされた。

最初は一年以内には返すつもりだった借金がなかなか返せず、寛勇は時々気にやんでいた。しかし、善助や道代からは催促の電話などは一度もなく、親戚はありがたいもんだと寛勇は一人うなずいた。

寛勇の事業の不振は島の人たちにもいつしか知れ渡っていた。寛勇の鶏は卵をよく産んだが、世間の鶏も同じように卵を産むから、商売にならなかった。飼料代にもならなかった。寛勇に金を貸した道代は「もう金は返せないでしょう」と隣近所の人や善助から土地の耕作をまかされた小作人に盛んに話した。

卵が売れないのと反比例するかのように友蔵は妙に鶏がいとおしくなった。時々、女主人が経営する肉屋に売った鶏を思い浮かべたりした。鶏小屋によく入った。ぬけた産毛は白く、やわらかく、ふわふわと浮かび、きれいだと友蔵はためいきをついた。だが、糞と飼料の臭いに鼻を刺激された。鼻がむずがゆくなり、何度もくしゃみをした。寛勇は我慢をしているのか、まったくくしゃみをしなかった。

寛勇は最初の頃は重たい飼料袋を運んだ直後に咳き込んでいたが、しだいに一日の仕事が終わり、お茶を飲む時にも咳き込むようになった。餌をやる時にも激しく咳き込み、鶏は驚き、寛勇に用心しながら、餌をついばんだ。南風が吹き、乾燥した鶏の糞が飛び散った日の夜中はまちがいなくさらに激しく咳き込んだ。

医者は養鶏はやめたほうがいいと言ったし、友蔵もとめたが、寛勇は意地をはるかのようになおも養鶏を続けた。一九八三年の小正月が終った日、病気が重いと知った寛勇は「島の七つの土地のうち一つを売ろうな」と友蔵に言った。

友蔵も父の考えにすぐ賛成した。土地を売り、借金を全額返し、父にうまいものをたらふく食べてもらおう。個人病院を新築した医者が保険はきかないが、金を準備したら入手してあげるという外国製の特効薬も買おう。

島には村営の「鯨の見える丘」公園の計画も前々からあるし、本土の大手資本のリゾートホテル建設も噂されているようだし、農道の拡張や巨大溜め池の増設も進んでいる。また島にも土地ブローカーが何人かいる。土地はすぐ売れる、いい値がつく、と寛勇も友蔵も疑わなかった。

寛勇は島の善助に電話をかけ、手短に話した。「土地を売って、借金を返したい」と寛勇は言い「エステにも行きたい」と冗談を付け足した。善助はエステとは何なのか、わからなかったが、「決心したなら、俺も手伝うよ」と言った。寛勇は咳き込んだ。「わかった。じゃあ、後少し考えろ。俺も考える」と善助は電話をきった。

一月の末、善助から「じゃあ、道代が手続きをする。明日、司法書士をよこすから話を聞いてくれ」という電話がかかってきた。

約束の日は寒かった。黒い大きなコートを着た島出身の司法書士が来た。何かといざこざを起こすという噂のあるこの男は、自分の身を守るのは法律だといわんばかりに小型の六法全書を持ち歩き、朱線を入れながら記憶していた。

寝込んでいた寛勇は気力をふりしぼるように立ち、着替えた。司法書士は島出身には見えない色の白い、痩せた小柄な男だった。だが、獲物を狙うようなギラギラと光る目には近寄りがたいものが漂っていた。数歳年下のこの男を寛勇は知っていた。島では土地の売り買いはかなりあり、この司法書士も立ち回っていた。善助は「司法書士の話をきいてくれ」と言っていたが、この司法書士は黙っていた。寛勇は何か言いかけた拍子に激しく咳き込んだ。しかし、司法書士は「だいじょうぶですか」の一言も言わなかった。小さい手土産一つも持っていなかった。友蔵が出したお茶も飲まず、靴もぬがず、立ちっぱなしだった。

寛勇は咳をする時には後を向いたが、茶わんに注がれたお茶は嫌なのだろうかと友蔵は思い、冷蔵庫から缶コーラを出し、司法書士の前に置いたが、やはり身じろぎもせず、突っ立っていた。

「どうぞお入りください」と寛勇が言った。司法書士は戸道に軽く腰をおろしたとたん「島で、書類を作ってくるから実印を貸してくれ」とせきたてるように言った。早口だった。寛勇はタンスの引き出しを開け、実印を出した。司法書士は立ちあがった。ここで押すのでは？　と寛勇は聞きかけたが、息が苦しく、頭も混乱していた。また、権利証を抵当に金をさらに借りたがっていると憶測されるのが嫌だった。売却額を知りたかったが、何も言わなかった。司法書士は逃げるように帰った。

「お茶も飲まないというのは、病気がうつるとでも思ったのかな」

寛勇は弱々しく笑いながら言った。

「あのような人だよ。どこでもつっけんどんだよ」

友蔵は何も知らなかったが、断定した。

なかなか司法書士から連絡が入らなかった。寛勇は二度、電話をした。司法書士からは「今、進めている」という返事しか返ってこなかった。

三週間ほど後に善助から「坪一万で二百坪の土地が売れた。振り込むから口座番号を知らせるように」との電話がかかってきた。まもなく二百万円が振り込まれた。

坪二万と見込んでいた寛勇だが、まずは借金の一部でも返済しようと善助に電話をしたが、「病気がよくなってからでいいと道代が言っている」と善助は世間話に話題を変え、電話をあたふたと切った。

寛勇はようやく養鶏をやめる決心をした。若い鶏なら買うというブローカーみたいな人もいたが、ほとんどただ同然だったから、寛勇は断った。

鶏はどうしようかと寛勇は考えた。地域の住民に分け与えようとも考えたが、今頃昔のように鶏をつぶせる人はめったにいないから、迷惑になると思った。寛勇自身も一羽もつぶせなかった。餌に毒を混ぜ、殺し、土に埋めたら食品衛生法とか埋葬法などにひっかかるかもしれないし、第一このような残酷なまねはとうていできそうにもなかった。状況を察知した飼料取次所の男が飼料代にと鶏を何羽も持っていった。

寛勇は養鶏場の取り壊しにも体力を消耗した。休んでも、息切れがひどく、血の気もなかなか戻らなかった。

一カ月後の三月、進学校ではなかったが、公立高校に友蔵は合格した。俺をいい高校に入れようと父は島を出てきたんだから……俺は期待を裏切らなかった、と友蔵は何度も溜め息をついた。合格発表のあった日の夜、寛勇は宅配の大きなピザパイを注文した。

5

友蔵の高校生活が五カ月過ぎたある日、島の村役場から寛勇宛ての通知書が届いた。四年後に造る道路に貴殿名義の土地がかかる、という内容だった。どのくらいかかるのか気になった寛勇は村役場に電話をした。女性が出た。業務にあまり詳しくなく、また主語のない話し方をする職員だったから、らちがあかなかった。ようやく、この職員は上司の課長に電話を替わった。課長は問題がこじれないように機械的に対応した。一番上のボタンもきちんとかけ、太い首がしめつけられているような窮屈そうな声を出す。

「他の土地はどうなっているかね」と寛勇は聞いた。しばらく待ってくださいと課長は受話器を置いた。まもなく課長は電話口に出た。調べていたようだ。他の五つの土地は他人名義になっていると課長は言う。

寛勇は驚いた。

「どうして、こうなったんだね。まちがいでは?」と寛勇は言った。「わしは今年一つの土地を売って、六つはそのままにしたんだが……」

「ちがいますね」と課長は言った。「道にかかる一つは寛勇さん名義のままで、六つは売られていますね。名義がちがっています」

「善助の名義になっているのかね」

「ええっと、ちがいますね。六つとも別の人ですが……善助さんは入っていませんね」

「どういう、いきさつからこのように」

「いきさつもなにも……名義が変わっているんです」

「ちゃんとした手続きをふんでいるのかね」

「法律的には何も問題はないですね」

「だが、この通知は？」

寛勇はあたかも目の前に課長がいるかのように通知書を広げ、見せた。

「あ、それ。それは道を拡張するという、まあ、ほんとうの通知ですよ」

「…………」

「名義になっている人には機械的に送付してあります」

「……実印を悪用したんだ」

寛勇はつぶやいた。実印は司法書士に貸した四日後に郵便配達人から受けとった。小さい書留封筒に入っていた。課長は黙った。

「……おかしいな。おかしい……」

寛勇はつぶやきながら、電話を切った。電話をしている寛勇をまばたきもせずに見ていた友蔵に寛勇は電話の内容を話した。

「どうなっているんだ」

友蔵も驚いた。「預けておいた土地が他人の物になっていたなんて。一つ売る約束が、一つ残って、六つ売られていたなんて」

「……………」

「善助おじさんに電話しようよ。これはたいへんな事件だよ」

「今、手をうたないと手遅れになるよ。俺が善助おじさんに話すよ。父さんは傍にいたらいいよ」

「……今はいい。明日、話す」

「実印を持たせた時に名義を書き変えられたんだ。今日でなくてもいい」

「名義を変えるというのは土地を売ったのと同じなんだろう。善助おじさんは売っていいかと父さんに一言でも言ったかい。言ってないだろう？　いくらなんでもひどいよ。勝手に人の土地を売るなんて」

「何かのまちがいかもしれないから、まずわしの頭が冷静になってから、善助にも司法書士にも聞いてみるよ。今、聞いてもよくのみこめないだろうからな。このような時はまず時間をおいて考えるのがいいんだ」

おとなしい父も今興奮していると友蔵は思う。興奮したら病状が悪化する。今は父には逆らえない、言うとおりにしよう。

翌日の午後、寛勇は家から島の善助に電話をかけた。食後の昼寝から目覚めたばかりの善助はぼんやりしていた。寛勇は冷静に理路整然と話した。最初、法律的にどうのとか、にわかじこみのようにしゃべっていた善助は寛勇の追及にすぐしどろもどろになった。すると道代が電話をかわった。道代は理屈は言わずに「あんたたちに貸した金より安くしか土地は売れなかったんですよ」と見え透いた嘘を断定するように繰り返し言った。

道代は太っているが、声はふだんから高かった。今はさらにうわずり、早口になっていた。電話が聞き取りにくく、寛勇は受話器を耳に強く押しつけた。

「土地を売った時の領収書を見せて欲しいんだが」

「とらなかったんですよ。相手を信用していますからね。信用ですよ、世の中は」

「人の土地を勝手に売り飛ばすなんて、道代は島の人らしくないよ」

「島の人もみんなやっているわよ」

つい道代はぼろをだした。寛勇は何か言おうとあせり、激しく咳き込んだ。いくらなんでも二千坪近い土地が三百万以下でしか売れなかったというのはありえないと寛勇は思ったが、一言二言文句を言い、電話をきった。

寛勇は一晩中、目をあけていた。寝つけなかった。仰向けになると胸が苦しくなるのか、友蔵に背中を向け、じっとしていた。父が何を考えているのか、友蔵はだいたいわかっていたが、ぶりかえすのは逆に寛勇の神経を高ぶらせると思い、黙っていた。「じゃあ、調べてごらんよ」と道代が寛勇に言ったという一言が友蔵の胸にひっかかった。いつか必ず調べに行こうと唇をかんだ。

通知書が届いてから二週間後、寛勇の口から血痰が出た。寛勇は卵酒などを作り、飲んだりしたが、ますますひどくなり、ある日、友蔵は強引に寛勇を市内の個人病院に連れていった。肺癌だった。少年のような若づくりの医者は、治る確率は十分の一だと言った。

友蔵はしょっちゅう「俺の進学なんかに気をもまないで、島で、好きな海に潜っていたち、ひどい病気になんかならなかったんだよ……起業するのも一つの理由だっただろうが……」と独り言を言った。しかし、父と同じようによく海に潜った島の男も肺を患い、亡くなったというから、N市に出てきたのが病気の原因ではないんだと自分に言い聞かせた。だが、海の仕事を続けていたほうが父の性に合っていたのは間違いないだろう。しかし、もう父は海には永久に出られないだろう。友蔵はいたたまれなくなり、父のチンブクも水中眼鏡も骨董屋の老女に売りかけたが、考えなおし、大事にしまった。

寛勇は総合病院に入院した。一時意識が混濁し、若い看護婦を自分の亡妻と勘違いし、じっと見つめ、「加寿子、加寿子」と呼んだ。「ちがうわよ。看護婦の則子よ。寛勇さん、奥さんじゃないわよ」と大声を出しながら、彼女は寛勇の手を握ったが、「失礼ね。娘のような年の私とまちがえるなんて」と気が動転した友蔵に顔をむけ、ほほえんだ。

ある日曜日の昼間は「この馬鹿な肺は」と寛勇は自分の胸を軽くたたきながら何やら文句を言った。しかし、すぐ咳をした。ティッシュペーパーに血がしみこんだ。「母さんが死んでから何年たつかね」と寛勇が聞いた。友蔵は計算した。「五年だよ」。友蔵の頭は混乱していたから、一年まちがえた。「長いような短いような変な時間だな」と寛勇は言った。

寛勇は時々「土地は友蔵のものだ。よこせ」とうわごとを言ったり、天井を見つめたまま友蔵に謝ったりした。

入院から十数日後、寛勇は人工呼吸器を取り付けた。意識はなくなったが、肺や心臓は動き続けた。寝たっきりになっても、生きてくれよ。母の代わりに俺の成人になる姿を見てくれよ。友蔵は廊下の長椅子に泊り込み、白い壁を見つめながら祈った。しかし、子供の頃から人にめんどうをかけるのが嫌だった寛勇はさりげないように翌日亡くなった。友蔵は集中治療室の一筋になった心電図をぼうぜんと見つめた。

寛勇の告別式は慣例の新聞広告には載せなかったが、島の善助から電話がきた。「気をおとさないように、何でも相談するように」と友蔵に言った。友蔵は父の遺骨を抱きかかえ、父が母の遺骨を預けたお寺に向かった。

初七日に、友蔵が以前、卵を卸しに行った雑貨店の老女と一人息子が来た。この九十二歳の老女は夫が戦死した後七十歳の先天的な障害のある一人息子とずっと一緒に暮らしていた。髪は真っ白だが、顔の色艶はよく、五十代にしか見えない息子はぎこちなかったが、老女のまねをし、焼香をした。友蔵は深く頭を下げた。

「生きる気さえあれば、生きるのはいつでも平気だよ」

ひどく腰の曲がっている老女が友蔵の手を握り締めながら言った。

「……父と母は再会していますよ。楽しいだろうな。俺もあと五十年したら会いに行くよ。五十年なんて、すぐ過ぎてしまうからね、おばあさん」

「すぐだよ。うちも、いつのまにか九十幾つかになったんだからね」

父の四十九日を済ませてから、友蔵はN市の中心部にあるアパートに引っ越した。

6

高校を卒業後、N市役所に就職した年の七月、島の村役場から「道の拡張工事の現場説明会を開くから、印鑑を持参してください」という三年前と似たような通知書が届いた。友蔵は通知書を数時間テーブルに広げたままにしていたが、しだいに気になり、父の仏前に供えた。

父は亡くなったのに、父の名義が残っている。友蔵は深く溜め息をついた。あの時、売られた六つの土地代金が送られてきたなら、父は病気でも安眠できただろう。また、金が送られてこなくても善助おじさんたちがちゃんと心から謝っていたら、父は苦しんだり、自分を責めたりしなくてもすんだはずだ。しだいに友蔵は頭にきた。善助に文句の一つも言わなければ父はうかばれないと思った。

善助の噂はどこからともなく、友蔵の耳に入ってきた。善助は、昔興味を持っていた牛には情熱を燃やさなくなっていたが、女遊びにも戻らなかった。女に金をばらまかないから、だいぶ貯まっているはずなのに、俺たちの土地を売り、儲かろうとするのは一体何事なんだと友蔵は内心言った。道を拡張しようがしまいがどうでもよかったが、事実を明らかにするいい機会だと考えた。

印鑑を押すと得をするのか損をするのかわからなかったが、まず第一に父の無念を晴らそうと思った。借金をして、権利証を預けて、実印を持たせて、いつのまにか全部売られてしまったいきさつを友蔵は紙に箇条書きにした。

このようないきさつを洗いざらい言おうと、友蔵は何度もぶつぶつ言っているうちに、しだいに善助に文句を言った気になり、最初の頃のようには頭にこなくなった。行くのをためらったが、しかし、やはりはっきりさせたいと決心した。

日帰りできるのだが、三日間の年休を、いつものように黙りこくっている課長に申請した。

車に乗り、高速道路を走り、本島北部の半島にある港に向かった。友蔵はカーフェリーのデッキの上でもポケットからこれまでの土地の実態や、「一九八一年私が十二歳の時、島を出て、事業をするために善助おじさんから父は三百万借り、ひとつ二、三百坪の土地を七つ、七つの権利証を預けた……」などと書いた紙を取り出し、暗記した。

海岸の釣りから、友蔵はカーフェリー乗り場の駐車場に置いてある車に戻った。亜也子と小さい猪はどこに消えたのだろう、とまわりを見回しながら車を走らせた。一台の車が後をついてきた。友蔵が車を止めると、後続の車も止まった。露地に曲がると、後から曲がってきた。

砂糖黍畑の脇の農道に人だかりがしていた。友蔵は少し離れた所に車を停めた。つけてきた車が追い越していった。友蔵は人だかりのしている方に歩いた。両側に広がっている砂糖黍の葉は青く茂り、風にゆれながら輝いている。通知書に記されていた時間より十五分早かったが、説明会の指定の場所には二十数人がすでに集まっていた。人々の視線がいっせいに友蔵に向いた。友蔵は大きく息を吸い込み、胸をはり、進んだ。作業服にネクタイをした村役場の職員が五人いた。五人とも目を隠すようにヘルメットをかぶっていた。彼らが持っているバインダーには、すぐ印鑑が押せるように書類が広げられていた。このポイントには二時から二時半に指定された地主たちが集まっていた。半時間ごとに村役場の職員が各ポイントを回っていた。

定刻になり、職員から「課長、課長」と呼ばれていた小太りの年配の男が紋切り型のあいさつをし、現場説明が始まった。現在、トラックが一台しか通れないこの道の幅を二車線にする拡張工事を始めるので、印鑑を押してください、と課長は言った。今より三メートルばかり広がります。側溝も造ります。もちろんアスファルト敷きですと出世欲のありそうな若い職員がヘルメットを上げ、大きな目を輝かせ、補足した。地主たちはざわめきながら、若い職員が持っているバインダーにはさんだ書類に押印をした。友蔵は、この課長が生前父が電話をした時の課長なのだろうかとぼんやり思いながら突っ立っていた。

まもなく人々は押印をすませた。部下が課長に何か言い、課長は友蔵に近づいてきた。「印鑑を押してくださいよ。この土地の権利証は別の人が持っているが、登記上はあなたの父親になっている」と言う。形式的に印鑑を押させに俺をわざわざここに呼んだのかと思うと友蔵は頭にきた。

「俺が印鑑を押す必要はないんじゃないですか。権利証は他人が持っているのに」

「決まりですからね」

課長は脅すように友蔵をにらみつけた。

「俺はここに来て、何のメリットもないんだ」

「権利証で売買できるよ」

課長は何か言う前に、息を深く吸い込み、ウッと低く強い声を出す癖がある。自分に活を入れている。

「じゃあ、俺を遠くから呼ばなくてもよかったじゃないですか」

他の五つは登記替えされているのに、この一つだけ何の手違いか印鑑を押し忘れたために登記できなかったのだろうと友蔵は内心思った。

「たった三百万借りたばかりに、一言のことわりもなく、二千坪ちかい土地を勝手に売られてしまったんだ」

「印鑑押さないんかね。次のポイントに説明に行かなければならないんだが……」

課長がにらみながら、しかし、どこか眠たそうに言った。

「印鑑は持ってきませんでしたよ」

友蔵は最初は遠慮しながらしゃべっていたが、しゃべっているうちに興奮してきた。人々が注目していた。何度もうなずく者も「そうだよね」と隣の人と目を見合わす者もいた。例の箇条書きを暗唱したせいか、スムーズに口から出た。

友蔵は、人の背丈ほどにのびている砂糖黍畑の中に善助と道代が隠れているのに気づいた。砂糖黍の葉が風に騒いでいるが、風下にいるから、もしかすると俺の声が耳に入っているかもしれないと友蔵は思った。「張本人の善助と道代は向こうにいるよ」と大声を出し、人々に知らせようとする衝動がおきた。

課長は部下に何か耳打ちした。「なんとかなるでしょう」と部下はうなずいた。

「こういう例はいっぱいあるよ。登記をしなくても、権利証さえ持っておれば」

課長が捨て台詞のように友蔵に言った。

「じゃあ、なぜ俺を呼んだんです？　N市から車に乗って、フェリーに乗って、百キロもはるばる来たんですよ」

三人の建設業者は関わりあいになるのを嫌がるように、用心深く、人々の後にじっと立っていた。責任者らしい初老の男は緊張していた。話がこじれたら、仕事がなくなるという不安が疲れ気味の目にただよっていた。

課長は友蔵に言った。

「友蔵、君だって、出身地の島が拓けるのはうれしいだろう。たとえ島を離れていてもな。いつかは帰るんだろう?」

「帰りません」

「そうかね。だが、先祖が代々生まれ育った島だから、精神的な愛着はいつまでも残るよ。君が意識しようがしまいがね。もう、いい」

課長の傍に立っている職員が言った。

「寛勇がまだです」

「……もう、いい。次のポイントに出発だ」

課長は時計を見た。「じゃあ、時間がきましたので、これで説明会を終了します」と課長は半分空元気のような大声を出し、白い庁用車のドアを開け、乗り込んだ。

課長に続き、部下たちも庁用車に乗り、畑道の百メートルほど先に集まっている人々の方に進んだ。建設業者も後を追った。

耳をすまし、友蔵と課長の話をずっと聞いていた中年の女たちはすぐ友蔵に話しかけてきた。「こういう話もあるんだねえ」「知らなかったねえ」「友蔵が来るとわかっていたのかね。わかっていたんだね。善助も道代さんも、善助から買った地主も来ていないからね」

「今は誰の名義になっているんだね」

ひときわよくしゃべる、太った、おかっぱ髪の女が友蔵に聞いた。

「……」

「もしかしたら、赤田さんじゃないかね。人から土地をいっぱい買っているから」

背の高い痩せた女が小さい声を出した。

「でしょう？　うちもうすうす感じていたよ。赤田さんは来ていないでしょう」

友蔵は砂糖黍畑の中を見た。善助も道代も消えていた。もう、いいだろう。胸をはり、島から帰ろうと友蔵は思った。

「善助もひどいね。これからはつきあいも考えなければならないね。昔は女癖がなんだったし、今は、こんな調子だからね」

太った女が汗をふきながら言った。

「うかつにものを言うもんじゃないよ。何がほんとうなのか、わからないんだからね」

髪を赤く染めた女が言いながら友蔵を見た。友蔵は見ないふりをした。もういい、静かな海面に俺はとにかく石を投げたんだ、波紋が広がったんだ、と自分に言い聞かせた。

女たちの話が友蔵の耳に入った。「ここだけの話だけど、あんた知っている？」「何を？」「石川さんの長男が博打で三十万借金つくってね。ある人に借りに行ったんだよ。遠い親戚だからね」「誰ね？　ある人って」「今は言えないけどね。やがてわかるんじゃないかね。この人は軍用地料もたっぷり入るけど、借金のかたに石川の長男から肥えた土地千二百坪預かっておこうと預かったんだよ。長男は後から目が覚めてね。三十万をサラリーローンから借りて、土地の権利証を返してもらおうとしたけど、返さないんだよ、絶対」「まさか、善助じゃ？」「善助？　もっともっと大物よ。金もあるし、影響力もあるんだから。だから、土地を返したら、もう親戚づきあいはしないよと脅したんだよ。親戚づきあいしないというのは村八分同然だからね。影響力がある人だから。結局、土地をとったままなんだよ」「何しているんだね、今は？」「しだいにわかるよ」「長男は？」「長男は焼き物を教えているよ」

7

友蔵の車は港に向け、白っぽい農道を走った。島に泊まる気はなかった。突然砂糖黍畑から両手をあげた人が出てきた。友蔵は急ブレーキを踏んだ。善助だった。善助は助手席のドアをあけ、乗り込み、「俺の家にやってくれ」と言った。帰りのカーフェリーの時間にまにあわなくなると友蔵は思ったが、父の無念は村役場の課長ではなく、むしろ張本人の善助にはらすべきだと気づき、アクセルを踏んだ。「石垣の角を右」「ガジュマルを左」と善助は言った。「知っているよ、土地泥棒の家は」と友蔵は言いたかったが、黙ったまま車を走らせた。

まもなく、丘の上にある、赤瓦木造の善助の家に着いた。善助はすぐ車から降り、運転席に顔をつっこみ、「おおぜいの前であんな事、言うもんじゃないよ」と言った。友蔵は頭にきた。

「だけど、俺の父が善助おじさんにどのくらい借金がありましたか。いくら借金のかたといってもわずかな金額でしょう？　売ろうねと俺の父親に一言でも言いましたか」

「言わなかった」

善助は首をひっこめた。「中に入って」

友蔵は車から降り、影になっている縁側に座った。太った道代が大きな足音をたてながら台所から出てきた。まくしたてようとするかのように口を動かしている。友蔵は身構えた。道代は友蔵の傍に座り、善助に言った。

「あんたは人の土地を何も言わないで売ったのね」

善助は唖然とした。友蔵もわけがわからなかった。父の生前に電話をかけてきたのは誰だったんだ、「借金の額より低い額でしか売れなかった」と悪態をついたのは道代おばさんじゃなかったのか、と友蔵は言いかけた。

「だけどね、友蔵」と道代は友蔵の顔を覗き込むように見た。「権利証持っている者が土地の所有者なのよ。この島では」

「俺は権利証云々を言っているんじゃないんです。俺の父に一言も言わずに俺の父の土地を勝手に売り払った人に腹がたっているんです」

「あんたの父親を欲張りと二、三人の人が言っているのよ」

「誰ですか」

「誰とは言えないけどね」

「言ってください」

「どうするつもりなの」

「父のどこが欲張りかはっきりと聞いてきます。言ってください」

「いいよ。もう」

「はっきり言わなければ、裁判にかけようと思います。亡くなった父の名誉は守らなければならないから……」

どこから裁判という仰々しい言葉が飛んできたのか、友蔵もわからなかった。

「あの時はどうしてもお金が必要だったのよ。この人があんなにあった財産を食い潰したからね。だからね、売ってから寛勇さんに知らせようと思ったけど、どう言うのかね。後めたくてね、悪い事をしたと気にしてね。明日言おう、明日言おうと思っているうちにいつのまにか忘れてしまって……忘れたっていってても心の中ではいつもひっかかっていたのよ。悪いと思っていたのよ。ね、あんた」

道代はうつむき、泣きだした。

嘘泣きのように友蔵は感じ、何にせよ名義書換えをしたんでしょう、と言いかけた。

「もう売ってしまったから、土地はないが、なんとか金を工面して差し引きして返すよ」

善助が煙草をふかしながら言った。「墓を新築しようと百万ばかり預金してあるから、明日、農協からおろしてくるよ。今日はここに泊まっていけよ、友蔵、な」

「墓は早く造らないとあの世《グソー》の人に……」

道代が顔をあげ、不服そうに言った。

「わかってくれるさ」

「友蔵に返すのは後ででも……立派に働いているんだし」

「もう、いい。人前で金の話なんかみっともない」

「いや、俺はゆっくりでも……」

友蔵は口をはさんだ。何かやりとげたという満足感が生じていた。今日はホテルにでも泊まり、明朝帰ろう。部屋を予約しようと思った。

「電話を貸してください」

「こっちよ」

道代が立ち上がり、薄暗い台所に案内した。食器棚の脇に電話はあったが、電話帳が見当たらなかった。

「電話帳も貸してください」

友蔵はガスコンロにヤカンをかけている道代に声をかけた。いつのまにか傍に立っていた善助が缶ビールを未成年の友蔵に手渡した。「おい、電話帳は」と善助が大きな声を出した。

「そこにあるでしょう」

「どこに？」

「電話の近く」

「ないよ。いつ見た？」

「長い間、見ないけど……」

「どこに電話するんだね」

缶ビールを飲み干し、善助は友蔵に聞いた。友蔵はホテル名を言った。

「うちに泊まりなさいよ」と道代がピンクのエプロンで手をふきながら言った。「親戚なのに、水臭いよ」

「泊まれよ、友蔵。泊まらさないと、おまえの父親に申し訳がたたん」

友蔵は縁側に出た。

「まあ、いいから、座って、座って」

道代がお茶を出した。友蔵は座った。

さきほど満足感が生じたのだが、また父の無念さを思い、絶対泊まらないと友蔵は自分に言い聞かせるのだが、亜也子が妙に気にかかり、どうしようか迷った。

「おい、てんぷらも揚げろ」と善助は道代に言い、扇風機を回し、冷蔵庫から缶ビールを二本取り出してきた。

「おやじさんにはN市の水はあわなかったんだな。俺と同じ年だ。早かったな」

「………」

「突っ走ったらいかんよ。命をちぢめる。漁師をやっていたほうが身の丈にあっていたんだ」

友蔵は先程のビールにまだ一口も口をつけていなかったが、善助は友蔵にまた缶ビールを差し出した。

「父はやりたい事をやったんです」

「島の男には漁師が一番だよ。友蔵、おまえも役場勤めのようだが、やめて漁師になったらどうかね？　俺の持ってるサバニをやるよ」

善助はビールを一気に飲み干した。

「釣りは嫌いかね」

「好きですが、しかし……」

「役場勤めは俺の姪や甥もやっているが、みんな、つまらなさそうだよ」

床板のきしむ音がした。道代が善助の隣に座った。

「うちのよく知っているおばあさんの長男は公務員だけど、酒が入ると陽気になって、なんでもオーケーしてしまうから、おばあさんは心配で不眠症になっているのよ。村役場の上司の保証人になって、おばあさんと一緒に住んでいる家をとられて、今も家にはそのまま住んではいるけど、月々の給料から家賃を払って住まわせてもらっているのよ」

「遺伝だよ」と善助が悟ったように断定した。「父親も酒飲みで、飲まない時は蚊の鳴くような声しか出せないのに、大声でしゃべりまくって、印鑑でも何でもどんどん押して、いつのまにか土地を全部失ったんだよ。父親がなにもかも悪いよ」

「あんた、もうグソーの人の悪口はいいよ」

道代が善助の膝をたたいた。力が強く、善助は顔をしかめた。善助はいつからこのようにしゃべるようになったのだろうか、と友蔵は訝しがった。

「いい若いもんが村役場に勤めて、精をもてあましているからだ。漁に出るのが一番だよ。……悪いもんは島にもたくさんいるんだ。友蔵が変な目で俺たちをみるようになったらなんだからな」

「もう友蔵はみんな水に流すと言っているのよ。ね、友蔵」

道代が友蔵に言った。いつ俺が水に流すと言った、と思いながら、友蔵は「もう、いいですよ」と言った。

「もういい。これ以上なんやかんやするとグソーの父親が嘆き悲しむ」

善助が言った。「親戚だからな。血がつながっているからな」

「亜也子はどこ行ったのかね。夕飯のごちそう作るの、手伝わさないと……亜也子、亜也子」

道代は大声を出しながら、草履を履き、外に出ていった。善助も「待ってろよ」と言い、奥にひっこんだ。

土地を買った人を一人一人訪ねてみようかと、ふと友蔵は思った。だが、彼らの前では愚痴が出たり、泣きだしてしまいそうな気がした。善助おじさんと道代おばさんだけに愚痴を言えばいいのではないだろうか。躊躇しながら立ち上がった。

庭から海が見えた。家の裏からジーパンに着がえた亜也子が現われた。亜也子の後から道代が出てきた。

「覚えているかね？　友蔵。おまえの幼な友達の亜也子よ。牛肉があるから食べてね。少し待っててね」

道代と亜也子は中に入った。友蔵は縁側に座った。奥から出てきた善助が友蔵の傍らに腰をおろし、煙草を吸い出した。友蔵はまた愚痴った。

「……父は死ぬまぎわまで、土地を全部売ろうねの一言もなかったと言っていましたよ」

「気にはなっていたんだが……親戚だから、後からなんとかなるだろうと、俺もつい思ってな」

「父が病気になっても見舞いにもこないし、亡くなってからも線香の一つもあげにこないのに、親戚はないでしょう」

「俺がグソーに行ったら、ちゃんとわけを話すよ」

「いつ行くんですか」

頭にきていた友蔵はつい聞いた。

「なるべくはゆっくり行きたいが、こればかりは自分でもわからんからな」

「なんでもグソーグソーは調子がよすぎますよ。生きている間にちゃんとしなければ」

「わかっているよ。……道代、肉はまだか。友蔵は腹がへって怒っているぞ」

善助は立ちあがり、仏間にひっこんだが、すぐ出てきた。善助はついさきほど明日農協からおろしてくると言っていたのだが、友蔵に厚みのある封筒を差し出した。

「これだけではもちろん足りんだろうが、気休め《チムナグサミ》だよ。百万入っている」

「……いいですよ。俺は今は働いているから。金は父が必要だったんです」

「おまえもこれから必要になるさ」

善助は封筒を友蔵の小さい鞄に突っ込んだ。

足付きのお膳にのせた焼き肉料理を道代は仏壇に供えた。道代のはっきりとした声が聞こえた。

「おじい、友蔵が来たよ。おじいが見たのは赤ん坊の時だったかね。こんなに立派になっているよ。ウートートゥ、アートートゥ」道代は合掌した手をこすりあわせ、頭を深く何度も下げてから、仏壇の料理をおろし、友蔵の前に置いた。仏壇に向かっていた時と同じように友蔵にも深く頭をさげた。

友蔵はとまどった。

「寛勇さんは昔よく、友蔵は成績がいいから、女の子もいっぱい寄ってくる、と自慢していたよ」と道代は焼き肉をすすめながら言った。「もう彼女できたね?」

友蔵は首を横にふった。

「じゃあ、食べて。うちと亜也子が作ったのよ。朝から下準備はしていたのよ」と道代はうそぶいた。

友蔵は箸をつけた。善助は白っぽい庭におり、家の裏に回った。「楽しみにしておいてね」と道代が言った。まもなく善助は牛を引っ張ってきた。品種がちがうのか、ペット用なのか、体の色や形はありふれているが、生まれたばかりのように小さかった。しかし、足腰はしっかりしていた。

「友蔵、この牛、飼わないかね」

善助が鼻綱を縁側の柱にくくりつけ、言った。

「……N市では飼えない……」

「ここで飼えばいいのよ。友蔵」

道代が牛のひたいをさすりながら言った。どう答えたらいいのか友蔵はわからなかった。

「……あの猪は何ですか。亜也子と一緒の」

「何カ月になるかしらね、うちの人が久しぶりに島の近海で漁をしていた時にね、近くの浜の木にくくりつけられていたらしいのよ。それで、獲ったばかりのバケツいっぱいの生魚《イマイユ》と交換してきたのよ。学校をさぼっている中学生のグループとね」

「……昔も飼っていたんですよね」

「あの猪はすぐ売ったけどね」

亜也子は少女の頃は遊び友達もいたが、十九になった今は猪しかいないのだろうか、と友蔵は思った。

「……猪なんかと……変だよ」

友蔵は善助に言った。

「島の年頃の青年たちもすっかり少なくなってね」と道代が言った。「ぼんくらしか残っていないから、亜也子の良さに気づかないのよ」

「ペットなら、かわいい犬などが……」

「猪も頭は悪くないのよ。亜也子がしたように小さい時からミルクをあげて、体をさすって飼い馴らしたらね」

道代は猪には魔物《マジムン》を追い払う力があると信じている。しかし、前にチャボにいじめられた猪はまもなく食肉業者に売り払ったという。

「……なぜ猪なんかを」

「一種の守り神かしらね」

この島には珍しく野生の猪がいるせいか、猪の伝説がある。友蔵も何度か聞かされた。明治の頃、夜な夜な牛ほどもある大きな猪が集落の端の三叉路に出た。特に悪さはしないのだが、人々は気味悪がっていた。ある夜、島一番の乱暴者が「退治してやる」と言い、猪の腹に鋭い銛を打ち込んだ。猪は声もあげずに暗闇に消えた。翌日、この銛は山の中腹にある拝所の神木のガジュマルの幹に深く刺さっていた。この時以来、猪は神の使いだと島の人々は信じるようになったという。

巨大猪には後日談がある。銛が刺さった神木の周りに犬や猫やハブなどが集まり、「どこどこのだれそれは今度の満月の夜に寿命が尽きる」などと口々に言ったという。銛を刺した男は村人に動物がものを言っていたと触れ歩いたが、村人は「あの男は酒で脳をやられた」「男と女の区別もできないから危ない」という噂を流した。

「亜也子の守り神？　亜也子がしゃべられなくなったから？」

「亜也子は大きな亀を追ってね、水に深く潜りすぎたのよ。死にかけたんだけど、でも、同じ亀が海面に導いたのよ」

「亀と猪が何か関係が？」

「関係はよくわからないけど、でも、猪が亜也子に元気を出させたのよ」

「………………」

「島の若者はほとんど島を出ているというのにね。亜也子は偉いよ。ちゃんとうちらの傍にいるんだからね。何もうちらのめんどうをみてもらうというわけじゃないけどね。年とったら、とったで生き方や楽しみ方があるからね」

「網の修繕は亜也子が一番で、道代が二番だ」

善助が言った。「俺が一番遅い」

「あんたは煙草ばかり吸っているからよ。ちょっとやったら、すぐ手を休めて、煙草吸うのよ、友蔵。

……去年から今年、年寄りがポコポコ四人亡くなったのよ、一人でよ、友蔵。まあ、いつも亡くなるのは一人だけど、子も孫もたくさんいるというのに、誰にも看取られずにという意味よ」

「………」

「うちらが若い頃は、島の家には先祖の位牌があるから、どんなに遠くに住んでいても、親が年とったら必ず帰って来たもんだけどね。ほんとに今の若い人たちはね、どうしたんかしらね。聞いている？　友蔵」

「………」

「男はお酒ものまないと、いつかはつまずくよ」

道代は友蔵のコップに泡盛を注いだ。「もう人前では言わないでちょうだいね。親戚中の恥になるからね」

友蔵はうなずいた。

「何度かお金を持ってあんたたちの家に行こうとしたんだけどね、なかなかね。遠いし。車もないし。第一、亜也子一人残してはね。うちのこの人は昔から海以外はどこにも出ようとしないし、亜也子はこの人とはいたくないしね。だから、行こう行こうと思いながら、行けなかったのよ」

「来てくれたら、父も喜んだのに……死んでしまったから悔しい思いのままですよ、ずっと」

「うちらの話はちゃんと聞いているよ。仏壇の前で話しているんだからね。今頃は喜んでいるよ。まちがいないわよ、友蔵」

善助がコップをさしだし、友蔵と乾杯をした。「親戚どうしのいざこざは人に見せるもんじゃないよ」と少し酔いのまわっている善助が言った。親戚なら父が生きていた時に気配りしておくべきじゃなかったんじゃないだろうか、などとまた同じように文句を言うのもどうかと思い、友蔵は泡盛を飲んだ。

「友蔵はほんとうは彼女がいるでしょう?」

道代がやさしく聞いた。

友蔵はまた首を横にふった。

「……まだ十九歳ですから」

「そうなの。そうなの。でもね、島では十九歳なら子供がいてもおかしくないのよ。うちが亜也子を産んだのは二十歳の時よ」

「………」

「友蔵も小学六年の時、母親を亡くして、一人っ子で淋しかったはずなのに、また父親を亡くして、ほんとうに淋しいでしょう? なんと言っても親戚が頼りになるのよ、ね」

友蔵は適当にうなずいた。

「うちも亜也子しか生まれなくてね、亜也子に淋しい思いをさせているよ。親戚がたよりよ。うちらも今はじょうぶだけど、将来はね……」

亜也子が門から庭に現われた。日除け防止にタオルを顔にまき、クバ笠をかぶっている。手には銛と三匹の大きなイラブチャーをぶらさげている。この魚はおちょぼ口だが、歯が強く、珊瑚なども食べるという。三匹とも見事に頭部のあたりが刺されている。「突き」は内臓も出ないし、一瞬のうちの血抜きになるから、すごく鮮度がいいといわれている。亜也子は台所に入った。

「俺のサバニの後継者は亜也子だ」

善助が言った。先程サバニは俺にあげると言ったばかりなのに……と友蔵は思った。

「あんたよう、もう、漁師の跡継ぎに女ってあるねえ?」

道代は大袈裟に驚いた。二人は黙った。二人が黙ったのは若い女性の亜也子をサバニ漁に専念させるのは気の毒だと思ったからだろうと友蔵は感じたが、実際は漁の後継者に男の子を生もうとじたばたしたある時期を二人が思い起こしたからだった。亜也子の他に子供が生まれなかったのは、お互い自分のせいだと秘かに思っていた。気まずさを破るように善助が言った。

「亜也子はよく、俺より大きい魚を釣ってくるよ。あいつは才能がある」

「女の子は漁師にするもんじゃないわよ。嫁にやるものよ」

「心当たりはあるかね」

「あんたに嫁にきた者がいるんだから、だいじょうぶよ」

「亜也子は気が向いたら、海に出て、潜って、すぐ突いてくるのよ」と道代が友蔵に向きなおり言った。「蛸とりも名人よ。穴を知っているんだね。うちにもうちの人にも教えないのよ。うちらが昼寝をしている間に出て行くのよ。でも、うちは穴を知りたい気はないね。うちにもたくさん食べさせるんだからね、亜也子は」

「穴に煙草の煙を吹き込むと出てくるんですよね」

「あんたよう、そんな小蛸じゃないよ。大物よ。頭に銛を突き刺すのよ。でも、亜也子は急所をちゃんとはずしているのよ。だから、湯がいている時も足がもぞもぞ動いたりするのよ」

「…………」

「好きなら亜也子に一言言ったらいいよ。すぐとってきてくれるからね」

台所から出てきた亜也子が大皿に盛ったイラブチャーの刺身を友蔵の前に置いた。白身はかすかに光沢があるが、青い皮は固そうだった。

「泡盛のつまみに最高よ」

道代は泡盛をコップに注ぎ、友蔵に手渡した。「コリコリとしたうまい魚よ。高級魚よ。食べて」

友蔵は泡盛を飲んだ。

「飲んで、飲んで」

道代が泡盛を勧めた。友蔵は刺身を口に入れた。

「どう、おいしい？　おいしいでしょう？」

亜也子がお盆にアーサ（ひとえぐさ）汁を乗せてきた。濃緑のアーサの間に小さく角切りにした木綿豆腐が入っている。友蔵も島にいた頃は、特に夏、毎日のように食べた。

「このアーサも亜也子が今年の春にとってきたものよ。冷凍しておいたのよ。生だからおいしいよ」

道代が言った。

三月頃には毎年、海岸を緑のアーサがおおい、どこまでも続く野原のように変えた。島の女たちが何時間もかがみ、岩にこびりつくように生えているアーサを摘み、籠に入れていた。母と一緒に海岸にいた少年の友蔵はこの単調な作業に飽き、小魚を見つけながら海岸を歩き回った。アーサに足をすべらせ、尻餅をついた。

友蔵は眠たかったが、道代に急かされるように風呂に入った。酔いが回ってきた。一晩泊まろうと友蔵はぼんやり思った。風呂上がりの友蔵を道代が奥の板戸の部屋に案内した。

夜中の十二時がすぎた。不気味なほど静かだった。眠気がふいに消え、なかなか寝つけなくなった。朝一番のカーフェリーに乗ろう。薄暗い電灯の点いている板張りの天井をぼんやりと見た。

俺の座っていない役所の椅子を何時間も飽きずに誰かが見ている。釣りをする時は何時間座りっぱなしでも何ともないのだが、あの椅子に二、三時間座ると時々軽い吐き気が生じた。歩き回ると治まるのだが、俺の後には係長と課長が身動きせずにじっと座っている。このような時は客が来るように願いながら俺はロビーを見る。だが、俺は住民票や印鑑証明などをとりに来る人々の顔を（申請書類をめくりながら話もしているのだが）まったく思い出せなかった。いつもだるかった。係長や課長が無駄口を許さなかったせいか、ロビーは騒々しかったが、息がつまるぐらいに課内はしいんとしていた。俺はしゃべるのは好きではなかった。だが、ふいに叫びだしたくなったりした。

幼い頃の亜也子が思い浮かんだ。正月前、方々に凧があがっていたのだが、なぜ亜也子と俺は海の上に凧をあげたのだろう。

亜也子は海の上に愛着のある凧をあげた。風がよく、凧はずっと上空にあがり、とても小さく見えた。亜也子が凧の糸を俺に手渡した。強い力が俺を空にひっぱりあげようとした。俺は懸命に糸を引き寄せた。手元から数メートル先の糸が切れ、凧はくるくると舞いながら海面に落ちた。亜也子も俺も非常に冷たい水の中をかけた。だが、赤い凧は見えなかった。亜也子は進んだ。肩が水に沈んだ。俺は亜也子の手を強く引き、ようやく海岸に戻した。亜也子の目に涙がたまっていた。唇を震わせ、俺をにらみつけたい気持ちをおしころすように長い間、足元の砂を見つめていた。

たわいのない出来事のようだが、友蔵はますます眠れなくなった。

また凧の同じシーンが少し形を変え、現われた。

凧が海面を流れた。亜也子は靴を脱ぎ、洋服のまま水に飛び込んだ。沈んだ。水は重々しく大きくうねっていた。洋服の赤い色が揺らめいていた。亜也子は死ぬんだと友蔵はぼんやりと思った。友蔵は岩に腹ばいになり、目をこらした。まもなく赤い色が鮮やかになり、亜也子が水面に顔を出した。髪の毛が顔にくっついていた。悪戦苦闘したが、ようやく細い腕がのび、凧をつかんだ。つかんだまま岸に近づいてきた。友蔵はせいいっぱい手をのばした。亜也子は友蔵の手を握った。友蔵は亜也子をひっぱりあげた。洋服がぴったりとくっつき、体の線がはっきりした。小さい胸の隆起や、股の線もわかり、友蔵は裸を見ているように錯覚した。

友蔵は思わず亜也子のぬれた胸に触れた。ふくれてはいたが、思ったより柔らかくはなかった。しまったと思い、手をひっこめた。亜也子は一瞬痛がったが、すぐ平然とした。じっと爪を見ながら息を整えていた。

この爪の出来事はチャボの出来事より半年ばかり後だった。友蔵に抱きついてきた半年前と亜也子の体はあまり変わっていないように友蔵は感じた。しかし、どことは言えないが、どこかが柔らかくなっているような気がした。

8

友蔵は朝八時、亜也子が焼いたトーストと野菜サラダを食べ、すぐ帰りじたくを始めた。

「友蔵、昼ごはん食べていきなさい。せっかく島に戻ってきたのに、ものを食べさせないと、あんたの親にうちは何を言われるかわからないよ。グソーに行った時、なんて弁解したらいいんだね、うちは」

友蔵は小さい肩かけ鞄を縁側に出した。

「海岸の近くの土地を買った人は、一人暮らしのおばあさんだけど、あんたは知らないだろうね。アメリカにいる孫娘に呼ばれて、近いうちにアメリカに行くというのよ。だから、買い戻せるよ。うちが買い戻すから。なにしろ、あのおばあさんはもう島に帰ってこないんだから。あの土地、見ておいで。その間に昼ごはんの準備ができるから。ね、あんたの土地よ」

「いったん、N市に帰ってから考えます」

「亜也子に案内させる?」

「……」

「亜也子に案内させようかね……一人でじっくり見たいんだったら、地図があるよ。ちょっと待ってね」

道代は奥からとってきた観光マップを友蔵の目の前に大きく広げ、「ここよ、ここ」と指さした。

「わかる? 知ってる? うちが案内しようかね。亜也子に案内させようかね」

「わかります。……じゃあ、ちょっと寄ります」

友蔵は土地を見てから、カーフェリーに向かおうと考えた。だが、縁側に置いてある友蔵の小さい肩かけ鞄を道代が何も言わずに奥の部屋に持っていった。友蔵はものを言うのが妙にめんどうくさくなり、いったん戻ってこようと思った。

友蔵は車に乗らずに歩いた。

「おいしい昼ごはん作っておくからね」

友蔵の背中に道代が声をかけた。

二十分後、友蔵は海岸沿いの狭い道に入った。モクマオウ林の間から砂浜に降りた。浜に生えているクワディーサーの大きな葉影がサバニに落ちていた。友蔵はサバニの中に入り、仰向けに横たわった。葉がざわめき、木漏れ日が顔を刺した。涼気が板にしみこんでいた。風に何かが鳴る音や、水が砂にはう音が聞こえた。目を細め、ゆれるクワディーサーの細い枝や肉厚の葉をじっと見つめた。すると、サバニがゆれているような錯覚が生じた。

どれくらいまどろんだだろうか。鼻息とも声ともつかない音が、昔よく釣ったガーラ(ひらあじ)のグエッグエッという鳴き声に似ていた。小さい猪が立ち、サバニの中をのぞきこんでいる。猪の後に亜也子が立っている。友蔵は上半身を起こした。猪がへりにかけていた足をおろした。亜也子は自転車からおろした小型エンジンを抱きかかえるように持っている。「何？　亜也子」友蔵は聞いた。亜也子はエンジンを友蔵に持たせた。友蔵はとまどったが、エンジンをサバニに置いた。亜也子は友蔵の手をひっぱった。「このサバニは亜也子のかい？」サバニから出ながら友蔵は聞いた。亜也子はうなずき、エンジンをとりつけ、クワディーサーの幹にしっかりくくりつけられている太い元綱をはずし、船尾にまわり、力いっぱい引いた。乾いた細かい砂に白いズックを履いた足のくるぶしがめりこんだ。サバニはわずかしか動かなかった。友蔵も引っぱった。猪は亜也子の足をかぎまわっている。サバニはようやく浅い水に浮き、亜也子は友蔵にのるようにうながした。友蔵はつられるようにのった。亜也子は猪をのせ、白い木綿のワンピースの裾を少し濡らし、サバニの向きを変え、深みに押した。

亜也子はエンジンをかけ、小島や大岩の間の水路をすべるように走らせた。珊瑚礁をめざしているのだろうか、と友蔵は思う。二キロほど先にある広大な珊瑚礁は旧暦の三月三日には海面に浮かび上がる。今日でも一メートルぐらい潜ったら、こぶし大の栄螺や子供の頭ほどの蛸が獲れるだろう。しかし、なぜワンピースを着ているのだろうか。時々、亜也子のワンピースの裾がぷわんとふくれあがり、亜也子はなにげないふうにおさえるのだが、柔らかそうな太股が友蔵の目に飛び込んだ。亜也子は生まれつき色が白いせいか、ほんわかと顔が赤らんでいる。

珊瑚礁が現われだした。サバニの一メートル下にこんもりと茂った小さい森のような珊瑚の固まりが無数に寄り集まっている。色も赤や黄色や緑などが現われ、消え、また現われる。まわりを泳いでいる熱帯魚が一瞬見えたりする。だが、亜也子はまだサバニを走らせている。どこに案内するんだろうと友蔵は考えた。

珊瑚の広大な原がふいに切れ、水深が数十メートルになり、色が青い紺や黒に変わった。亜也子はサバニを走らせ続けた。猪は安心しているのか、不安なのか、じっとしている。亜也子は島から解き放たれたいのではないだろうかと友蔵は思った。島の声、臭い、貪婪さから逃げたいんだ。亜也子がよく都会風なワンピースを着ている理由が今わかった。だが、この猪は何だ。陽に焼かれ、猪らしくなくなり、横たわっている。腹が大きくふくれあがったり、すぼんだりしている。亜也子の目的はN市だろうか。N市には俺の住んでいるアパートも職場もある。

亜也子はエンジンをとめた。のけぞり、また、つんのめった友蔵の手が猪の後ろ足を強く押しつけた。猪は首を回し、じろりと友蔵を見た。海面を友蔵たちは漂った。サバニはふいに斜めに走ったり、大きく円を描くように回ったり、また、ほとんど動かず、ただ左右にゆれたりした。砂浜やクバの林などが見えるはずだが、陽が乱反射しているのか、形が違っているような気がする。

このような太陽の下では、女たちは化粧がはがされ、素顔がさらされる。亜也子はちがう。きめのこまかい素顔がほんのりと色づき、亜也子自身も知らない奥深いものがにじみでている。

亜也子が俺をサバニにのせた理由は何なのだろう。陽が頭を直射している。軽いめまいがした。亜也子の白いワンピースがぼやけて見えたりする。猪もうずくまっている。亜也子は風に乱される黒い髪をやさしくかきわけながら、水面を見たり、友蔵を見たり、水平線のかなたを見たりする。時々、猪の頭をなでる。友蔵はふと亜也子と目があい、とまどう。友蔵は猪の頭をなでた。猪はすぐ亜也子の足元に逃げ込んだ。亜也子は小さく笑った。白い歯が大気に浮かんだ。まもなく、猪は友蔵を怒らせたらまずいと思ったのか、よろけながら友蔵に近づいてきた。

友蔵は猪の顔を押しのけ、静かに立ち、亜也子にくっつくように座り、ワンピースの胸に手を置いた。亜也子はじっと友蔵を見ていた。五個のボタンを全部はずし、腰を少しあげさせ、脱がせた。乳房は白く、はりがあり、形よくふくれていた。息をつめ、触れた。びっくりするぐらいに柔らかかった。友蔵は唇をつけた。亜也子は友蔵の髪を撫でながら横たわった。なめらかな肌は柔らかく、指がくいこむようにも、指がすべるようにも感じた。目のすぐ前にいっぱいにひろがっている白い色が海や空の青を隠した。猪が友蔵と亜也子の足の間にもぐりこんできた。友蔵は膝をグイグイと動かした。猪ははなれた。二重瞼の黒目がちの目や、小さめの、いつも何かを語っているような唇や、ほっそりと流れるような顎の線が、ひとつひとつ綺麗に造られていた。綺麗なひとつひとつが寄り集まると、強まるものがなく、曖昧に、不調和になりがちだが、亜也子は違っていた。亜也子のうすく赤みがかった唇がひらき、白い歯がのぞいている。胸は上下に動いている。自分自身の激しい息づかいも不思議と友蔵の耳には入らなかった。亜也子の髪は激しくゆれ動いている。肌からかすかに昔かいだような懐かしい香りが漂っている。

猪はサバニの舷におとなしく座り、二人のセックスを見たり、わきを向いたりした。

サバニには横板が張り出しているが、亜也子の体はやわらかく、サバニの形にはまるように、うまく横たわっている。だが、友蔵は体が硬く、上半身と下半身がちぐはぐになり、脇腹や膝小僧が痛かった。だが、すぐ、亜也子をがむしゃらに抱きしめ、痛さを忘れた。

セックスがすむと、友蔵は急激に興奮がおさまった。すると、ふと恐くなった。友蔵は裸の体がふるえ、衝動的に海に飛び込んだ。大きくうねる重たい水をかき、むやみやたらに泳ぎ回った。友蔵は顔を上げた。何メートルも泳いだわけではないが、錨を水底の岩にひっかけていないサバニは数十メートル離れていた。裸のまま亜也子がエンジンをかけ、友蔵に近づいてきた。サバニのへさきは立ち上がるように波にのり、押しつぶされる、と友蔵は思った。亜也子はエンジンを切り、巧みに舵を固定しながら、友蔵に手をさしのべた。二人の手は触れ合いそうになりながら、すぐ遠ざかり、遠ざかると亜也子がサバニを寄せ、このように何度かくりかえした。

サバニがたてる水のうねりと水平線からうねってくる水がぶつかりあい、不規則に水は動き、友蔵はもみくちゃにされた。鼻から水も飲んだ。苦しくなり、溺れかけた。なぜ飛び込んだりしたんだろうとぼんやり思った。手足を動かすと、逆に沈むから友蔵は仰向けに寝た。体を水に漂わせた。

ようやく、亜也子が友蔵の手首を強く握り、サバニに引っ張り上げた。

友蔵の濡れた体にすぐさま、強い陽が直射し、疲れてはいるのだが、また性欲が蘇ってきた。友蔵は目をギラつかせ、はいずるようにすっ裸の亜也子に寄った。顔を赤らめ、咳き込んだりする友蔵に亜也子は驚き、一瞬目を見張ったが、すぐまたセックスをした。

何十分か後、亜也子はサバニのエンジンをかけ、全速力を出した。サバニは時々とびはねるように浜の方に向かった。水面から出ている茸形の岩の間も亜也子はスピードを落とさずに走らせた。亜也子の顔には海の地形を知り尽くしている自信があふれていた。もしかすると、俺とセックスをしたという女の自信なのかもしれないと、ふと友蔵は思った。我にかえった。浜に着くまでに俺も亜也子も服を着なければ……と思った。

9

凪の、透きとおった水面をエンジンを切ったサバニは音もたてずに滑った。サバニは砂浜に乗り上げた。亜也子と友蔵は服を着け、サバニを降りた。亜也子はエンジンをはずし、友蔵が抱え持った。亜也子は「ついてきて」というふうにすぐ歩きだした。

猪は水辺を歩き、波にも驚かず、水をかいだり、舐めたりしている。鼻に泡がくっつき、ふくらんだりする。亜也子は足早に浜をあがり、アダン林の方に進んだ。

まもなく、亜也子は腹ばいになり、蛸の足のようなアダンの根の間にもぐった。すぐ出てきた。釣り竿を持っている。左手に持っているビニール袋の中には数匹の大きなやどかりがうごめいている。友蔵は亜也子の後をついていった。猪もついてきた。

友蔵は釣りは好きだが、今は釣りどころではないと思った。だが、真夏の真昼の陽に頭をあぶられながら歩いた。のどが渇き、体から力がぬけた。亜也子は足早に先を歩いた。短く、濃い影が砂にくっきりと落ちていた。亜也子は後をふりむく気配はなかった。

亜也子に続き、友蔵は岩に登った。亜也子は岩の先端に座り、針に殻から出したやどかりをかけ、投げ込んだ。陽は容赦なく照りつけた。水面は青く、水平線には巨大な入道雲が落ちていた。

亜也子の顔が別人に見えた。昔から物静かだし、柔和なのだが、今は短時間に一気に力を出しきった後のような、ちょうど、昔父が一時間ばかり息つく間もなく、群れ騒ぐ魚を一匹も逃がさないようにサバニに取り入れた後のような、静かな目をしていた。戦前に造られたコンクリートの堤防も背後のモクマオウの木立もにぶく光っていた。二人が登った岩は家鴨の形をしている。家鴨の頭の上に亜也子は座り、竿を握ったまま両足をぶらぶらとゆらしている。ふたつの足はふっくらとしているが、すらりと長かった。白いワンピースが少しめくれ、柔らかい白い太腿が見えたり隠れたりした。

少女の頃の亜也子は手が器用だった。一度教えたら、型紙も使わず、赤ちゃんの赤い服や帽子を縫い、近所の若い母親たちにプレゼントした。アダンの葉を刈り、王様の冠のようなものを作り、子山羊の頭にかぶせたりもした。

小学四年生のある日、よく覚えていないが、何か亜也子に悪戯をした後、急に友蔵は亜也子がかわいそうになり、海に潜った。紫と薄桃色の斑点が美しいホシキヌタ貝を探し、薩摩芋畑の隅に埋め、十日後に掘りだした。肉はきれいに腐っていた。殻を洗い、よく乾かし何気ないふうに亜也子にあげた。亜也子は喜んだ。友蔵は顔が紅潮したのがわかった。

亜也子は懸命にリールを巻いた。竿が大きくたわんだ。大きなミーバイが水面から少しとぼけた顔を出した。茶色の斑点のある、四十センチはくだらないミーバイのえらに指を突っ込み、亜也子が高くさしあげた。友蔵は身をのりだした。あやうく岩から落ちかけた。亜也子は池に飼っている鯉を釣り上げるようにミーバイを釣り上げたと友蔵は思った。亜也子はたしかに大物のミーバイのいる穴を知っている。

亜也子は岩の上に生えているアダンの葉を裂き、ミーバイの尻尾をくくりつけ、友蔵に手渡した。

亜也子は岩から砂に降りた。ふいに堤防のわきから猪がとびだしてきた。猪は何かから逃げまどっていると友蔵は感じ、まわりを見回したが、誰もいなかった。猪はわれをわすれ、地鳴りをとどろかすように主の亜也子に突進してきた。いつもとまったくちがう猪に亜也子は驚き、砂にひれふした。友蔵は大声をだしながら、駆け寄った。猪はめまぐるしく砂を掻きあげたり、かいだりする。友蔵は竿をピューピュー音をたてながら振り回し、地団駄をふむように、砂をたたき、猪をおちつかせようとした。だが、足は砂にめりこみ、うまく音が出なかった。友蔵は思わずミーバイを落とした。

猪は狂ったように亜也子のまわりを動きまわっていたが、ふいに思い出したようにとぼとぼと歩きだした。友蔵は亜也子を抱えおこし、ワンピースの砂をはらった。しだいに亜也子の目におちつきが戻った。友蔵はミーバイを拾い上げた。砂にまみれていた。

二人は浜に沿った人参畑や西瓜畑の小道を歩いた。猪も何事もなかったかのように平然とついてきた。俺と亜也子のセックスを見た興奮が今頃から生じたのだろうかと友蔵は突飛に思った。

細い畑道になった。一人ずつしか通れなかった。友蔵と亜也子の自転車の間に猪がいた。四本足を小刻みに動かし、前の友蔵を早く歩くように急かしている。猪のかすかな臭いと鼻を鳴らす音と忙しく動く気配が友蔵と亜也子の間にたちこめている。猪は太い首をのばし、友蔵の足に鼻をくっつけたりする。友蔵は猪を煙草畑にけっとばしたくなった。

10

ようやく亜也子の家に着いた。石垣の門に入り、石造りの魔除けのヒンプンを曲がった。亜也子にさししめされたとおり友蔵はエンジンを庭の納屋にしまった。亜也子は風呂場に入った。友蔵の服はほとんど乾いていたが、髪はまだべとついていた。体が痒かった。

庭は広く、石垣に沿い、千年木やクロトンやガジュマルやユウナなどが生えている。時々、南風がまわり、家畜小屋の臭いが鼻をついた。鳴き声も聞こえた。百日草の傍に乾燥した鶏の糞がころがっている。てんぷら油が熱せられた匂いもする。

赤瓦葺きの家の柱の陰から、大きな金色の紋の入った黒い着物の上に白い割烹着を着た道代が顔を見せた。「あがって、あがって」道代は友蔵を抱き寄せるようなかっこうをした。友蔵は縁側に腰をおろした。「あがって、あがって」道代は手招きした。友蔵は靴をぬぎ、茣蓙に座った。道代は壁にたてかけてある大きなテーブルをかかえ、友蔵の前に置いた。「これ、飲んでいて」道代はシークワアーサー（ヒラミレモン）ジュースを友蔵に手渡した。「今、てんぷら揚げているからね、すぐ、できるからね」道代はふりむきながら台所に入った。

台所からミーバイの刺身をきれいに並べた四角い大きな皿を持った、余所行きの絹の白いワンピースを着ている亜也子が現われた。サバニの上にいた時より長い髪は艶をまし、腰まわりもふっくらとしている。目は妙にうるおい、小さい光が輝いている。うつむきかげんだが、背筋がのび、どこか毅然としている。亜也子は少し首をかしげ、まばたきもせずに友蔵を見ながら座った。道代が大皿に盛ったてんぷらと赤飯を持ってきた。

「友蔵、あんた、痩せすぎよ。どんどん食べてね」

友蔵は刺身を食べた。

「おいしいでしょう。あんたも亜也子もどんどん食べてよ、ね」

亜也子は小さく口を動かし、丁寧にかみしめるように食べた。お茶を飲む時も片方の手を添え、茶碗をかたむけた。道代は右手に、かじりかけのてんぷらをはさんだ箸を持ったまま、お茶を咽に流しこんだ。

「友蔵、おいしいでしょう? 亜也子はてんぷら揚げるの、うちより上手よ」

ヒンプンの角から二人の青年が顔をのぞかした。道代が庭におり、ヒンプンの後に消えた。すぐ現われた。道代の後から日焼けした筋肉質の二人の青年が出てきた。いかつい顔がかしこまっている。だが、ふいに笑顔になりそうな気配がただよっている。二人とも白いワイシャツに派手なネクタイをしめている。アイロンのかかった黒いズボンをはいている。

「赤田さんの長男と石川さんの長男よ。よろしくね、友蔵」

道代が紹介した。友蔵は小さく会釈をした。二人の青年は家の裏の家畜小屋の方に消えた。

「赤田さんと石川さんは奥の座にいるから、すぐ出てくるからね、友蔵」

道代は足早に台所に入った。

てんぷらが油に揚がる音がひんぱんに聞こえた。

まもなく道代は慌ただしく台所から大皿に盛った芋や烏賊のてんぷらを持ってきた。

「さあ、友蔵、食べて、食べて。まだ作っているからね」

奥の部屋から道代と遠縁の石川と、集落一の土地持ち、実力者の赤田が出てきた。二人とも羽織、袴を着ている。

「今日はいい日だ。ほこらしい日だ」

白髪がきれいにのびた赤田が床の間にたてかけられてある三線《サンシン》をとり、弾き、ゆっくりとK島民謡の祝い節を歌い出した。五分刈り頭の石川が軽く手拍子をとり、歌いながら「道代、道代」と台所を覗いた。

「泡盛はないかね？　こんな時に出さんで、いつ出すんだ？」

「あるよ、あるよ」

道代は一升瓶を石川に手渡した。「買ってきたばかりよ。あと五本あるからね」

「こんなめでたい時に善助はどうしたんだ」

「あれは気が小さいから、牛と逃げ隠れしているよ。いいよ、いいよ。今日は石川さん、夜を明かしてくださいよ」

「何が牛だ」

「散髪に行ったんですよ、きっと。さっき散髪屋に電話していたから」

石川は友蔵の向かいに座った。

「友蔵、飲め」

石川は一升瓶をかかえ、友蔵に突き出した。「心配するな。おまえの土地は善助がちゃんと買い戻してやるからな。わしが保証する。さあ、飲め」

一体何がおきたのだろう。友蔵はわけがわからなかった。

「飲め、飲め」

「俺は酒は……」

「わしの注ぐ酒は黴菌が入っているというのか」

石川の顔は赤く、ろれつも少しおかしかった。

「昨日も飲んだし、俺は酒はあまり……」

「あまりなら、形だけでもいいじゃないか」

友蔵は湯呑みをさしだした。石川が注いだ。湯呑みのふちからこぼれた。

「さあ、乾杯だ」

二人は湯呑みを高くかかげ、一息に飲んだ。友蔵は胸が熱くなった。

石川が仁王立ちになった。

「大鍋《シンメーナービ》準備しろ。女たちは瓢簞瓜や昆布《クーブ》準備しろ。お汁碗《マカイ》も十個だぞ」

足を一つに縛られた鶏を三羽石川の長男と赤田の長男がぶらさげてきた。二人ともネクタイをしめたまま、ねじり鉢巻きをしている。石川が庭に降り立ち、自信たっぷりに指図をした。若い三羽の鶏は庭の真ん中に放り投げられた。中学を卒業したばかりの赤いネクタイをしめた赤田の長男が大きな剪定鋏をガチガチ鳴らしながら近づき、鶏の首を一気に切った。残りの二羽の鶏の首も次々と切った。吹き出た鮮やかな血が地面の表面をおおった白い砂に広がった。三羽の鶏は暴れ、砂埃がたった。誰もものを言わなくなった。蟬の声もやんだ。友蔵は腰の力がぬけた。血の勢いはしだいに弱まった。首のない、三羽の鶏の動きがようやく止まった。赤田の息子は笑いもせず、見せしめのように、ようやく命尽きた鶏を高くかかげ、友蔵に見せ、ゆっくりと地面に置いた。

二人の青年は鶏を井戸端に運び、熱湯をかけ、羽根をむしりとった。しだいに裸んぼうの、肉のひきしまった鶏に変わった。物静かだった赤田は興奮し、何か言っている。声がうわずっている。首のない裸の鶏に青年たちは包丁をさしこみ、素早く、傷をつけずに臓器をとりだし、洗った。にわかづくりの庭の石造りの釜に乗ったシンメーナービから湯気がたちこめている。薪をくべる二人の青年の顔が真っ赤になっている。

友蔵はまわりを見回した。亜也子がいなくなっている。

煮えたぎった鶏汁が配られた。人々はものを言わずに、息をさかんに吹きかけながら食べはじめた。石川はおかわりをした。友蔵は箸を置き、居間の板壁に背中をもたせかけ、大きな溜息をついた。

「友蔵、何杯食べた？」

石川が汁をすすりながら聞く。

「一杯……」

「一杯？　三杯は食べんと精は出んぞ」

石川が言った。「三杯なら一週間は毎晩、大丈夫だ。五杯なら一カ月続けても、へこたれんぞ」

友蔵はふくれた腹をさすった。さきほど、てんぷらをのみこむように食べたせいか、ゲップが出た。

鶏汁を食べおわり、石川は壁に体をもたせかけ、目を閉じた。南風が吹き、血や脂の臭いが漂った。友蔵はふと恐くなり、逃げ出す機会をうかがったが、石川が目をあけ、友蔵をじろりと見たりする。

十何分か過ぎ、綺麗な赤いワンピースを着た亜也子がヒンプンから現われた。後から猪がついてきた。猪はしばらくキョトンと立ちどまっていたが、死んだ鶏の臭いをかぎつけたのか、急に死にものぐるいに庭中を駆けまわりだした。猪はヒンプンを曲がり、門の外に消えた。友蔵は庭に降り、亜也子の腕をつかんだ。

「亜也子、いいよ。追うなよ。猪なんか、もう相手にするなよ」

亜也子は小さく、しかし決心したようにうなずき、家の中に入った。

「ダァ、亜也子は、亜也子はどうした?」

うたた寝をしていた石川が言った。舌がもつれている。「早く連れてきて、踊らせ。めでたい祝いの……祝いの、なのに。おい、友蔵、さがしてこい」

一体何の祝いだ。もしかすると俺と亜也子の……こんなに簡単に人は結婚《ニービチ》するのだろうか。友蔵は隣に座っている石川と乾杯をした。どうにかなるだろう。別に婚姻届に印鑑を押したわけじゃないんだから。じたばたしようにも足がふらついている。あの時、遠くにサバニが浮いていたのかもしれないし、海に突き出た岩の上からなら俺と亜也子がのっていたサバニも見えただろう。どうも亜也子とセックスをしたのを誰かに見られたような気がする。もしかすると、亜也子が道代に、私、セックスしたのよと伝えたのだろうか。たった一、二回セックスをしただけなのにこんな目にあうのだろうか。N市では「買い」に行った。度胸が出なかったから、わざと酒に酔い、繁華街をふらつき歩き、客引きに腕を引っ張られた。女子大学生が売春をしているという噂を友蔵はひそかに耳にしていた。高卒の友蔵は胸を躍らせたが、相手はひどく太った初老の女だった。しかし、逃げなかった。運が悪かったのだと思い、翌々日も頭を酔わせ、出かけたが、やはり女子大生はいなかった。

空が夕焼けている。鶏汁を食べた時にふきでた汗が今、ひんやりとした空気に触れ、友蔵は身震いした。石垣の底にかすかに闇がくっついた。シンメーナービの下の火がくっきりと映えた。

しだいに、庭の隅が見えにくくなり、逆に声が妙にはっきりと聞こえるようになった。

赤田がまた三線を弾き始めた。ゆったりとした厳かな曲だった。

いつのまにか髪を刈りあげにしている善助が友蔵の隣に座っていた。白いネクタイをしている。黒い背広は袖も裾も大きすぎ、似合わないと友蔵は思う。

「友蔵」

善助は泡盛の三合瓶の口を友蔵に突き出した。友蔵は茶碗をさしだした。酒は茶碗からあふれ、茣蓙がぬれた。

「友蔵、今日はいい日だ。飲んで、歌って、踊ってくれよ。石川さん、三線」

石川は奥の部屋から取ってきた三線を赤田に合わせ弾きだした。よく結婚披露宴の幕開けに流れる曲だった。

亜也子が家の中から庭に降り、踊った。友蔵は亜也子がこんなに踊りが上手いとは信じられなかった。白い細い手を巧みに動かし、時々可愛らしく首をかしげ、目はどこか遠くを見、形のいい唇はかすかにほほえんでいるようだが、かしこまり、ゆっくりと踊りつづける。

道代も二人の青年も正座し、電灯の明かりにぼんやりと浮かぶ赤いワンピース姿の亜也子を見ている。ワンピースを着た亜也子の踊りには妙な雰囲気が漂っていた。友蔵が、踊り疲れないだろうかと思うぐらいに亜也子は踊り続けた。

「いい踊りだ、いい踊りだ」

善助がすっとんきょうな声を出した。亜也子は居間にあがり、善助の前に座った。善助が友蔵と亜也子の湯呑みに泡盛を注いだ。善助はあおるように飲んだ。亜也子はなめるように少し飲んだ。友蔵はほんとにどうなっているんだろうと思いながら、一気に飲みほした。むせた。亜也子が友蔵の背中をさすった。

善助はいつのまにかいなくなっていた。友蔵は道代と、ずっと台所仕事を手伝っていた石川の妻に両脇を抱きかかえられるように、奥の部屋につれていかれた。石川の妻は黒い洋服を着ている。首にはプラチナのネックレスをしている。夏布団が二枚敷かれ、枕も二個置かれていた。友蔵は女たちのささやく声と、撫でるような指の感触にあわせ、ズボンを脱ぎ、布団に仰向けに寝た。女たちは板戸を開けたまま出ていった。

まもなく、亜也子が入ってきた。亜也子の後ろにいた道代が戸を閉めた。亜也子は赤い花柄のゆかたを着ていた。髪が右目を少しおおっていた。友蔵は変に身動きできなかった。亜也子は音をたてずに座り、ゆっくりと友蔵の左側に横たわった。

道代と石川の妻の話し声が板壁を通し、友蔵の耳に入った。

「友蔵が亜也子をもらってくれたら、土地も知らない人に持っていかれなくてもすむのよ」

「親戚どうしで守ったほうが一番よ、道代さん。もったいないよ。余所にやるなんて、せっかくの土地を」

「いろいろ、やってもらって、ありがとうね」

「こんな時に親戚が助けあわなくて、いつ助けあうのよ」

亜也子はゆかたの下には何も着ていなかった。白い乳房はあの海の上の時より大きく、やわらかかったが、妙に弾力がある。蛸の頭をわしづかみにした感触にも似ているが、蛸にはこのようなあたたかみはない、と思う。どこがとはいえないが、あの海の上では亜也子の体は固かった。

小さい出窓からさしこんでいる月の明かりが亜也子の顔や胸におち、これまでの亜也子とはまったく違うように見えた。家畜のいびきのような声が聞こえた。家畜の声の合間に、亜也子が小さい声をたてた。何かを言っているのかと思い、耳をすませた。家畜の声しか聞こえないが、自分は亜也子の声を聞いたのではないだろうか、と思う。道代が善助を誉め称える声がかすかに聞こえた。家畜の声が聞こえた。この裏座の石垣の向こう側にある小屋の家畜たちは鶏の血や肉の臭いをまだかいでいる、と思った。友蔵は亜也子から体を離した。頭の中を鶏や猪がくるくると飛び回った。

闇の赤ん坊

1

ボブは寝入った。千夏はダブルベッドをぬけ、裸にバスローブを羽織り、窓ぎわに寄った。ドレープを引きあけた。ガラスにくっついた雨つぶが流れ落ちた。厚ぼったいクワディーサーの葉が微妙に跳ね、水滴がこぼれた。黒い虫が葉を這っている。木は雨をふくみ、静かにたたずんでいる。芝生は夕暮れに紛れ、黒緑に変色している。海は粟石のフェンスにさえぎられ、見えない。ガラスの表面にとりとめもなく指を動かしていた千夏は両膝を折り、頰をくっつけた。思わず顔をあげた。白い、小さな肉塊がへばりついていた。ガラスの外側のかたつむりだった。急に冷房の冷気に身震いした。千夏はバスローブの胸元を強くあわせ、立ちあがった。うつぶせに寝ているボブの、滑らかな、筋肉質の黒い肩をものもいわずに強く揺すった。

「オー、わたしのチナツ、愛している」

ボブは脂ぎった大きい目をわざとらしく見開き、ウインクをし、また、顔をベッドに埋めた。

「聞けないの」

千夏は声をはりあげた。自分の声ではないような気がした。うわずった英語が白い壁にはねかえった。ボブはすぐ上半身を起こした。

「あなた、どうせ、二、三年の沖縄勤務だから、私と一緒にいるんでしょう？　わかっています」

ボブは身をのりだし、長い両手をひろげ、首を振り、顔を背けた千夏の目をのぞきこむ。

「このハウスを借りているのは誰なの？　よく考えなくちゃだめよ」

ボブはブランケットをはらいのけ、カーペットにひざまずき、額をこすりつけた。また始まったと千夏は思う。

「あなた、本心は別の女と住みたいんでしょう？　正直におっしゃい」

ボブはふいに立ちあがった。一九〇センチを超す身長のボブ、足の長い裸のボブが千夏の正面に向いた。千夏は目を背けた。激しくどうきがした。

「私をちゃんと守る？」

千夏はボブを見ずに言った。ボブは何度もうなずきながら、千夏の目を追った。

「じゃあ、ライオンだ、ライオンになりなさい」

しゃがんだボブは千夏の足にじゃれついた。千夏はバスローブの裾を押さえ、後ずさった。

「ごちそうあげます。待っていなさい」

千夏は冷蔵庫をあけ、皿に盛った昨夜揚げたチキンをとりだし、頭皮にへばりついている、強い意志の固まりのような曲がった髪を撫でた。ボブは足を曲げ、カーペットに伏せた。

「……はい、お食べ。手はだめよ、足なんだからね、そうそう、上手ね」

千夏は呵責を感じ、ボブと同じようにカーペットに這い、ボブの顔を覗きこんだ。すると、ふいにボブはガァアと吠えた。千夏はひっくりかえった。ワインの二日酔いが覚めた。千夏は立ちあがった。

ボブはチキンを一口食べ、白い歯を見せ、滑らかな、固い頬を千夏の足にすりつけた。千夏は後ずさった。

「ちゃんと食べなさいよ。ミルクもあげますからね」

ボブは四つん這いのまま、何度も大きくうなずいた。千夏は冷蔵庫をあけた。

「ドレープ閉めて、誰か見るよ」

ボブが言った。千夏はミルクを底の深い皿に入れた。

「見たいもんには見せなさい。何処の国に口をきくライオンがいますか」

千夏はボブの額をこづいた。ボブは笑い、赤黒い舌をたらし、ミルクを嘗めはじめた。ひとなめ、ふたなめし、空笑いを消さず、千夏の顔を見あげる。

「こら、ライオン、真剣に飲まんとだめじゃないか」

千夏は屈み、手をのばし、ボブの顔をあげ、ミルクをそそぎこんだ。ボブの口の周りに白い液が溢れ、喉を伝い、カーペットに落ち、染み込んだ。

「あ、行儀わるいな、よし、縛ってやる」

千夏はベッドの脇のアームチェアにかかっているボブのナイトガウンの帯を抜き、ボブの首に巻きつけた。

「さあ、今度は馬だ。白馬になって空を飛べ」

千夏はボブの大きな背中にまたがり、ボブの頬を二、三回軽くたたいた。

「次は、本物の鎖を買ってくるからね。覚悟しなさいよ」

千夏は手綱を引っ張る。「さあ、歩け、歩け」

ボブは歩き出した。

「よし、走れ、それ」

千夏は帯を振りあげ、鞭打った。ボブは駆けた。千夏の赤いバスローブの裾が大きく割れ、白い太股が出た。ボブは何回もカーペットの周辺を駆け回った。私が制止しなければいつまでも止めない。

千夏は胸がしめつけられた。

「ボブ、どうして、おとなしいの」

ボブは顔をあげたが、止まらない。千夏はボブの腰を小さくたたいた。だが、止まらない。

「もう、いい。止まって」

ボブは止まった。千夏はロッキングチェアに座った。

「あなた、別の女たちに声をかけなかった？　私は声がかけやすかったの？　低くみたの？」

「わたし、好きよ。大好き。チナツが好き」

ボブはひざまずき、両手を千夏に差し出した。「チナツは、わたし、好き？　嫌い？」

千夏は小さなテーブルをたたいた。

「ここに登ってごらん。ライオンちゃん」

ボブは這い、登った。きしむ音がした。ボブは精一杯身をちぢめた。千夏はまた息苦しくなった。涙がにじんだ。

「あなた、何故、馬鹿な真似をするの？」

ボブはけげんそうに顎をあげ、しきりに首を振る。テーブルの足が揺らぐ。千夏はバスローブの前をあわせ、帯をしめなおした。ボブは激しく首を振る。首にまかれた帯がゆっくりと揺れる。

「よおし、じゃあ、私を襲いなさい。ライオン君」

千夏は帯をほどき、仰むけに寝た。裾がはだけ、白い肌が露出した。ボブはテーブルを降り、突っ立った。千夏は唇をかみ、しきりに手招いた。しかし、ボブから目をそらせた。ボブが覆いかぶさってきた。目の前が真っ暗になった。千夏はボブの厚い胸を押しのけた。だが、すぐ、ボブは千夏の鼻先に顔を近づけた。千夏は思わず起きあがった。千夏の額とボブの顎がぶつかった。千夏は大袈裟に額を押さえ込んだ。ボブは千夏の手をどかしのぞきこんだ。千夏はふりはらった。ボブはカーペットに額をこすりつけた。千夏は寝そべり、手招いた。ボブは千夏の額にキスをし、頬や首筋をしつこくさすり、しだいに息が荒くなった。

ボブの運転する中古の日本製の車のライトが窓ガラスに射し、室内を回った。泊まっていく、とボブは哀願したが、千夏は許さなかった。あおむけのまま高い、白い天井を見つめた。吊り下がっているコードペンダントが微かに揺れ動くような気がする。叫びたくなる。起きあがり、窓に寄った。外は暗い。ガラスに激しくあたる雨粒が潰れ、弾ける。だが、音は聞こえない。千夏の顔がぼんやりと浮かび出た。艶やかな髪をかきあげた。黒いはずの瞳が青く映えているせいか、二重まぶたの目が沈んでいる。輪郭の似た母の顔がまざまざと思いうかび、ガラスの表面の顔に重なった。母は何か言ったが、千夏は一言もしゃべらず、ただ母の目だけを見ていた。千夏は髪をおろし、振った。かたつむりはいない。ガラス戸をあけた。雨がうちこんだ。閉めた。大雨だよ。十数分前、ボブは言った。出ていきなさい。千夏はロッキングチェアを揺らさずに座ったまま言った。傘ない？　ボブは聞いた。千夏は目を閉じ、何も言わなかった。グッドバイ、チナツ、またね。ドアをあける音を千夏は息を殺し、聞いた。

外に出た。ドアに背中をもたせかけた。濡れた髪が頬にひっついた。バスローブが水を含み、重くなった。背中だけが濡れず、気持ちが悪くなり、庭を歩いた。芝生は柔らかく裸足を刺さない。百日草の茎を踏み潰した。心が痛んだ。精一杯に背伸びをした。石のフェンスの向こう側の崖下に黒い海がうねっている。鋸歯の岩にぶちあたる波の重い音が耳の中から聞こえる。岬の先の小さい燈台の光はいつもと違い、弱々しい。光に舞い飛ぶのは波のしぶきか、雨か、わからない。濁った雲は流れている。お夏さんのハウスは自殺しやすいところにあるのねえ。数カ月前、このハウスを借りた翌々日、ホステス仲間をガーデンパーティーに呼び、バーベキューをした時、異父妹のエーリーが崖下を覗きこみながら言った。冗談のようだった。だが、エーリーは自殺をすすめている、とあの時、ふと千夏は思った。肩をすくめ、千夏はバスローブを脱ぎ、フェンスにかけた。急に体も精神も空に浮いたように感じた。体の隅々に雨が染み込んだ。しゃがんだ。立ちあがった。バスローブがずり落ちた。のぞきこんだ。崖の割れ目に根が食い込んだ灌木にひっかかっている。フェンスを乗り越えればつかめる。ふと後ろが気になった。クワディサーの木がたたずんでいる。根という根がどんらんに骨にからみついている、というこのグソー（あの世）木を千夏は幼児の頃から恐れた。何故、ボブに切らさなかったのかしら。窓に山吹き色の明かりがぼうと浮かび出ている。千夏は引き返した。

バスタオルをとりだし、体中を強くこすった。ベッドにうつぶせに倒れこんだ。クッションがきき、小さく体が弾んだ。ボブの臭いが鼻についた。シーツを掻きむしった。起き上がり、オーデコロンをベッドに吹きかけた。ブランケットを引き、顔を覆った。じっとした。不意に悪寒が走った。手足を曲げ、身をちぢめた。親指をかんだ。歯が震え、歯形がついた。ベッドを抜け出し、ボブが着ていたガウンを探した。クローゼットのハンガーにかけられていた。着け、裾を引きずった。棚のガラス戸をあけ、洋酒をとりだした。瓶の口から飲んだ。喉が痛んだ。目を固くつぶった。

寝た。枕を抱いた。酔いが回った。こめかみが激しく脈うち、吐き気がこみあげてくる。堪える。悪寒が涌き、めまいがした。枕を額にあて、圧迫した。起きた。よろめいた。冷房を止めた。まもなく、蒸し暑くなった。汗がにじみ出た。寝返りをうった。様々な想念がわき、消えた。崖の灌木にひっかかっているバスローブに袖を通した私は風にぶうらぶうら揺れている。ボブはチャーチに一緒に行こうとよく言う。このベッドから足のはみ出るボブは足を曲げ、身をちぢめ、横たわっている。

エントランスのベルが鳴る。かんぱつを入れずに何回も押している。ボブなら一回押し、しばらく待ち、また押す。死亡通知の電報？　誰が死んだのかしら。千夏は化粧台の目覚まし時計を見た。午後三時を過ぎている。婦人マガジンを置き、ロッキングチェアから立ちあがった。ドアをあけた。エーリーが赤い傘をたたみながら飛びこんできた。傘のしぶきがはねた。

「タオル、タオル、厭な雨だよ」

エーリーは黄色のロングドレスの裾をしきりに払う。「あ、いい、いい」と首に巻いているネッカチーフをはずし、手足をはたいた。

「どうしたのよ。二日も休んで」

エーリーはスリッパをつっかけ、リビングルームのソファーに腰をおろした。

「すこし頭痛が……」

「風邪？　夏風邪はなおりにくいから気をつけてよ」

「ママ、何か言っていた？」

「ううん、でもアメリカーたちが寂しがるからね、お夏姉さんがいないと」

エーリーは緩やかにウェーブした髪を後ろに束ねている。黒目がちの目は濡れたように澄み、形のよい細目の唇は真っ赤な口紅が似合い、白い顎の線はくっきりしている。

「何故、エーリー」

千夏の口から日ごろのわだかまりがとけた。「黒人タウンのホステスなんかやっているのよ」

「なによ、突拍子に。なんでかな、黒人が好きだからかな。じゃあ、お夏姉さんは何故？」

「あなた、綺麗なのに、何故なの？」

「お夏姉さんも綺麗よ。……コーヒー沸かす？」

エーリーは立ち上がった。千夏は冷蔵庫から西洋梨をとりだした。

「この花、ボブが？」

エーリーはテーブルの荊棘を見ながらコーヒーをすすった。千夏はうなずき、剝いた西洋梨を差し出した。

「ベティは？」と千夏がきいた。

「ジャクソンが遊ばしているよ」

「ジャクソン、来ている？　まだ勤務時間なんでしょう」

「よく。抜け出てくるのよ。しょうがないよ」

「ベティ、泣かない？」

「平気よ。あたしと似て、しっかりしているからね。ちょっと失礼」

エーリーは立ち上がった。まもなく、トイレの水を流す音が聞こえた。

「お夏姉さん」

エーリーの声が聞こえた。「退屈していたのねえ。こんないたずら。何よ、これぇ」

昨夜、千夏はバスルームの鏡に映った顔を口紅でなぞった。歪んだ自画像が現れた。お姉さんの顔？　エーリーが大声を出しそうな予感がした。

「漫画から写したのよ……シャワー故障なの」

千夏は言い、窓に寄った。雨は小降りになっていた。芝生に落ちたクワディサーの半枯れの葉の表面に水滴が溜まっている。

「何、見てるのよ」

千夏は振りかえった。

「ねえ、お夏姉さん、コーヒー飲んだら、あたしのハウスに行こうよ。おいしいケーキがあるよ。どうせ洗濯も掃除もできないしさ」

千夏もエーリーもスカートの裾をあげ、傘をさし、歩いた。方々に古いアスファルトが剝がれ、水が溜まっていた。金網の向こう側に米軍の基地が広がっている。だが、以前のように倉庫群の中に物資が詰まっている気配はなく、一直線のアスファルト道路を走る軍用トラックやベースタクシーはめっきり減っている。貸しハウス群は海に迫り出した崖に寂しげに広がっている。貸しハウス地域の入り口と向かいあうように基地のゲートボックスがある。アメリカ人ガードを沖縄人のタクシー運転手がなにやらからかっている。

2

貸しハウスは四角い造りもペンキの色も似ている。28のハウスナンバーが黄色く汚れた白い壁に大きく書かれている。ガーデンには生け垣がない。前の住人が植えたのびほうだいのカンナが広がっている。濡れた濃い緑葉の中に赤いつぼみが鮮やかに浮いている。

エーリーがベルを押した。黒人が出てきた。ベティを肩車している。

「ハイ、オナッさん」

「ジャクソン、今日は勤務はないの？」

「無断外泊よ」

エーリーがベティを降ろし、頬にキスをした。

「平気？」

「平気さ、毎日似た勤務だからな。それより、ボブに小猫ちゃん（プッシー）見せてるかい？　しっかりさ」

背格好が沖縄人に似た黒人だが、筋肉質の肩は凄く広い。

「エーリーはなかなか俺に見せん」

「何言ってるのよ」

ソファーに寄り添い、ベティに絵本を開いていたエーリーが顔をあげた。「あんた、いろんな女のを見すぎているんでしょ、プレイボーイだから」

ジャクソンは白い歯を剝ぎ出し、笑う。

「お夏姉さん、ここきてよ」

千夏はベティの傍らに座った。ベティの大きくウェーブしている短い金髪を撫でた。

「ベティちゃん、おばさん、覚えている？　かわいくなったね」

「イエスして、ベティ。この本もおばちゃんに買ってもらったんでしょ」

「もう、三歳になった？」

「二歳と八カ月よ」

ベティは千夏と絵本を見比べる。

「おばちゃん、読んであげようか」

千夏は英字のイソップ童話をゆっくりと読み出した。

「ウィスキー飲もうよ、お夏姉さん」

エーリーは立ちあがった。「ジャクソンが買ってきたのよ。ママは店の棚に置いておきなさいと言ってたけどね。こいつも」と、ジャクソンを向き、「店を出てからわたしにくれればよかったのにさ。おかげでママと少し言い合ったよ」

「そう、大変ね、ううん、昼は飲む気がしない」

「じゃあ、コーヒーね」

ベティがしきりにページをめくり、指さす。ジャクソンがアームチェアに腰掛けた。

「ヘイ、オナツさん、ボブは優しくしてくれるかい。魅力的だろ、ボブのは。エーリーもうらやましがっているんだ」

千夏は絵本を読み続けた。

「ボブは凄いんだろ、天国みたいだろ。え、オナツさんをベビーみたいにもちあげてさ、ひっくりかえしたりしてさ」

四つん這いのボブを見せたら、ジャクソンやエーリーはどのような表情をするのかしら。

「ヘイ、オナツサン」

ジャクソンが身を乗り出した。「あんた、ボブとなかよくやっているか。あんた、何考えているか、俺わからん」

「ボブが何か言った?」

千夏は顔をあげた。

「ボブは何も言わん。だが、あんたはハングリーさ」

「欲求不満という意味?」

「のぞみ高いという意味よ、ね、ジャクソン」

エーリーがコーヒーを運んできた。オー、エーリー。ジャクソンは大袈裟に両手を広げ、エーリーの頬をはさみ、唇にキスした。

「あ、こぼれる。あとで、いい子でしょ」

肩をゆらし、唇を離したエーリーはテーブルにコーヒーを置いた。

「……エーリー、ベティの顔、煙草臭いよ」

ちゅうちょした。だが、言った。「ジャクソンがべたべたキスしたんじゃないかしら」

「ヘイ、ジャクソン、ベティにキスするの、よしてよ」

エーリーは言い、砂糖をかきまぜたコーヒーを息をふきかけながらすすった。ジャクソンは大袈裟に目玉を剝き出し、肩をすくめた。

「はい、ベティ、たっちして。ミルクの時間よ」

エーリーはミルクにも息を吹きかけた。オー、ベティ。素早くジャクソンがベティを抱えあげ、赤っぽい長い舌を出し、ベティの頰をなめ、かけ声を発しながら、ミュージックテープをかけた。マンボの曲が部屋中に鳴り響いた。ジャクソンは巧みに目をギョロギョロ動かしたり、白目を剝いたり、白い大きな歯を見せ、甲高い声を出しながら、器用に踊った。踊りながらベティの頰にキスをした。

「シャワー、借りるね」

千夏は言った。指を鳴らしながら、顔を揺すっていたエーリーが振り返った。

「今晩から店、出るんでしょ。タオルはタンスよ」

ジャクソンは踊りながら、千夏を見ている。千夏はクローゼットをあけた。ジャクソンが踊りながら近づいてきた。不意に千夏の足元に仰むけに寝転び、オー、プリティ、プリティと妙な声を出し、寝たまま、足を蹴りあげ、手をたたいた。千夏はスカートの裾を押さえた。ジャクソンは腰をふりながら、千夏の後をついてきた。千夏はエーリーを探した。目が合った。

「ジャクソンの相手していて」

千夏はバスルームの錠をかけた。ボディーシャンプーをスポンジに含ませ、体に塗り、鏡に向かい立った。

3

黒人のビッチは歯ぎしりしながら、壁やシートや自分の体に両手の爪を立て、ガリガリ掻いた。千夏はカウンターの中の椅子に深く腰掛け、ボブたちがおごったビールを飲み干した。ボブとジャクソンは上官と会う時間だと言い、早めに帰った。トイレから出てきたカズコがビッチのソファーに座った。ビッチは騒がなくなった。千夏は来週の日曜日にニガウリの苗と軍用犬の子犬をプレゼントしてくれるよう、ボブに言うのを忘れてしまった。先週の日曜日、ボブが組んだ棚に四十センチほどに伸びたニガウリの芽を固定した。だが、二日後の火曜日の昼、何者かに引き抜かれ、茎をちぎられた。

「ママは?」

カズコがカウンターごしに言った。千夏は立ちあがった。

「ビッチ、あいつ、酔うとさ、わたしにビールかけてさ、おまえ、もらした、とスカートをあげるんだよ。この服、洗っても落ちんよ」

カズコは白いロングドレスの裾を広げてみせた。「あんた、座ってよ。ボブも帰ったんだしさ」

ビッチはしきりに手招き、怒鳴る。だが、立ちあがらない。

「でも、私が座ってもどうしようもないんでしょう」

千夏はグラスをサイドボードに並べた。

「そんなの、後でおやり」

カズコは茶褐色に染めた艶のない髪をかきあげた。「おっぱいでも押しつけてやったら、おとなしくなるさ」

千夏はサイドボードのガラスに映るカズコを見つめた。ヘイ、キス、ミー。ヘイ、キス、ミー。

ビッチは上着を脱ぎ、引き締まった筋肉質の胸を張り、ペンダントの脇の乳首をさししめす。

「ボブだけを相手にしていていいと思うのかね。あんた、しょっちゅう、カウンターにはいってさ、たまには相手したらどうなの？　ママが母親だからってさ。勝手すぎるんじゃない？」

カズコはカウンターの上のママの煙草を抜き、火をつけた。

「男が欲しい人がいけばいいのよ」

千夏はグラスを洗いはじめた。

「じゃあ、あたしは男好きというんだね。馬鹿にせんでよ。店に使われているからしかたなく相手しているだけじゃないか」

「米兵はあつかいようよ」

「じゃあ、あつかってみいよ、あいつを。さあ」

「好きでもない男の相手なんかしたくないのよ」

「羨ましいさあ、黒人と同棲したら、大きな口をたたけるんだからね。ああ、うちも日本人なんかにもらわれるんじゃなかった」

カズコは灰をカウンターに落とす。千夏は灰皿をカズコの目の前に突き出した。

「ビッチがのまさないから、座らないんでしょ、正直におっしゃい」

入り口のドアがあいた。入ってきたママの黒い薄地のドレスの裾を、ソファーに横たわっていたビッチが上半身を起こし、つかんだ。ママは巧みにふりはらった。

「相手しないのかい」

ママはカズコの傍らに腰掛けた。「ねちゃねちゃするのかい」

「たっぷりね」

カズコは舌うちした。

「じゃあ、ミュージックでもかけて、踊らしなさいな。優しく、甘く、ね、お夏」

カズコは煙草を強くもみ消し、ビッチのシートに戻った。

「クーラー、弱くないかい？　お夏。少し強くしてな。何人にも抱きつかれてな、べとべとしているよ」

ママは盛りあがった胸元をあけ、コースターを手にとり、扇いだ。千夏は冷房を強めながら、シートを見た。カズコはビッチを膝枕に寝かせ、固い縮れ毛を撫でている。

「レスカでもつくってちょうだいな。ペイデー前はおごる者もいないさあ」とママが言った。

千夏はレモンスカッシュを作った。

「あんたは変わったようで、変わらないよ」

ママはレモンスカッシュを飲んだ。「あんた、初めて客とったのはボブだったかい。大騒ぎしたろ。おぼえてるかい。あの後、人が変わると思ったが、変わってないね。だって、そうだろ、二度と客はとらんし、カウンターからでないんだからね」

数カ月前、ボブは我を失ったように千夏に迫った。千夏は服を脱ぐ決心が鈍り、後ずさった。ボブは千夏を押し倒した。べっとりした唾液が千夏の腹部にくっついた。唾液の感触は消えなかった。気を失いかけた。黒い影がのしかかってきた。痛みが走った。手足をはねあげ、くいしばった歯を開き、悲鳴を漏らした。涙が出た。ボブは涙もなめまわした。

4

翌日。

「あ、お夏。あんたさ、アニキ呼んできてよ」

ママは言い、チェリーの種を手の平に吐きだした。「エーリーの客がすんでも出ていかんらしいのよ」

千夏は立ちあがった。

「終わったら、すぐ帰ってきてよ。みんなで飲み明かそうよ。あたしがボトル一本、おごるさ。アニキも連れておいで」

千夏は外に出た。川の水に街燈やネオンの明かりが鈍く映っている。道は狭い。擦れ違う女たちの香水の臭いが強い。角を曲がった。目が光った。千夏は立ちどまった。はずみに手にもっていた煙草を落とした。街燈の電球が切れている。千夏と同じように一瞬立ちどまった黒人は通り過ぎた。千夏は煙草を拾った。

スナック「アンチック」の裏の駐車場にアニキたちはたむろしている。表通りのネオンの照り返しが黒い大型の外車の肌を滑る。異父弟（アニキはエーリーとも父親がちがう）のアニキは倒したシートにもたれている。窓ガラスをノックした。ガラスが下り、冷気とロック音楽が流れ出た。助手席に座っている十二、三歳の少年を千夏は知らなかった。

「エーリーの客、あなたが呼びかけた？」

「どうかしたんか」

「終わっても、帰らないらしいの」

「まだ、最中かな。だったら、やっかいだな」

アフロヘアの小太りのアニキは笑いながら少年の頰を撫でた。

「水をぶっかけないといけないね」

少年の声は変声期なのか、痛々しげに掠れる。

「早くいってあげてちょうだい」

千夏はアニキに煙草を差し出した。アニキはくわえ、少年が火をつけ、ドアをあけた。二人とも濃緑のランニングシャツを着ている。一瞬少年の顔が妙に神々しくみえた。二重瞼だが、切れ目がちの、非常に澄んだ瞳だった。

「コウイチだよ」

アニキは煙草の箱の下を弾き、巧みに一本出し、千夏に差し出した。千夏は首を振った。コウイチが引き抜いた。アニキは銀のライターを出し、コウイチのくわえている煙草に火をつけた。

「いつ、いくのよ」

千夏は少しきつく言った。アニキはコウイチの顔に煙をふきかけた。コウイチは少しむせた。

「じゃあ、コウイチと契約してくれ」

「私は、客、ひいてないのよ」

「役にたつよ、な」

コウイチは千夏を見ずに小さくうなずいた。

「幾つなの?」

「十五さ、な」

コウイチは一瞬首を横にふりかけだが、すぐうなずいた。

「格安だよ。契約していないのは千夏姉さんだけだよ」

「とにかく、エーリーの、追い出してちょうだい」

「契約してから」

「幾らなの？」

「五千円」

「年に？」

「月さ、ひと月」

「しょうがない。契約しましょう」

「よし、決定」

アニキは煙草を捨てた。

「君、今日からこの千夏姉さんの犬だよ」

アニキはコウイチの頬を軽くたたいた。

コウイチと腕を組み、歩いていたアニキが振り向いた。

「千夏姉さん、ここさ」

白い二階だての建物がネオンの光に浮かび出ている。ステンドグラスをはめ込んだアーチ型の窓から赤い明かりが漏れている。

「母親も姉も二人の妹もみんな俺と契約しているよ……あのばあさんさ、まだ現役なんだよ」

玄関の赤いぼんやりとした明かりの下に茶色に染めたパーマ髪の和服の老女が座っている。アニキは舌うちをし、急に大声をだした。

「な、そうだろう、現役だろ、みっともない」

老女は立ちあがり、怒鳴った。外見から想像するよりもしゃがれた声だった。

「やな、わらばー、あまんかい、いけぇ（厭な子供、むこうに行け）」

三人は川沿の狭い道に曲がった。一列になった。

「千夏姉さん」

アニキが立ちどまり、振り向いた。「ここ、やってるよ」

アルミサッシの窓があき、ピンクのレースのカーテンが微かに揺れている。中に強い光が満ちている。激しい息づかいや、ベッドがきしむ音が聞こえる。

「急いで」

千夏は言った。

「ここの女は誰かにみられないと燃えないんだよ、コウイチ」

アニキとコウイチは窓に首をつっこんだ。千夏は歩き出した。

マンションのママの部屋の窓があき、花柄のカーテンの陰から冷気が流れ出ている。玄関のドアは鍵がかかっている。千夏はエーリーを呼んだ。

「合鍵、持ってないか」

アニキが聞いた。千夏は首を振った。

「窓から入れ」

アニキはコウイチに顎をしゃくった。コウイチは窓のアルミサッシを開き、中に上半身をもぐりこませた。

「大丈夫よ、入っておいで」

エーリーの声がした。すぐ、ドアがあいた。エーリーは黄色のワイシャツを着ている。上のボタンがはずれている。白いふくよかな肌が見える。エーリーはベッドに腰掛けた。

「あんた、誰？」

英語が聞こえた。舌がもつれている。エーリーの足元に崩れたように座り、しかし、エーリーの片手を握り締めている黒人の目はとろんと沈み、生気がない。

「あたしはエーリー、あんたはアーミー（陸軍）、オーライ？」

エーリーは千夏にウィンクをしながら言った。ブリーフ姿の黒人は立ちあがり、よろめきながら、千夏に近づいた。艶のある、引き締まった肌をフロアスタンドの光が薄く覆った。美しい、と千夏は思った。だが、やはり臭いが漂った。ボブのとは違う。すぐには慣れない。黒人は千夏の肩をつかみ、

「ここ、何処？　あんた、誰？」と聞く。寝ぼけた声なのか、だみ声なのか、判別できない。千夏はエーリーの後ろに回った。

「何か着けさせて」

千夏はアニキに強く言った。

「ほんとよ、めざわりだよ」

エーリーが顔をしかめた。

「最初から、こんななの？」

「わからないよ。このコウイチという子が連れてきたのよ。ワンタイムの契約でね」

顔を赤らめながら、黒人にズボンをはかしているコウイチを問い詰めてもしようがない、と千夏は思った。

「エーリー、もう、こんなバイトはよしなさいよ」

「そうね、まあ、じょじょにね」

「窓の下に靴が落ちていたけど」

「こいつがドアに鍵をかけるもんだから、私が投げたのよ」

エーリーは黒人に煙を吹きかけた。

「病気じゃないか。な、ここも、ここも」

アニキは黒人の腰や脇腹の桜色の吹き出物を指で押す。黒人は身動きしない。遠慮がちだったコウイチも黒人の傍らに屈んだ。

「これはエイズだよ」

コウイチが言った。黒人は上半身裸のままエーリーに寄りかかった。エーリーは立ちあがった。黒人はゆっくりとベッドの縁に倒れ込みながら、千夏の腕をつかんだ。力は強かった。千夏は黒人の胸を押した。

「お夏さん、あんた、顔見せんほうがいいよ。若い女だけはちゃんとわかるんだよ」

エーリーは黒人の腕を引っ張るが、動かない。アニキとコウイチがようやく引き離した。アニキが黒人に肩を貸し、コウイチは腰を押した。まるで骨が溶けてしまったように黒人の足はもつれたが、しかしコウイチの足を強く踏みつけた。コウイチは黒人の尻をおもいきりけっとばした。アニキと黒人はよろめき、壁にぶつかり、座り込んだ。

「何しているのよ」

エーリーがコウイチを指さした。「早く出してよ。服はタクシーまでわたしが持つから」

5

炭火の熱が強い。鉄板に並べられた厚い牛肉は音をたてながら油をはねた。ボブたちは油や血のりが浮いた生焼きの肉を食いちぎるようにまだ食べている。煙や玉ねぎが目に染みる。千夏は料理が一段落つき、モクマオウの木陰に座った。日ごろめったに肉を食べない千夏も一枚たいらげ、胃が少しもたれている。鳴り響くラジオカセットのミュージックにのり、エーリーとママは尻や頭を振り、リズミカルに踊っている。まっ白い砂を薄青い水が覆い、その先には珊瑚が沈み、珊瑚の広がる向こう側にはリーフが切れ、重い紺碧の色が動かない。緑色や黄色の珊瑚の固まりの隙間にくねる濃紺の溝を通り、ボートやヨットが沖に出ていく。千夏はモクマオウの枯れた針葉が混じった乾いた砂に仰むけに寝た。目をとじた。モクマオウの木漏れ日が明るい。

足の裏をくすぐられ、起きた。ボブが声を出さずに笑っている。二個のオレンジをお手玉のように弄んでいる。

「チナツ、食べる？　剝いてあげるね」

黒い指が黄色い皮を割った。千夏は受け取ったが、口に入れない。二、三歳の日本人の女の子が近づいてきた。危なっかしい足取りだった。ボブがオレンジを手渡し、頭を撫でた。水着を着た三十代前半の女がすぐ女の子の手をつかみ、千夏とボブの前を横切り、去った。

「……ボブ、踊ろうよ」

千夏は手をさしのべた。二人は曲に合わせ、離れたまま体をくねらせた。ジャクソンは踊りながら、砂だらけの手をエーリーの小さい水着の背中に回し、時々撫でる。アニキはとうもろこしをかじりながら、若い女を見てくるよ、と千夏に笑いかけ、コウイチと一緒に芝生の低い土手を降りた。

「お夏、水着に着替えておいでよ」

セパレートの黒い水着を着たママが、曲が切れた時、言った。ママの浅黒い顔は日焼け止めクリームがうまくのらず、斑に剝げている。

「……太陽の下で肌を見せるのは厭よ、ママ」

「どうしてさ」

「日本人たちがじっと見ているのよ」

「何いってるのさ、見たい者には見せていいじゃないか。あたしだってまだ魅力たっぷりよ、ほら」

ママは横に来たボブたちに水着を降ろし、尻を半分見せた。ぶよぶよの薄白いもの。千夏は気分が悪くなった。ジャクソンは、オー、ワンダフル、とおどけ、繰り返し躍りはねた。

「チナツ、泳ごう」

ボブが手をとろうとした。千夏は振りはらった。

「どうしたのよ、お夏姉さん。こんなところで悟りすましてさ」

エーリーが水着のずれをなおしながら、見下ろした。

「疲れたから、休んでおく……」

千夏は手を振り、バイバイとボブに言った。ボブはぎこちなく投げキッスをした。ジャクソンに肩車されたベティが手を振った。芝生に絡んだ肉のきれっぱしや、砂にまみれたソーセージに蟻がたかっている。千夏は足がむずがゆくなった。

千夏は立ちあがり、麦藁帽子をかぶった。砂浜に降りた。赤や黄色のストライプの大きなパラソルや水玉模様のテントの中に男と女がたむろしていた。抱きあってキスをしている者もいた。日本人同士だった。波に削られたきのこ形の岩の周囲をびっしりと埋めた白い砂に岩の上の灌木やそてつの黒い影がくっきりと落ちている。影の中にしばらく座りこんでから立ちあがり、数ヵ所のきのこ形の岩を回った。エーリーの首が見えた。ジャクソンはエーリーの鼻をこすったり、耳の穴をほじくったり、顔中にキスしたりしている。エーリーは埋められた体をしきりに動かしている。砂が動き、こぼれる。エーリーの顔はキスが苦しいのか、赤くなり、涙が溢れている。ジャクソンは涙もなめまわす。千夏は水辺に屈んでいたベティの手をとり、二人に近づいた。ジャクソンの濡れた背中は陽にさらされ、黒光りしている。

「ヘイ、オナツさん」

ジャクソンは意味ありげに笑い、エーリーの胸の上の砂に手をもぐらせた。エーリーは千夏にウィンクをし、大袈裟に息を荒くした。

「ボブとママは泳いでいる」

ジャクソンは手の動きをとめずに顎を突き出し、海の方をしゃくった。千夏は小さくうなずき、水ぎわに歩いた。途中まで追ってきたベティはふいに座り込み、砂遊びを始めた。千夏はゴム草履を脱ぎ、手に持った。透きとおる薄い青色の水は冷たく、砂地にもぐる足の裏の感触も心地好い。白っぽい潮の流れの帯が珊瑚礁を巻き、静止している。帯の中にボブが立ち、手を振っているのが千夏の目に入った。千夏は立ちどまった。ボブは千夏に向かい、泳ぎはじめた。千夏は逃げた。ママがボブの相手をしてくれる。自分に言い聞かせた。

ゆうなも、クワディサーも、ゴムの木も水気を失い、萎えている。海に突き出た山並みは薄青く、柔らかい起伏がぼけ、麓は白く霞み、微かに宙に浮いているように見える。コウイチは下半身だけ水に浸り、アニキが泳ぎ回っている沖の深みの方角をじっと見ている。コウイチは流れてきた浮き袋に体をのせ、両足をのばし、水をたたいた。千夏はスラックスのまま水に入った。

「いい気持ちね」

千夏は浮き袋に片手をおいた。コウイチはろくにうなずきもせず、また足をのばし、水をたたいた。水が跳ね、千夏のティーシャツが濡れた。千夏は沖の方にゆっくりと歩いた。立ちどまった。青い水に無数の白い輪が揺らめき、底にひろがっている緑の珊瑚の起伏や周辺を群れ泳ぐ鮮やかな縞模様の熱帯魚も歪む。見続けた。めまいがした、胸をさすり、深呼吸を静かに繰り返した。振り返った。女子高校生らしい本土からの観光客がコウイチに何か言い、浮き袋を受け取り、浜の方に歩いていった。コウイチも浜にあがり、水ぎわを歩きだした。アニキはバーベキューをした木立の方角に向かい、泳いでいる。千夏も水を出た。

バーベキュー台の回りにコウイチもアニキもいなかった。シャワー室に入ったようだった。痩せた若い日本人が立っていた。大学生のようだった。黒縁の眼鏡をかけた別の青年は腰を曲げ、ボブが飲んだ空のビールのアルミ缶を鼻にあて、臭い、臭い、と顔をしかめる。

「相手にしないでね、ボブ」

千夏は片膝をたてて座っているボブに英語で言った。黒縁眼鏡の男は握り潰したビール缶をボブの足元にたたきつけた。紙皿にのっている小さなケーキが潰れた。

「海が汚れる。出て行け」

痩せた男が言った。だみ声だった。不意に千夏を見た。「おまえたちは、もうおしまいだ。野犬だ」

「何言っているんだ、こいつらは。わたしらを馬鹿にすると許さんよ」

ママが座ったまま痩せた男を見上げ、手をのばし、木炭ばさみをつかみ、ジュースの瓶をたたき割った。

「酔っているのよ」

千夏はママの肩に手をおいた。

「こいつを銃殺しろ」

黒縁眼鏡の男がピストルの形を作った指をボブにつきつけた。

「そんなこと、言わないで」

千夏が言った。

「アメリカ兵も死ぬのはこわいかな」

黒縁眼鏡の男は痩せた男に聞いた。

「アメリカ兵は野犬と同じさ」

痩せた男が言った。ボブは立ちあがった。男たちは二人ともボブの肩の高さしかなかった。

「ボブ、やめて。ママ、とめて」

千夏も立ちあがり、ボブの腕にすがった。ママは座ったまま後ずさった。

「こんな真っ昼間、殺しあうなら、させたらいいさ。あたしらはゆっくり見物さ」

「おまえ、毛皮剝いでやろうか」

黒縁眼鏡の男はボブの胸や腹を小突き、大きくよろめく。ボブは動かずににらみおろしている。痩せた男は、どうしたわけか、黒縁眼鏡の男の肩に手をおき、声優しくなだめだした。

「なにぃ」

黒縁眼鏡の男は痩せた男の手を振り払った。

「おまえは何を無くした？　ええ、くやしくないのか。わかるもんか、おまえなんかに」

「わかるよ、わかるよ。だが、こいつらも白人にひどくさげすまれているんだ」

頰骨が出、くぼんだ目がおちつかない男は黒縁眼鏡の男の背中に腕を回し、歩きだした。二人は肩を組み、何か言いあいながら、ビーチハウスの方に行った。

「エーリーとジャクソン、探してくるよ」

ママは立ちあがり、手や尻の砂を落とし、アイスボックスの氷を掻き分け、缶ビールを二個つかみ、水辺に降りた。ボブが林檎を千夏に差し出した。千夏は受け取ったが、食べなかった。

「ボート乗る？　チナツ」

ボブが言った。「……わたし、漕ぐよ」

「……あなたの国は向こうなの？」

「ノウ、ノウ、あそこはチャイナ、太平洋はこちら」

ボブは海と逆の方向、入道雲がわき、固まっている青い山並みを指さした。千夏は草を引き抜いた。根が横に長くのびていた。砂が飛んだ。

「……チナツさん、今夜は、わたし、熊になるよ」

ボブは遠慮がちに言った。千夏は戸惑い、ボブを見た。ボブを「動物」にしたのはあの夜一回きりだった。千夏はバスケットをつかみ、立ちあがった。ボブに呼ばれたが、振り向かず、足早にモクマオウ林に入った。

6

白い繊毛がこびりついているような葉が棚を覆い、葉の合間から黄色い花が覗き、数個の小さい実は弓なりに曲がったままぶら下がっている。苗は千夏が買い、ボブが棚を組んだ。三週間前の日曜日だった。なぜだか自分でもわからないが、天邪久になった千夏はボブが迎えにきた昼前に作業を命じ、夕方に完成した。その日は一週間前からズケランのアメリカンスクールに午後一時開始のフットボールの試合を見にいく約束をしていた。ボブは作業中も作業後も顔が強張り、目は弱々しげに潤んでいた。千夏は急にいたたまれなくなった。夕方からベッドに入り、しきりにボブに甘えた。

「ニガウリ、まだ赤ちゃんだね、大きくなったら、呼んでね、大好きなのよ」

エーリーが言った。千夏はうなずき、コウイチに向いた。

「コウイチ君もいらっしゃいね」

コウイチはフライドチキンをかじりながら、海を見続ける。

「ボブ、呼ばなかったの？　ボブ、怒るよ」

エーリーが言った。

「ボブ、ボブってあまり言わないで」

千夏は首を強く振った。エーリーは椅子を引き寄せ、耳打ちした。

「そんなこと言うもんじゃないよ。そのおなかはどうするのよ」

千夏は石製の小さい円いテーブルの表面を見つめた。だいだい色のジュースが底に残っている薄いガラスコップが光る。クワディサーの葉影が滑らかなテーブルの表面を動かない。千夏はジュースを飲み干した。エーリーはベティを膝にかかえあげ、ミルクを飲ませた。千夏は立ちあがった。

「……コウイチ君、釣りにでも行っていらっしゃい。あの岩の先、釣れるそうよ」

千夏は浅瀬の水に囲まれた岩を指差した。釣り用のチョッキを着け、帽子をかぶった二人の中年の男が突き出た岩の鼻に座り込み、竿を握りしめている。コウイチはマロンケーキのクリームがくっついた指をなめながら、白い石のフェンスに寄り、身をのりだし、岩を見た。

「なんて無口なんだろうね」

エーリーが言った。

「……昨日、あの岩の回りで白人兵と漁師が喧嘩していたのよ。二、三人のスキューバダイビングの白人兵が刺し網から魚を盗んだの。……それにね、その白人兵たちはみんな酔っていたの」

「ほんとう？　電話してよ、そんな時は」

エーリーは大袈裟に目を見開いた。膝に抱かれたベティは木漏れ日を顔にうけ、むずがっている。

「……芝刈りのアルバイトしない？　コウイチ君」

千夏は声をかけた。コウイチは戸惑ったが、うなずいた。

「ここ？　芝生っていえるの？　ほとんど禿よ。下はすぐ岩でしょ」

エーリーが二人を見比べた。

「隣もハーニー？」

コウイチが言った。ハーニー。アメリカ人の愛人。長い間聞かなかった用語。千夏の頬が一瞬強張った。だが、うなずいた。隣のガーデンの芝生は濃く、手入れがゆきとどいていた。離島出身の二十五、六歳の女はアメリカ人の商社マンと正式に結婚していた。夜勤める必要はなかった。ハイビスカスや松葉ぼたんの花も咲き誇っていた。

「もう、入ろうよ、暑い」

エーリーは立ちあがり、ハウスに入った。千夏は背伸びをし、粟石のフェンスの向こうに首を出し、下をのぞきこんだ。崖の荒々しい肌に食い込むように咲いているアザミの白い花に波のしぶきがふりかかった。

「ここからでも魚、釣れるかもしれないね。深そうだから、きっと大きいのがいるよ。……あなた、家出てきたんだって？　コウイチ、寂しくない？」

「……」

「……わたし、うちももに鬼のいれずみしようかな……男なんか追い出したいのよ……大人の」

「どんな客がいいんだ？」

コウイチは顎をあげ、千夏を見た。

「そうね、優しい人ね。……優しいだけでもだめかな。男の人を連れてきちゃだめよ」

千夏はコウイチのウェーブの激しい頭を撫でた。背は千夏よりわずかに高い。「こんな生活、ずっと続けるんじゃないでしょうね」

コウイチは強く首を振り、千夏の手をはらった。

「俺の体は小さいけど、やがて大きくなる。それからが楽しみだ」

千夏は小さく息をのみ、コウイチを見つめた。コウイチは目をそらし、歩きだした。

「ちょっと待ちなさい」

コウイチは立ちどまり。振り返った。

「ここに座って」

千夏は椅子に座った。コウイチも座った。

「あなた、お母さんに追い出されたの？」

「……ちがう」

「そう……もう、大人ね、コウイチ君は。お父さん、お母さんはどうしたの？」

千夏はぬるいジュースを口に含み、何気ないふうに聞いた。

「お父さん、お母さんは仲がいいよ」

コウイチは立ちあがり、ハウスに入った。千夏はグラスを持ったまま、ぼんやりとテーブルの白い表面をみつめた。

ハウスに入った。ステレオから流れるジャズのリズムにあわせ、アニキとエーリーが腰をくねらしていた。コウイチは寝そべり、テレビのドラマを見ていた。ベティはケーキのクリームがたっぷりついた口や手をカーペットやセルロイドの人形にこすりつけていた。

「コウイチ君」

千夏は手招いた。「踊ろうよ」

コウイチはかじりかけの林檎をおき、立ちあがった。千夏はコウイチの腰に手を回し、ほほえんだ。コウイチは速やかに足をはこんだ。千夏は頬をコウイチの頬にくっつけた。コウイチは遠慮がちに胸を千夏の胸にくっつけた。

「軍のクラブに行こうよ。パーティを盛大にやるのよ。ボブが招待するのよ、コウイチ君もエーリーもアニキもみんな行こうよ」

何曲か踊り、ワインやソフトドリンクを飲み、フルーツを食べ、また踊った。何度もパートナーを変えた。

窓から黒い自動車の屋根が見えた。まもなく、玄関のチャイムが鳴った。

「ボブ?」

エーリーが千夏を見た。千夏は首を傾げた。五時を少し回っている。いつもなら六時にしか来ない。エーリーがドアをあけた。大きな紙袋を抱えたボブが立っていた。

「ヘイ、ボブ」

エーリーは見あげた。「お夏姉さんをかわいがってよ。じゃあ、じゃまものは引きあげましょう」

アニキとコウイチに顎をしゃくり、人形を抱いたまま寝入っているベティを抱きかかえ、ドアをあけた。

「みんな一緒に、もっと騒がない？」

千夏は言った。ボブは背を屈め、ベティの頭を撫でている。

「わたしたちは邪魔よ、お夏姉さん」

「私、今晩店に出る」

「ボブはどうするのよ。毎週日曜日はボブがくるんじゃなかったの。自分に甘えちゃだめじゃないの」

「なによ、私は何なのよ、一体」

千夏は思わず大声を出した。ボブはベティの頭に手をおいたまま、千夏を見た。

「お夏姉さん、あんた平気なの。何も感じないの。もう一人じゃないでしょ」

「……感じている。しょうがないのね。……ごめんね」

「すぐ、元気出るよ。また、きてやるからさ、ねぇ」

エーリーはアニキとコウイチに向いた。二人はうなずいた。ボブもうなずいた。

千夏はドアをしめた。ボブはテーブルに缶詰やフルーツの入った袋をおいた。千夏はトイレに入り、腰掛けた。髪をむしった。抜けた数本が指先に絡んだ。ふと、身震いがした。四方に白いタイルが張られたこの空間が墓の内部に似ているような気がした。吐き気がこみあげてくる。洗面所にしゃがみ、吐いた。苦い胃液に混じったフルーツの糟を蛇口の水が跳ね、頬にくっついた。口をゆすぎ、顔を洗った。涙が溜まった。だが、洗面所を出た。ソファーに腰掛けているボブが笑いかけ、艶やかなオレンジを山なりに投げた。千夏の手は動かなかった。色鮮やかなオレンジはフロアを転がり、ベッドの下に消えた。千夏はベッドにうつぶせに倒れこんだ。ボブは軽く千夏の肩をたたき、二枚のシャツを見せた。青と白のストライプの同じ柄だが、サイズは違っていた。千夏は一瞥し、すぐクッションに顔を埋めた。

「チナツ、チナツ」

ボブはなおも千夏の肩を揺する。「あなたと私の、二つずつ、ネイム入っているよ、チナツ」

千夏は荒々しく起きあがり、ベッドの上にあぐらをかいた。

「私にかまわないでよ。お願いだから」

ボブは二枚のシャツを左右の手にぶらさげたまま、腰を曲げ、千夏の顔をのぞきこんだ。それから、額を触った。

「なんでもないのよ。あっち行ってよ」

千夏は背中をボブに向け、身をちぢめた。ボブはソファーに座った。千夏は急に胸がしめつけられた。起きあがりたかった。ボブに優しくしてあげたかった。カズコは目の前に黒人たちがいるのに、(日本語でだが)よく言う。厚化粧だろうが、バサバサ髪だろうが、関係ないさ、わたしたちの相手はこんな男たちなのさ。千夏は親指をかんだ。

強い焦げ臭いが鼻をついた。千夏は起きあがった。ボブはソファーに頭をもたせかけたまま、マリファナを吸っている。アメリカ兵たちはよく持ち歩く。だが、ボブが吸うのは珍しい。千夏はクッションを胸に抱き、近づいた。

「体、こわすよ、ボブ」

「……わたしに何故冷たい、何故」

「……妊娠したのよ」

千夏は何気ないふうに言った。「あなたが犯人なのよ」

ボブは千夏の両肩を揺すった。マリファナの臭いが皮膚に染み込む気がした。

「……わたし、子供が大好き。チナツと結婚する、オーケー」

「あなた、私を抱くくせに、結婚しようとは一度も言わなかったのね、どうしてなの？　ねえ、どうしてなの？」

ボブは灰皿にマリファナを押し潰し、千夏の足元に膝まずいた。

「みんな、わたしを避けている。話しかけてもくれない」

ボブは千夏の膝に頬を寄せる。

「もう、いいのよ」

千夏はボブの頬を撫でた。千夏を見あげたボブの目は虚ろだが、奥は微かに輝いている。

「はい、いない、いない、ばぁ」

千夏は顔を隠し、手をのけ、おどけた。

「わたしの子供産んで。産まんうちは信用できん。いつかはわたしを捨てる」

ボブは両手の指を組み、哀願する。

「踊りましょう」

千夏は立ちあがった。レコードをかけ、グラスのウィスキーを一気に飲み干し、ボブの胸に顔をくっつけ、ボブをリードした。まもなく、ボブの足取りが乱れた。

「チナツ、……わたし、親も兄弟も誰もいない」

千夏は足をとめた。

「わたし、急に怖くなる時ある」

「……」

「わたし、人が欲しい。話できる人が欲しい」

千夏はボブの手を引き、ソファーに腰かけた。

「ボブはアメリカの何処なの？　出身は」

「リッチモンド」

「そうだったね。ボブ、車持ってきた？」

ボブはうなずいた。

「食事してきましょうよ。それから、ドライブしようよ。ねえ、いい？」

7

千夏はオーバーブラウスにカーディガンを羽織り、店先の壁にもたれるように立っている。傍らにエーリーがしゃがみこんでいる。ネオンの明かりが這っている細いアスファルト道路をさらう風は肌寒く、時折、ハンバーガーの包み紙や、ティッシュペーパーなどが舞い飛んだ。黒人たちは半袖シャツしか着ていない。店の入り口の階段や日本国産車のボンネットに座っている。むかいの「グリーンハウス」の白い背広を着た小太りの沖縄人のボーイがどなりちらすように声をかけている。

「元気に肩を組んで歩いているもんが、飲むはずないよ」

エーリーが立ちあがった。「一晩中、ほっつき歩くだけだよ。誰にでも声かけりゃいいというもんじゃないよ。……近ごろはあそこもしけてるんだね。一昔前までは一晩で御殿を築くぐらいに稼いだもんだがね」

エーリーは火のついた煙草を足元に捨てた。「プリンス」や「フェニックス」の店先には客につけない女たちが現れたり、消えたりする。

「クリスマスはボブたちいないかもしれないね。中東に大量に送られるんだって」

エーリーが言った。黒人が大きな金属製のバケツに座り、首をゆらしながら巧みにバケツの腹を蹴り、リズムをとっている。二人の仲間が足を踏みならし、指を鳴らし、腰を振っている。

「赤ん坊、どうするのよ。もう、めだつよ」

エーリーが手をのばし、千夏の腹部をさする。

「……誰か、このおなかをけっとばしてくれないかしら。そうすれば、赤ちゃんも幸せだけど」

「何言っているのよ。深く考えることないよ」

「わたし、お店、休もうと思うの」

「カズコなんか七、八カ月のおなかをかかえて、客相手したじゃない。お産の後も一カ月で、客もとったのよ。お夏姉さんも知ってるでしょ」

弱々しい泣き声が聞こえた。泣きながら、必死に赤いドレスの裾を握りしめている二、三歳の子供をかまわず引っ張り、「グリーンハウス」の女は黒人をしつこく追いかけている。女が近づいた。千夏は言った。

「よしなさいよ。こんなに泣かせて。あなたの子供でしょう」

「なんてぇ」

女は黒人の手を離し、千夏に詰め寄った。長い髪が片目を覆った。「あたしの勝手じゃないか。子供の育て方くらいはわかっているさ。あんたみたいな子供も産んだことのない女に何がわかるもんか」

「女の子でしょう、大きくなったら、あなたみたいな黒人相手の女にするの。いいのよ、誰も文句は言わないわ」

黒人は立ちつくしていた。別の黒人たちが集まってきた。

「この男がね」

女は子供の頭を乱暴に撫で回しながら、黒人を見た。「この子の父親なんだよ」

黒人たちの足の間をくぐり、出てきた五、六歳の縮れ髪の、唇の厚い女の子が女の腰をたたいた。

「ママ、頭、痛いって、ヨシオが」

女はしゃがみ、弱々しげにうつむいている男の子の額に手をあてた。

「熱い……」

女は男の子を抱き、立ちあがった。夫という黒人は仲間たちと「グリーンハウス」の路地に消えた。

千夏はブラウスの襟を押さえた。冷たい風がしきりに首筋を掠めた。

「今日は飲むもんはいないよ。もともとあいつら、酒や煙草は好きじゃないんだからね。今日はあれで稼ぐしかないよ、お夏姉さん」

エーリーは小さく笑い、店のドアをあけた。ママはカウンターの中に静かに座っている。二人はとまり木に座った。エーリーが肩をすくめた。

「ママ、今日は私がおごるから、ダブルで三つ作って」

千夏が言った。ママはサイドボードからウィスキーをとりだした。千夏は水で割らずに一気に飲み干した。喉が焼けた。声が掠れた。

「ママ、ボトル、おいてね。私、払うから」

「割り勘だよ」

ママは千夏のグラスにウィスキーを注いだ。「久し振りだね、あたしらだけで飲むのはさ」

「カズコはいつまで休むの？」

エーリーが、ハンドバッグから煙草をとりだしながらママに聞いた。

「かなりショックだったんだね、みかけによらずさ」

四日前、中学二年生の長女が売春をした。カズコは警察からアパートの部屋には戻らず、店にこもり、真っ昼間だったが、酒を喉にながしこんだ。夜、シートに座ったが、客の黒人にむやみやたらに絡み、暴れた。ママやエーリーがすかしたり、怒ったりしながら、九時頃ようやくタクシーに押しこんだ。

「だいぶ、膨れていたらしいよ」

エーリーが言い、煙を吐いた。

「もう、おろしたんだろ」

ママが言った。

「カズコの男が甲斐性がないからね。ナンバーテンよ」

エーリーが言った。

「もともと夫婦って他人なんでしょう」

千夏はウィスキーを自分のグラスに注いだ。グラスから溢れた。

「こぼれるよ」

エーリーはグラスの下にコースターを差し入れた。

「でもな、こんな生活もいいもんさ」

ママは塩漬けのグリーンオリーブを瓶から皿に出し、爪楊枝を刺した。「かわいい男とさ、ダンスもキスもできるんだからね。この年でさ」

「ほんとね、ママ」

エーリーがグリーンオリーブを口に入れた。「美男子にあたったら、幸せ感じるよね。こっちがお金だしたっていいくらいだからね」

「でも、ちゃんととるんだろ」

「少し、水増ししてね」

二人は笑った。千夏はウィスキーを飲み続けた。

「あたしらは、黒人たちの天使だよ。誇りをもたんといかんよ。胸はってさ」

ママが言った。エーリーは胸を張った。

「こんなに」

「貧弱だね、あんたのおっぱいは」

「これでも、黒人たちは大喜びよ」

「まだ、昔のように飢えてるんだね」

「性能はママの十倍はいいよ」

「黒人たちはな、この古いもんにも顔をすりつけるんだよ。日本人のように年とった女を馬鹿にはしないよ」

ママは薄い銀色のドレスの胸元をさすり、千夏を見た。「元気だしてよ、若いのにさ。あたしが今さ、あんたの年だったらと思うよ。やりたいもんがいっぱいあるんだよ」

「……」

「あたしはね、時々、若いもんが憎くなるのよ。そうしたら、あの黒人たちさ、早く戦争ででも喧嘩ででも死んでしまえと思うんだよ」

「どうしてよ?」

千夏は顔をあげた。「ママ、どうしてよ?」

「はっきりせんが、確かなんだよ」

「私ね、ママ、中学生の頃までは毎晩泣いたよ。なぜだかよくわからなかったけど……女は泣くべきよね、私は長い間泣けなかった……」

千夏の手からグラスが滑り落ちた。カウンターの表面を氷が回りながら、隅の方に流れた。ママがナプキンを出し、カウンターを拭いた。千夏はまたウィスキーを注いだ。エーリーが水と氷を入れた。

ドアがあき、二人の知らない黒人が入ってきた。リズミカルに腰を振り、指を鳴らし、何かを口ずさんでいる。エーリーは立ちあがり、隅の大きなシートに二人を誘った。ママは灰皿とおしぼりをカウンターにおいた。

「お夏さん、もってって」

千夏はグラスの中の琥珀色の液体をぼんやりと揺らしている。

「ビール、二本ね、ママ。しけてるよ」

エーリーはビールと一緒に灰皿とおしぼりをトレーにのせた。

「ヘイ、ユー、カム、ヒヤ」

黒人が叫んだ。エーリーが二、三回手をたたいた。

「お夏さん、ここ、きてよ。今日はボブもこないから、シートに座っても平気よ」

「行ってよ、お夏」

ママが言った。千夏は立ちあがった。

「帰らせてね、ママ」

8

夜の冷気が流れた。しゃがみこんだ。痩せた男が近づいてきた。コウイチだった。千夏は立ちあがった。コウイチに抱きついた。

「泊めて……近くでしょう?」

コウイチは目をしばたたいた。

「肩貸してよ。男でしょう?」

コウイチは千夏の脇に肩を入れたが、動かなかった。

「アニキはいない」

「……何故?」

「黒人たちから逃げてる」

「何故?」

「黒人を殴った」

千夏はコウイチを促し、裏通りに通りぬけた。川沿いを歩いた。水に揺らめくネオンの色は弱々しく、千夏の髪も弱々しく揺れた。

小さいアパートの二階の部屋だった。

「ウィスキー?　コーヒー?」

コウイチはサイドボードをあけながら聞いた。

「ウィスキーね、ストレートでいいよ」

酔いが薄らいでいる。

「ううん。コーヒーね。できるの?」

コウイチは小さな笑いを浮かべ、うなずいた。コウイチが笑うのは珍しかった。コーヒーカップに砂糖を入れるコウイチの後ろ姿を見つめた。

砂糖が多すぎた。吐き気が生じた。だが、コウイチに気づかれないようにすすりつづけた。コウイチはコーヒーにウィスキーを少量ずつ注ぎながら、飲み、まもなく目元が赤く腫れた。妙におちつかなかったコウイチは思いきるように立ちあがり、レコードをかけた。

「踊ろうよ、コウイチ君」

千夏はコウイチの脇に両手を回し、足をブルースのリズムに合わせた。千夏の迫り出した腹部とふらつく足取りにコウイチは戸惑ったが、しだいに体や、動きの固さが消えた。千夏は踊りながらコウイチの唇に軽くキスをした。まもなく、コウイチは急に足を千夏の太股にさしこみ、下半身をこすりつけた。千夏は何気ないふうに動き続けた。コウイチは右手を千夏の膨れあがった固い乳房にのせた。コウイチの息が乱れた。指の動きが大胆になった。千夏は軽く目をとじた。腹部を圧迫されているせいか、息苦しくなった。夢見ごこちになった。ゆっくりとじゅうたんに崩れた。コウイチはがむしゃらに動き回った。

コウイチは起きあがり、灰皿と煙草を持ってきた。千夏の傍らに仰むけに寝、煙草をふかしはじめた。顔が紅潮している。

「俺」

コウイチは天井にのぼる煙を見ている。

「あんたと住みたい」

急に大人ぶった。

「寝泊まりするの?」

「でも、いるんだろ、あの黒人」

「嫌い?」

「嫌いさ。俺、アニキを守ってやる。黒人、必ず刺す、いつかは」

コウイチは脱ぎ捨てたズボンを引き寄せ、うしろポケットから外国製のナイフを取り出し、刃を突き出した。

「……じゃあ、ボブを刺す?」

千夏は鈍く光る刃に触れた。「こんなに私のおなかを大きくしたんだから」

千夏は裸の腹部を撫でた。

「勇気ある?」

コウイチは不意に起きあがり、千夏を見つめた。

「冗談よ」

千夏は笑ったが、血の気がひいた。

「俺、黒人、嫌いだ」

「……でもね、もし、ボブを刺したら、子供はどうする? あなたと私が育てる? 黒人の子供なのよ」

千夏はコウイチの手をさすった。

「冗談よ。ボブはこの赤ちゃんが生まれるのを楽しみにしているのよ。……そしてね、まもなく、中東に行くのよ。もしかしたら、死んじゃうかもしれないのよ」

9

コウイチは裸のまま、ベッドをはなれた。冷気が巻いた。千夏は身震いがした。寝返りをうった。ハウスの窓の外を見た。クワディーサーの曲がった、冬枯れの枝に闇がくっついている。ボブは、会うと必ず求婚する。私は赤ちゃんを必ず好きになれるはずだわ。悪寒が走った。千夏は天井に向いた。暗い宙に白っぽい電球が浮かんでいる。コウイチがトイレから出てきた。電燈をつけるように千夏は言った。コウイチはスイッチを入れ、足早にベッドにもぐりこんできた。

「黒人は何をされてもくるよ、姉ねえ」

コウイチは言った。鼻にかかるような声だった。「女がいないと気が狂うよ」

千夏はコウイチの耳を引っ張った。

「コウイチ君、一人前よね、男だもんね」

自動車の近づく音が聞こえた。闇に白い光線が浮かび、回り、窓から天井に差し込んだ。

「ボブよ、あなた、服、着なさい」

千夏は髪にブラシを入れた。

「ボブなんか死ね……死ね……」

コウイチはつぶやきながらズボンをはいた。千夏はガウンの胸元をあわせ、ドアをあけた。ボブは千夏に笑いかけ、ささやき、キスをした。だが、すぐ、ロッキングチェアに座っている上半身裸の少年を見た。

「私を綺麗にするために、綺麗な洋服を買ってきてくれたんだって」

千夏はボブから包みをひったくるようにとり、テーブルにおいた。

「シャワーを浴びてから、綺麗な洋服を着けたら、私も綺麗になるかしら。……座って、ボブ」

ボブは、だが、立ちつくしたまま、コウイチを見つめている。

「コウイチ君、もう、帰ってね」

千夏は哀願した。

「なんで、黒人と寝たりしたんだよ」

コウイチは歯ぎしりをした。

「……私、結婚するよ、ボブと」

コウイチの強張った頬が微かにけいれんした。コウイチもボブも立ちつくしたまま動かない。誰も何も言わない。

「……結婚するよ。迷ってもしょうがないでしょう。そうでしょう?」

「どうして……どうして、黒人……クロンボと結婚するんだ、どうして」

コウイチはボブを指さした。

「子供が生まれるのよ」

千夏は言い、ゆっくりとボブを見た。

「結婚すると、あなたも私も幸せになれるの? 信じていいの?」

ボブは千夏を見つめ、深くうなずいた。

「……何かが怖いから、私を好きになるんじゃないの?」

ボブは膝まずき、千夏の手を両手で握りしめ、見あげ、しきりに首を横に振る。

「……結婚しましょう」

ボブは千夏の手を握り返し、頬にすりつけた。

「クロンボ」

コウイチが叫んだ。ボブが顔をあげ、にらみつけた。

「コウイチ君、帰って。心配ないから」

千夏は言い、ボブの胸に抱かれ目を閉じた。沈黙が漂った。目をあけた。コウイチが突進してきた。千夏は腹部を蹴られた。ボブがコウイチを突き飛ばし、うなじを押さえつけ、じゅうたんに何回も顔をこすりつけた。千夏は腹部を抱え、うずくまった。ボブはコウイチの首をつかみ、思いきり投げとばした。コウイチは壁の隅にあたり、動かなくなった。ボブは千夏を抱え起こした。コウイチは後ろポケットからナイフを取り出し、激しくボブに突っ込んだ。ボブは小動物が潰れたような声を出した。ボブは立ち、コウイチに向き直り、ユー、ユーとうめき続けながらコウイチに迫った。赤黒い血が押さえた左手の指の間から流れ出、黄色いワイシャツに広がった。コウイチは後ずさった。目は血走り、怯えている。しかし、クロンボ、と挑発する。コウイチはボブの脇を駆け抜け、ドアをあけ、外に逃げた。千夏はボブをとめたが、ボブはコウイチを追った。千夏は立ちあがり、外に出た。叫んだ。木の葉が舞い、足首を掠めた。クワディーサーの幹は黒くぼけ、冬枯れの枝は闇に溶け、落葉は転がり、庭の縁の白壁やハウスの壁の底に溜まり、ザワザワとうごめいている。遠くの岩や灌木の密生も闇を吸い寄せている。二人は崖っ縁を走っている。千夏は膨れた腹部を迫り出したまま駆けた。芝生や小石が足の裏を刺した。コウイチは殺されるかもしれない。コウイチは大人になったのだから。風は細かい雨を含んでいた。額に垂れた髪がしだいにべとつきはじめた。唇を嘗めた。塩辛かった。潮水が海面を掠め、飛び散っている。コウイチは白壁の向こう側の崖っ縁に追いつめられた。千夏は叫び続けた。息が切れた。追いついた。ボブが千夏を見た。コウイチはナイフを握ったまま、ボブの長い足に抱きついた。二人は倒れ、二回、三回転がり、崖から落ち、突き出た鋸歯の岩にぶちあたり、水に沈んだ。

千夏は両膝を折り、祈るように海をのぞきこんだ。二人は悲鳴をあげなかったが、濡れた厚い手で頬を力いっぱいたたかれた時のようなボブとコウイチの重なり合った悲鳴が耳の奥から響く。吹きあげる海風は岩の穴にへばりついている草木を掻き乱し、千夏の顔を激しくさする。千夏は目を凝らした。海はただ、うねりながら重たげに遠くの潮を運び、黒い水はただ崖にぶちあたっている。何も浮きあがらない。見つめ続けた。ふいに寒気がした。後ろを振り返った。誰もいない。崖下に吸い込まれないように注意深く後ずさった。エーリーのハウスの方向に駆けた。息が乱れる。歩いた。ちゃんと育ってちょうだい。ボブもコウイチもあなたと私のために死んでしまったのよ。小さくポンと腹部をたたいた。すると、動いたような気がした。枯れたにがうりの蔓が棚から垂れ、揺れ動いている。ボブの自動車にはもうボブは乗っていない。汗なのか、雨粒なのか、涙なのか、顔にくっついた水滴がべとつく。ボブもコウイチも私を愛していたのよ。私を愛してくれる人はもう永久にいないのよ。でもあなたは私の子にまちがいないのよね。ガウンが乱れ、腹部が薄白く浮かんだ。

金網の穴

1

切手のカタログを啓介《けいすけ》は日に何度も広げ、ページをめくった。ぎっしりと載った天然色の、世界の動植物、風景、風俗に目を見開いた。三角形や菱形の切手もあり、何時間眺めても飽きなかった。特に大型切手には息を呑んだ。寝入る間際、アメリカの広大なオレンジ畑や南洋の椰子の木にとまった華麗な鳥などが夢現の中、目の前に迫った。ある日、非常に珍しい数種類の切手をカタログから切り取り、切手帳に貼り、眺めたが、一向に胸は躍らず、ほどなく剝がした。

カタログの切手には価格が表示されていた。啓介はクサジューと呼ばれる闘魚を獲り、近所に住んでいるフィリピン人に売り、切手を買おうと思いついた。しかし、何日も川に通ったが、なかなか闘魚は見つからなかった。ようやく二匹獲った。だが、フィリピン人は転勤になり、消えてしまっていた。

啓介は以前から密かに塵場に出かけている。米人ハウス地区の脇道の先にある大きい凹地は塵場になっている。塵場を漁るのは恥だと思っている小学五年生の啓介は、いつもすばやく塵場全体を見回し、封筒に駆け寄り、切手の部分を破りとり、逃げるように引き上げた。

一学期が了った翌日の昼下がり、縁側に寝そべっていた啓介は、航空郵便専用の赤と青の縁取りのある封筒に貼られた切手を思い浮かべ、じっとできなくなり、立ち上がった。米人ハウス地区に張り巡らされた金網のフェンス沿いの一本道だけが塵場に繫がっている。砕いた石灰岩を敷いた白い道は狭く、反対側は傾斜になり、岩の間や上に灌木やソテツが生えている。啓介は麦藁帽子を取り、汗の吹き出た首筋を扇いだ。分厚い灰白色の雲間から顔を覗かせた太陽が、五分刈りの頭をジリジリと刺した。道端の雑草はダラリと萎れ、木々の葉の揺れる音もなく、じっと身をひそめている昆虫は、何かをきっかけに一斉に飛び出し、跳ね回りそうな気配が漂っている。

　塵場に近い、一番北側のハウスはガードのいるゲートから遠く離れている。中型だが、毛は少なく、足の筋肉や顎が発達した犬が金網の内側を啓介と歩調を合わせながら歩いている。しつこくついてくる犬に舌を出し、アカンベーをした。犬は目をつり上げ、けたたましく吠えた。啓介はかまわずに歩き続けた。

　犬の姿が消えた。次の瞬間、犬は金網の外側にいた。目の錯覚だと感じ、かぶりを強く振ったが、犬は目の前にいる。

　なぜ度忘れしていたのだろうか。今年の春、中学を卒業した美津男が僕たち小学生に「金網の穴は俺が開けた。俺の通り道だ。絶対に入るな」と警告していた。ただどこに穴を開けたのか、知らなかった。フェンスの金網の下が縦三十センチ、横四十センチほど切り取られているが、注意しなければ分からなかった。金網の向こう側には一面芝生が広がっているが、金網にくっつくように丈の長い雑草が生えている。

　犬が牙を剝き、襲いかかってきた。啓介はとっさに走りかけた。足には自信はあるが、どこに逃げたらいいのか、一瞬迷った。灌木の中に逃げ込もうとした瞬間、犬が半ズボンから出た右の太股に嚙みついた。激痛が走り、啓介の動きが止まった。だが、すぐ嚙みつかれたまま逃げた。犬の体はひどく重く、振り払おうと体を強く捻った拍子にバランスを失い、転んだ。犬はいったん啓介の太股から口を離したが、同じ所を嚙み直した。米人の飼い犬は人の首に嚙みつくように訓練されている。首に嚙みつかれたら気を失う。気を失ったらトドメを刺される。横向きになった啓介は首をかばいながら必死に抵抗した。

　大声がした。啓介の太股から口を離した犬は、残念そうに啓介をチラッと見たが、すぐ穴の方に走って行った。啓介はふらつきながら立ち上がった。金網の中から米人の大男が啓介を見つめている。弁償しろと啓介は言いかけた。

米人はアロハシャツをまくり、ズボンのバンドにはさんだ重々しく黒っぽいピストルを取り出し、「ホールドアップ」と言った。啓介は目を見開いたまま身動きできなかった。米人は憲兵がよくやるようにピストルを空に向け、喚いた。啓介は両手を頭の上にのせた。訳は分からないが、逮捕されるんだと思った。

米人は金網から出てこなかった。米人の髪はＧＩカットではないが短く、顔は赤く、ギラついた鋭い目はずっと啓介を見据えている。

啓介は治療代を請求する情況ではないと察し、じっと黙っていた。金網の内側に戻った犬は米人の足元に寄り、尻尾を振っている。米人は金網の下に開いた穴と啓介の顔を交互に指差し、何やら叫んだ。たぶん「穴を開けるな」と言っている。啓介は自分が開けたわけではないが、うなずいた。

米人は啓介の太股をジロジロと見ながらピストルをズボンのバンドにはさみ、犬と一緒に巨大なマッチ箱のような白いハウスの方に立ち去った。

2

金網に穴を開けた美津男に文句を言おうと思ったが、思いなおした。彼には恩がある。穴を開けた者が米人ではなく、あの犬でもなく、美津男だと考えると、太股の痛みが幾分薄れていくような気がした。

啓介と同じくらい背の高い同級生は一人残らず「なぜ僕らより高いんだ。生意気だ」とよく上級生に殴られた。集落のバトンリレーの選手仲間の啓介には美津男が目を光らせ、誰にも手出しさせなかった。

啓介は歩きながら体を捻り、太股を見た。まだ少し出血している。血を見せたら祖母に叱られる。祖母は僕が怪我をしたらなぜか怒る。怒ってから心配する。このまま帰るわけにはいかないが、町の診療所は三キロ先だし、金も持っていないから無理だと思った。血はふくらはぎを伝い、ズックに染みている。近くにある闇歯医者に行こうと、ふと思いついた。闇歯医者でも医者だから傷薬や包帯くらいあるだろう。顔見知りだから薬代は後払いでもいいだろう。原田という中年男は歯科技工士だが、密かに歯の治療もやっている。啓介たちは闇歯医者と呼んでいる。

少し遠回りだが、人に傷を見られないように細い畑道を通った。

足の速い美津男なら、あの犬から簡単に逃げおおせたに違いないと啓介は思う。美津男にはどんな犬も追いつけないだろう。

村には七つの集落がある。小中学校の運動会の最後の種目、集落対抗学年別リレーは最高に盛り上がる。美津男は小学一年の時から毎年G集落の選手の座を誰にも譲らなかった。啓介は小学一年の時、代表に選ばれた。

夏休みに入ったとたん、松林に囲まれた小さい広場に各学年の代表選手が集まった。啓介は美津男からバトンタッチの方法やコーナーの曲がり方を繰り返し習った。美津男に認められようと広場を息の続くかぎり何周も走った。二十メートル先を走っている僕をあっという間に追い抜き、見る見る引き離す美津男の足の速さに驚嘆した。同時に美津男の勇姿を見ているうちに僕の足も速くなったように錯覚し、G集落の一年生の代表だという強い誇りが胸いっぱいに膨らんだ。

運動会の前日、栄養会が行なわれた。コンクリート平屋の公民館に大人たちが煮えたぎった山羊汁の入った鍋を運んできた。青年会長が「活力の源だ。食え」と号令をかけた。G集落代表選手は小学生も中学生も男子も女子も汗を垂らしながら、息を吹きかけ、脂身も赤身も、脂がギラギラ浮いた汁もかきこむように食べた。何度もおかわりをした。脂に酔ったのか、顔を真っ赤にした美津男が「必ず優勝旗を握る」と叫びだし、啓介たちは美津男の音頭に合わせ、勝鬨を上げた。食べに食べた啓介たちは肩を組み合い、「G選手が向う所、敵なし」という歌を合唱した。啓介は興奮した選手たちを見回しながら、スタートを切る僕が絶対一位にならなければならないと思った。公民館中に山羊の独特の臭いが立ち籠め、腹が膨らみ、体を思うように動かせなかったが、間違いなく一位になれるという自信が漲った。全身の血がたぎり、集落中を駆け回りたい衝動にかられた。

運動会の午前の種目が終わり、生徒は家族のいる席に散り、日頃はめったに食べられない、重箱に詰められた色々な種類の料理を思う存分食べた。料理上手な啓介の祖母も二つの重箱を持ってきていた。啓介が何気なく振り向くと、祖父と二人暮らしの美津男は隅に敷いたゴザに座り、菓子パンとバナナを食べていた。本部席の脇の校舎の庇に取り付けられたスピーカーから最終種目の集落対抗学年別リレーの案内が流れた。啓介は青い鉢巻きを締めなおし、スタートラインについた。胸の動悸を打ち消すように号砲が鳴った。素早く飛び出し、上位三人のグループに入り、後ろの四人の選手をどんどん引き離した。先頭の三人は横一線に並んでいたが、啓介は第一コーナーをうまく曲がれず、三位に後退してしまった。啓介は「大変、大変」と内心叫びながら死に物狂いに走ったが、追いつけなかった。少し頭が混乱したまま、ランニングシャツに大きくGの文字が描かれた二年生を探し、バトンを渡した。

闇歯医者の家が面した集落一大きい通りに出た。この通りを去年の秋の運動会の夕方、G集落の選手たちは中学三年の美津男を先頭に凱旋行進をした。美津男は優勝旗を誇らしげに握り締め、この年は代表選手ではなかった啓介も公民館から持ち出した小太鼓を打ち鳴らした。

中学を卒業した美津男は毎日のように夕方、荷車に野菜を積み、米軍基地のゲートに出かけ、どっと出てくる軍作業員たちに店より安売りしていたが、まもなく姿を消した。離島出身のガードに追い払われたという噂が啓介たちの間に流れた。

足が速く、啓介が密かに尊敬していた美津男がハウス泥棒になり、金目の物や、何に使うのか分からないガラクタを盗っているという噂も啓介の耳に入っている。

赤瓦を葺いた一軒家の裏座敷に闇の診察室はある。啓介は路地に入り、裏門に回った。庭のパパイアの木に数個の青い実がついている。雨戸は開いている。白い開襟シャツを着た、小太りの闇歯医者は柱にもたれ、新聞を読んでいた。啓介は急に強く傷の痛みを感じ、「薬をつけてください」と言った。

脂ぎった赤ら顔を向け、啓介の太股を見た闇歯医者は立ち上がり、中に入るように手招いた。狭い診察室には誰もいなかった。闇歯医者の指は太く短く、おまけに硬い毛が生えている。口の奥に強引に手を突っ込まれた患者は誰もが苦しさに顔を歪め、涙を流すという。しかし、料金が安いからか、別の村からも患者はやってくる。診察用の椅子の脇に小さい金属製のベッドがある。啓介は言われた通りに横たわりながら、ふと薬代をどうしようかと思った。やはり祖母に話さなければいけないのだろうか。

闇歯医者に事情を聞かれたら、嘘をつくつもりだったが、思わず正直にいきさつを話してしまった。ピストルの話は大事になりそうな気がし、内緒にした。

「金網の穴？　なんでそんな所を通ったんだ」

切手を集めている生徒は啓介の他にほとんどいないから先取りされる心配はなかったが、夏休み早々、塵場に向った自分が惨めになり、「バンシルー（グアバ）の実を探しに」と嘘をついた。

なかなか治療をしようとしない闇歯医者に啓介は聞いた。

「治りますか」

「みんなよく犬に噛まれているよ。何人も治療したよ」

中学生たちは犬に噛まれた傷の大きさを競い合っている。傷が大きい者ほど勇者と讃えられるという。

「痛いのに？　自慢するものは他にないのかな？」

「野良犬にいくら噛まれても一セントにもならんよ、啓介」

闇歯医者はガラスケースを開け、何やら取り出した。

「値段の高い薬だ」

闇歯医者は大きいチューブのキャップを外しながら言った。米軍から密かに手に入れた戦場用の薬だという。大蛇やワニに噛まれたギザギザの傷口もふさがるという。

濃い黄色の、臭い軟膏はひどくしみた。啓介は悲鳴をかみ殺した。闇歯医者は軟膏をたっぷりと塗り、チューブのキャップを閉め、手を洗いに部屋を出ていった。

高い薬だから誰からか薬代を取らなければいけないと啓介はヒリヒリしみる痛さに堪えながら考えた。美津男？　米人？　米人は太股の血をはっきり見ていながら無視し、薬代を払う気配は全くなかった。しかもピストルを持っているし、狂暴な犬もいる。外国のようなハウス地区の金網に穴を開けたら何をされても文句は言えないだろう。俺が開けた穴に絶対入るなと美津男は僕たちに釘を刺した。僕が入る入らないではなく、犬が出てきたんだ。

闇歯医者が戻ってきた。太股の痛みと治療費の心配が啓介の頭を一瞬混乱させ、口を開かせた。

「穴を開けたのは美津男先輩です」

「……人も潜れるのか? 犬だけか?」

「人も潜れますよ。美津男先輩に文句を言った方がいいですか?」

「犬に嚙まれたなら、犬の主に抗議すべきだろう」

「美津男先輩が穴さえ開けなければ……金網の中から犬がいくら吠えても痛くも痒くもなかったのに」

「美津男は無職だ。おまえの治療費なんか払えるはずはないだろう?」

「だけど、穴がなければ犬も出てこられなかったし」

「じゃあ、サシミ屋に包丁が置かれていたら、客が人を刺してもいいというのか」

啓介は話がよく分からず、黙った。

「理論は子供には無理だな。治療費はわしが米人からちゃんと取ってやるから安心しろ」

「闇……原田さんが?」

薬代のメドがついた。啓介はほっとした。

「いいか、あのハウスの米人には、美津男が穴を開けたとは絶対言うなよ。知らない米人が開けるのを見たと言うんだ」

僕は英語を知らないから言いたくても言えないと啓介は思った。

「沖縄人が穴を開けたとなると米人から賠償金は取れないんだ」

賠償金? 取るのは薬代では? 啓介は頭がよく回らなかった。一体どうなるんだろう。

「家に帰ったら、おばあちゃんに野良犬に嚙まれたが、ちゃんと薬を塗ったから心配ないと言え。金網の穴の話はするな。何かあったらわしに連絡しろ」

闇歯医者は啓介の太股に包帯を巻きながら言った。

啓介は祖母が心配したり怒ったりするから家に入る前に包帯を外そうと思った。

「わしが代理になってやる。他人の方が賠償金の交渉がしやすいからな」

ふと柱にかかった状差しが啓介の目についた。封筒に変わった切手が貼られている。ベッドから起き上がり、手紙を触り、「これ、貰っていいですか」と聞いた。他人の手紙を何に使うんだと闇歯医者は怪訝な顔をした。啓介ははっとし、「切手、集めているんです」と言った。

「切手か。いいよ」

「ここ破っていいですか?」と啓介は手紙を手に取り、聞いた。

「ああ、いいよ。使った切手なんか、何の役にたつんだ」

啓介は切手の周りを破りながら、米人から薬代を余計に貰ったらカタログの切手を注文しようと思った。

3

集落のほとんどの家が粗暴な米人避けに犬を飼っている。だが、犬は米人には近づかずに、ただ吠え、集落の人を嚙んだ。啓介も嚙まれた。去年の梅雨が明けた頃、民家の前のセンダンに留まった蟬を捕ろうと手を伸ばした瞬間、中型の番犬にしがみつかれ、白いズボンが泥だらけになった。蹴飛ばそうと足を上げたら脛を嚙まれた。傷はひどくなかったが、歯形がついていた。姉妹と母親の女所帯だったから抗議はしなかったし、薬代も取らなかった。しかし、癪に障った啓介は棒を探し、主に知られないように二回殴った。犬は翌日から啓介の顔を見るとすぐ床下に逃げ込むようになった。

闇歯医者が薬代を僕の祖母からではなく、犬の主の米人から取るというのは正義感が強いのだろうか。

祖母に野良犬に嚙まれたと言うと狂犬病の心配をしかねないから、泳いでいたらうっかり海底のギザギザの岩にこすってしまったと言った。

ハウスの米人から薬代を多めに貰ったら、まず切手を購入し、余ったら前歯のない祖母の治療費に回したいと思った。子供と遊ぶ米人や、村の若い女と付き合っている米人もいるが、正体は分からないと啓介は思う。

琉米親善はよく行なわれている。クリスマスの頃、公民館にやってくるサンタクロース姿の米人は啓介たちに米国製の菓子や玩具などのプレゼントを配る。また学校に毎年のように体育用具やブラスバンドの楽器を寄贈している。夏祭りにはクバ（ビロウ）笠をかぶり、クバ扇を持った米人たちが打ち解けたように参加する。

しかし、あのハウスの犬の飼い主には親善なんか通用しないだろう。

闇歯医者は自信に満ち、「作戦を練ってから連絡するから、誰にも話すな」と言ったが、交渉は難しいのではないだろうか。自治会長や学校の先生も米人とたまに行動を共にするが、苦手意識があるのか米人の顔もジェスチャーもできるだけ見ないようにし、話も聞こえない振りをしている。

すんなりハウスの米人から薬代を貰う方法はないだろうか。傷口のズキズキした痛みが治まらなかった。G集落のリレー選手だったのに犬から逃げ切れず嚙まれてしまった自分にも腹がたった。

はっと思いついた。顔見知りの米人少年を通したら、ちゃんと薬代が取れる。大人の米人のようにまだ精神が悪に染まらず、乱暴そうな人相でもないし、また僕だけに三色が螺旋状になった米国製の棒飴をくれたから頼みやすいと啓介は思った。

米人少年を最初に見たのはいつだっただろうか。

去年のちょうど今頃、真っ白いコンクリートの米人ハウスが点在した崖の上から啓介と同年齢の米人少年が降りてきた。米人少年は背は高かったが、しなやかな金色の髪や優しげな青っぽい大きな瞳は女の子に似ていた。彼は一緒に遊びたがっている様子だったが、啓介たちに近づいてこなかった。米人少年は今もあの僕を噛んだ犬の主の米人と同じハウス地区に住んでいるだろう。片言の英語にジェスチャーを交えたら、何とか意思が通じるだろう。

毎日のように米人少年は海に出てきたが、兄弟や友達はいないのかいつも一人だった。いつしか啓介たちと米人少年は少し距離を置きながら一緒に泳ぎ回った。時々、横一列に並び、競泳をした。誰も米人少年には勝てなかった。

釣りをする啓介たちをしげしげと見ていた米人少年は、ある日、立派なリールのついたカーボン製の竿を振り、釣りを始めた。山から切ってきた竹の先にナイロンの糸を結びつけただけの啓介たちの竿がみすぼらしく見えた。頭にきた同級生が馬鹿にするような剽軽な仕草をしたが、米人少年は笑わなかった。同級生は「彼は歯がないんだ。だから笑わないんだ」と言った。仲間は高笑いしたが、なぜか啓介は笑えなかった。学校の成績が悪く、しょっちゅう先生に叱られている同級生は釣りをやめ、米人少年に近づき、米兵の中には自分の名前も書けない馬鹿者がいると笑った。おちつきのない隣の組の生徒は米人少年の背後から、米兵は一発の銃声がしたら、あっという間に隠れ、やみくもに機関銃をうちまくる。とても臆病だと言った。

同級生たちは、五分間潜ってみろとジェスチャーをし、米人少年の頭を水の中につっこんだ。米人少年はほとんどもがかなかったが、啓介が止めた。同級生たちの手から逃れた米人少年は釣り竿を拾い、崖の曲がりくねった細い道を駈け上っていった。同級生たちは笑い転げていたが、急に、ハウスから親のピストルを持ってくる、僕たちの頭にでかい弾をぶっぱなすなどと騒ぎだし、崖の上を見ながら逃げた。米人は頭にくると女でもすぐピストルを向けるというが、啓介は、僕は彼の味方をしたんだと考え、しばらく一人海岸に残った。米人少年は崖から降りてこなかった。

同級生たちは仕返しを恐れたのか、翌日から海に出てこなかった。いつものように現われた米人少年は啓介に握手を求め、二人は急に親しくなった。しかし、どうしたわけか互いに名前は聞かなかった。

明日、海にいこう。米人少年は去年の夏休みと同じように今年もちゃんと崖から降りてくるだろう。祖母の団扇を取り、熱をもった太股の傷口を扇ぎながら何度も寝返りをうった。

翌日、少し気後れしたが、十時すぎに家を出た。凹地の塵場の脇に海への近道がある。灌木の間の小道を十数メートル行くと崖の縁に出る。崖から容易に海岸に降りられる。だが、啓介はこの道を避け、遠回りだが、集落の畑の外れから海にのびる道を進んだ。米人少年は金網に開いた穴の横の道を通るはずだが、犬に噛まれないだろうか。犬は米人と地元の人間の区別がつくように訓練されているのだろうか。肉の塊を投げ与えたら犬はおとなしくなるというが……。

海岸に着いた。誰もいなかった。

去年もたまに地元の大人がいると米人少年は姿を見せなかった。米人は少なからず事件を起こした。地元の大人の中には報復の機会を窺う者もいた。米人少年はとばっちりを受けそうな予感がしたのだろうか。

海には米人の大人は出てこなかったが、ただ一度だけ米人の若い女が現われた。眩しい金髪の女と米人少年は話はしなかったが、母親か姉ではないだろうかとあの時思った。「君のマザー？　シスター？」と聞けなかった。寄せる波に小さい悲鳴を上げながら濡れた岩の上を危なっかしく歩いていた女を啓介は立ち泳ぎをしながら見ていた。ワンピース風の水着を着た痩せ気味の、しかし乳房は大きく、腰がくびれた白人の女が金髪を海風に揺らし、赤い唇から白い歯を見せていた。

犬に嚙まれた薬代の件をどう伝えたらいいだろうか。片言の英語にジェスチャーを交えたら通じるだろうか、などと考えながら長い時間海岸の岩陰に座っていたが、米人少年は現われなかった。

翌日も翌々日も米人少年は海に出てこなかった。

四日目の昼下がり、海に向う途中、トンボやカナブンを獲っていた同級生たちに出会った。啓介は何気ないふうに米人少年の様子を聞いた。「死んだらしいよ」と一番大柄な同級生が言った。驚いた啓介は「いつ？　病気？　事故？」と聞いた。麦藁帽子をかぶり、昆虫網を手に持った同級生たちは「溺れたようだ」「崖の下のあの海じゃないよ」「最近の話だ」と口々に言った。

「どうして知っているんだ？」と啓介は大柄な同級生に聞いた。

「僕の兄さんが言っていた」

啓介は信じられなかった。ビーチパーティーの最中、酒に酔った米人が溺れた話や、ビールの酔いを覚まそうと護岸に立っていた米人が波にさらわれ、行方不明になった話はよく聞く。だが、米人少年は泳ぎは得意だし、酒を飲まないはずなのに、なぜ溺れ死んだのだろうか。

4

翌日の午後一時前に闇歯医者の使いの子供が来た。青年たちが集まっているからすぐに来てという。啓介は家を出た。

闇歯医者は診察室のベッドに啓介を横たわらせ、太股を青年たちに見せた。啓介は変に気恥ずかしくなり、視線を傷口に移した。痛みはだいぶ治まったが、まだ赤黒く腫れている。青年たちは「片足は腐れるかも知れないな」「チョン切らないと黴菌が脳に上がるよ」「米人の犬に嚙まれる馬鹿もいるのか」などと言いたい放題に言った。啓介はまさかと思ったが、少し不安になり、闇歯医者の顔を見た。闇歯医者は何も言わずに、臭い軟膏を塗り、包帯を巻いた。

啓介は犬に憎しみを抱いているが、啓介たちに渾名をつけられた青年たちは犬の自慢話を始めた。大きい頭を丸坊主にした海坊主兄さんが「俺の犬は人間より人間らしいよ。俺が川に飛び込むと、すぐ後から飛び込むんだ」と言った。細長く青白い顔のヘチマ兄さんが「僕の犬は新聞を配達に来る時は吠えないが、月初めに集金に来ると激しく吠える」と言った。「おまえたちの犬は貧相だ。凄味に欠ける」と緑色のランニングシャツから出た、黒光りした筋肉を誇示している、グテーマギー（腕の太い）兄さんが言った。

「おまえたちの犬は人が怪しいから吠えるんじゃないだろう？　腹がへって、イライラして、吠えているんだ」

ミンタマー（目玉の大きい）兄さんがグテーマギー兄さんに同調した。

「なにっ」と海坊主兄さんが椅子から立ち上がり、ミンタマー兄さんを見下ろした。

「大事になったらまずいから自治会長にも校長にも連絡をしなかった。信用のおけるおまえたちだけに声をかけたんだ」と闇歯医者が言った。海坊主兄さんは座りなおし、お茶をすすった。

「どんな奴だ？」とグテーマギー兄さんが静かに座っている美津男に聞いた。「おとなしい相手なら、こっちもおとなしい者を出す。激しい者なら俺が前に出る」

「よく分からない」と美津男はポツンと言った。

「俺が先頭になってもいいよ」とミンタマー兄さんが言った。

「本当か？　だったら、おまえの黒い虫歯をただで抜いてやるよ、な、原田さん」

グテーマギー兄さんが唇の端を歪め、笑った。ミンタマー兄さんは憤慨した。

「ペンチで自分の歯は自分で抜くよ」

恐ろしい米人だと啓介は思っているが、口に出さなかった。

闇歯医者が「あのハウス地区のガードをしている竜郎を呼んだ。顔を洗って、来るそうだ」と言った。「昼まで寝ているのか?」とミンタマー兄さんが呆れたように言った。

眼鏡をかけたインテリ青年が不意に「喧嘩は負けろ、というのが僕の座右の銘だよ」と言った。

「負ける? 負けて嬉しいのか? 悔しくないのか? 男か、おまえは」とグテーマギー兄さんが言った。

「負けるふりをして、勝てという意味だよ。じいさんの遺言だから僕は信じている」

「穴を開けた美津男をハウスの米人に土下座させろと言っているのか」

ヘチマ兄さんが「穴を開けた者が美津男だと米人に知られたら、非常に危険だよ」と言った。

「ハウスの米人には美津男が穴を開けた張本人とは絶対言うな」

闇歯医者が一人一人の顔を見回し、釘を刺した。

「村の者が穴を開けたら絶対金は取れないし、第一、美津男の命が危ないんだ」とグテーマギー兄さんが言った。

僕はなぜ、闇歯医者に穴を開けたのは美津男だと言ってしまったのだろうか、と啓介は後悔した。

「しかし、美津男、おまえは度胸があるな。米人に捕まったら強姦されるのに」とグテーマギー兄さんが言った。

「男でも強姦されるのか」

ミンタマー兄さんが驚いたようにグテーマギー兄さんの顔を見た。

「男も女も関係ないよ」

グテーマギー兄さんはニタッと笑った。

全員黙った。啓介は伏し目がちに美津男を見た。

中学を卒業後まだ半年にもならないのに、美津男の風貌はガラリと変わっている。目は鋭くなっている。もともと笑顔は少なかったが、苦労人のように眉間に皺が刻まれている。ふっと啓介は去年の秋、優勝凱旋パレードをした美津男の得意満面の顔を思い出した。

インテリ青年が「穴を塞がないと、米人は交渉に応じないんじゃないかな？　米国の法律は半端じゃないからね」と言った。

啓介はは っとした。米軍の刑法は非常に厳しく、死刑も少なくないという。金網に穴を開けたらどれくらいの罰が科せられるだろうか。

ミンタマー兄さんが「あいつらは人間じゃないよ。笑いながら頭に斧を振り下ろすんだ」と言った。グテーマギー兄さんが「おまえは犬を食べさせられたんだよな？」と笑った。

食物に全く不自由していない米兵たちが、ガジュマルの気根に括り付けた犬の頭に斧を振り下ろし、死骸を焼いた。通りかかったミンタマー兄さんを呼び止め、「オイシイヨ」と拳大に切り分けた肉をたっぷり食べさせた。食べた後、犬の肉だと知らされたミンタマー兄さんは激しく吐いたという。しかし、この話は青年たちが面白半分に作ったもんだと啓介は考えている。闇歯医者が「竜郎は遅いな」と裏庭に首をのばした。

「竜郎は信用できないよ」とインテリ青年が言った。同じ村人の少しの違反も見逃さず、虎視眈眈と出世を狙っているという。竜郎がハウスからペンチを盗んだ老人の首根っ子を押さえ、憲兵に引き渡した話は啓介も知っている。米人ガードが側にいなければ見逃すべきだと啓介は思う。

「竜郎は勤めが終わったら人が変わるよ。我々の味方になる。いい奴だ」と闇歯医者が言った。「啓介、おまえはどうしたいんだ?」

「……犬を殺して、薬代を取りたいと思いますが」と啓介は言いながら犬を殺すのは残酷だと思った。

「馬鹿者。犬を殺したら米人は一セントも出さんよ。第一、あんな道を通るから嚙まれるんだ」とミンタマー兄さんが言った。

「村人は村のどの道を通ってもいいよ。通れない道があるのがおかしいんだ」とインテリ青年が言った。

竜郎が裏庭から入ってきた。闇歯医者が「わしが話す。君たちは黙っていろ」と言った。中年の、背は低いが、頑強な体格の竜郎は目をこすりながら縁側に座った。ゲートボックスに立っている間中、制服をきちんと着ている反動からか、上着のボタンを全部外し、濃い胸毛を見せている。

竜郎の脇に闇歯医者が座った。竜郎は闇歯医者に顔を向け、笑った。前歯の金歯が光った。闇歯医者に金歯を入れてもらった竜郎は無愛想が一変し、人と会うたびに笑うようになっている。金歯を見せびらかしているが、啓介は美しいとも何とも思わなかった。

闇歯医者は竜郎に犬を放し飼いにしている米人の様子を聞いた。竜郎は大袈裟に身震いした。あのハウスの米人は口をきかないから別のハウスの米人に聞いたと前置きし、「あいつは殺しのプロだよ」と言った。

「殺しのプロ?」

グテーマギー兄さんが竜郎に背後から聞いた。

「あの米人がゲートを通る時、俺はできるだけニコニコはするが、話しかけないようにしている。何を考えているのか、全く分からない人間だからな」

「米兵は一人残らず殺しのプロじゃないかな?」とインテリ青年が竜郎に聞いた。

「普通じゃない。サバイバル兵だ」

特殊能力を持っているという。武器も造るし、崖にもよじ登る。木の葉、草、虫を食べる。蛇やゴキブリも食べる。どのような拷問にも絶対に口を割らないし、いざとなったら簡単に自害するという。

全員、声を失った。

「同じエリアの米人も恐れて、近づかないそうだ」

竜郎はお茶をすすった。

「家族はいないのか?」と闇歯医者が竜郎に聞いた。

「妻はいるが、一人不安の日々を送っているようだ」

あの米人は妻に、自分が生還するとは万が一にも思うなと言い聞かせているという。軍事機密だから行き先を教えないし、また留守中、誰とも一切話をするなと言い渡しているという。

「大変な奴だな。どうする? 原田さん」

グテーマギー兄さんが闇歯医者の顔を覗き込んだ。

「どうもこうもないよ。交渉する」

ミンタマー兄さんがインテリ青年に「おまえは外人からピストルを買ったそうだな。噂が流れているが」と言った。インテリ青年は否定も肯定もしなかった。給料より高いピストルを買ったが、米人や警察に見つかったら大変だと床下にしまいこんでいるという噂は啓介の耳にも入っている。

「明日、用心のために持って来い」とグテーマギー兄さんが言った。

「僕を牢獄にぶちこむ気か。米人にピストルを向けたら僕はおしまいだ」

インテリ青年は珍しく声を荒げた。

「おまえは啓介が可哀相じゃないのか。自分の身が大事か」とグテーマギー兄さんが言った。

「僕の心配はいりません」と啓介は呟いた。

「米人が危険すぎるなら、ハウスに向けて英語のプラカードを掲げたらどうかな？　原田さんの住所も書いて」とヘチマ兄さんが闇歯医者に言った。

闇歯医者がミンタマー兄さんに「犬が出てきたら話もできないから、明日、穴を塞ぐ板を持って来い」と言った。

「近ごろ、おまえが穴から潜り込まなくなったのは、米人の正体を知ったからか？」とグテーマギー兄さんが美津男に聞いた。

確かに美津男は、自分が開けた穴だから勝手に入るなと全く言わなくなっている、と啓介は思った。

美津男が立ち上がり、叫ぶように言った。

「みんな、尻込みをしているのか。啓介の太股の傷はどうなるんだ」

「おまえが開けた穴だろう？　おまえだけ行け」とミンタマー兄さんが言った。

「誰が開けたかは問題じゃない。問題は米人の犬に村の小学生が嚙みつかれた事実だ」

闇歯医者が竜郎に、ゲートから米人のハウスに向った方がいいか、穴の所から直接米人と交渉した方がいいか、と聞いた。竜郎は、ゲートから入ると問題が大きくなり、穴を開けた美津男や、金を要求する原田さんたちが米軍の裁判にかけられると言った。

「米人は大男だから穴からは出てこられませんからね」と啓介が大人っぽく言った。

「原田さん、米人にビールをプレゼントしよう。親善だ」と海坊主兄さんが言った。ヘチマ兄さんが同調し、「妻もいるなら、アイスクリームがいいよ。女はみんな甘いものが好きだ」と言った。

「妻に他の男がプレゼントをすると激怒する米人もいるから止したほうがいいよ」とインテリ青年が

言った。

闇歯医者が「ビールを持っていこう。アルコールが入ったら気が大きくなるから話もまとめやすい」と言った。子供騙しのようだが、効果があるのかなと啓介は思った。

「米人に近づく時は、手榴弾と思われないように、ちゃんとラベルが見えるように掲げろよ」と竜郎が言った。

あの米人少年がいたら、明日恐ろしい目にあわなくても済むのに、と啓介は思った。米人少年の生死を確かめてから薬代の交渉に行きたいが、もう大人たちは動きだしている。

5

翌日、約束の時間になったが、啓介と美津男以外、誰も闇歯医者の家に姿を見せなかった。仕事だとか家族の急病などと理由をつけ、またグテーマギー兄さんなどは「金より命が大事だ」と言い放ち、欠席の連絡をしてきたという。「男には命より大事なものがあるのに」と美津男が呟いた。昨日はあんなに言いたい放題言っていたのに、いざとなったら逃げ隠れするとは何なんだと啓介は憤慨した。

闇歯医者が「連絡のない二人を呼び出してみようか」と美津男に聞いた。

「いや、一度尻尾を巻いて逃げ出した者は使いものになりませんよ。米人を恐れたら生きてはいけないのに」

啓介が美津男に「インテリ青年はピストルを持っているのに」と言った。

「啓介、ピストルなんか持っていても役に立たんよ。撃ちあいになったら米人にあっという間に殺されるんだ」

闇歯医者が「太股の傷は米人に見せてから薬を塗り替えてやるからな」と言った。

闇歯医者は五十センチ四方の板の四隅に穴を開け、針金を通しながら「金をたっぷり取ったら、歯を抜く新型ペンチを買うよ」と美津男に言った。今使っている大きいペンチは患者の口に入りにくく、健康な歯も傷つける恐れがあるという。

必ず薬代を取ると強く心に決めた啓介は、思わずポケットから小刀を出し、振りかざした。「刃物を見せたら、相手が興奮する。ここに置いていけ」と闇歯医者が言った。啓介は気持ちが落ちつくからと何となくポケットに入れてきたのだが、「向こうはピストルを持っているから」と言った。

「おまえは小刀でピストルと戦うつもりか。竹槍で大砲と戦うようなものだ」

美津男が口を開けずに笑った。啓介は小刀をテーブルの上に置いた。

「あの米人はピストルを持っているのか?」と闇歯医者が真顔になり、啓介に聞いた。

「単なる脅しですよ」と美津男が言った。

ピストルを金網の外にいる人間にぶっぱなしたら間違いなく大きな社会問題になる。あの米人が分からないはずはないと美津男は言う。

午後一時半、美津男が半ダースのビールを持ち、啓介が板を担ぎ、闇歯医者の家を出た。三人とも何となくガードの竜郎と顔を合わせたくなかった。ゲートを避け、途中の畑道からフェンス沿いの狭い一本道に上がった。白い地面に強い日差しが鈍く反射している。闇歯医者の脂ぎった赤ら顔に大粒の汗が吹き出ている。

美津男は自分が金網に穴を開けた話は一切せず、「啓介、おまえを噛んだ犬が、首の頸動脈に噛みつくシェパードでなくてよかったな」と他人事のように言った。啓介はムッとした。太股の傷はまだ痛むし、闇歯医者はギザギザの傷も綺麗に治るなどと言っていたが、たぶん醜い傷跡も残るだろう。

しかし、一緒に薬代を取りにいく途中だから口答えはしたくなかった。

まもなく片側に灌木や岩が見えてきた。

米人少年もこの道を通っただろう。彼なら僕の頼みを聞いてくれたはずだが……。米人少年がもし生きていたら、いつかは、あのハウスの米人のように変貌するのだろうか。

美津男はハウスから何を盗むために穴を開けたのだろうか。穴が開いたらガードの責任になるから、野菜売りの自分を追い払ったガードに復讐するつもりだったのだろうか？　だが、追い払われた米軍基地と、穴を開けたハウス地区は別物だ、関係ないと啓介は思う。

いろいろ考えているうちに小学一年生の時の運動会のバトンリレーが蘇った。

一位になれず、しょぼくれた啓介は歓声や指笛や太鼓やマーチの音楽から逃れ、木造の校舎の陰に隠れた。小さい池のホテイアオイの間から顔を出し、口をパクパクさせている鯉をぼんやり見ていた。軽快な音楽が終わり、物憂げな音楽が流れてきた。集合をうながすアナウンスが遠くからくりかえし聞こえた。啓介は校舎の軒下に寝そべり、動かなかった。いつのまにか現われた美津男が「バトンリレーはG集落が優勝したよ」と啓介の手を引っ張り起こした。

啓介はビールを持っている美津男をチラッと見た。あの時と全く違ってしまった。深くため息をついた。

例のハウスに近づいた。犬が飛び出してくる予感がした。身構えながら進んだ。犬の姿は見えなかった。もし薬代を取れなかったら、あの犬を懲らしめてやろう。米人の犬は武器の一つなんだ、普通の生物ではないんだ。石饅頭でも食べさせよう。胸のつかえがおりる。

ハウスの裏側から顔を出した犬が芝生の原を突っ切り、啓介たちの方に猛進してきた。「板、板」と闇歯医者が大声を出した。美津男はビールを放り投げた。啓介と美津男は金網の下の雑草を掻き分け、穴に板を押しつけ、四隅の針金を金網に強く括りつけた。犬は顔を醜く歪め、激しく吠えながら足を伸ばし、板を引っ掻いた。

啓介は犬を見ながら、美津男は痩せてはいるが、よくもこんな小さい穴から出入りしたものだと変に感心した。松林に囲まれた広場をあんなに堂々と駆け回っていた美津男が、こんな狭い穴にコソコソと潜り込んでいたとは信じがたかった。

犬は急に吠えなくなった。姿を現した飼い主の方に駆けていった。上半身裸の米人の胸元には縦に長い切傷の痕が走っている。蛇やゴキブリも食べるからこのような剛健な体格になるのだろうかと啓介は思った。闇歯医者は転がっていたビールを拾い上げ、手榴弾ではないと言いたげに高く掲げ、金網に近づいた。闇歯医者は米人にビールを渡そうとしたが、金網の隙間は小さく、通らなかった。括り付けた板を外し、渡すしかなかった。しかし、犬が板の近くを行ったり来たりしている。米人はギラついた目を見開き、ノーと大声を出し、首を横に振った。無理に勧めると赤い顔をさらに赤らめ、激怒する雰囲気が漂っている。闇歯医者はビールを啓介に渡し、ポケットから取り出した煙草を一本口にくわえ、火をつけ、米人に差し出した。米人はまたノーと言った。今日はピストルはポケットにも入っていないようだと啓介はほっとした。闇歯医者は米人に敬礼をした。米人は無視した。「おまえたちも敬礼しろ」と闇歯医者が言った。啓介も美津男もしぶしぶ敬礼をしたが、やはり米人は敬礼を返さず、三人を一人ずつ睨んだ。

幾分英語の使える闇歯医者は米人に挨拶を述べた。米人は啓介に何か言った。闇歯医者が通訳した。

「穴を開けた者を知らないかと言っている」

啓介は強く首を振った。美津男だと言い出しそうになり、唇を嚙み締めた。僕が美津男を指差したら、米人はハウスからピストルを持ち出し、美津男を問答無用と撃ち殺すだろう。

闇歯医者は怖じけづいたのか、治療費だけを要求した。「太股は治っても啓介の心の傷は治らないよ、原田さん。慰謝料もたっぷり取るべきだ」と美津男が言った。美津男は米人を睨んだ。美津男の目は鋭く、苦虫を嚙み潰したように眉間に皺を寄せている。

美津男は啓介の太股の包帯を外し、傷が米人にはっきりと見えるように背中を向けた。犬に顎をしゃくり、「こいつに嚙まれた。弁償しろ」と言った。闇歯医者が通訳した。米人は「穴を開けた人間をここに連れてきたら話に応じてやる」と言った。闇歯医者が通訳した。美津男は啓介の太股を指差し、「この傷を弁償するのが先だと言って下さい」と言った。「通訳はまかせろ」と闇歯医者はうなずいた。

「この啓介は穴から中に入ろうとしたわけではなく、ただ道を歩いていただけなのに、なぜ嚙まれなければならないんだ」と美津男は米人に言った。闇歯医者は通訳を続けた。

「俺が犬を止めなかったら、ボーイの命はなかった」

「この村では人を嚙んだ犬は処刑される」と美津男はハッタリをかました。美津男はジェスチャーを交えながら言い続けた。

「だけど、こんな犬の首を貰っても使い途がないし、警察に引き渡すのも面倒だ。五十ドル出したら解決できるが、どうだ?」

大事になったら美津男の身に災いが降りかからないだろうか。啓介は気になった。米人は闇歯医者に何やら言った。

「犬はちゃんと繫いでいたが、泥棒が金網に穴を開け、時々ハウスに盗みに入るようになったから、鎖を外したと言っている」と闇歯医者が美津男に言った。

「だから、泥棒でもない、善良な啓介がなぜ嚙まれなければならないんだと俺は言っているんだ。裁判になろうが、堂々と補償を求めるよ。出る所に出る」

　闇歯医者は慌ただしく通訳をした。なぜ美津男はこんなにも米人にくってかかるのだろうかと啓介は不思議に思った。僕に責任を感じているのだろうか。

「穴を開けた者が穴を塞いだら話に応じる」

「まずは賠償だ」

　美津男はどこか捨身になっていると啓介は思った。

　ハウスの方から女が駆け寄ってきた。透き通るような豊かな白い乳房が揺れ、日に輝いている。夢を見ているような気がした。全裸、と一瞬思った。上半身は裸だが、白いスラックスと白いサンダルを履いている。啓介ははっとした。去年の夏休み、崖下の海岸にいた白人の女だ。ワンピース風の水着を着ていた女を啓介ははっきりと覚えている。だが、人が変わったようにやつれている。

　女は赤ん坊に乳をやる格好をしたまま、何か喚いた。啓介たちは身動きできなかった。今までの凄い形相がガラリと変わり、人並みの顔になった米人が、女の腰に腕を回し、ハウスに向った。

「何を言っていたんですか」と啓介は闇歯医者に聞いた。

「赤ん坊を返して、と喚いていた」

「赤ん坊?」

「寝呆けているんだろう」と美津男が言った。

6

　闇歯医者はお茶を沸かしに台所に入った。美津男は睡眠不足なのか、椅子にダラリともたれ掛かり、寝入った。水着姿は痩せ気味だったが、と思いながら啓介も目を閉じた。一度見たら忘れられない豊かな白い乳房が揺れながら目の前に迫ってくる。

女の声がした。目を開けた。裏庭から診察室に飛び込んできた厚化粧の若い女が啓介に「美津男たち、無事だった?」と声をかけた。啓介は戸惑った。

美津男が目を覚まし、闇歯医者が急須を持ち、台所から出てきた。

ミンタマー兄さんの女友達から事情を聞いた彼女はいてもたってもいられなくなり、基地の仕事が休みの今日飛んできたという。隣の集落に住んでいるこの唇を赤く塗った女を啓介も知っている。ハウス地区のゲートをくぐるハウスメード姿を何度か見た。

「あんたたち、一番北側のハウスの米人にお金の請求に行ったんだって?」と女は美津男に聞いた。

美津男は何も答えなかった。

「うちはそこで働いていたけど、危険なハウスよ。どうしてお金なんか取りにいったの」

「あのハウスのメードをしていたのか」

闇歯医者が意外そうに言った。

「うちは初めてメードをしたけど、むこうも赤ん坊が生まれたから雇ったのよ」

女は専らベビーシッターの仕事をし、米人の妻がベッドを直したり、掃除をしたり、家具を磨いたという。

美津男も闇歯医者も黙っているから啓介が「あのハウスは危険?」と聞いた。

「二度と行ったらだめよ。危ないよ、ね、美津男」

美津男はあらぬほうを向いている。

「うち、突然理由もなくクビになったのよ。高給だったからすがるようにお願いしたけど、だめだったの」

「クビになったのか」と美津男が女を見た。女は大きくうなずいた。

「赤ちゃん、うちが辞めた後、病気で死んでしまったらしいの。可哀相に」

「死んだのはいつですか」と啓介が聞いた。

「二年になるかしらね」

去年の夏休み、海にいた女は既に赤ん坊を失っていたんだと啓介は思った。女の表情は明るかったが、あの頃にはショックは消えていたのだろうか。やはりどこかおかしかったのだろうか。

「一時期、母親に赤ん坊を殺した容疑がかかったのよ。憲兵隊が捜査に乗り出したらしいよ」

女が深刻そうに目を見開いた。夫が戦場に行っていた時、衝動的に赤ん坊を手にかけたと疑われたが、解剖したら病死と判明したという。

「じゃあ、うちは帰るけど、美津男、とにかく危険なハウスには近づかないでね」

女に闇歯医者が「ごくろうさんだね」と言った。

啓介は帰りかけた女に、あのハウスに僕と同じくらいの少年がいなかったか、と聞いた。

「いないよ。赤ん坊だけよ、子供は」

「少年も死んだとか？」

「死んだのは赤ん坊よ」

女は慌ただしく裏庭から出ていった。

女が危険なハウスと言うのはどういう意味なのか、啓介はよく分からなかった。

女は美津男が好きなのでは、と啓介は思った。はっと気づいた。ガードの竜郎はこの女がハウスメードをしていた事実を知っていながら僕たちに何も言わなかったのだろうか。

殺しのプロの夫以上に妻が不気味だと啓介は感じ、僕が犬を殺したら、赤ん坊を殺されたと言いかねないと思った。

啓介は「奇妙なハウスですね」と闇歯医者に言った。

闇歯医者は、ハウスは複雑な家庭事情のようだから賠償金の請求は隣村の法律家に頼もうかと美津男に言った。隣村の法律家は地元の女と米人の婚姻や離婚の手続き、養育費の請求、米人への損害賠償の請求などを行なっているという。「高額を吹っかけられるよ、原田さん。止そう」と美津男が言った。

闇歯医者と美津男は眠たいのか、考えをまとめようとしているのか、目をつぶり、黙った。

どれくらいたっただろうか、裏庭から三人の男が入ってきた。背丈は低いが、太く、毛むくじゃらの腕の男が闇歯医者に声をかけた。警察の者だという。警官の後ろに米軍の憲兵が二人立っている。憲兵のガンベルトには重厚なピストルが差し込まれている。

三人は中には入らず、縁側に座った。闇歯医者は三人に煙草を勧めたが、警官だけが抜き取った。歯医者の免許違反を咎めにきたんだと啓介は思った。闇歯医者は警官の煙草にライターの火をつけた。

「何か?」と闇歯医者が警官に聞いた。

「北側のハウスの件だが」

警官は煙草をふかした。米人が通報したんだと啓介は思った。恐喝罪になる、と驚いたのか、すぐ闇歯医者は啓介の太股の包帯を外し、先程薬をたっぷり塗った傷を警官たちに見せた。

「だいぶ良くなっています」と啓介は言った。警官は啓介の傷を一瞥し、「何をしに金網の穴の所に行ったんだ?」と聞いた。

「バンシルーの実を取りに行く途中通りました」

「穴に気づかなかったのか」

啓介は咄嗟に「穴は知らない米人が開けました。遠くから見ました」と嘘を言った。警官は反応を示さず、美津男に向き直り、「美津男という者は君だな。ハウスの米人の妻から訴えがあったんだ。君に話を聞きたい」と言った。美津男は警官の目を見つめた。

「赤ん坊誘拐の件だ」

啓介と闇歯医者は声が出なかったが、美津男はどこか平然としている。鋭い目も穏やかになり、眉間の皺も少なくなっている。

「まず、ハウス地区の金網の穴の件だが、いいかな?」と警官が言った。やけに件、件と言う男だと啓介は思った。病死したという赤ん坊と誘拐云々の赤ん坊は別人だろうか。

「間違いなく君が開けた穴の件だが、どうなんだね?」と警官は美津男に聞いた。

「何か盗もうと穴を開けたが、一度も入らなかった」と美津男は腹を括ったように言った。

「よし、穴の件は分かった」

警官は憲兵たちに目配せした。憲兵たちは日本語が分からないのか、黙っている。だが、眼光鋭く様子を窺っている。

「ハウスの住人の妻は誘拐犯を見つけたら撃ち殺すと言っているんだ」と警官が美津男に言った。

「たしかに基地から物を盗む者はいる。だが、いくらなんでも赤ん坊は盗まないよ」と闇歯医者が警官に言った。

「穴を開けただけならまだいいが、米人の赤ん坊を盗んだとなると死刑だ。よく話を聞いてから、この男が穴から潜り込めるか、実地検分をする」

「あんな小さい穴から美津男先輩は入れませんよ」と啓介が言った。

警官は立ち上がり、「一緒に行こう」と美津男に言った。白人の憲兵たちが美津男の両脇に立った。

美津男はゴム草履を履きながら「米人を恐れたら生きていけないよ、啓介」と言った。

米軍基地の中に連れて行かれたら何をされるか分からないと啓介は思った。

「沖縄の警察に連れていかれるんですよね」と啓介は警官に言った。警官は聞こえないふりをした。

美津男と警官たちは姿を消した。

「大事になってしまったな」

闇歯医者が気持ちを落ち着けようと煙草をスパスパ吸った。

僕が犬に嚙まれなければ、美津男も逮捕されずに済んだのに……塵場に切手なんか探しに行かなければよかったんだと啓介は思った。

「ガードの竜郎だよ」と闇歯医者がポツンと言った。出世のために手柄をたてようと、穴を開けた犯人は美津男だ、と憲兵に密告したに違いないという。

「まさか、あの竜郎が裏切るとはな。信用していたのに」

「…………」

「身近にあんな裏切り者がいるとは夢にも思わなかったよ」

今日はもう帰りますと啓介は言った。闇歯医者は、また来いよと言った。

裏庭から外に出た。急に強い日差しを浴び、目が眩んだ。美津男が釈放されるために僕は何をすればいいのだろうか。

集落一の大通りを歩きながら、ふと去年の秋の懐かしい凱旋行進を思い出した。

招魂登山

花らしい花も咲かず、食べられる実もならず、建材にも使用されない何種類もの雑木が、集落の少しはずれにある広場の赤土に影を落としている。

十七歳になり、身長が百六十八センチに伸びた輝雄だが、相変わらず痩せ、頬はくぼみ、大きい目は生気がなくトロンとしている。

輝雄は立ち上がり、木陰を出た。足元に秋蟬が死んでいる。じっと見た。地面に貼りついた、ただの肉厚の病葉《わくらば》だった。

小学六年生の頃、輝雄は同年の純子と息絶えた昆虫をよく埋葬した。

身長は輝雄より少し高く、痩せ気味だが、どことなくふっくらとした純子と、経塚山《きょうづかやま》の麓の山苺の細い棘に刺されながら昆虫を追い回した。山苺の二十センチもあるような大きい葉は硬く、茎は蔓状になり、足をとられた輝雄はたいてい昆虫に翻弄された。純子は昆虫を何匹か輝雄に与えた。二人は昆虫を飼育したが、ほとんどすぐに死んだ。死骸は輝雄の庭のカンナや鳳仙花や百日草を掻きわけ、土を掘り、埋めた。純子はお椀を伏せたような土に小枝の墓標を立てた。日増しに墓標が増え、夏休みが終わる頃には咲いている花の数より多くなった。

僕は純子との色々な出来事を支えに生きてきたようだが、最近はとみに純子の面影がくっきり浮かんでくると輝雄は思いながら歩きだした。

屋敷を囲った防風林の福木《ふくぎ》の実が黄色く色づき、後から後から赤土の地面に落ち、人々に踏み潰された実には羽虫が群がり、貪欲に汁を吸っている。集落中、鼻をつく独特な臭いに包まれている。

輝雄は福木の幹の間から向こう側を覗いた。木造の家の中に芭蕉布の着物を着た、祖母の千恵の姿が見えた。

頭のてっぺんに丸く結っていた長い髪を乾きやすいようにばっさりと切り落とし、御河童頭にした千恵は卓袱台の前に座り、大蒜の黒砂糖漬を食べ、悠然とおちょこの酒を飲んでいる。

千恵は十数時間に及ぶ強い陣痛の末、輝雄の母親を産んだが、産後早々、夜毎迫ってくる夫に恐怖を覚え、少量だが毎日、酒を飲むようになり、一悶着の末、離婚した。

再婚を勧める人もいたが、「結婚したら痛い思いをする」と一顧だにせず、集落の祭祀を担った。九十歳の男性長老が死去した二カ月前から長老職も兼ねている。

「死は年寄りには徐々に訪れるが、若者には突然来る」「百歳の年寄りより先に赤ん坊が死なないとは言えない」「寿命は運が決める」などと考えている千恵は、病気になっても薬は服まずに少しの酒を飲み、いつも薄笑いを浮かべ、夜は後生からいつ迎えが来てもいいように身の回りを整頓し、清潔な着物を着け、小さな櫛を御河童頭にさし、横になる。

「死は若者には突然来る」というのは兵隊を指して言っているのだろうが、僕にも当てはまると輝雄は思いながら家に入った。大正の初期に建てられた茅葺き屋根の一軒家だが、千恵が日夜掃除をかかさず、今でも十分住める。

輝雄はつっ立ったまま千恵が口にするおちょこを見つめた。

「長命の薬だよ。輝雄、明日、登山だからね」

輝雄は小さくうなずき、縁側に座った。

数週間前の明け方、奇妙な夢に起こされた千恵は、しばらく無我の境地に入ったが、ふいに、骨を見つけてもらえず後生に行けない戦死者の魂を九月の満月の夜に身内が経塚山からめいめいの仏壇に連れ帰るという「招魂《しょうこん》登山」の啓示を受けた。

背中が少し曲がった千恵と病弱な輝雄は終戦後、線香と風呂敷を持ち、輝雄の母親の遺骨を拾いに赤嶺高地に行ったが、岩は砕け、木々は燃え、一面焼け野原になり、見つからなかった。

輝雄は四歳だったが、昭和二十年の初夏のありさまを鮮明な夢のひとこまのように憶えている。経塚山から東に数百メートル離れた赤嶺高地を越えかけた時、爆弾の炸裂した破片が輝雄の母親の眉間に突き刺さり、即死した。千恵は母親の背中から輝雄をおろし、抱きかかえ、斜面を駆け降りた。

空襲に曝された赤嶺高地は十三年後の今も崩れた岩が散在し、大木が骨のように立ち枯れているが、昔、余所から来た僧侶が教典を埋めたという、標高三百数十メートルの経塚山には一発の弾も落ちず、樹齢二百年になる大木も青々と葉を茂らせている。

経塚山の麓の雑木林はまさにこの世の楽園だったと輝雄はしみじみ思う。

持病があり、動きの鈍い輝雄を少年たちは愚弄し、仲間外れにした。輝雄は年中、純子と遊んだ。

純子と春には三センチもある赤い野苺、甘酸っぱい黒紫色の山桃、細くふくらんだ濃い赤色の蔓グミ、夏は黄緑に熟した真ん丸いバンシルー（グアバ）、秋は小さいが美しい楕円形をした赤紫の天人花《てんにんか》の実を木々の間や藪の中に見つけた。この時はすっかり有頂天になり、蛇や蜂の恐怖も頭から消えた。

特に夏休みは純子と夢見心地の日々を送った。青白い顔に綺麗に切り揃えた前髪を垂らした、見るからに病弱の輝雄だが、血潮をたぎらせ、経塚山の麓を歩きまわり、昆虫を追いかけた。

輝雄は灼熱の陽も喉の渇きも忘れ、持病の目眩もしなかった。

昆虫捕りに疲れると雑木の枝と枝に渡した板に仲良く寝そべり、目を閉じた。輝雄はひそかに純子に体を向け、目を開けた、純子の艶のあるおさげの前髪が風にそよぎ、日焼けした、磁器のような光沢のある、柔らかそうな横顔は死んだように動かなかった。長い時間のようにも、数分のようにも思えた。疲れがとれると、純子は枝からぶら下がった綱をつかみ、猿の真似をし、輝雄は半ズボンのポケットから折畳み式のナイフとゴム紐を取り出し、Y字形の枝を切り、パチンコを作った。

いつのまにか千恵は棕櫚葉の団扇を握ったまま昼寝をしている。午後四時前、輝雄は庭を横切り、門前の相思樹の大木を背に座り、目を閉じた。初秋の涼しい風に葉がそよぎ、微かな音を立てている。この木には平たい石を小刀代わりにして刻んだ横線が残っている。あの頃——葉の間から黄色く小さな丸い花が垂れるように咲いていた晩春の頃——「遊ばない?」とよく純子が家に迎えにきた。経塚山の麓に行く前に、はやる心を抑え、木の幹に背中をくっつけ、わいわい言いながら印をつけた。計り方がまずかったのか、前日より二、三センチも低くなったり高くなったりした。

春子の松葉杖の音が耳に入り、涼風に眠気を誘われていた輝雄はなぜか厳かに立ち上がり、松葉杖を両脇にはさみ、細い右足がスカートから出た春子に近づいた。

春子はひなびた海辺の村に疎開していたが、米軍の艦砲射撃を受け、九死に一生を得た。しかし、片足と片目を失った。

春子はしゃれたつば広の帽子から純子とよく似た目鼻立ちの良い顔をのぞかせている。だが、大きい眼帯をし、失った左目と目の周りの傷跡を隠している。

常に堂々と胸を張っているように見えるのは、四年前の妹の純子の溺死を忘れようと強く自分を律しているからだろうか、と輝雄は思った。しかし、片足と片目だけではなく、たぶん脳や内臓も傷ついている春子は、僕と同じように長生きできないのではないだろうか。

「輝雄、元気?」

春子は立ち止まり、言った。

輝雄の首筋と後頭部には赤黒く盛り上がった傷がある。脳に弾の破片が残っているのか、何かの拍子に頭痛や目眩を起こし、気を失う。

「明日、輝雄が経塚山に?」

快活な純子も春子と同じようなか細い声をしていたと思いながら輝雄はうなずいた。

純子は戦没者ではないし、火葬したはずだがと首をかしげながら輝雄は「春子姉さんは純子を連れに?」と聞いた。

「酒飲みの祖父にお願いしたけど、首を縦に振らないから、うちが登るかもしれない」

戦時中、集落の壮年や婦人、子供たちは赤嶺高地を越え、日本軍の後を追うように遠くの村に避難したが、ほとんどの老人はどこにも逃げず、集落内の防空壕に身をひそめ、誰一人掠り傷も負わず、生き延びた。

輝雄は「体、たいへん?」と聞いた。春子は「受け入れたら何ともないよ」と妙にやさしく言った。もう僕にわだかまりを持っていないのだろうかと、ふと思った輝雄は「純子は?」と聞いた。

「純子?」

「もう受け入れた?」

「……せっかく戦争を生き延びたのにね」

純子を助けられなかったという自責の念に胸を痛めてきた輝雄は、「でも、春子姉さん、受け入れないといけないよ」と自分に言い聞かせるように言った。

赤嶺高地の麓に集落の人たちが「空襲穴」と呼ぶ穴が開いている。

米軍機が落とした爆弾が赤土に開けた、直径五メートル、深さ二メートルほどの空襲穴は梅雨の頃、水が満杯になり、輝雄以外の同年代の少年たちは板を浮かべ、遊んだ。粘土状の穴の縁は滑り、水から上がる時は一人残らず難渋した。真夏は干上がったが、あの年は旧盆前に台風が襲来し、水がたまっていた。純子が浮かべた板に乗り、約束の時間に遅れてきた輝雄に手を振った。輝雄は「なぜ板なんかに乗っているんだ。蛙やあめんぼを捕るだけなのに」と不吉な予感を抱きながら懸命に土手の草叢を掻き分け、空襲穴に走ったが、泥に足をとられ、転んだ。顔を上げた瞬間、純子の姿はなかった。変に澄んだ水の中の純子は目を見開き、長い髪がふわーと広がり、白いワンピースの裾が大きな花のように膨らみ、手足が妙にゆっくりと動いていた。輝雄は空襲穴の縁から手を思い切り伸ばした。水中の純子は頬をふくらませ、水を掻き、必死に輝雄に近づこうとしたが、少しも進まなかった。突然、輝雄は激しい目眩に襲われ、片手を水に浸けたまま気を失った。

純子の死後まもなく、「未練のある人は後生に行かず、この世の人と遊びたがる」「一緒に水遊びをしたら底に引きずり込まれる」という噂が広まった。

輝雄は誰も近づかなくなった空襲穴に何回か板を浮かべ、乗ったが、純子の気配は一度も感じなかった。北風が吹き始めた頃、輝雄は空襲穴の縁に土を盛り、三十センチほどの白っぽい真っすぐな枝を立てた。思い出の品も食物も供えなかった。枝の墓標は強風や雨に見舞われ、いつしか倒れ、盛り土も崩れた。

招魂登山前夜、橙色の丸い月は大きく口を開けた河馬の形の厚い雲に飲まれ、赤嶺高地は大きい黒い塊に姿を変えた。

四年前、中学一年生の輝雄は赤嶺高地の何かに迷わされた。遊びに行ったのか、用事があったのか、思い出せないが、純子と隣の集落に向かう途中、灼熱の陽に直射され、喉が渇き、疲れ切った輝雄の頭に、太陽に炙られた赤嶺高地の不発弾の爆発音が反響した。輝雄は方向感覚を失い、純子とはぐれた。普通なら岩を回り、露出した岩盤を乗り越えれば何でもないはずだが、この日はどうしても脱出できなかった。どのくらいたっただろうか、ようやく純子に救出された。

この日から六日目、輝雄が迷わされた地点から五十メートルしか離れていない空襲穴で、自分の身代わりになったかのように十三歳の純子の命が失われた。

招魂登山の日、経塚山の近くにある重たげな月はなかなか夜空に登っていかず、宙にじっと貼りついている。輝雄は黒いズボンと白い開襟シャツに着替え、胸ポケットに母親の小さな位牌を入れ、運動靴をはき、集合場所の分教場に向かった。

木の葉の輪郭が銀色に縁取られ、太い幹はつるつるとした若い女の肌のように光っている。人々の顔も手も月の光を浴び、青白くなり、輝雄の胸ポケットから覗いた位牌も怪しく浮かび上がっている。

石油ランプの灯りがもれている茅葺き屋根の家々の門前に、老人や病人や少女が立ち、登山者を見送っている。

輝雄は、裾が大きく広がった、白っぽいワンピースを着た春子を見つけ、近づいた。

「うちは登らないよ、輝雄」

輝雄は深くうなずいた。

「純子は火葬をちゃんとやったんだから」

「……どんな姿でも生きている方がいいのかね、輝雄」

「生きるべきだよ、春子姉さん」

春子は弱々しく笑い、松葉杖の音を残し、家に入っていった。

笛の音はどこから聞こえてくるのか、わからなかった。四方の木々の間を渡ってくる風の音のようにも聞こえた。

輝雄は小学六年の冬休みに、熱した火箸を太めの竹に押しつけ、巧みに数個の穴をあけ、笛を作り、一本、純子にあげ、一緒に笛を吹いては、童謡を口ずさみ、また笛を吹いた。

暗い路地から出てきた輝雄と同年齢の男五人が漆を塗った竹の横笛を懸命に吹いている。あたかも経塚山の頂上にとどまり後生に行こうとしない死者を家に帰ってこいと急かしているように輝雄には聞こえる。伊達なのか、後生の人を迎える正装なのか、五人ともパナマ帽をかぶり、薄い白のはっぴを着ている。

五人は毎日のように輝雄をしつこく侮蔑するが、今はすぐ近くにいる輝雄を見ようとせず、頬を紅潮させ、笛を吹き続けている。

月光を受け、笛吹き男たちの色黒の顔が銀色に変わり、日頃の意地の悪い表情が薄まり、一瞬だが、一人一人が輝雄にこれまで絶対に見せなかった妙に優しい眼差しを向けた。

笛吹き男たちは月の光に照らされたり、木の陰に入ったりしながら、路地や中通りを練り歩いた。

輝雄は笛吹き男たちの後ろから分教場の前の小川に架かった五、六メートルの木製の橋を渡り、運動場に入った。

運動場の数箇所に松明が焚かれ、出発前の人々を赤々と照らし、「慰霊」「供養」「成仏」と書かれたノボリは炎と共に弱い風に揺れている。

運動シャツの腹が大きく盛り上がった若い女と洗い髪を背中に垂らした中年の女が声高に話している。

「十代も二十代もたくさん死んだよね」「戦争では老いも若きもないんだよ」「うちは妊娠しているけど、登るのよ」「ありがたいね。新しい命だね」「坂道はきついし、足が遅いから置いていかれないかね」「みんなの後をついていけばいいんだよ」「でもね、経塚山を降りる頃には背中が重くなるって、あの千恵ばあさんは言うけど、亡くなった人が見えたら、うちは懐かしくなるかしらね?」「何を言うんだね、あんたは。懐かしくならなくてどうするんだね」

背中が曲がった千恵が、手を後ろに組み、妙に器用に輝雄の方に歩いてくる。

「輝雄、太陽に照らされるわけじゃないから、行っておいでね。位牌はちゃんと持っているかね」

輝雄は胸ポケットから母親の位牌を取り出した。

千恵は位牌に「病気持ちの子だけど、輝雄がいるからうちは生きていけるんだよ。この子を呼び寄せたらだめだよ、いいね」と話しかけ、輝雄の目を見つめ、「うちが後生に行ったら母親と一緒に迎えにくるからね。輝雄、何の心配もいらないよ」と、早く輝雄の生き身を永久に休ませたいかのように言った。

午後七時半、一斉に出発した人々は次々と校門前の木製の橋を渡った。小川はほとんど流れがなく、水面を覆っている丸く膨らんだ布袋葵が輝雄の目に入った。

輝雄は最後尾を歩いた。福木の厚く大きな楕円形の葉が初秋の空に浮いた月の光を浴び、幹に巻き付いた蔓も怪しく光っている。

道端に立ち、しきりに手を振っている子供たちの顔に、福木の枝葉から漏れた月光が当たり、どす黒く見える。

石垣に囲まれた家から出てきた白い着物姿の老人が「一人残らず連れてこい」と素っ頓狂な声を出した。

青白い顔をした人々は縦列をなし、集落内の迷路のような幾つもの路地を通り、一抱えもある福木の並木が続く一本道に出た。

年配の女たちも妊婦も足取りは意外に軽く、輝雄はどんどん引き離された。

木々が消え、野菜畑が広がった。視界が開け、月の光が強くなり、輝雄は一瞬、眩暈がした。

丘の茅《かや》の群生が風に揺れている。昔からこの共同財産の茅を刈り、集落の家々の屋根を葺いている。押し倒した茅の上を純子と笑い転げながら滑り降りた五年前の懐かしい情景が思い浮かび、輝雄の胸を締めつけた。

経塚山の麓に近づいた。地面も輝雄の腕も運動靴も青白く染まっている。純子と遊んだ夢のような思い出が鮮明に蘇ったらいたたまれなくなるような気がし、麓の雑木林や藪から目を逸らし、歩いた。月は暖色を帯びた濃い黄色に変わり、水を張ったように白く浮かび上がった地面に輝雄の影が落ちた。今夜の月は短時間に輪郭がぼやけたり、くっきりしたり、様々な色になったりする。人々は松明も懐中電灯も持たずに月の光をたよりに、輝雄のずっと先を歩いている。輝雄の荒い息遣いと笛の音が聞こえる。

笛の音がしだいに小さくなり、とうとう聞こえなくなった。風も消え、静まり返り、誰もいなくなった。

曲がりくねった道は木立や岩に遮断され、先がふいに見えなくなるが、月は天空にじっと浮かんでいる。

まもなく月が黒灰色の雲に隠れ、闇が深くなった。道の前方に迫り出した岩が、口を開け、月に吠える犬のように見えた。

ようやく月が姿を現わした。岩と岩の間から遠くに見える海面は白っぽく光っている。ふと分教場の運動場を何年も前に出発したような気がした。

どのくらい登っただろうか、心臓が不規則に太鼓を叩くように鳴り、息苦しく、吐き気がし、冷や汗もかいている。

意識が朦朧としてきた輝雄は、ゆっくり、ゆっくりと自分に言い聞かせ、道に枝を伸ばした、八合目辺りの古い一本松の下に座り込んだ。茶色の松笠が二個落ちている。冬に落ちるのではなかっただろうかとぼんやり思いながら、輝雄は気を失った。

どのくらいたったのだろうか。輝雄の意識が戻った。周りの灌木は薄暗く、一本松と輝雄だけに月の光が落ちている。

輝雄は立ち上がり、歩きだした。地面に吸い込まれるのか、足音はたたず、足どりはやけに軽く、出発前の体調に戻っている。

仄かに青みがかった、澄んだ空が広がり、黄金色の満月が浮いている。

漂う懐かしい柑橘類のような香りは木や花が放っているのだろうか。生垣にするゲッキツの白く可憐な花は夜は昼の何倍も匂う。ゲッキツは山にも咲くのだろうか。

いつだったのか、思い出せないが、純子が妙に真剣そうにゲッキツの硬い実を潰し、手の爪に塗り、艶めかしく光らせていた。

輝雄は月を見上げ、心地よい風を受け、純子の溺死以来、初めて生の実感を味わった。

雲に覆われていたわけでもないが、急に増した月の光が雑木林の奥に射し込み、鮮やかに浮かび上がった少女が踊るように道に出てきた。

神々しい顔の少女は余所行きの花飾りのついた小さな上着と短い紺のスカートを着け、麦藁帽子をかぶり、竹の棒と虫かごを持っている。輝雄はとても懐かしくなり、「純子」と声をかけた。純子は笑みを浮かべ、道幅の広い坂ではなく、一本松の脇から伸びている暗く、狭い坂道を駆け登っていった。

輝雄は追いかけた。いつのまにか、黒っぽい雲が浮いている。雲が月を覆い隠したら純子を見失ってしまう。

振り向いた純子が「遊ばない?」と輝雄を手招いた。輝雄も「遊ぼう、遊ぼう」と言った。

素足の純子は歯並びのいい白い歯を見せ、竹の棒を小さく振った。

もう九月だから木登り蜥蜴はいないと輝雄は思ったが、「純子、あの木は蜥蜴が大好きだ。必ずいるよ。早い者勝ちだ。早く行けよ、早く」と坂道の雑木を指差し、言った。

蟬や小鳥や木登り蜥蜴はどの木が好きなのか、枝や幹のどこにいるのか、輝雄は知っている。同じ木登り蜥蜴でも緑色の大型と土色の小型では木の好みが違う。

純子が「いる」と指差し、輝雄は「どこ?」と純子の指先をたどり、ようやく「いた」と大きくうなずいた。純子は竹の棒を伸ばした。先端にはわっかにした馬の尻尾の毛を取り付けてあり、首を引っ掛けられた木登り蜥蜴はあっという間に宙に舞った。

大型の獲物を捕った者は二、三日、英雄になれる。緑色の蜥蜴ならなおさらだ。純子は細い道を進みながら虫かごをかかげ、月の光を浴びた大きな木登り蜥蜴を輝雄に見せた。

輝雄の足元は暗いが、崖っ縁の木々の間からかなたの運動場が見えた。招魂登山を終え、月光に輝く人々の嬌声や笛の音が輝雄の耳に入る。

「帰る?」純子は暗い山頂を指差した。「うん、帰ろう」輝雄は微笑んだ。

月は皓々と照っているが、山頂はなぜか暗く、秋風が淋しく吹き、細い骸骨のような木々がざわめいている。

又吉栄喜小説コレクション3　巻末解説

死者たちがもたらす豊穣

村上陽子（沖縄国際大学教授）

死者、骨、魂、墓、戦争――。これらは、沖縄文学において繰り返し描かれてきたモチーフである。日本本土とは異なる墓の形状や祖霊崇拝、行事の数々への注目は沖縄の文化的な基層を描くことにつながっていった。また、戦死者の存在や、いまだ地中に埋もれる骨のざわめきは、慰霊のあり方や、観光・開発、沖縄戦の記憶の継承など、沖縄文学の重要な主題を呼び起こすものとなってきた。

又吉栄喜文学もこのような死者にまつわるモチーフと強い親和性を持っている。しかし、モチーフの用い方は極めて独特である。一人の人間がなんらかのかたちで生を閉じるとき、残された人々は死者の後始末をめぐって奔走させられる。その奔走のなかで生まれる対立やしがらみ、空回り、欲望などが又吉栄喜の筆によって描かれるとき、他に類を見ない、滑稽みのある世界が出現するのである。いわば、生と死の混淆から生じる一回性の物語をつかみとることに又吉栄喜の特性がある。

本巻に収録された作品をあらためてたどっていくと、一作一作に生と死の混淆が見られ、複雑な陰影を生み出していることに気づかされる。巻頭を飾る「歌う人」は、母の死をきっかけに五十三年ぶりに浮盛島に戻った六十九歳の幸太郎を主人公とする作品である。幸太郎の母とともに食堂を切り盛りしていた女性・典子と、幸太郎の遠縁にあたり、島の観光協会の会長を務める尚徳が幸太郎を出迎える。しかし幸太郎はほとんど口をきかず、二人がしきりに母の納骨をすすめるのを無視しつづける。やがて幸太郎は母の遺した食堂の二階で寝起きしながら、典子に食事の世話を焼かれるようになる。

そして、幸太郎が毎日決まった時間に母の骨の前で浮盛島民謡の江州節を歌い、それを目当てに食堂に島の老人たちが集まるという事態が生じていく。これを見た尚徳は、観光客に「白木の箱と歌の噂」が広がり、「浮盛島は陰気な島」というイメージが定着するのではないかと強い恐れを抱く。

尚徳が危機感をあおられるのは、幸太郎の歌が生／死の境界をゆさぶり、二つの領域を混じり合わせてしまうものであるからにほかならない。食堂に集う老人たちや典子が幸太郎の歌を受け入れるのに対して、尚徳をはじめ、島の振興に懸命な島民たちは幸太郎に激しく反発する。そこには、死に対する態度の違いが如実に現れている。典子は「六年前、死に場所を求めて本島から来た」女性であり、老人たちは幸太郎の母を偲びつつ自らの行く末を思っている。生と死の連続性を自覚し、二つの領域が時に濃密に混じり合うことを感得する人々にとって、幸太郎の歌は不快なものとしては響かない。

しかし、尚徳は浮盛島のイメージアップや嫁取り、選挙運動などに野心を燃やしている。三十歳の若さで島のリーダーを自負する尚徳の理想は、品行方正で心優しい島民が暮らし、観光で栄える浮盛島である。そのような理想を掲げる尚徳からすると、幸太郎が好き勝手な行動を取り、島のあちこちに不穏な死の影をまとった歌を響かせることは容認できるものではない。死者の骨は墓に納め、生と死をきっちりと分断する――。そのような現代的な規範を島に持ち込もうとする尚徳は、幸太郎と典子をあからさまに排斥するようになっていく。

当初、典子と尚徳の立場は拮抗するものであったが、白木の箱を下げた幸太郎が観光客の前や他人の家で歌うようになるに及んで、尚徳に同調する島民が数を増していく。生者の生活や経済活動から死の気配を退けたいという空気が優勢になるとき、尚徳の未必の故意によって唐突な結末が導かれるのである。それは、生／死を明確にくくりわけるという現代社会のあり方が浮盛島に行き渡った結果の結末だと捉えることもできるだろう。幸太郎の歌が途切れた浮盛島は陰影をなくし、都市部と同様、生と死が分断された空間へと移行していくにちがいない。

「アブ殺人事件」は、タイトルの通り殺人事件をめぐる物語である。発端は、陽迎島という離島でA軍兵士の遺体が発見されたことである。この事件に先んじて、皮膚が白くなる奇病にかかった島長夫妻は息子の興平を島長代理に任命して島外に脱出していた。発見された兵士もまた、蠟人形のように白くすべすべとした体をしていた。興平とその助手・蔵太郎はA軍に命じられて犯人捜しに乗り出すのである。

事件の究明がこの作品の根幹をなしているのだが、COVID-19の蔓延を体験し、ハンマー&ダンスに翻弄された現代の読者は、本作の発表当時とは異なる視点でこの作品を受け止めることになるはずである。A軍は、島民による兵士殺しを疑いながらも、決して島に乗り込んでこない。そこには、蔓延する奇病への懸念があった。犯人捜しと病の封じ込めのため、A軍は陽迎島の封鎖という強力なハンマーを振り下ろすことになる。興平はA軍の要請に従って島民の中から犯人をあぶりだそうとする。しかし、石けんや缶詰などの物資を餌に島民の相互監視や密告をあおろうとする興平の試みは、漁の自由や仲買人の往来など、島民に必要な経済活動としてのダンスをA軍とともに抑圧する結果を招く。犯人を発見できず、封鎖解除という出口も見えない袋小路に追い込まれた陽迎島では、病人を島外に搬送することも許されない。

又吉栄喜は、被占領者による占領者の殺害という事件よりもなおA軍を脅かすものとして、島に蔓延する病の気配を描いた。病原菌やウィルスの拡散を恐れて一度封鎖された空間を再び押し開くことの困難は、極めて現代的な主題として、未解決のままにここに立ち現れている。

「凧の御言」、「冥婚」はいずれも戦争によってパートナーとなる男性を失った女性をめぐる物語である。「凧の御言」の主人公「私」は、竹細工を生業とする集落に育ち、一郎と次郎の兄弟から同時に求婚され、爪を高く揚げた方に嫁ぐことにした。竹細工に秀でた一郎が勝利をおさめ、「私」を娶るものの、一郎は戦争で帰らぬ人となる。「私」は次郎とともに夫の収骨をしてけじめを付け、次郎と結婚することを決意する。しかし収骨の帰途で二人はアメリカ兵と行き会い、兵士を攻撃した次郎は返り討ちにされてしまう。

「冥婚」では、二十歳になったばかりのまさみと、集落で唯一の戦死者となった由浩との冥婚話が持ち上がる。特に、由浩の母の真智子は、一人息子が戦死したことを受け入れられず、由浩が生きているかのような生活を送り、まさみに由浩との婚姻を迫りつづける。やがて集落においても、由浩と真智子の思いを遂げさせようという動きが活発になり、まさみは冥婚にのぞむことになる。しかしまさみは、冥婚式のさなかに「由浩さんは戦死しなければ、私と冥婚なんかしなくてもすんだのよ」、「戦死さえしなければ本当の結婚ができたのよ」と本音を吐露する。

この二作では、かけがえのない存在の死をいかに受け入れるか、そしてその死をいかなるかたちで弔うかが問われている。当然のことながら、人の死を受け入れるために必要な時間やプロセスは個々人で異なっている。「爪の御言」では、一郎の死への納得、アメリカ兵への報復、未来にかける期待などが「私」と次郎の間でせわしなく食い違い、その結果として次郎の身に取り返しのつかない出来事が生じてしまう。「冥婚」では、冥婚こそが死者の弔いのゴールだと信じる集落の人々と、冥婚によって自分のその後の生も死者と強く結びついたものになるであろうことを予感するまさみの間に、やはり食い違いがある。収骨や冥婚という儀式は、かけがえのない存在を死者として弔う作業であると同時に、生者が死者に対して義理や責任を果たさなければならないという思いを刺激するものでもある。弔いを終えて自らの生を生き直すことができる者もいれば、死者と結んだ絆を断ち切れない者もいる。

ことに、この二作においては、「私」やまさみが自分の人生を生き直すことが、過去の結婚相手・冥婚相手とは別の相手と契りを結ぶことと直結している。それを実現するためには、「貞節」な女性であることをよしとする価値観から彼女たち自身が解放されなければならない。しかしそれは容易なことではなく、死者に対する義理や負い目が彼女たちの身体を固く閉ざしていくのである。さらに「貞節」の重視は、彼女たちが生きる集落という共同体が執拗に継承しつづけている価値観でもある。

「土地泥棒」は、土地の代わりに「貞節」な女性の身体が差し出されるという構図を持つ作品だと言える。本作の主人公は十九歳の若者・友蔵である。友蔵の父は生まれ島の土地を担保に、親戚でもある善助・道代夫妻に借金をしたが、いつのまにか土地の名義が他人に書き換えられており、失意のうちに世を去った。それを恨みに思う友蔵は、村役場から土地のことで呼び出しを受けたのをきっかけに六年ぶりに帰島する。善助と道代は友蔵に頭を下げ、職場のあるN市に戻ろうとする友蔵を執拗に引き留める。二人には、口をきくことができず、漁や猪の相手をしながら暮らしている一人娘の亜也子がいた。道代は亜也子に友蔵を接待させ、身体の関係を結んだ二人を強引に結婚へと導いていく。

友蔵は亜也子に対しては昔からまんざらでもない感情を抱いていた。年頃になり、都会風のワンピースを着こなした亜也子を見て、友蔵は亜也子が「島の声、臭い、貪婪さ」から解き放たれたがっているのではないかと考える。しかし結局、亜也子は友蔵と結ばれることによってより強く、深く、島の「貪婪さ」に取り込まれる。亜也子の「貞節」が友蔵に差し出され、婚姻が結ばれるとき、友蔵の父の死や土地の名義変更はうやむやにされ、二人は亜也子の家の存続と、友蔵の父の土地を買い戻して継承するための存在として捉えなおされるのである。「貞節」をめぐる価値観ややり取りが家制度と強く結びつき、個々の生き方の自由を蝕んでいくという問題は、「凧の御言」、「冥婚」、「土地泥棒」の三作に共通している。

「闇の赤ん坊」と「金網の穴」は、どちらも米軍人と沖縄の人々との関わりを描いた作品である。「闇の赤ん坊」では、黒人兵ボブと望まぬ関係を結んだホステスの千夏が妊娠しボブとの結婚を決断する。だが、島の少年コウイチが千夏に好意を持ち、ボブともみ合いになったことで事件が発生する。「金網の穴」では、小学五年の啓介が米人ハウス地区の金網の破れ目から出てきた犬に嚙みつかれてしまう。穴は、中学を卒業したばかりの美津男が空けたものだった。啓介の手当をしてくれた闇歯医者はハウスに賠償金の請求に行くが、賠償金を取れないばかりか、その家の赤ん坊を誘拐した犯人として美津男が連行されるという急展開が待ち受けている。

この二作では、「赤ん坊」という存在が重要な意味を持っている。「闇の赤ん坊」の胎児はいまだこの世に生まれ出ていないが、千夏をめぐる男たちの争いと死を刻印された存在となる。千夏は、自分を愛してくれた男たちの死を実感するとき、はからずも身ごもってしまった腹の中の子どもを自分が愛する唯一の存在として捉えなおすのである。

一方、「金網の穴」においては、生まれてすぐに死んでしまった赤ん坊の死因が「病気」なのか「誘拐」なのかが判然としない。美津男が誘拐の犯人であるか否か、犯人であるとすれば動機は何だったのか。それらの謎が、生き延びることのできなかった命とともに「穴」に吸い込まれていく一編である。

「招魂登山」は小品ながら、生と死の混淆を描く作品が集約された本巻の巻末を飾るにふさわしい趣をたたえている。四歳のときに戦争を体験し、戦争中に負った傷の後遺症を伴って生きる十七歳の少年・輝雄は祖母の千恵とともに静かに戦後を送っていた。その千恵が、招魂登山をするべきという啓示を受ける。招魂登山とは、「遺骨を見つけてもらえず後生に行けない戦死者の魂を九月の満月の夜に身内が経塚山からめいめいの仏壇に連れ帰る」というものであるらしい。集落ではどの家庭も戦死者を出しており、招魂登山に皆が参加する流れが形成される。かつて拾えなかった遺骨、弔えずにいた魂に対する思いに背を押された人々は、死者を迎えるために軽やかに山を登っていく。輝雄はその道中、戦争を生き延びたにもかかわらず、四年前に水死してしまった幼なじみの純子の姿を見るのだった——。

輝雄の役目は、母の魂を連れて帰ることであったが、道中で気を失い、純子の姿を見いだした後、童心に返って二人で蜥蜴取りに精を出す。純子が「帰る?」と言って指さした場所は「暗い山頂」であるが、輝雄は微笑んでそれに応じる。生をつないだ集落の人々も、迷い続ける戦死者の魂も、ともに歌い踊る場所が経塚山の山頂に出現している。死者の気配が生者を取り巻き、傷ついた心身を支えながら新たな生に向かわせる、不思議な明るさがこの先に拓けている。

ここまで、本作に収められてきた諸作品を見てきた。総じて、又吉栄喜文学においては死者と生者の距離が近い。「招魂登山」では、集落の老人が山に赴く一行に向かって「一人残らず連れてこい」と「素っ頓狂な声」をかける場面がある。この言葉の通り、死者や、骨や、魂は、いまを生きる生者の周囲に招き寄せられている。濃密な死者の気配に身を浸し、生と死の領域を行き交いながら生きることこそ、又吉栄喜の小説の登場人物たちが実践していることなのかもしれない。ときにそれが、生きている者たちの心や身体に対するしがらみとして機能してしまうことがあったとしても、登場人物たちは死者の気配をふるい落としはしない。

又吉栄喜は自作について、「私が育った小さい浦添の原風景に、何かの拍子にひょこっと顔を出す千年間の人々の『精神世界』が詰まっている」(「まえがき」、『ジョージが射殺した猪』(燦葉出版社、二〇一九年)と述べている。千年という気の遠くなる時間の単位を、死者たちは軽々と越えてくるのであろう。島に根を張って生きながら、又吉栄喜はみずからの小説の登場人物と同じように、遠い時間のかなたから到来した魂を招き寄せ、現在の小説に宿らせる。時に支離滅裂で、時に不可解な小説の展開は、悠久の精神世界からの呼びかけによってもたらされているものであるのかもしれない。死者が生者とともに息づく小説世界が、これからもさらに豊かに展開していくことを願ってやまない。

初出

「歌う人」（すばる　２０１２年）
「アブ殺人事件」（すばる　２００４年）
「凧の御言」（すばる　２００９年）
「冥婚」（すばる　２０１５年）
「土地泥棒」（群像　１９９９年）
「闇の赤ん坊」（プレス沖縄　１９８８年）
「金網の穴」（群像　２００７年）
「招魂登山」（すばる　２０１３年）

本コレクション収録にあたり、初出から改稿しました。

著者略歴

又吉栄喜（またよし　えいき）

1947年、沖縄・浦添村（現浦添市）生まれ。琉球大学法文学部史学科卒業。1975年、「海は蒼く」で新沖縄文学賞佳作。1976年、「カーニバル闘牛大会」で琉球新報短編小説賞受賞。1977年、「ジョージが射殺した猪」で九州芸術祭文学賞最優秀賞受賞。1980年、『ギンネム屋敷』ですばる文学賞受賞。1996年、『豚の報い』で第114回芥川賞受賞。著書に『豚の報い』『果報は海から』『波の上のマリア』『海の微睡み』『呼び寄せる島』『漁師と歌姫』『仏陀の小石』『亀岩奇談』など。南日本文学賞、琉球新報短編小説賞、新沖縄文学賞、九州芸術祭文学賞などの選考委員を務める。22015年、初のエッセイ集『時空超えた沖縄』を刊行。2022年、『又吉栄喜小説コレクション 全4巻』を刊行。

［映画化作品］「豚の報い」（崔洋一監督）「波の上のマリア」（宮本亜門監督「ビート」原作）

［翻訳作品］フランス、イタリア、アメリカ、中国、韓国、ポーランドなどで「人骨展示館」「果報は海から」「豚の報い」「ギンネム屋敷」等

石炭袋

又吉栄喜小説コレクション3　歌う人

2022年5月30日初版発行
著　者　又吉　栄喜
編　集　鈴木比佐雄・鈴木光影
発行者　鈴木比佐雄
発行所　株式会社 コールサック社
〒173-0004　東京都板橋区板橋 2-63-4-209
電話 03-5944-3258　FAX 03-5944-3238
suzuki@coal-sack.com　http://www.coal-sack.com
郵便振替　00180-4-741802
印刷管理　（株）コールサック社　制作部

紅型イラスト　吉田誠子 ／ 装幀　松本菜央

落丁本・乱丁本はお取り替えいたします。
ISBN978-4-86435-507-0　C0393　¥2500E